Il Ritorno di Salt Hendon

LIBRI DI LUCINDA BRANT

— Serie Salt Hendon —
LA SPOSA DI SALT HENDON
IL RITORNO DI SALT HENDON

— I gialli di Alec Halsey —
FIDANZAMENTO MORTALE
RELAZIONE MORTALE
PERICOLO MORTALE
CONGIUNTI MORTALI

— La saga della famiglia Roxton —
NOBILE SATIRO
MATRIMONIO DI MEZZANOTTE
DUCHESSA D'AUTUNNO
DIABOLICO DAIR
LADY MARY
IL FIGLIO DEL SATIRO
ETERNAMENTE VOSTRO
CON ETERNO AFFETTO

*'Occhialino e penna d'oca, e via nella
mia portantina——il 1700 impazza!'*

LUCINDA BRANT SCRIVE romanzi e mistery ambientati nell'era georgiana,
famosi per la loro arguzia, l'atmosfera drammatica e il lieto fine. Ha una
laurea in storia e scienze politiche ottenuta all'Australian National Univer-
siry e una specializzazione post-laurea in scienza dell'educazione della
Bond University, che le ha anche assegnato la medaglia Frank Surman.

Nobile Satiro, il suo primo romanzo, ha ottenuto il premio Random
House/Woman's Day Romantic Fiction di 10.000 $ ed è stato per due
volte finalista del Romance Writers' of Australia Romantic Book of the
Year.

Tutti i suoi libri hanno ottenuto riconoscimenti e premi e sono diventati bestseller mondiali.

Lucinda vive in quella che chiama 'la sua tana di scrittrice' le cui pareti
sono ricoperte da libri che coprono tutti gli aspetti del diciottesimo secolo,
collezionati in oltre 40 anni… il suo paradiso. È felice quando i lettori la
contattano (e risponderà!).

lucindabrant@gmail.com | lucindabrant.com

pinterest.com/lucindabrant | twitter.com/lucindabrant

facebook.com/lucindabrantbooks | youtube.com/lucindabrantauthor

MIRELLA BANFI

QUANDO NON STO LEGGENDO, passo il tempo libero traducendo i libri che mi sono piaciuti, per dare anche ad altri la possibilità di leggerli in italiano. I vostri commenti sono importanti, mandatemi un messaggio a:

mirella.banfi@gmail.com

Il Ritorno di Salt Hendon

IL SEGUITO DI LA SPOSA DI SALT HENDON

Lucinda Brant

TRADUZIONE DI MIRELLA BANFI

A Sprigleaf Book
Pubblicata da Sprigleaf Pty Ltd

Il Ritorno di Salt Hendon
Copyright © 2019 Lucinda Brant
Originale inglese: Salt Redux
Traduzione italiana di Mirella Banfi
Revisione a cura di Marina Calcagni
Copertina e fotografia: Larry Rostant
Modello in copertina: Aitor Manuel Alonso
Progettazione artistica e formattazione: Sprigleaf
Tutti i diritti riservati

Il disegno della foglia trilobata è un marchio di fabbrica
appartenente a Sprigleaf Pty Ltd. La silhouette della coppia
georgiana è un marchio di fabbrica appartenente a Lucinda Brant

Disponibile come e-book, audiolibri e nelle edizioni in lingua straniera.

ISBN 978-1-925614-12-1

10 9 8 7 6 5 4 3 2 (si) I

per

Mirella

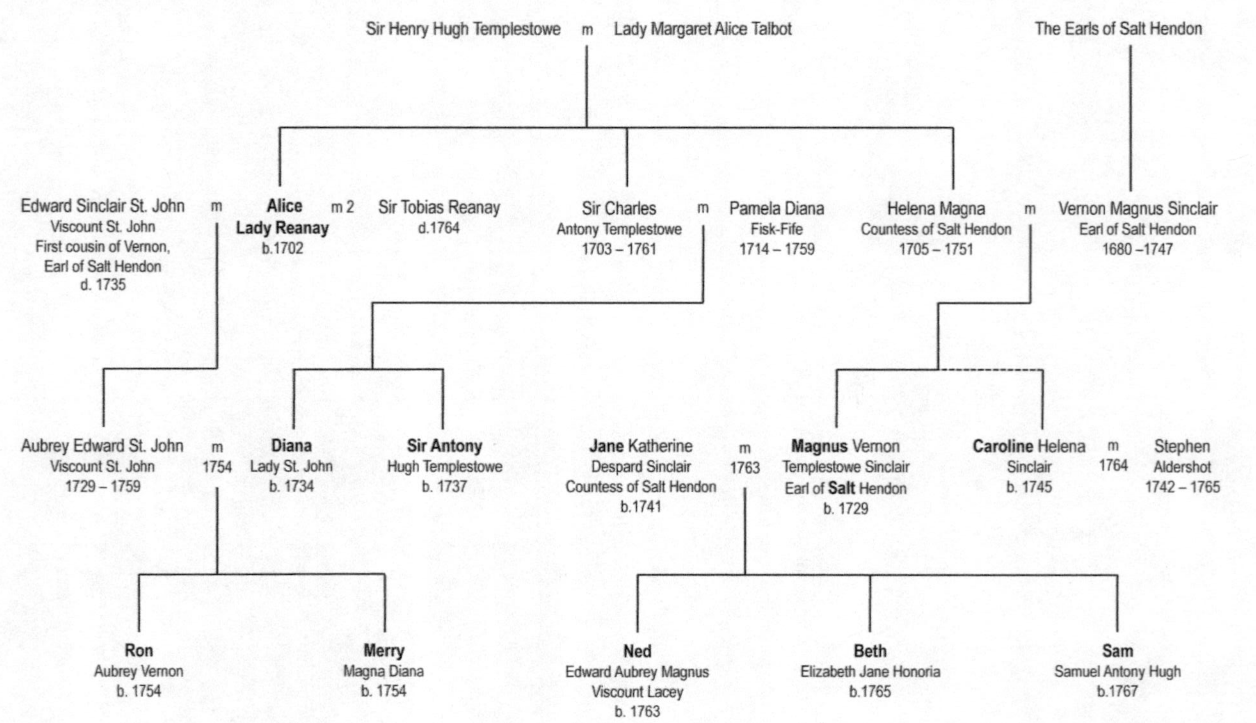

TEMPLESTOWE & SINCLAIR ALBERO GENEALOGICO

PROLOGO

Ogni mese il guardiano della prigioniera senza nome del castello di Harlech, nelle remote montagne del Galles settentrionale, inviava un rapporto al conte di Salt Hendon. Un messaggero consegnava il rapporto, sempre di notte, nelle mani del signor Rufus Willis, sovraintendente della tenuta del conte nel Wiltshire. Il signor Willis, poi, consegnava il rapporto a sua signoria quando il suo datore di lavoro era da solo nella vastità della sua biblioteca, e quando non era probabile che la contessa fosse presente.

Il signor Willis vedeva l'angoscia sul volto di sua signoria ogni volta che consegnava questi rapporti. Una volta si era offerto di leggere lui il rapporto per risparmiare il conte, ma il suo nobile datore di lavoro aveva rifiutato, dicendo che era suo dovere farlo, per quanto spiacevole e difficile fosse il compito. Il signor Willis sapeva che il conte si stava auto-punendo. Il conte credeva che la punizione fosse giustificata. I rapporti mensili erano un penoso promemoria che l'innominata aveva causato sofferenze indicibili ai suoi stessi figli ed era un'assassina di innocenti. Aveva anche causato la morte del primo bambino mai nato del conte e della contessa di Salt Hendon. Dai rapporti comunque arrivava un certo conforto. Mentre la sua prigioniera restava rinchiusa, i suoi figli erano al sicuro e così anche quelli del conte. Anche se non serviva che glielo ricordassero, il conte sapeva di essere il più fortunato degli uomini e che niente e nessuno era per lui più importante di sua moglie e della sua famiglia.

Il guardiano dell'innominata scriveva più o meno lo stesso rapporto ogni mese. La sua 'ospite' era una prigioniera modello, le era riservata ogni comodità che quella remota località poteva offrire. La prigioniera aveva cameriere che la aiutavano a vestire le sottane e i corpetti di velluto e satin, che le pettinavano i capelli ramati, lunghi fino in vita, secondo l'ultimo stile che lei ricordava da Londra, che la aiutavano a scegliere i gioielli che meglio si adattavano all'abito. Com'era confacente al suo alto rango, insisteva a cambiarsi d'abito tre volte al giorno. A tavola, i camerieri la servivano come fosse una regina nel suo regno e si affrettavano a ogni tintinnio del suo campanellino. Il suo guardiano la accompagnava nelle sue passeggiate lungo i parapetti e i cortili del castello, cenava con lei quando l'innominata lo invitava e, col caffè e i dolci, ascoltava le sue argute reminiscenze di uomini politici e stimate personalità della buona società, che lei conosceva personalmente.

L'innominata passava la maggior parte delle sue giornate leggendo l'ultima edizione del *The Gentleman's Magazine*, in particolare i resoconti delle sedute del Parlamento, e scriveva, seduta al suo *escritoire* nel salotto arredato con mobili graziosi, con la sua vista sul mare. Le lettere venivano spedite ma mai consegnate e quindi lei non riceveva mai risposta. A volte, erano lunghe dieci pagine e la maggior parte di esse era indirizzata al conte di Salt Hendon. Il suo guardiano leggeva queste lettere come parte dei suoi doveri e le trovava piene di consigli per sua signoria su una varietà di argomenti politici e domestici. Poi le bruciava. Anche se il guardiano informava il conte, in termini generici, del contenuto delle lettere, non riferì mai la cosa più vitale, anche se questa informazione certamente confermava che la donna era effettivamente folle. Ogni lettera era firmata Diana, contessa di Salt Hendon.

Aveva un corrispondente che le scriveva regolarmente e che riceveva le sue lettere in risposta. C'era un fratello, un diplomatico, che viveva all'estero. Scriveva da San Pietroburgo; lunghe lettere dettagliate sulla nuova capitale della Russia, che stava ingrandendosi, e sui suoi dintorni, la sua gente e su come lui occupasse le sue giornate quale assistente dell'ambasciatore. Spesso includeva piccoli regali, un ventaglio, un fazzoletto bordato di pizzo, un paio di calze di seta, e per uno dei suoi compleanni le aveva mandato uno scialle di seta ricamata. Le sue lettere erano ricche anche degli ultimi pettegolezzi di corte e degli intrighi di palazzo, e a volte includevano ritagli di giornali inglesi vecchi di mesi, che gli erano stati spediti in Russia. Il guardiano lo sapeva perché la sua prigioniera provava molto piacere nel leggere queste lettere a voce alta. L'uomo si rese presto conto che questo fratello era un gentiluomo astuto perché non menzionava mai il conte di Salt Hendon o altri membri della sua famiglia. Quello che il fratello sapeva dalla corrispondenza di sua sorella, che il conte e la sua famiglia non sapevano, e che anche lui teneva per sé, era che sua sorella firmava le sue lettere per lui come se effettivamente fosse la moglie del conte di Salt Hendon.

Dopo tre anni di prigionia, l'innominata non rispondeva più al suo vero nome. Né riconosceva la persona che era stata una volta, quando gliela descrivevano. Era la contessa di Salt Hendon e Magnus, il conte di Salt Hendon, era il suo caro marito. Non c'era verso di persuaderla del contrario. Il guardiano non riteneva fosse un problema assecondarla. Dopo tutto, non l'avrebbero mai lasciata libera.

Così, all'inizio del suo quarto anno di prigionia, l'innominata era trattata proprio come se fosse veramente la contessa di Salt Hendon. Il suo guardiano, il suo farmacista, la sua cameriera personale e i servitori si rivolgevano a lei con quel titolo. E così la gente del luogo.

Grazie al suo ottimo comportamento, e sotto stretta supervisione, alla fine le fu permesso di ricevere dei visitatori. Membri eminenti della vicina cittadina vennero a porgere gli omaggi e a vedere con i loro occhi la bella nobildonna che si diceva fosse stata imprigionata da un marito brutale. L'innominata dimostrò di essere un'ospite affabile, piena di fascino e grazia, con un nobile portamento. Fu facile per gli estranei credere di essere effettivamente alla presenza della nobiltà inglese. Era maestosa, in velluto e sete, con i rubini intorno al collo e ai polsi. La sua conversazione arguta era punteggiata di aneddoti su politici importanti, nobiluomini di rango e i loro parenti, lontani palazzi di marmo e città che non dormivano mai; cose che la gente locale poteva solo sognare. Presto, sua signoria tenne corte una volta alla settimana in una stanza piena di ascoltatori attenti. Il guardiano tenne per sé anche questa notizia, dicendosi che non c'era niente di male se la sua prigioniera riceveva per il tè un branco di bifolchi ignoranti che non conoscevano nessuno e non andavano da nessuna parte. Teneva sua signoria tranquilla, divertita e occupata; i suoi pensieri rivolti a inezie, un atteggiamento ben diverso rispetto a quando era stata portata al castello; un mostro ripugnante e velenoso le cui parole piene di odio grondavano vendetta e che giurava sarebbe fuggito.

Quello che il guardiano non capiva, quello che non poteva sapere né scoprire, era di essere alla presenza di un intelletto nettamente superiore e completamente malvagio. Nella sua fiduciosa presunzione di avere, in quattro anni, domato un mostro e abbattuto una bestia, continuò a ignorarlo, fino al suo ultimo respiro. Non riuscì mai a capire che appena sotto la superficie della bella facciata, le sete profumate, la conversazione arguta e i modi affascinanti, il mostro era ancora in agguato, in attesa, aspettando l'opportunità perfetta per fuggire e scatenare la sua vendetta.

Il guardiano se ne rese conto, inorridito, il giorno in cui fu devastato da crampi allo stomaco ed ebbe la febbre alta. Il farmacista locale pensò a un avvelenamento da cibo e prescrisse un emetico. Grande favorito di sua signoria, che aveva curato per l'emicrania per qualche mese, il farmacista lasciò il guardiano nelle sue capaci mani. La informò che sarebbe tornato il giorno dopo. Il guardiano morì prima di notte. Nei suoi ultimi momenti di lucidità, era cieco e incapace di parlare, ma poteva ancora sentire. Mentre gli rimboccava gentilmente le coperte, sua signoria gli sussurrava all'orecchio. I servitori la considerarono una scena toccante, un segno del rispetto di sua signoria per il suo guardiano.

In realtà, lei gli sussurrava, piena di gioia maligna, che l'aveva avvelenato. Ogni granello della polvere per l'emicrania che le aveva prescritto il farmacista era stato attentamente messo da parte, finché ne aveva raccolto a sufficienza da somministrare la dose letale. Lo odiava e sperava stesse soffrendo. L'odio più grande lo conservava per la donna che lei credeva si stesse falsamente pavoneggiando in società come moglie e contessa del conte di Salt Hendon. Aveva passato quattro anni a concepire la sua vendetta e ora, con la libertà, avrebbe messo in atto il suo piano.

Alla morte del guardiano, l'innominata non fuggì immediatamente. Prese il lutto per la sua dipartita, indossando abiti grigio-tortora e invitando i cittadini locali a una cena in suo onore. Poi, dopo la sepoltura del guardiano, arrivò un corriere nel mezzo della notte. Era così tardi che gli zoccoli sul selciato non svegliarono i servitori. Ma una cameriera irrequieta sentì le voci echeggiare nel cortile e si alzò, premendo il naso contro il vetro della finestra in tempo per vedere sua signoria, in camicia da notte e pantofole, una candela in mano, correre sotto l'arcata ed entrare dal grande portone di quercia. Aveva in mano un pacchetto sigillato.

La lettera arrivata a notte fonda era del conte che la pregava di ritornare da lui. Era stato stregato da una puttana di amante e, con la sua morte, era morta anche la sua influenza su di lui. Con sua somma vergogna, ora riconosceva il grande torto che le aveva fatto, inviando la sua devota moglie in esilio. Poteva mai perdonarlo? Sarebbe tornata da lui? Non vedeva l'ora di riconciliarsi e sarebbe venuto a raggiungerla al confine con il Galles. Lei doveva affrettarsi a raggiungerlo.

I servitori, il farmacista e, in effetti, tutti quegli eminenti cittadini che si ritenevano amici della contessa di Salt Hendon, appresero parola per parola il contenuto della lettera del conte perché lei annunciò loro con gioia la notizia e mostrò loro la lettera. Il farmacista non dubitò che il sigillo e la calligrafia fossero dell'illustre conte di Salt Hendon. Ci fu molto giubilo e la gente del posto tenne un banchetto in onore di Lady Salt, per augurarle tanta felicità, al quale lei partecipò indossando il suo più bell'abito e i gioielli più preziosi.

I mobili furono coperti dai teli, bauli e portmanteau furono riempiti fino a scoppiare. Una splendida carrozza, tirata da quattro cavalli grigi scalpitanti, accolse Lady Salt e la sua cameriera personale, e sua signoria fu salutata con la fanfara. Non la videro più.

Due giorni dopo la sua partenza arrivò una lettera. Era di Sir Anthony Templestowe e aveva percorso tutta la strada da San Pietroburgo.

Il farmacista, che era rimasto al castello per sistemare i pochi conti in sospeso di sua signoria con i soldi che il guardiano aveva a quello scopo, non sapeva che cosa fare della lettera. Era indirizzata a Diana, Lady St. John, una persona che il farmacista non conosceva, eppure l'indirizzo era giusto.

Forse il corrispondente non conosceva personalmente Lady Salt.

Aveva indicato correttamente il suo nome di battesimo, poi si era confuso mentre scriveva il suo titolo. Per il farmacista era un mistero. Comunque, avrebbe fatto il suo dovere nei confronti di sua signoria, quindi reindirizzò la lettera ancora chiusa alla tenuta del conte di Salt Hendon, Salt Hall, nel Wiltshire, di cui aveva sentito parlare talmente tante volte da Lady Salt che gli sembrava di aver effettivamente visitato la grande casa che risaliva ai tempi di Giacomo I e il suo vasto parco.

Dato che Sir Anthony aveva indicato il suo indirizzo a San Pietroburgo, il farmacista gli scrisse una lettera cortese. Spiegò che cosa aveva fatto con la sua lettera e, presumendo che conoscesse Lady Salt poiché aveva usato il suo nome di battesimo, si prese la libertà di comunicare la buona notizia a Sir Anthony. Sua signoria aveva lasciato il castello di Harlech ed era in viaggio per riunirsi al suo nobile signore, il conte di Salt Hendon.

Un mese dopo, Sir Anthony ricevette la lettera del farmacista. Appena la lesse, vomitò di colpo.

UNO

SAN PIETROBURGO, RUSSIA, 1767

"Torna a letto, Tosha," lo invitò una sonnolenta voce femminile dal mucchio caldo di coperte scomposte.

Sir Antony Templestowe rimase davanti alla finestra aperta della camera, con la schiena nuda rivolta verso la stanza buia. Stava tremando, stringeva forte il davanzale dipinto, cercando di controllare i brividi. Si chinò fuori dalla finestra per permettere alla brezza gelida che proveniva dalla Neva di rinfrescargli il volto incolore. Aveva appena vomitato sul marciapiede di lastre di granito dell'argine sotto la finestra e si era prontamente scusato con due guardie del palazzo imperiale che erano passate sotto la finestra qualche minuto dopo. Le due guardie ubriache non sentirono nemmeno le scuse, mentre cantavano una sconcia canzone da taverna su una ragazza di nome Nina dal sedere rotondo, e si sorreggevano a vicenda. Continuarono a camminare barcollando nella nebbia mentre Sir Antony chiudeva la finestra e si sedeva sul davanzale con gli occhi chiusi.

"Tosha?"

La donna si era appoggiata su un gomito per vedere oltre le lenzuola di seta sgualcite, i cuscini di piuma e il copriletto di damasco. Quando gli occhi si adattarono alla scarsa luce, la donna sorrise, con lo sguardo che percorreva dalla testa ai piedi lo splendido fisico del suo amante inglese, in controluce nel chiarore dell'alba che filtrava dalla finestra alle sue spalle. Dai capelli castano ramato tagliati corti ai duri muscoli delle cosce fino ai grandi piedi nudi, era tutto maschio e tutto suo. Rabbrividì di piacere e stava per fare un commento osé, quando percepì che c'era qualcosa che non andava. Si sedette, scostò la massa di lunghi riccioli color miele dal volto e fece scivolare la delicata camicia da notte di seta sulle spalle per riparare il seno dall'aria fredda del mattino.

"Tosha? *Antony*? Che c'è? Che cos'è successo?"

"Perdonatemi se vi ho svegliato, Vostra Altezza," rispose in tono formale Sir Antony, con un piccolo inchino in direzione dell'alcova senza tende che conteneva il suo letto a baldacchino e la sua adorabile amante, la principessa Ekaterina Knyazhevy-Yusupova. "Ho bisogno... Mi serve un momento da solo..."

Raccolse l'unico foglio di pergamena, che aveva gettato sul tappeto nella fretta di raggiungere la finestra, e con un altro breve inchino andò a lunghi passi nel suo spogliatoio per sciacquarsi la bocca con il colluttorio allo zenzero e cannella. Si gettò un po' d'acqua gelata sul volto e restò chino sopra la grande bacinella di porcellana decorata, ansimando per il freddo improvviso, facendo respiri profondi e desiderando con tutto se stesso che la lettera fosse solo un brutto sogno. Ma non era così. Con la coda dell'occhio vedeva quell'unico foglio di pergamena sul tavolino da toilette. Afferrando la caraffa di porcellana con lo stesso disegno della bacinella, si versò sul capo l'acqua gelata che restava, finché la caraffa fu vuota.

Avvolse il corpo nudo in una banyan di seta damascata verde e oro che trovò drappeggiata su uno sgabello imbottito, infilò i piedi in un paio di pantofole di marocchino rosso e si sedette davanti al tavolo da toilette dalle gambe tornite, asciugandosi i capelli. Poi rilesse la lettera dello sconosciuto farmacista. Il suo contenuto lo riempì di orrore, e lo invase un'altra ondata di nausea, alimentata dall'ansia paralizzante. Chiuse gli occhi, cercando di farsi passare la nausea. Per fortuna non seguì il bisogno di svuotarsi lo stomaco. Non si sentiva così da quel fatidico giorno a Londra, quattro anni prima, quando aveva scoperto che la sua bella e unica sorella, una delle luci più splendenti della buona società, era una mezzana abortista, un'assassina di innocenti. Pazza, non c'erano dubbi. Era quasi riuscita a uccidere il proprio figlioletto nella sua ossessione di essere al centro dell'attenzione e dell'affetto del conte di Salt Hendon. Delirante, sicuramente. Da non lasciare mai libera, senza dubbio alcuno.

Spedita in una località remota e segreta prima che l'ombra dello scandalo raggiungesse la buona società. Sir Antony Templestowe sapeva che era la cosa giusta da fare per sua sorella. Aveva risparmiato alla famiglia, e specialmente a suo figlio e a sua figlia, e a lui stesso, un'eterna ignominia. La famiglia e gli amici credevano che Diana St. John fosse partita per un viaggio sul continente, per ragioni di salute, e così credeva anche la buona società. Per quanto riguardava suo cugino, il conte, Diana avrebbe potuto pendere da una corda e soffrire una morte lenta per i suoi indicibili crimini. L'aveva condannata all'inferno e Sir Antony non poteva dargli torto. Sua sorella era un mostro senza coscienza. Era stata questa constatazione, e sapere tutto quello che aveva fatto, che l'avevano precipitato in un oblio senza ragione appena Diana era stata spedita lontana da Londra e dalla sua vita, per sempre, o almeno così pensava.

Sir Antony non aveva reagito bene. Aveva bevuto fino all'eccesso, abbastanza vino e liquori da smettere di pensare. Aveva trascurato la sua famiglia, vergognosamente incurante dei suoi nipoti, ora orfani. Aveva gettato via la sua fiorente carriera diplomatica e perso qualunque pretesa di aspirare a diventare un giorno ambasciatore. In una foschia alcolica, aveva barcollato in società, rendendosi ridicolo e diventando un fastidio. Un giorno era andato troppo oltre. Con sua eterna vergogna e sommo disgusto degli altri, era arrivato ubriaco a un recital dato dal conte e dalla contessa di Salt Hendon. Davanti a oltre cinquanta persone aveva inscenato un litigio rovente con la sorella del conte, Lady Caroline, lanciandole accuse che sarebbe stato meglio tacere. Aveva causato proprio quel tipo di scandalo che suo cugino il conte aborriva, e che aveva evitato esiliando Diana.

Si chiese se anche nel suo sangue scorresse il seme della pazzia. Non solo aveva umiliato se stesso e Lord e Lady Salt, aveva anche distrutto le speranze e i sogni dell'unica donna cui apparteneva veramente il suo cuore. E per quello non si sarebbe mai perdonato. Poteva biasimare Caroline, se lo odiava? Era una sorpresa che si fosse rifiutata di vederlo prima che partisse per la Corte Imperiale russa? Poi, un giorno, aveva scoperto da solo, leggendo un giornale inglese vecchio di un mese, che Lady Caroline Sinclair, unica sorella del conte di Salt Hendon, aveva sposato l'onorevole Stephen Aldershot. L'amore della sua vita era ora Lady Caroline Aldershot e per sempre fuori dalla sua portata.

Era un bene che fosse stato spedito a San Pietroburgo. Era il posto più lontano in cui il conte di Salt Hendon poteva esiliarlo senza spingerlo oltre i confini del mondo conosciuto. Fedele a se stesso, era ubriaco quando aveva presentato le sue credenziali diplomatiche come Ministro Plenipotenziario presso la Corte Imperiale russa e se non fosse stato per l'amicizia del principe Mikhail (Misha) Ivan Knyazhevy-Yusupov e della sua adorabile sorella, la principessa Ekaterina (Katya), avrebbe potuto restare per sempre in quello stato. Se non fosse stato per la coppia principesca avrebbe sicuramente bevuto fino a morirne. Il debito che aveva con Misha e Katya era incommensurabile, perché doveva letteralmente loro la vita. Con il loro sostegno e il loro incoraggiamento, aveva raccolto i pezzi, era uscito dal pozzo di autocommiserazione e di disgusto per se stesso, era tornato sobrio e ora considerava casa sua San Pietroburgo. E comunque, che cosa restava per lui in Inghilterra?

La sera prima un servo imperiale aveva consegnato la fatidica lettera al suo appartamento.

Era tornato da un incontro di scherma con Misha, trovando Katya che si sventolava con la lettera sigillata. Era seduta a gambe incrociate in mezzo al suo letto, nuda. Antony aveva gettato da parte la lettera ancora chiusa, dimenticandola fino a molte ore dopo, quando l'aveva trovata per caso tra le lenzuola sgualcite nelle fredde, buie ore del mattino. Aveva letto la lettera dello sconosciuto farmacista che inconsapevolmente lo informava che "Lady Salt" era partita dal castello di Harlech ed era ora in viaggio per riunirsi con suo marito, il conte di Salt Hendon.

La sua folle sorella era fuggita dalla fortezza-prigione e la vita non gli apparteneva più.

Non aveva scelta, doveva lasciare immediatamente San Pietroburgo e ritornare a Londra.

Il cardine di una porta che cigolava lo distolse dal pensiero di come fosse meglio dare la notizia della sua partenza a Misha e Katya. Si aprì un pannello nella parete affrescata e il suo maestro di casa dagli occhi assonnati sporse la testa dalla porta di servizio.

"Va tutto… ho sentito sua signoria che si alzava…"

Sir Antony gli fece segno di entrare.

"Tè, Semper."

Semper scrutò attentamente il suo padrone. Fece la domanda, pregando di conoscere la risposta. Sir Antony non toccava una goccia di alcool da due anni. "Vostra signoria non ha preso nulla di più forte?"

Buon Dio! Come avrebbe voluto bere qualcosa di più forte! Se mai c'erano stati un momento e un motivo per infrangere il suo giuramento e tornare alla bottiglia, erano proprio quelli. Una bottiglia di chiaretto e una di cognac e sarebbe stato sulla buona strada per rendere la mente impermeabile al ricordo di sua sorella. Ma scosse la testa e disse, con calma:

"No, solo tè, e magari portate qualcuno di quei piccoli *macaroon* che piacciono tanto a sua altezza."

"Molto bene milord."

Padrone e servitore si fissarono negli occhi.

"Se mai dovessi ricascarci," disse Sir Antony a bassa voce, "sapete che cosa fare."

"Sì, milord, non vi deluderò."

Sir Antony chiuse per un attimo gli occhi. "Grazie."

"Farò riaccendere il fuoco," disse Semper per cambiare argomento e alleggerire l'atmosfera. "E farò preparare il bagno."

Quando il suo padrone annuì, Semper fece un cenno verso la porta di servizio aperta e i servi che aspettavano nel corridoio buio si affrettarono a entrare nella stanza. Una dozzina o più si sparpagliarono silenziosamente nelle stanze dell'appartamento, cominciando a svolgere i loro compiti. La presenza di tanti servitori, all'inizio, appena arrivato in Russia, lo aveva infastidito. Quando aveva tentato, senza successo, di limitare il numero che riteneva necessario alle proprie comodità, la principessa gli aveva chiarito che i servi erano una proprietà, anima e corpo, che ciascuno di loro aveva un compito, per quanto umile, e che togliergli quel compito era diminuire il valore di quel servo.

Sir Antony non disse più niente e lasciò il piccolo esercito alle capacità organizzative di Semper. Il suo maestro di casa stava dando loro istruzioni in quel momento. Due servi al camino nello spogliatoio, mentre altri due entravano senza far rumore nella camera, per occuparsi del fuoco. Tre andarono a preparargli il bagno e il resto sparì nuovamente nell'oscurità del corridoio di servizio, per riempire il samovar d'argento di acqua bollente, preparare le due teiere di porcellana necessarie e ritornare con un carrello carico con tutto il necessario per il rito mattutino del tè del Lord inglese.

"Vostra signoria desidera fare il bagno, prima?"

"Prima il tè."

Semper si inchinò e, dopo un'occhiata al camino per controllare che i servi si stessero occupando della grata e un'altra occhiata alla stanza da bagno, si voltò per uscire ma fu richiamato.

"Semper…"

"Sì, milord?"

Sir Antony gettò la lettera piegata tra l'insieme di barattoli di cristallo e ammennicoli vari d'argento e avorio necessari per la sua toilette. Con un sospiro pesante, si strinse al corpo la banyan di seta mentre si alzava dicendo: "Ricordo che quando vi ho parlato della mia decisione di restare a San Pietroburgo, la prospettiva di non ritornare in Inghilterra è sembrata non pesarvi. In effetti avete sorriso."

"Sì milord, è vero."

Sir Antony inarcò un sopracciglio. "Quel sorriso aveva qualcosa a che fare con il vostro improvviso amore per tutto ciò che è russo e perché vi eravate particolarmente affezionato a una delle serve della principessa?"

"Sì, milord. Adesso è una delle vostre serve, una cucitrice, e si occupa del vostro guardaroba."

"Una delle mie serve? Da quando i servi sono diventati miei?"

"Sua Altezza vi ha fatto dono di cinquanta servi a Natale."

"Fatto dono?" A Sir Antony l'idea non piaceva per nulla. Trovava ripugnante l'idea della schiavitù.

"Sì, milord. Ora appartengono a voi. Dieci di loro parlano francese bene quanto la loro lingua natia e questo mi ha aiutato moltissimo nell'organizzare i loro compiti."

"Non avevo idea che aveste avuto tanti fastidi."

"Nessun fastidio, milord."

"Ricordatemi il nome della cucitrice."

"Nina. Si chiama Nina."

"Non colei che possiede il bel sedere, si spera," mormorò Sir Antony, ricordando la canzone licenziosa e aggiungendo in fretta, davanti alla smorfia di incomprensione del suo maestro di casa: "Suppongo sia retorico chiedervi se siete innamorato di Nina?"

Il valletto sorrise imbarazzato. "Sì, milord…" Poi, quando Sir Antony sospirò di nuovo, trasalì. "Non… non la staranno rimandando alla tenuta, vero, milord?"

"Non ne ho idea. No. Non che io sappia. Perché dovreste pensarlo? Non avete detto che la principessa mi ha regalato cinquanta servi? Se Nina è uno di quelli, allora non è forse mia perché ne faccia quello che voglio?"

"È vero milord. Ma…"

Sir Antony aspettò che continuasse.

Semper si guardò alle spalle, diede un'occhiata ai servi che preparavano il fuoco e poi alla porta di servizio aperta, come temendo che li sentissero. Non era necessario perché in queste stanze, quelle più intime, aveva incaricato dei lavori più umili i servi che parlavano solo la loro lingua natia, per assicurare riservatezza al suo padrone. L'unico posto dove non guardò era oltre la spalla di Sir Antony, nella camera buia. E Sir Antony lo notò.

"La principessa non capisce l'inglese," gli fece notare Sir Antony con un sorriso ironico. "Anche se sono sicurissimo che Sua Altezza stia cercando di sentire ogni parola di questa conversazione."

"È passato un po' di tempo, ma avevo chiesto a vostra signoria di parlare con Sua Altezza riguardo a Nina e me… riguardo alla possibilità che ci sposassimo."

L'espressione di Sir Antony fu lugubre e piena di scuse. "L'ho fatto. Codardo come sono, non ho avuto il coraggio di dirvi che la sua reazione è stata di ridermi in faccia. Va oltre la sua capacità di comprensione che voi, un uomo libero e uno straniero, vogliate svilirvi ed essere oggetto di ridicolo sposando una dei suoi… mm… schiavi. È semplicemente una cosa che non si fa."

"Non mi sto svilendo e voi lo sapete, milord!"

"Sì, voi ed io lo sappiamo, Ralph," confermò Sir Antony con calma, "ma siamo inglesi che vivono in un paese straniero. La Russia, come abbiamo scoperto, è più esotica di altri. San Pietroburgo potrà apparire una capitale europea, con tutti che cercano di parlare francese e di imitare i manierismi francesi al punto che se sbattessimo gli occhi potremmo tranquillamente pensare di essere tornati a Versailles, ma è solo una facciata. Esattamente come il fatto sconcertante che i nostri amici russi adorano tutto ciò che è inglese, dai nostri cani al nostro carbone! Eppure, se ci allontaniamo di cinque miglia dalla capitale, in qualunque direzione, voilà, sono barbe, piedi nudi e zuppa di cavolo! E per quanto ci possa far accapponare la pelle, siamo circondati dalla schiavitù. Sapete che le persone sono merci, elencate nell'inventario del proprietario, esattamente come quella sedia o l'arazzo sulla parete. L'avete detto voi stesso: mi hanno regalato cinquanta servi a Natale, così, come se aveste detto che mi hanno regalato cinquanta paia di calze. E come se aveste detto di voler sposare il mio sofà; avreste ottenuto la stessa risata in risposta, e non solo dalla principessa ma da ogni altro russo, alto o basso locato."

"Sì, lo so, milord," dovette ammettere riluttante Semper. "Speravo solo che Sua Altezza sarebbe stata diversa dagli altri perché divide il vostro letto…"

"Attento, Semper," lo interruppe Sir Antony a bassa voce.

"Non nuoce sperare, vero milord?" Continuò ad argomentare il maestro di casa, continuando meccanicamente a raccogliere la biancheria, le calze bianche e le scarpe con le fibbie di diamanti scartate la sera prima. Scaricò il tutto tra le braccia di un servo che passava, con una parola secca che lo mandò via di corsa con un profondo inchino e lo sguardo basso. "Sua Altezza ha uno strano senso della moralità, se volete saperlo!"

"Non ve l'ho chiesto, Semper."

"Ride di un uomo libero che vuol fare la cosa giusta con una serva, una *vostra* serva, milord," continuò il maestro di casa con un borbottio insolente, mentre spazzolava la manica di una redingote di velluto blu abbellita con ricami d'argento sui paramani e le falde. "Eppure non ha nessuna remora a dividere il vostro…"

"*Basta.*"

Sir Antony arrossì e fissò il testardo Ralph Semper. L'uomo era al suo servizio da sette anni, quattro come valletto, poi, da quando erano in Russia, si era assunto l'oneroso compito di maestro di casa del suo stuolo di domestici. Avevano passato dei periodi piuttosto duri insieme, beh, almeno Semper, alle prese con un padrone che, al colmo dell'ubriachezza, era sceso al livello di un topo di fogna. Ma non era mai stato insolente. Sir Antony poteva solo pensare che fossero i suoi profondi sentimenti per la serva Nina la causa di un comportamento tanto irrispettoso, quindi aveva intenzione di perdonargli questa scenata insultante. Si passò la mano sui capelli corti e disse a bassa voce.

"Mettete in pratica quello che predicate ai miei servitori, Semper, e siate cieco davanti alla principessa. Altrimenti, siete libero di lasciare il mio impiego, con un mese di paga."

"Milord, lasciare il vostro servizio?" Il maestro di casa restò a bocca aperta e fu il suo turno di arrossire. Si inchinò fino alle ginocchia. "Perdonatemi. Ero-ero… Non desidero lasciare il vostro servizio, milord."

"Bene, siamo in due. Quindi, per l'amor del cielo, state attento. Se questi lacchè capissero l'inglese—se lo capisse Sua Altezza—sareste impiccato prima che io riesca ad avere un'udienza per perorare la vostra causa. Non posso salvarvi da voi stesso, *stolto*. Per quanto riguarda Nina, se è uno dei cinquanta servi che mi sono stati regalati da Sua Altezza, allora tocca a me acconsentire o meno al suo matrimonio. Giusto?"

"Sì, milord," concordò Semper con un sorriso esitante che crebbe fino a diventare un sorriso di meraviglia. "Sì! Sì, è vero, milord." Fece una smorfia. "Anche se sarebbe prudente chiedere il permesso di Sua Altezza, per questioni di forma..."

Sir Antony represse un sorriso. "Grazie, Semper. Presenterò il vostro caso a Sua Altezza oggi stesso."

"Grazie, milord," rispose Ralph Semper. "Mi scuso nuovamente. Non so che cosa mi sia preso."

"Io sì," lo canzonò Sir Antony.

Semper vide la principessa che aspettava sulla porta della camera, e si assicurò di tenere lo sguardo fisso sui lineamenti scolpiti del suo padrone, anche perché ogni curva femminile e tutto il resto erano evidenti attraverso la seta sottile della vestaglia e della sottoveste. Riuscì a lanciare un avvertimento a Sir Antony spalancando gli occhi.

Sir Antony camminò lentamente nella stanza verso il suo maestro di casa, con le mani sprofondate nelle tasche della banyan di seta e disse, a voce bassissima, di modo che solo Semper potesse sentire:

"Se il signor Church non è ancora alzato, svegliatelo. Ha una lunga giornata davanti a sé, per preparare il viaggio. Partiremo per Londra appena sarà possibile."

"Londra?" Il maestro di casa sbatté gli occhi, sorpreso. Mantenne la voce al livello di un sussurro, nonostante la principessa non fosse in grado di decifrare l'inglese. "Ci hanno bandito, milord?"

Gli angoli della bocca di Sir Antony si alzarono all'uso del plurale. Ma non c'era buonumore né calore nella sua voce quando confidò:

"No, ritorniamo a Londra perché la vita di un ragazzino e di sua madre, forse di altri, sono in pericolo. Prego solo di essere ancora in tempo..."

"Che cosa intendete fare quando arriveremo a Londra, signore?"

Sir Antony era cupo, gli occhi erano spenti.

"Per tenerli al sicuro? Tutto quello che serve."

DUE

SALT HALL, WILTSHIRE, INGHILTERRA

Rufus Willis, il sovraintendente della tenuta del conte di Salt Hendon, camminava avanti e indietro sui ciottoli, sotto l'arco che portava alle scuderie. Aveva già guardato due volte il grande orologio rotondo inserito nell'arco e preso nota dell'ora, un'azione inutile. Comunque, lo tranquillizzava sapere che il conte stava tornando a casa. Uno spazzacamino messo di vedetta aveva individuato sua signoria e il suo gruppetto che cavalcavano nel vasto parco in direzione della casa.

Le gravidanze e i parti spaventavano a morte il sovraintendente. Le donne morivano continuamente di parto e per tutte le complicazioni che ne seguivano. Sua moglie, Anne, gli aveva dato un figlio sano e la sua seconda gravidanza stava procedendo altrettanto liscia. Eppure non era Anne che gli stava facendo battere forte il cuore e che l'aveva tolto dal suo ufficio nella residenza principale per portarlo nelle scuderie a cercare il suo datore di lavoro, era la contessa.

Il conte era partito quella mattina presto, accompagnato dal suo figlioccio Ron St. John e dal signor Hoskin, il guardacaccia, e da tre dei suoi assistenti. Sulla sella del conte, seduto davanti a lui, con le mani strette al pomello, felice come pochi, c'era l'orgoglio e la gioia di sua signoria, Edward Aubrey Magnus Sinclair, visconte Lacey, erede del titolo, conosciuto da tutti come Ned.

Il guardacaccia aveva promesso a Ned di fargli ammirare un vero cervo maschio e quindi, quando era sorta l'opportunità, avevano cavalcato fino a un bosco lontano per vedere questa bestia magnifica con il suo branco. Non era la giornata più adatta e il conte aveva cercato di posporre l'escursione, che richiedeva mezza giornata, finché la contessa gli aveva detto che non poteva deludere loro figlio, non mantenendo una promessa, quali che fossero le circostanze. Gli assicurò che i dolori che sentiva dalla notte precedente non volevano dire che fosse in travaglio. Secondo i suoi conti mancavano ancora due settimane al lieto evento. Per soddisfare l'amore della sua vita e per assicurarsi che portasse il loro figlio maggiore a fare l'escursione promessa, la contessa accettò che chiamassero il medico, che svegliassero presto Lady Caroline e che si mandasse un cameriere alla dependance per far venire la signora Willis. Due ore dopo la riluttante partenza del conte, Jane, la contessa di Salt Hendon, aveva dato alla luce un bambino sano, il suo terzo.

Per distogliere la mente dalla preoccupazione per la contessa e il neonato, Rufus Willis si appoggiò alla liscia parete di arenaria dell'elegante arco e tolse dalla tasca una lettera per rileggerla. La lettera era accompagnata da un pacchettino indirizzato a Diana, Lady St. John, al castello di Harlech ed era stata reindirizzata alla tenuta del conte di Salt Hendon. Anche se lo stupiva che un pacchetto indirizzato alla reclusa Lady St. John fosse stato inoltrato a Salt Hall, lo preoccupava molto di più che la lettera che lo accompagnava non provenisse dal guardiano di Lady St. John ma da un farmacista che serviva il castello.

Willis non aveva ricevuto il rapporto mensile su Lady St. John dal suo guardiano e non aveva ancora scoperto il motivo del ritardo. Forse il guardiano si era ammalato e il farmacista stava scrivendo per suo conto? Ma la lettera non menzionava il guardiano e Willis ne sapeva quanto prima. Si chiedeva anche perché il farmacista avesse dovuto inoltrare un pacchetto di Sir Antony Templestowe indirizzato alla sorella incarcerata. Ancora più stupefacente era che l'uomo concludesse la lettera facendo a Lord e Lady Salt i suoi auguri per la loro ritrovata felicità.

Ritrovata felicità? Che cosa significava? Perché il farmacista aveva scritto alla contessa come se lei lo conoscesse, mentre Willis avrebbe scommesso tutto quello che aveva caro che la contessa non aveva la minima idea della sua esistenza? Perché il pacchetto di Sir Antony non era stato consegnato a sua sorella? Willis aveva più domande che risposte. Aveva anche il presentimento che nella lettera del farmacista ci fosse più di quello che rivelava il suo contenuto. Ma Willis non voleva infastidire sua signoria con una lettera simile proprio quel giorno. Questo doveva essere un giorno di gioia e festeggiamenti.

Infilò la lettera nella tasca della sua redingote di tessuto marrone e pensò di tornare in casa per continuare i suoi compiti giornalieri. In cima alla lista c'era l'arrivo della nuova bambinaia, che si sarebbe unita al crescente numero di servitori impiegati nella nursery per accudire ai bisogni e ai capricci della crescente nidiata di un grande nobiluomo. Con l'arrivo del terzo figlio della contessa, l'arrivo tempestivo della ragazza era un dono del cielo.

Il gradito rumore degli zoccoli sui ciottoli fece uscire il sovraintendente dalle sue riflessioni. Si spostò attraverso l'arco verso il grande cortile delle scuderie, mentre il conte e il suo allegro gruppetto portavano al passo i cavalli sotto l'arco. I mozzi di stalla si avvicinarono alla testa dei cavalli. I cavalieri smontarono. Dal cortile della cucina apparvero i camerieri in livrea, con boccali di birra e succhi di frutta, bicchieri di cristallo, ciotole cariche della prima frutta di stagione e un grande cesto di panini morbidi, caldi e imburrati. I cavalli furono ritirati, tolti i guanti di pelle e calmata la sete e la fame dei cavalieri. Willis si fece avanti mentre il conte, che stava offrendo una coppa di fragole al suo figlioletto, alzava gli occhi dicendo, con un sorriso ironico:

"Signor Willis! Quale incarico state svolgendo per me che vi fa sembrare una nuvola grigia in un cielo altrimenti limpido? Prendi questa grossa e succosa, Ned," incoraggiò il bambino di tre anni e mezzo, le cui piccole dita erano sospese indecise sopra la coppa che il padre gli porgeva pazientemente, "prima che Ron decida che ha il suo nome inciso."

"È vero, zio Salt?" Chiese con espressione seria Ron St. John, assecondando il conte che gli aveva fatto l'occhiolino e guardando intento nella coppa come per cercare la fragola in questione. "Dovrei averla io allora, non credi, Ned, se porta il mio nome?"

"No, Ron! C'è il mio nome! *Ned*," protestò il bambino guardandolo minaccioso. Afferrò la succulenta fragola che gli aveva indicato il padre, come se il cugino di dodici anni intendesse rubargliela e con un sorriso impudente se la ficcò in bocca intera.

Il conte sorrise a Ron, arruffò i folti riccioletti dorati del figlio e, soddisfatto che stesse mangiando la fragola intera, si rialzò per guardare il suo sovraintendente che sorrideva alla sua tattica per far mangiare la frutta al bambino. Consegnò la coppa a un cameriere in attesa.

"Allora, signor Willis," disse Salt al suo sovraintendente, "siete venuto a dirmi che sua signoria è in travaglio?"

"No, milord. Cioè… circa due ore dopo la vostra partenza, sua signoria è entrata in travaglio. È stato fortunatamente breve e sua signoria ha dato alla luce…"

"*No*! Non ditemelo. Questo è un privilegio di sua signoria," lo interruppe il conte e, lungi dal percepire la preoccupazione o l'allarme evidenti sul volto del sovraintendente, lanciò un urlo di manifesta contentezza e diede una pacca sulla schiena dell'uomo, aggiungendo con un sorriso: "Ah! *Lo sapevo*. Sapevo il giorno esatto con Ned e Beth e quindi perché non con il numero tre? Ma la mamma ha ascoltato papà, Ned? No! Non ha voluto ascoltarlo." Prese in braccio il figlioletto e aspettò Ron, che stava educatamente ringraziando il guardacaccia per aver mostrato loro il cervo. Quando il ragazzo si avvicinò, gli mise un braccio sulle spalle, dicendo a bassa voce: "Ben fatto, Ron. Grazie." Aggiungendo a voce più alta mentre attraversava il cortile, con il signor Willis e due camerieri un passo indietro. "Che cos'è il numero tre secondo voi, Ron? Ned? Un fratellino o una sorellina?"

"Fratello!" Rispose in fretta Ned.

"Sì, per favore, fate che sia un maschio," concordò Ron con un solenne sospiro di rassegnazione. "Ci sono già troppe femmine in questa casa." Aggiungendo in fretta, per il timore che il suo padrino lo ritenesse poco sensibile. "Voglio bene a tutte, zio Salt, ma i loro fronzoli e la loro conversazione... Se devo ascoltare ancora Merry descrivere il suo vestito da sposa... Come se dovesse sposarsi domani e non avesse dodici anni come me, penso che vomiterò! Uffa. Fa rivoltare lo stomaco a un uomo."

"Allora non devo chiedermi se hai voglia di partire per Eton."

"Non vedo l'ora. Devo sopravvivere ancora a un mese di lavori di cucito e fichu di pizzo prima!"

Il conte si mise a ridere.

"Un giorno, Ron, ringrazierai tua sorella," disse enigmatico. "La comprensione di cose misteriose come il ricamo e i fichu assumerà un'importanza fuori dal comune, quando finalmente deciderai che avrai voglia di avere intorno le donne e la loro conversazione." Diede un'occhiata a Willis, alle sue spalle. "Non è così, signor Willis?"

"È l'assoluta verità, milord. Un profondo interesse per l'armamentario femminile è particolarmente importante quando un giovane uomo decide di dedicarsi al corteggiamento."

Ron arricciò il naso come se avesse assaggiato qualcosa di acido. "*Corteggiamento*? Puah. *Mai*."

Con un sorriso, il conte strinse il nipote in un abbraccio affettuoso e poi lo lasciò per passare dal cortile al fresco pavimento di marmo bianco e nero dell'ampio corridoio. Il sorriso morì quando vide il maggiordomo che conversava a bassa voce con il medico, due camerieri in attesa alle spalle del maggiordomo dall'altro lato del corridoio, dove si apriva nel grande atrio. Con Ned ancora in braccio, si avvicinò in fretta al medico, con Willis e Ron che lo seguivano da vicino, cercando di stare alla pari con i suoi lunghi passi, e interruppe il maggiordomo.

"Allora?" Chiese al medico, notando il soprabito dell'uomo grassoccio allacciato fino al mento e la borsa nera che pendeva da una mano guantata. Non aveva idea se l'uomo stesse arrivando o se ne stesse andando. Quando la reazione del medico non fu immediata, il suo sguardo passò al maggiordomo, che lo guardò negli occhi e poi spostò lo sguardo sul medico, aspettando che parlasse per primo. Il cuore del conte cominciò ad accelerare e il sangue a defluire dal volto. "Parlate!" Ordinò al medico. "La contessa…"

Il medico osò interromperlo. "Mi dispiace milord, sono veramente, veramente dispiaciuto. Sono arrivato troppo tardi. Non sono riuscito a fare nulla—"

"Buon Dio… Rufus! Prendete Ned!" ordinò Salt, pensando al peggio.

Consegnò Ned al sovraintendente con un bacio frettoloso sulla fronte del piccolo e corse via, lasciando il gruppetto nel foyer di marmo a guardarlo a bocca aperta. Il medico stava ancora cercando di parlare ma il momento era passato. Ron St. John fece un cenno a Willis e andò nelle sue stanze, seguendo il conte sullo scalone, ma lentamente, con la testa bassa per timore che un servitore o, peggio, un membro della sua famiglia lo cogliesse con le lacrime agli occhi.

Il conte fece i gradini a due per volta. Non si fermò finché non raggiunse il pianerottolo del secondo piano. Qui si fermò nell'ampio vestibolo con le finestre a doppia altezza che incorniciavano la vista pittoresca dei rigogliosi campi ondulati e, più avanti, il ponte di pietra e il padiglione estivo sul lago. Tirò il fiato, fissando il panorama senza vederlo mentre si toglieva la giacca da equitazione e la gettava lontana come se fosse infetta. Due camerieri aprirono la porta a due battenti che portava negli appartamenti privati che divideva con la contessa e la chiusero alle sue spalle, senza una parola, ma con gli occhi sgranati e inarcando le sopracciglia in segno di intesa.

Salt attraversò la sala da pranzo privata senza un'occhiata alle due cameriere stupite, che arretrarono verso il tavolo d'ebano per togliersi di mezzo, o alla terza cameriera, che stava aprendo le tende color borgogna e oro per permettere alla luce di riflettersi sui lucidi pavimenti. Attraversò la piccola anticamera con le sue due porte decorate, una che si apriva nelle sue stanze private, l'altra su un pianerottolo che portava alle stanze della nursery occupate dai suoi figli e nel grazioso salottino di sua moglie, recentemente ridecorato. Con la tappezzeria a motivi cinesi e le tende intonate, sofà e poltrone rosa tenue e verde pastello e le dorature, era uno spazio talmente femminile e così 'Jane' che la stanza non mancava mai di dargli una sensazione di calore, eccetto oggi.

Oggi, la stanza avrebbe potuto essere drappeggiata in teli di Olanda e lui non se ne sarebbe accorto, mentre spalancava la porta che si apriva sullo spogliatoio di sua moglie. La porta sbatté contro la parete tappezzata e così forte che, nonostante il rumore e l'attività in corso all'interno, gli occupanti smisero di fare quello che stavano facendo e guardarono la soglia. La stanza, dal paravento decorato fino al tavolino da toilette ingombro, era piena di donne e di attività. Fecero tutte la riverenza ma, dato che il conte fissava diritto davanti a sé, senza accorgersi di loro, aspettarono tutte, immobili come statue, di ricevere istruzioni. A un cenno di Lady Caroline Aldershot alla *femme de chambre* principale della Contessa, le cameriere tornarono in vita e continuarono con i loro compiti, gli occhi fissi sul pavimento.

Salt avrebbe voluto continuare a camminare ma sopra il tambureggiare nelle orecchie sentì il suo nome e voltò di scatto la testa a sinistra. Seduta su una dormeuse di damasco azzurro pallido c'erano la sua figlioccia Merry e sua sorella Caroline e, in mezzo a loro, una bambinaia stava dolcemente cullando un neonato avvolto stretto, sul quale erano puntati tutti gli sguardi. Che il neonato non fosse in braccio alla madre, così presto dopo la nascita, aumentò la paura del conte che qualcosa fosse andato terribilmente storto, quindi, senza una parola a sua sorella, che si era alzata scuotendo le sottane di seta a fiori per andare da lui, andò in fretta verso la porta della camera.

Prima di poter aprire la porta, una bambina grassottella di due anni con ricciolini neri e guance come ciliegie mature gli si parò davanti con uno strillo di piacere. Gli avvolse strettamente le braccia intorno agli stivali e non lo lasciò andare. Chiedeva al padre di portarla a cavalluccio come faceva sempre. Il conte sciolse le braccia di sua figlia dagli stivali da cavallerizzo, la prese in braccio, le diede un bacio sulla guancia tiepida e poi la consegnò a una cameriera in attesa, dicendo, senza la solita allegria o un sorriso, e più bruscamente di quanto intendesse: "Prima la mamma, poi Beth."

"Salt, ti piacerebbe tenere…"

"Prima Jane," dichiarò a sua sorella senza voltarsi ed entrando nella camera, mentre Lady Elizabeth Jane Honoria Sinclair, Beth per tutti quelli che la conoscevano, scoppiava in lacrime chiamando la mamma.

Il conte arrivò al letto a baldacchino senza rendersi conto che non respirava da quando era entrato nella stanza. Emise un sospiro di sollievo, passandosi una mano gelata sul volto, poi tra i capelli castani scomposti, quando l'occupante del letto cercò di mettersi seduta tra la montagna di soffici cuscini, con la cameriera personale che si affrettava a venire in suo aiuto.

"Salt? Magnus? Che-che c'è?" Chiese allarmata Jane, contessa di Salt Hendon. "C'è qualcosa che non va? Ned? Non è caduto da cavallo, vero? Beth? Ha appena gridato. Che cos'è successo?"

Prese la mano che le tendeva il marito, mentre lui si inginocchiava accanto al materasso e, quando lui non rispose subito ma le baciò il polso e poi abbassò la testa sulle loro mani unite con la fronte calda, come se stesse pregando, Jane si spaventò veramente.

"Non il…il *bambino*?" Chiese con un sussurro spaventato.

Salt scosse la testa senza alzare gli occhi. "No. No," borbottò. "È tutto come dovrebbe…"

Fu il turno di Jane di sospirare; poi si sdraiò contro i cuscini dando un'occhiata agli altri occupanti della stanza. Senza una parola, la sua cameriera personale accompagnò fuori dalla stanza le cameriere, con il loro mucchio di biancheria da lavare. La signora Willis mise una tazza di tè su un vassoio, a portata di mano di Jane, e le seguì. La coppia restò sola. Al click della porta che si chiudeva, Salt alzò gli occhi.

Sorrise a sua moglie con un velo di lacrime negli occhi. Gli occhi azzurri di Jane erano stanchi, e il volto incolore. Eppure, nonostante tutto, e con quello che aveva appena passato, era assolutamente adorabile e serena. Qualunque cosa lo preoccupasse, quando sentiva il peso delle responsabilità pesargli sulle spalle, stare con Jane non mancava mai di risollevarlo e di farlo sentire supremamente contento della sua vita; di fargli credere che nel mondo andava tutto bene. Jane sembrò leggergli nei pensieri perché, quando lui si appoggiò al materasso, guardandola in volto, gli disse allegramente:

"Non mi sorprende che abbiate pensato che ci fosse qualche problema, è successo tutto così in fretta. Questo bambino era determinato a venire al mondo causando il minimo dolore possibile alla sua mamma, cosa per cui gli sarò eternamente grata."

Salt le passò la tazza di tè. "Non vi avevo detto che era oggi il giorno?"

Jane sorrise mostrando le fossette e bevve il tè dolce, sentendosi già meglio.

"Vero. Ma nemmeno voi potevate prevedere che il bambino sarebbe arrivato prima di pranzo! La signora Willis è riuscita ad arrivare in tempo per aiutarmi ma il dottor Hume non è stato di nessun aiuto. Probabilmente è ancora in sella al suo cavallo."

"È al pianterreno nell'atrio, con ancora il soprabito addosso."

"Tanto vale che lo tenga!" disse Jane un po' brusca. "Suppongo che sarà un bel cambiamento per lui non dover avere a che fare con una donna in travaglio, che grida e maledice suo marito per averla sottoposta a un tale calvario…"

"Mi avete maledetto, Jane?"

"Oh, certo. La signora Willis mi dice che sarebbe innaturale non farlo."

A quel punto il conte si mise a ridere. Jane gli tese la tazza vuota sul piattino e Salt li appoggiò sul comodino senza distogliere gli occhi da lei.

"Oltre ad aver dato alla luce un bambino sanissimo, sono riuscita anche a far sistemare la stanza, lavarmi la faccia, farmi spazzolare i capelli, fare la treccia e tutto prima dell'arrivo del medico. Pur ammettendo che sono passate ben cinque ore da quando l'abbiamo mandato a chiamare, potrebbe ben chiedersi se ero veramente incinta." Tese la mano a suo marito dicendo, con uno sguardo indagatore: "La prossima volta che resterò incinta sarà meglio mandare a prendere il dottor Hume appena farete uno dei vostri sogni. La notte scorsa non solo mi avete svegliato ma ovviamente il bambino ne ha avuto abbastanza di essere disturbato e ha voluto una culla tutta sua, per riuscire a dormire."

Quando Salt bofonchiò una mezza scusa e non la guardò negli occhi, Jane ebbe la conferma che il sogno era stato in realtà un incubo, un avvenimento ricorrente nelle ultime settimane. Non aveva idea di che cosa lo stesse turbando e questo turbava lei.

"Vorrei che mi confidaste che cosa vi preoccupa tanto. Per favore non dite che non è niente o che è una stupidaggine o qualcosa che non dovrebbe riguardarmi. Divido il vostro letto da quattro anni, ogni notte, quindi so quando siete preoccupato oltre a quanto è ragionevole aspettarsi da un uomo nella vostra posizione." Sorrise ai suoi occhi castani e disse in tono gioioso: "Se non potete dirlo a me, allora a chi potete dirlo; certamente non a Willis. Voi e il vostro sovraintendente avete la stessa indole cupa ed io non voglio dover rispondere alla signora Willis per aver aumentato le preoccupazioni di suo marito."

Quando Salt accennò un pallido sorriso e guardò le loro dita intrecciate sul copriletto, Jane chiuse brevemente gli occhi, di colpo molto stanca e ansiosa di tenere di nuovo tra le braccia il neonato, e che i suoi figlioletti e la loro famiglia estesa dividessero con loro la gioia per la nascita di un altro Sinclair. Ma non si sentiva ancora piangere dal salotto e Jane aspettò pazientemente, sperando di riuscire a far confessare suo marito.

"Carissima Jane, avete appena dato alla luce il nostro terzo figlio ed io non ho nemmeno avuto le buone maniere di chiedervi del bambino, eppure i vostri pensieri sono tutti per me..." Premette d'impulso le labbra sul dorso della mano di Jane. "Non vi merito..."

"Stupidaggini! Certo che mi meritate!"

"Jane... Senza di voi... Se mai vi perdessi, o per un parto o in altro modo... Senza di voi non mi importerebbe più di niente... *Niente*."

Jane soffocò un singhiozzo e passò teneramente le dita tra i folti capelli castani, ancora arruffati, e disse, chinando la testa:

"Mio caro, carissimo uomo... Io vi amo tantissimo..."

"Ed io amo voi...oltre a quello che riesco a esprimere..."

Non riuscì a dirle tutta la verità. Sì, si era stato preoccupato per l'imminente nascita del loro terzo figlio. Quale marito non è terrorizzato da un parto e da tutte le calamità possibili? Aveva tenuto per sé quelle preoccupazioni. Con sua somma vergogna e colpa, i sogni che avevano disturbato il suo sonno nel mese precedente non erano per niente pieni della preoccupazione per la vita di sua moglie o dei suoi figli, ma riguardavano qualcun altro, una creatura che detestava tanto da odiarsi per averle permesso di invadere i suoi pensieri. Era la lettera, o la sua mancanza, che aveva dato inizio agli incubi. Non serviva che il suo sovraintendente gli dicesse che la lettera mensile dal guardiano dell'innominata era in ritardo. Aspettava quelle lettere, come se con ognuna di esse lui potesse respirare liberamente per altre quattro settimane, sapendo che la creatura che aveva cercato di uccidere sua moglie ed era un'assassina di bambini non nati restava rinchiusa, lontana da Jane e dai suoi stessi figli e che Ron e Merry erano al sicuro dal pericolo, al sicuro dal male per un altro mese.

Negli ultimi quattro anni aveva spesso pensato di porre fine alla miseria dell'apprensione paralizzante che lo consumava. Con Diana St. John rinchiusa per il resto della sua vita naturale, spogliata dalla sua identità e alla quale si sarebbero per sempre riferiti come l'innominata, aveva pensato di essersi liberato di lei. Non era così. Sapeva che sarebbe stato libero solo quando fosse morta. Troppe volte per contarle aveva pensato di farla avvelenare, o di orchestrare un incidente, la caduta da una torretta, il collo rotto scivolando dalle scale. Sarebbe stato facile da organizzare. Eppure, questo avrebbe fatto di lui un assassino, non migliore di lei. Non poteva avere il suo assassinio sulla coscienza, che i suoi figli potessero un giorno scoprire che il padre che amavano e rispettavano era complice di un simile odioso crimine, e contro una creatura che era chiaramente folle.

Si mise seduto, dandosi uno scossone mentale per liberarsi da quei pensieri malinconici. Gli occhi azzurri di Jane erano talmente pieni di preoccupazione che lo fecero sentire un miserabile egoista. Questo doveva essere un momento di felicità, di risate spensierate, un momento da festeggiare, un momento per la famiglia. Lo doveva ai suoi due figli e alla nuova vita che era appena venuta al mondo, alla sua famiglia estesa, ai suoi dipendenti, a tutti quelli che guardavano a lui come guida e perché fosse d'esempio, e, più di tutti, lo doveva a sua moglie, a Jane, che non solo gli aveva dato tre figli sani che adorava, ma che gli aveva dato una vita degna di essere vissuta.

Ripose in fondo alla mente i pensieri cupi, rimandandoli a un altro giorno, mentre le baciava il dorso della mano, e stava per offrirle una spiegazione ingarbugliata dei suoi frequenti episodi di sonno interrotto durante le ultime settimane, quando lei gli diede una scusa plausibile che lui poteva tranquillamente accettare senza bisogno di mentire.

"Il vostro problema è che il vostro cervello ha bisogno di essere occupato. E non intendo dire a contare le pecore o a sistemare le staccionate dei mezzadri. Vi serve la politica, documenti e un centinaio di problemi parlamentari per allontanare i vostri pensieri dagli insignificanti fastidi domestici. Willis si è dimostrato un sovraintendente meravigliosamente competente, talmente competente che vi lascia poco da fare, oltre che dire sì o no ai suoi suggerimenti e consigli." Jane gli strinse le dita. "Willis può gestire la tenuta senza bisogno che voi siate qui, mentre il parlamento è in sessione. Ha dimostrato di essere più che capace, viste le vostre frequenti visite a Londra nei mesi recenti per i lavori parlamentari. Ned compirà presto quattro anni. Un mese, poi il bambino e io potremo viaggiare. Per favore, Magnus, se ritenete che sia il momento giusto per voi per ritornare all'arena politica, dovete farlo. Quattro anni in campagna a curare le vostre proprietà sono sufficienti, per un uomo con le vostre capacità, cosa che i giornali continuano a ricordarmi!"

Salt inarcò un sopracciglio, sorpreso. "Allora sua signoria è d'accordo con gli scribacchini che punteggiano le loro opinioni con grida di 'Richiamate Lord S dalla campagna!' come se io fossi una pomata da applicare per far guarire il governo?"

"Non so se siete una pomata politica," disse francamente Jane, "ma non voglio più che la contessa di S-H—un modo non molto sottile di puntare il dito su di me, vorrei aggiungere—sia accusata, a mezzo stampa, di tenervi prigioniero nella vostra stessa tenuta con bambini, bellezza e bubbole!" Quando Salt sogghignò, Jane fece il broncio e gli strinse la mano. "Bambini e bellezza, forse, bubbole, mai."

Il conte sorrise, poi diventò serio.

"Ritornereste veramente a Londra e alla vita della moglie di un politico?"

"Prenderei subito i bambini e vi seguirei fino alla fine del Sud America se significasse poter avere una notte di sonno ininterrotto!"

A quel punto, Salt scoppiò a ridere e saltò giù dal letto. Le baciò la fronte e poi le fece un elegante inchino. "Così sarà, amore mio. Dobbiamo comunicare la buona notizia alla famiglia? Anche se dubito che Caroline sarà contenta della nostra decisione di riaprire in permanenza la casa di Grosvenor Square. Le piace vivere là, solo con Lady Reanay e Kitty Aldershot per compagnia…"

"E il suo serraglio di amici pennuti e pelosi!"

Il conte sorrise e scosse la testa. "Credo che la loro compagnia le piaccia più della nostra." Un pensiero gli fece aggrottare la fronte. "Intende continuare ad annegare nei rimpianti, ora che il periodo di lutto è finito?"

Jane sostenne il suo sguardo. "C'è solo una persona che potrebbe porvi rimedio."

Il conte sapeva che si stava riferendo a Sir Antony Templestowe, ma non voleva discutere, proprio quel giorno, del cugino caduto in disgrazia. Quindi evitò di risponderle e andò alla porta, dicendo allegramente, con le dita sulla maniglia. "Prima di permettere alla famiglia di assalirvi, e solo per una brevissima visita, dato che voi e il bambino avete bisogno di riposare e recuperare, milady, avete pensato ai nomi per il nuovo membro della famiglia?"

"Sì, milord. Samuel. Sam."

Salt le sorrise. "Un altro maschio, Jane?"

"Già, un altro maschietto. Vostra signoria ha un erede e una riserva. Anche se non parleremo mai di Sam in questi termini perché ci sarà caro come Ned."

"Naturalmente. Sapete che sarei stato contento, qualunque fosse il sesso, Jane."

"Lo so, carissimo," rispose Jane, anche se entrambi sapevano che la nascita di un secondo figlio maschio era quello che ci voleva per assicurare il futuro della casata. "Spero che sarete altrettanto contento del secondo e terzo nome del vostro secondo figlio: Antony Hugh."

L'annuncio fermò il conte mentre apriva la porta per far entrare i suoi figli, che lo sentivano parlare attraverso la sottile fessura dove la porta incontrava lo stipite e lo stavano chiamando, nonostante tutti gli sforzi di una bambinaia che cercava di farli stare zitti. Si voltò a metà verso il letto, stringendo i denti.

"Voglio chiamare nostro figlio Samuel Antony Hugh Sinclair," disse placida Jane. "E voglio che Antony sia il padrino di Sam."

"Quando avrete avuto il tempo di riposare, recuperare e riconsiderare..."

"Magnus, ho avuto nove mesi—anche di più—per pensare ai nomi di nostro figlio. Se le cose fossero andate diversamente prima della nascita di Ned, Antony sarebbe il padrino anche di Ned. È passato abbastanza tempo, nessuno farà una piega davanti a un gesto simile."

"E Caroline?" Le chiese inarcando un sopracciglio, come a evidenziare la follia di una simile richiesta. "Dubito che vedrà le cose come voi, milady."

Jane sospirò e chiuse per un momento gli occhi. Era esausta e tutto quello che voleva era dormire con il figlio appena nato al seno, ma solo dopo aver ottenuto l'assenso del marito alla sua richiesta. Rimandare a un altro giorno avrebbe solo permesso a suo marito e a Caroline di soffiare sulle fiamme del loro orgoglio ferito, visto che continuavano a essere troppo suscettibili riguardo a un incidente che era accaduto quattro anni prima. Era passato tempo più che sufficiente perché fratello e sorella si mettessero il passato alle spalle e si riconciliassero con loro cugino, Sir Antony Templestowe.

"Non posso rifiutarvelo," disse il conte dopo un breve, pesante silenzio tra di loro. "Gli scriverò e glielo chiederò ma c'è la possibilità che rifiuti quest'onore."

"Non rifiuterà. E Caroline non può rifiutare di essere la madrina di Sam… Se glielo chiederete gentilmente."

"Jane, non giocate a fare la sensale di matrimoni, siete destinata a restare delusa. Non si può disfare il passato. Caroline si è sposata e ora è vedova e, da quello che ho sentito, Antony passa più tempo tra le lenzuola a compiacere una procace principessa russa di quanto ne dedichi agli affari diplomatici!"

"Davvero? Beh, deve ringraziare il suo mentore per la sua destrezza diplomatica."

"Ero io il suo mentore!"

Jane scivolò sotto il copriletto di seta, senza riuscire a reprimere una risatina. "E che mentore favoloso avete dimostrato di essere."

Il volto di Salt divenne bordò.

"Jane! Non è una cosa di cui ridere! Non accetterò un dongiovanni come cognato!"

Jane non sottolineò l'ovvio. Suo marito aveva un passato costellato da uno stuolo di belle amanti, eppure era il più fedele e amorevole dei mariti. Lei riteneva che Sir Antony fosse fatto della stessa stoffa. Non menzionò neppure che il breve matrimonio di Caroline con il giovane cacciatore di dote Stephen Aldershot era stato un disastro dal primo giorno, e per ragioni che non avrebbe certo discusso con suo marito; c'erano cose che i fratelli non avevano bisogno di sapere delle loro sorelle. Quindi, continuò, tranquilla:

"Ovviamente non vorrei un dongiovanni per Caroline. Ora, per favore, amore mio, aprite quella porta prima che Ned e Beth la riducano in trucioli."

Il conte fece quello che gli chiedeva. Con un sorriso radioso e molta agitazione, raccolse figlio e figlia che correvano tra le sue braccia aperte. Un invito a seguirlo a quelli che affollavano il salotto e portò i bambini accanto al letto a baldacchino. In un attimo, la stanza traboccò di famigliari e dei dipendenti privilegiati. Il nuovissimo membro della famiglia Sinclair, avvolto nella sua copertina, fu messo tra le braccia ansiose di sua madre e continuò imperterrito a dormire durante tutto il trambusto.

Mentre il medico continuava a scusarsi, soddisfatto della salute sia della madre sia del figlio, il conte ordinò che suonassero le campane della cappella di famiglia, della chiesa della parrocchia e di tutte le chiese fin dove si stendevano le sue terre. Il suono delle campane era la proclamazione pubblica che la contessa aveva fornito un figlio alla casata, un altro erede. Jane scivolò nel sonno al suono delle campane, con Lord Samuel Antony Hugh Sinclair rannicchiato sul petto, e i suoi pensieri non erano rivolti al neonato, alla sua famiglia e nemmeno a suo marito, ma a un cortese gentiluomo lontano migliaia di miglia.

Se il suo nobile marito fosse stato al corrente dei suoi pensieri, sarebbe stato allarmato e invidioso di scoprire che la contessa si stava chiedendo come poteva far tornare in Inghilterra Sir Antony Templestowe. Credeva con tutto il cuore che l'amore di Sir Antony per Caroline fosse duraturo. Il fuoco poteva sembrare spento, ma un colpetto al ciocco di legno, una soffiata alle fiamme e quell'amore, ne era più che certa, si poteva riattizzare perché bruciasse più vivo che in passato. L'amore del conte per lei ne era la prova. Intendeva dimostrare che era la stessa cosa per le due persone che amava di più, a parte suo marito e i loro tre figli.

TRE

LONDRA, INGHILTERRA

Sir Antony Templestowe sarebbe stato notevolmente incoraggiato se fosse stato al corrente dei pensieri della contessa di Salt Hendon. Visto che non era così, scese dalla sua carrozza coperta di polvere e carica dei suoi bagagli personali, stanco, esausto dopo il lungo viaggio, e senza minimamente sapere che almeno un membro della famiglia lo aveva perdonato per i suoi passati scivoloni. Non si era reso conto fino a quel momento di quanto gli fosse mancata la sua città, mentre, in piedi sul marciapiede di South Audley Street, guardava lungo la fila di case palladiane verso i palazzi di Grosvenor Square. Restò immobile come una statua per un momento, l'orecchio ai familiari suoni discordanti della città più grande d'Europa: il clip-clop degli zoccoli, i carri che passavano sulla terra battuta, la cadenza cantilenante dei venditori con i carretti che elogiavano la loro merce, abbastanza forte da superare il frastuono costante; l'infinita cacofonia del rumore delle costruzioni, dei martelli e il generale baccano di un'attività incessante.

Sorrise, sentendosi rinvigorito, e finalmente salì i due bassi gradini che portavano alla porta di ingresso della sua elegante casa d'angolo.

La palazzina, una volta occupata da sua sorella Diana, Lady St. John, era tornata in suo possesso dopo la sua incarcerazione. A quel punto, aveva ordinato che le stanze fossero spogliate di tutte le vestigia della sua esistenza. Mentre era in Russia, le stanze erano state ridipinte, tappezzate e arredate secondo i suoi gusti. Non vedeva l'ora di ammirare il suo salone etrusco. Prima della sua partenza per San Pietroburgo, aveva avuto solo il tempo di consultarsi con l'architetto e scegliere i colori. Dalle lettere aveva saputo che la stanza ora era arredata con sofà dorati e imbottiti, e tavoli dalle gambe tornite. Le finestre a ghigliottina avevano tende di velluto nelle tonalità della terracotta e marrone cioccolato, per intonarsi alla tappezzeria classica, con vasi e antiche figure drappeggiate. Era lo spazio ideale per il suo samovar d'argento, le teiere assortite e il servizio da tè imperiale.

Nel suo spogliatoio c'era una nicchia, tra la finestra a tutta altezza e la porta del guardaroba, ed era lì che aveva chiesto di sistemare l'enorme vasca da bagno di rame con la sua cupola di diafane tende per trattenere il calore, mentre lui indugiava nell'acqua. Portata dalla Russia con grande cura e a costi altissimi, era un regalo d'addio del suo mentore, il principe Mikhail. Si chiedeva se Semper fosse già riuscito a farla installare e non riusciva a pensare a nient'altro che volesse di più di un lungo bagno nell'acqua profumata, con una bella tazza di tè russo Caravan, scorrendo l'ultima edizione del *The Gentleman's magazine*.

Notò che il batacchio d'argento era fissato alla porta di ingresso laccata nera, il segnale che era a casa per i visitatori, e si disse che Semper doveva averlo fatto montare sapendo che doveva arrivare da un giorno all'altro. Il suo maestro di casa, il contingente di servitori russi e i suoi effetti personali erano stati mandati avanti per nave da Esjberg, mentre lui viaggiava in carrozza da Lubecca all'Aia per consegnare la corrispondenza diplomatica troppo delicata per essere affidata a un corriere. Cosa ancora più importante, il tragitto in carrozza gli aveva permesso di rimettersi dal mal di mare sofferto durante il viaggio in nave da Helsinki a Lubecca. Quando aveva messo piede sul suolo inglese, dopo la traversata finale, era verdognolo ma sicuramente sollevato di essere sulla terra ferma.

La porta si aprì e c'era Boyle, il suo maggiordomo, sottile come un fuscello, e dietro di lui un cameriere che si affrettò a togliergli il soprabito aderente e a liberarlo dalla spada decorata e dai guanti di capretto beige.

"È così bello riavervi finalmente a casa, Sir Antony," disse Boyle con un sorriso di benvenuto e un breve inchino. "La signora Boyle e io aspettavamo da tanto questo giorno." Con un breve gesto della mano, mandò in strada i tre camerieri in attesa, per aiutare a scaricare l'assortimento di portmanteau e pacchetti. "E se posso dirlo, avete un aspetto magnifico."

"Grazie, Boyle. Confido che il signor Semper e i miei russi non abbiano disturbato troppo la routine della casa?"

"Per niente, signore," rispose il maggiordomo, seguendo Sir Antony nel foyer di marmo bianco e nero con l'elegante scala Adam.

"Il signor Semper ha trovato posto per tutti?"

Quando Sir Antony alzò un sopracciglio e aspettò, il vecchio dipendente gli disse, con un sorriso d'intesa: "Sua signoria non deve preoccuparsi riguardo al personale di servizio. Il signor Semper si è dimostrato un eccellente maestro di casa e la signora Boyle non potrebbe essere più soddisfatta della giovane signora Semper. Stanno ancora cercando di trovare una specie di lingua franca e la signora Boyle non sa più come elogiare una cucitrice e ricamatrice diligente come la signora Semper. Cinque dei russi sono acquartierati nella dependance e ciascuno ha un suo lavoretto, e quelli che parlano il francese sono in livrea, come richiesto. Non ho mai visto un gruppo di stranieri più beneducato."

"Ottimo."

Almeno la sua vita domestica era ben organizzata e questo lo lasciava libero di tentare di mettere ordine nella sua vita personale. Il pensiero di dover affrontare suo cugino, il conte, con la notizia che la sua folle sorella era fuggita ed era in agguato da qualche parte e—non ne dubitava assolutamente—vicino, lo faceva sudare freddo.

Forse il conte lo sapeva già. Era passato un mese dalla lettera del farmacista e non aveva ricevuto notizie da Salt. Certo, lui era stato in viaggio e non aveva informato la famiglia delle sue intenzioni di tornare, quindi le lettere potevano essersi incrociate. Ma non lo credeva. Sua sorella era pazza, fatto indiscutibile, ma era anche eccezionalmente intelligente e assurdamente furba, e avrebbe aspettato il momento più opportuno per *riunirsi* al conte, nel momento e nel posto che meglio avrebbero favorito i suoi piani malvagi. Come trovarla e confinarla prima che potesse fare del male a quelli che lui amava più al mondo, beh, le sue idee non erano più chiare di quanto lo fossero state prima di partire da San Pietroburgo. Una cosa era certa. Una volta catturata, intendeva farla trasportare nel punto più remoto dell'impero russo.

Sapere Diana in giro libera era sufficiente a spegnere il suo entusiasmo per essere tornato alla sua città natale, ma c'erano anche i suoi rapporti tesi con Lady Caroline Aldershot. Se avesse potuto scegliere tra staccarsi un arto o vederla felicemente sposata a un altro, avrebbe scelto la prima alternativa, senza pensarci due volte! Che cosa doveva dirle? Come poteva congratularsi con suo marito quando avrebbe voluto strozzarlo? Che cosa doveva fare...?

Il maggiordomo che ripeteva la domanda, a voce un po' più alta, distolse dalle sue riflessioni Sir Antony, che si staccò dalla balaustra, rendendosi di colpo conto che stava stringendo il legno lucido.

"Preferite togliervi gli abiti da viaggio prima di unirvi al piccolo ricevimento nel salone?"

Sir Antony appoggiò lo stivale sul primo gradino dell'elegante scala. Il suo sguardo percorse la parete curva coperta di antenati in cornici dorate e si fissò sul primo pianerottolo. "Piccolo ricevimento...?"

"Sì, signore. Serviremo il tè nel salone prima che si dirigano ai Giardini Vauxhall. Credo ci sia un recital stasera..."

Sir Antony si guardò alle spalle. "Ospiti?"

"Lady Porter, Lady Dalrymple e una certa signora Smith. Anche se, dato che Lady Dalrymple è venuta per restare e la signora Smith è la dama di compagnia di sua signoria, in realtà c'è una sola ospite, Lady Porter."

Sir Antony si voltò a guardare in volto il maggiordomo.

"Chiedo scusa, Boyle. Ho il cervello stanco. Tutto quel viaggiare, capite. Dovrete illuminarmi."

"Sua signoria ha cominciato a ricevere regolarmente il giovedì. Questo è il terzo giovedì di fila, quindi lo chiamerei regolare."

"E Lady Dalrymple è venuta per restare? *Qui*?"

"Sì, su invito di sua signoria."

"E questo altro personaggio, questa signora…*Smith*, anche lei risiede sotto il mio tetto?"

"Come dama di compagnia di sua signoria, la signora Smith è istallata nel piccolo appartamento accanto alle stanze di sua signoria, mentre a Lady Dalrymple, dopo una consultazione con il signor Semper, è stata assegnata la seconda camera per importanza, quella con una vista parziale sul giardino che ha un piccolo salotto annesso ed è dall'altra parte del corridoio rispetto a sua signoria. La cameriera di Lady Dalrymple è alloggiata con le altre cameriere e non le manca nulla. Nessuna di queste sistemazioni, vi assicuro," sottolineò il maggiordomo osservando l'espressione neutra delle belle fattezze del suo padrone, "comporterà alcun fastidio per vostra signoria. Le signore sono sistemate nel lato a sud della scala, mentre vostra signoria avrà il completo dominio dell'ala nord. Su questo, vostra signoria, il signor Semper, la signora Boyle *e* io siamo stati completamente d'accordo."

Se Sir Antony era esausto e desiderava un bagno quando era sceso dalla carrozza, ora aveva bisogno di un pisolino per schiarirsi la mente nuovamente annebbiata da tutte queste sistemazioni domestiche. Una cosa restava completamente avvolta nella nebbia. Si rese conto più tardi che ci poteva essere una sola risposta alla domanda. Eppure, in quel momento, la possibilità restava così remota dalla sua consapevolezza che non la prese in considerazione nemmeno per un momento, nonostante fosse il motivo del suo ritorno a Londra. La sua infinita e completa sorpresa, e il fatto di non essere riuscito a comprendere quello che lo guardava in faccia, esacerbarono la sua reazione.

"Sua signoria?"

Il maggiordomo sorrise, comprensivo. Il suo padrone era stanco, perché chi poteva essere sua signoria se non la persona più vicina e la più cara? Come a rispondere alla domanda, la porta del salone etrusco si aprì e il rumore di conversazione e di risate femminili arrivò fino al pianerottolo. Sua signoria, con una covata di femmine chiacchierine alle spalle, guardò oltre la balaustra, con il ventaglio d'avorio che si muoveva lentamente sul decolté. Vedendo chi c'era all'ingresso del foyer emise un grido di sorpresa e si voltò verso le altre annunciando che il padrone di casa era finalmente arrivato a casa sano e salvo. Scese maestosamente dalle scale in una nuvola di broccato di seta gialla, sottogonne di taffetà e scarpine in tinta, che risuonavano sui gradini. Le braccia, con tre balze di delicato pizzo bianco che ricadevano dai gomiti delle aderenti maniche a tre quarti, erano tese in segno di benvenuto.

Il maggiordomo sorrise a quella riconciliazione così affettuosa e disse, come a sottolineare la grande occasione, con un ampio gesto del braccio: "Sir Antony, Lady St. John."

Poco prima, quando era fuori dalla sua casa e ascoltava i suoni della città ammirandone la vista, beatamente ignaro di che cosa lo aspettasse dentro, Sir Antony era ugualmente ignaro del landò dipinto di giallo, con le sue tre passeggere, che si era accostato al marciapiede. Se l'occupante del landò dal lato della casa avesse teso il suo parasole di seta, avrebbe potuto dare un colpetto sulla spalla a Sir Antony. Non l'aveva fatto. La sua prima reazione era stata di distogliere in fretta il volto, per non farsi riconoscere. Ma poiché lui era di profilo, con lo sguardo fisso su un punto in lontananza, non era molto probabile che si voltasse in una direzione diversa dalla porta della sua residenza. Certamente non avrebbe scelto di guardare l'ingorgo formato dalle carrozze che si erano fermate a causa di un intoppo nel flusso del traffico, più avanti sulla strada.

Con questo in mente, la donna si voltò lentamente a fissarlo. Indossava un graziosissimo cappellino di paglia alla bergère, con la tesa ampia e una fila di boccioli intorno alla bassa corona, e dovette muovere non solo la testa ma anche le spalle e alzare il mento, di modo che la tesa del cappello non le coprisse gli occhi. Era stata tale la sua sorpresa nel vedere Sir Antony tornato dalla Russia, che non si accorse dello sguardo interrogativo di sua cognata, seduta di fronte a lei, che passò apertamente lo sguardo da Lady Caroline a Sir Antony, per poi riportarlo su Lady Caroline. Rimase anche sorda al monologo della sua vecchia zia sull'incidente che aveva bloccato tutto il traffico che viaggiava verso nord e sud. Occupata a fissare il profilo di Sir Antony, Lady Caroline non si accorse nemmeno che la sua eccentrica zia aveva approfittato dell'immobilità del landò e, con l'aiuto di Kitty Aldershot e del suo bastone di Malacca, si era alzata sui tacchi per avere una migliore visione degli avvenimenti in corso.

"Oh mio Dio! Si è rovesciata una portantina. Quegli idioti di portantini hanno cercato di superare un carro e hanno stimato male la sua velocità. Sciocchi! Il povero conducente ha fatto del suo meglio per fermare le sue bestie ma una parte del carico è scivolata quando ha cercato di evitare il disastro. Ora il telone sta sbattendo e ha disturbato qualunque cosa ci sia in quelle gabbie… Pollame. Sì, pollame. E, a giudicare dal frastuono, direi che sono oche. Chi sa quante ne sono state schiacciate e ora, spaventate, finiranno per sbatacchiarsi a morte a vicenda! Mi chiedo chi fosse la poveretta nella portantina… Una donna. Sì, una donna. Il cappello è uscito dal finestrino con ancora il tupè attaccato ed è finito nel fango. O povera me! Quelle piume non torneranno mai come prima. Stupido da parte sua tenere il finestrino aperto in una giornata così calda e polverosa. Deve avere avuto la testa fuori dal finestrino, a sbraitare ordini, ed è rimasta impigliata."

"È qualcuno che conosciamo, milady?" Chiese educatamente Kitty Aldershot, ascoltandola solo a metà e guardandosi brevemente dietro la spalla destra. Riportò in fretta lo sguardo sulla cognata, chiedendosi chi era il bel gentiluomo che aveva attirato l'attenzione di Lady Caroline. "Forse Lady Caroline saprà chi c'è nella portantina? La sua vista è molto migliore della nostra. I miei occhi sono rovinati dal cucito che, come sappiamo, non è l'occupazione preferita di Caroline. Caroline? Vuoi dare un'occhiata per farci sapere chi è la sfortunata nella portantina? Caroline…?"

La mancanza di reazione da parte della cognata sorprese Kitty. Lei poteva anche non ascoltare i monologhi di Lady Reanay, frequenti e spesso lunghi un paragrafo o due, ma si poteva sempre contare su Caroline per essere cortesemente attenta ai discorsi dell'anziana signora, permettendo così a Kitty di passare il suo tempo a ricamare e a sognare a occhi aperti. Stava giusto sognando a occhi aperti, pensando alla necessità di visitare il magazzino Jackson's Habit per trovare il costume perfetto per il ballo mascherato di Salt. Ma l'interesse di Lady Caroline per l'affascinante sconosciuto con il mento risoluto e l'elegante naso diritto la fece sedere diritta sul cuscino di velluto del landò, senza più il minimo interesse per Lady Reanay e per le sue osservazioni sull'incidente.

Lady Caroline stava facendo la cosa che raccomandava continuamente a Kitty di non fare mai: fissare. Ma come poteva Lady Caroline fare a meno di fissare un uomo che, secondo l'opinione di Kitty, era il più vicino alla perfezione maschile che avesse mai visto, vestito in un aderente abito da viaggio, con gli stivali lucenti. Se non fosse stata seduta, era sicura che sarebbe svenuta, solo per dare all'avvenente sconosciuto l'opportunità di afferrarla con le sue forti braccia prima che la testa colpisse il marciapiede. L'idea di essere tra le braccia dello sconosciuto era così emozionante che le scappò un'involontaria risatina, e Kitty si portò in fretta la mano guantata alla bocca per evitare ulteriori imbarazzanti scoppi di risa.

La concentrazione di Caroline era tale da renderla sorda alle risatine di Kitty. Aveva ricevuto un colpo. Sir Antony Templestowe era l'ultima persona che si aspettava di vedere a Londra. Avrebbe dovuto essere di stanza a San Pietroburgo ancora per parecchi anni e, dato che suo fratello non le aveva detto niente di diverso, era a San Pietroburgo che avrebbe dovuto essere; non qui a Londra, non fuori dalla sua residenza in città.

Era alto come lo ricordava e le spalle erano larghe, come sempre, ma il suo atteggiamento, la schiena diritta e la testa alta, dimostravano che era sicuro di sé e proclamavano a tutti che era conscio della sua fisicità. Guardava il mondo come se sapesse qual era il suo posto e come se anche gli altri dovessero saperlo. Era un contrasto troppo forte con l'ultima volta che era stata in sua compagnia, quando si era presentato barcollante a un recital musicale e si era reso completamente ridicolo, tanto che Caroline dovette sbattere gli occhi per essere sicura che fosse veramente lui.

Non sentì il rumore quando il pollice guantato premette troppo forte contro il delicato avorio delle stecche del ventaglio dipinto a gouache. Né sentì l'esclamazione di Kitty Aldershot quando il ventaglio si ruppe in due pezzi. Quando Kitty le toccò il polso per richiamare la sua attenzione, Caroline si voltò a guardarla senza vederla, con i pensieri ancora lontani, rivolti all'uomo sul marciapiede.

"Chi è, Caroline?" Chiese Kitty, con una veloce occhiata di traverso a Sir Antony, proprio mentre lui voltava le spalle squadrate verso la strada e saliva i bassi gradini per aprire la porta d'ingresso.

Caroline sentì la pressione sul polso prima della domanda di Kitty e il sangue le salì immediatamente al volto.

"Chi? Oh, lui… Non è importante," borbottò, uscendo dal momento di astrazione. Trasalì quando vide il ventaglio rotto nella mano guantata e ne infilò in fretta i pezzi nella reticella, felice di abbassare la testa, così che il cappello nascondesse le sue guance arrossate allo sguardo inquisitivo di Kitty.

"Ma sai chi è, vero?" insistette Kitty, guardando tre camerieri in livrea uscire dalla palazzina e scaricare una montagna di bagagli dalla carrozza.

"Sì, sì, lo so," dichiarò Caroline e si voltò verso Lady Reanay, per segnalare che la discussione era finita. Fu sorpresa di vedere l'anziana signora in piedi. "Zia? C'è qualche possibilità che l'ostruzione al traffico sia sparita? Volete che vi aiuti a sedervi? Le vostre gambe…"

Kitty la guardò sospettosa. Poteva anche aver lasciato da poco l'aula di scuola, ma sapeva che lo sconosciuto molto attraente aveva profondamente colpito sua cognata. La sua curiosità aumentò e disse, con quella vena di indiscrezione comune a tutte le donne interessate a un maschio in particolare: "Un gentiluomo di così bell'aspetto che arriva a quest'indirizzo con tanto bagaglio deve avere un nome altrettanto importante, non è forse vero, Caroline?"

"Lo sportello non si apre. Uno dei portantini è caduto sul sedere cercando di liberarla. Si è incastrata," annunciò Lady Reanay con voce tranquilla, ancora in piedi, appoggiata al bastone, con lo sguardo fisso su quello che stava succedendo un po' avanti.

Eppure aveva sentito lo scambio di battute tra sua nipote e Kitty Aldershot. Aveva anche visto chi aveva catturato l'attenzione di Caroline e non era sorpresa che la ragazza fosse sconvolta. Continuò con il suo monologo sull'incidente, per dare tempo a sua nipote di riprendere la sua compostezza e riempire il vuoto imbarazzato nella piacevole conversazione nel landò.

"Forse, assente il tupè, la nostra signora della portantina dovrebbe tenersi stretta e aspettare che la sollevino di nuovo. Io non uscirei davanti a tutti con metà dei miei capelli nel fango, con tutta Londra che guarda. Un giovanotto bruno molto attraente, la cui redingote potrebbe fare il pari con una delle creazioni di Salt per una serata a teatro, si è avvicinato al finestrino della portantina. Mi ricorda il figlio di Roxton, che ho incontrato a Costantinopoli quando i suoi genitori erano…" Si fermò di colpo e usò le bacchette del ventaglio per picchiettare il ginocchio di un cameriere in livrea seduto alle sue spalle. "Barnes? Barnes! Andate ad aiutarli altrimenti non andremo da nessuna parte, e Lady Caroline e Miss Aldershot cuoceranno come uova sotto questo sole. Almeno andate a cercare di dare la sveglia a qualcuno di quei tipi, perché raddrizzino quelle gabbie prima che ci si siano abbastanza piume in giro da riempire un cuscino."

Con un sospiro irritato, si risistemò sui cuscini del sedile e allargò le sottane. Kitty Aldershot si precipitò ad aiutarla, spingendo il poggiapiedi imbottito a portata delle scarpe da passeggio di sua signoria.

"Grazie, mia cara. Oh, e, Barnes? Barnes. *Non* occupatevi delle gabbie. Assistete la povera creatura intrappolata nella portantina. Potrebbe essere qualcuno che conosciamo… Ora, mie care," continuò allegra, passando lo sguardo da Miss Aldershot, che la guardava a occhi sgranati, alle guance arrossate di Lady Caroline, "appena saremo in casa metterete del ghiaccio in un panno su quelle guance arrossate. Ragazze con una pelle così gloriosamente perlacea non dovrebbero stare all'aperto a metà della giornata. È colpa mia. Avrei dovuto insistere per prendere un po' d'aria e fare una passeggiata prima di pranzo. Avremmo tranquillamente potuto fare la nostra solita camminata per tutta la casa, da stanza a stanza, facendo la stessa quantità di esercizio che se avessimo attraversato Hyde Park in lungo e in largo. Ma l'aria aperta è la cosa migliore."

"Sì, milady. E a me piace tanto andare a passeggio," concordò Kitty con un sorriso, e seguì lo sguardo dell'anziana signora verso Caroline, che fissava la reticella di velluto sulle ginocchia rivestite di seta, aggiungendo, a suo beneficio: "Presto i Salt Hendon saranno in città e forse Lady Salt ci permetterà di portare Miss Merry a fare una passeggiata? Al mattino, ovviamente, perché lei è ancora più giovane di me! Non la vedo dalla mia visita ai Salt Hendon prima di Pasqua ed è una bambina *tanto* amabile. Sarebbe un peccato tenerla confinata in casa, vero, Caroline?"

"Sì, è vero," confermò Caroline, "Ma non possiamo andare contro gli ordini di Salt. I ragazzi, e questo include Ron e Merry, non possono uscire dal giardino recintato. Se il tempo è inclemente, c'è sempre il campo di Royal Tennis, dove poter correre. Salt non vuole che siano esposti agli sguardi delle masse in un parco pubblico. Non lo ritiene *sicuro*."

Kitty lo sapeva ma continuò comunque a discutere. "Passeggiare in Hyde Park è un passatempo così gradevole e innocuo, e Merry ha quasi tredici anni, che pericolo ci può essere se ci accompagna, specialmente con Lady Reanay a sorvegliarla?"

"Non tocca a noi mettere in dubbio le ragioni di Salt," rispose Caroline, anche se privatamente era d'accordo con Kitty. Salt, tanto più vecchio di lei, era sempre stato molto protettivo nei suoi confronti, in effetti lei non era quasi mai venuta a Londra durante la sua adolescenza. Con i suoi figli e i gemelli era protettivo in modo morboso. Era come se temesse di perderli d'occhio, anche per un momento, per timore che qualcuno glieli portasse via. "Lui sa ciò che è meglio per i suoi stessi figli, Kitty."

"Cert-certamente, Caroline, sua-sua signoria sa-sa ciò che è meglio," Kitty balbettò le sue scuse. Il conte di Salt Hendon non cessava mai di renderla nervosa, nonostante la sua contessa fosse dolcissima e la facesse sentire la benvenuta.

Immediatamente pentita per il suo tono brusco, Caroline tese una mano guantata a sua cognata e le disse gentilmente, anche se non lo credette nemmeno per un attimo: "Forse potremo persuaderlo questa primavera..."

"Salt potrebbe cambiare idea se ci accompagnasse Antony. Merry è anche sua nipote," aggiunse tranquillamente Lady Reanay, senza guardare Caroline, che rimase a bocca aperta quando menzionò Sir Antony, rivolgendosi esclusivamente a Kitty. "Sir Antony Templestowe è l'altro mio nipote. Suo padre, la madre di Lord Salt e io eravamo fratelli e tutti dei Templestowe; non che questo possa interessarti! Ma ti interesserà sapere, mia cara, che il gentiluomo che hai appena visto sul marciapiede è proprio quel Sir Antony, mio nipote. Sì. Vive in quella casa," aggiunse, quando Kitty si voltò a guardare a occhi spalancati l'attività dei servitori su e giù per i bassi gradini della casa di South Audley Street. "È un uomo così bello e tanto atletico, quindi non mi sorprende che abbia colto la tua attenzione."

"Uno dei momenti migliori della mia permanenza a San Pietroburgo, quando sono andata a visitare Antony, è stato quando ho avuto il privilegio di vedere un incontro di tennis nel nuovo campo imperiale appena completato," continuò, ignorando Caroline che si era seduta con la schiena rigida. "Antony stava giocando con il principe Ivan-qualcosa o qualcos'altro... Sai, *ognuno* alla corte russa è un principe di qualcosa o qualcos'altro, quindi tanto vale chiamarli *tutti* principi. Antony e il principe Ivan hanno letteralmente sbaragliato i loro avversari. Era solo il mio secondo torneo di Royal Tennis. Avevo assistito a un incontro a Fontainebleau. Affascinante. Non mi ero mai resa conto di che sport avvincente fosse fino a quel torneo in Russia, o di quanto fossero attraenti gli uomini con i vestiti sudati..."

"Zia Alice! Non potete... Non potete fare commenti del genere su Antony di fronte a Kitty!"

"Ma, mia cara, l'ho appena fatto," rispose placidamente Lady Reanay, con studiata vaghezza. "Non era ad Antony che mi riferivo, parlando di abiti sudati, ma ora che me lo fai notare, anche lui è bello da svenire con i calzoni e la camicia bagnati."

Fece una risatina, quasi un risolino adolescenziale, mentre apriva il ventaglio per smuovere l'aria immobile della città sul volto dipinto. C'era un luccichio negli occhi che voltò verso Kitty che la ascoltava rapita, ora che l'attraente sconosciuto aveva un nome.

"Pensi che perché sono una nonna, con i capelli grigi, io non apprezzi più la forma maschile, o che non provi desiderio per il genere opposto? Sono vecchia, bambina, non morta. Urrà, finalmente ci muoviamo! Ed ecco Barnes che ritorna dall'aver fatto il cavalier servente," proclamò Lady Reanay, mentre il servitore in livrea saltava sul predellino alle spalle di sua signoria. "Ancora un momento e avrei mandato il povero Barnes a bussare alla porta di Sir Antony per avere dell'acqua gelata. È meglio però lasciare in pace il ragazzo, così presto dopo il suo ritorno. Non ha bisogno di vedere altri parenti, non dopo che sua sorella ha preso la decisione di risiedere con *lui*."

Lady Reanay vedeva l'espressione meravigliata di Kitty, la ragazza non aveva idea di chi stesse parlando, quindi con un sospiro e un sorriso, aggiunse:

"La sorella di Sir Antony, Diana, che è venuta a stare da lui, non è solo mia nipote, è anche mia nuora, dato che era sposata con il mio caro figliolo, Aubrey St. John. Di conseguenza, è la madre dei miei nipoti, Merry e Ron. Potrei dire di più di Diana, e ho certamente la mia opinione su mia nuora, ma non tocca a me fare commenti, a parte dire che risiedere con Antony dimostra una grande arroganza. Il resto lo terrò per me, anche se..."

Kitty aveva certamente un'idea più chiara di chi stesse parlando Lady Reanay ma il suo interesse era tutto per *il* e non per *la* nipote, e dato che l'anziana signora non mostrava mai di offendersi quando gli altri la interrompevano per poter parlare, Kitty si sentì in diritto di chiedere sbrigativamente,

"Avrò… avremo l'occasione di conoscere meglio Sir Antony, milady?" Riusciva a malapena a nascondere la sua eccitazione, e aggiunse, poiché aveva appena fatto un collegamento interessante, che l'avrebbe sicuramente aiutata nel suo tentativo di accompagnare Lady Reanay durante una sua visita al nipote: "Mi piacerebbe veramente molto sentire i suoi racconti del tempo passato in Russia. So esattamente dove si trova San Pietroburgo sul mappamondo, perché Miss Merry mi ha chiesto di mostrarglielo, e anche dov'è situata Mosca, perché c'è un servizio di postali tra le due città russe. E ho aiutato Miss Merry a calcolare la distanza che dovevano percorrere le sue lettere per raggiungere lo Zio Antony. E abbiamo ritagliato le sagome per il suo regalo di compleanno." Kitty guardò Caroline per avere la sua conferma. "Sir Antony è lo Zio Tony di Miss Merry? E il suo compleanno è in marzo?"

Caroline annuì, stupita. "Merry ha chiesto a *te* di aiutarla a preparare il regalo per il compleanno di Sir Antony?"

"Sì, ha anche condiviso con me una delle sue lettere, nella quale le prometteva di mandarle una bambola vestita all'ultima moda." Kitty ebbe di colpo un pensiero preoccupante. "Spero che il cartoncino di auguri di Miss Merry sia arrivato prima che Sir Antony partisse da San Pietroburgo…"

Lady Caroline si rivolse alla zia, costretta a urlarle all'orecchio dall'aumento del rumore del traffico, quando i cavalli ripresero a muoversi e superarono lo starnazzare delle oche agitate nelle gabbie impilate sul bordo della strada.

"Perché non mi avete informata che Diana era tornata dal suo vagabondaggio nel continente?"

Lady Reanay tirò più vicino la nipote.

"Salt non ne ha parlato nemmeno con me. È stata Lady Porter a comunicarmi la notizia."

"Diana non avrebbe osato tornare senza la benedizione di Salt. E nemmeno Antony!"

Lady Reanay fece spallucce.

"Allora Salt deve aver perdonato entrambi, perché fratello e sorella sono effettivamente tornati in città." Sorrise a Kitty, che restava sempre a bocca aperta davanti a una conversazione da adulti, e disse, senza alzare la voce, perché il landò si era fermato davanti all'entrata di Grosvenor Square: "Potremo scoprire domani la risposta a tutte le nostre domande. Lady St. John ci ha invitati per il tè. Io, per prima, non vedo l'ora di riprendere i contatti con il mio caro nipote, e tu, cara Kitty, avrai l'opportunità di ricevere i ringraziamenti di Sir Antony per aver aiutato Merry con le sue lettere." Diede un'occhiata a Caroline, con le parole sulla punta della lingua: "*E tu, mia cara ragazza, se sai cos'è meglio per te, passerai sopra al tuo orgoglio, tornerai in te e sposerai l'uomo che ami!*"

Ma non le pronunciò. Rimase seduta in silenzio, con un sorriso soddisfatto sulla bocca dipinta. Caroline non vide il sorriso. Si stava chiedendo come mai Salt non le avesse detto che Diana, e, specialmente, Antony erano tornati a Londra. Quanto a Kitty, perse interesse per tutto eccetto che per l'immagine mentale che si stava facendo delle sottane, corpetto e scarpe che intendeva indossare il giorno dopo, al tè, per attirare l'attenzione di Sir Antony Templestowe.

QUATTRO

Nella casa di South Audley Street, Sir Antony rimase pietrificato, come incollato alla base della scala, e nemmeno un muscolo del viso osò muoversi mentre sua sorella scendeva maestosamente la scala per salutarlo.

Provò un istante di gioia. La sua bellezza non era diminuita col tempo ed era radiosa come sempre. I cosmetici erano applicati attentamente ed i capelli castano ramato erano acconciati all'ultima moda, raccolti, con due grossi riccioli tempestati di perle e nastri pallidi che le accarezzavano il collo nudo. Il suo istinto fu di tirarla a sé, abbracciarla, sentire il calore di un abbraccio fraterno. Era una speranza vana e folle. Non solo Diana non l'aveva mai abbracciato, ma con tutta la sua evidente bellezza e apparente bontà, era fredda come il marmo sotto i suoi piedi.

Nemmeno negli scenari più improbabili che aveva mentalmente raffigurato avrebbe mai supposto un risultato del genere: che dopo essere fuggita dalla fortezza-prigione Diana avrebbe osato nascondersi in piena vista. Eppure era lì, con la sua cricca di amiche, saldamente installata nella casa del fratello, un calendario sociale che procedeva a vele spiegate, all'apparenza sana di mente come chiunque altro.

Che genio!

Che audacia!

Che *ego*.

Come reagire? Che cosa dire e che cosa fare?

Era nel bel mezzo di un incubo alla cui creazione non aveva contribuito.

Lui sapeva che appena sotto la superficie della bella facciata era in agguato un mostro capace di grande astuzia... e malvagità. Eppure queste donne e il mondo intorno, in effetti la maggior parte della sua famiglia, ignoravano con chi avevano a che fare. Per limitare lo scandalo e proteggere gli innocenti, le poche persone che conoscevano la vera Diana e di quali orrori fosse capace, avevano fatto voto di silenzio. Erano anche stati tutti d'accordo sulla storia che Salt aveva inventato per spiegare l'improvvisa sparizione di Lady St. John dalla buona società e l'estraniamento dai suoi figli. La sua salute aveva sofferto per la tensione dovuta al matrimonio di Salt ed era stata mandata sul continente per riprendersi. Nessuno sapeva quando sarebbe tornata e, per rispetto al conte e alla contessa di Salt Hendon, allora recenti sposi, e per la loro famiglia, nessuno aveva fatto domande.

Era come se Diana St. John fosse scomparsa dalla faccia della terra...

Ora, eccola qui! Diana, Lady St. John, così vivace ed esuberante, e una forza talmente implacabile che Sir Antony sudò freddo e si sentì svenire. Il suo io precedente, quello che aveva trovato sollievo e oblio in una bottiglia di chiaretto—l'ubriacone abituale—avrebbe ceduto a quella forza maggiore che era sua sorella. L'ubriacone abituale si sarebbe facilmente convinto che un intelletto tanto superiore, con tutta l'astuzia di un Machiavelli e la caparbietà di un beagle con il muso nella tana di un coniglio, era più di quanto le sue misere capacità potevano affrontare. La costante ubriachezza gli aveva permesso di auto-esimersi dalla preoccupazione e dalle responsabilità. Altri, come suo cugino il conte, più capaci e determinati di lui, erano in grado di occuparsi del problema posto da sua sorella. Il suo precedente io, quell'ubriacone abituale, era un codardo egoista.

Non più.

Era tornato a Londra, non più un ubriacone, deciso ad affrontare le sue responsabilità. E la prima era sua sorella Diana: scoprire i suoi piani malvagi e vederla rinchiusa in un posto più sicuro del precedente. A quello scopo, sarebbe stato al suo gioco. Quindi fece la cosa più naturale al mondo, pregando di essere capace di eguagliare la capacità di Diana di fingere e sperando che l'ego di sua sorella la rendesse cieca al suo stratagemma.

La salutò come aveva fatto lei, con un sorriso di caloroso benvenuto, chinandosi sulla sua mano tesa, prima di tirarla a sé per sfiorarle la guancia imbellettata con un bacio, attento a non stropicciare gli strati delle sue sottane di taffetà giallo pallido. Colse il sentore del suo profumo particolare di Floris e gli riportò alla mente un fiume di ricordi spiacevoli. Stringendo i denti e mantenendo fisso il sorriso, le permise di ritornargli il bacio.

"Non vi avevo detto che Antony era solo una settimana o due dietro di me?" Annunciò trionfante Diana, prendendolo a braccetto e tenendolo al suo fianco. Alzò lo sguardo verso la cima delle scale, dove si era fermato il gruppetto di donne, quattro scalini più in alto. "Non eravate voi, cara Lady Dalrymple, che avevate predetto che mio fratello sarebbe tornato oggi?"

"Davvero? Urrà! Lady Porter, mi dovete una ghinea!" Esclamò Lady Dalrymple, picchiettando le bacchette del ventaglio chiuso sul braccio della donna prima di scendere le scale e fare una riverenza a Sir Antony. "Allora sono doppiamente lieta di vedervi a casa, Sir Antony!"

"Lady Dalrymple, la conosci; e anche Lady Porter. E questa è la signora Smith, la mia compagna più fedele," commentò Diana St. John, presentando le tre donne. Diede un'occhiata a Sir Antony prima di dire alla donna più alta nel gruppo: "Questo, signora Smith, è il mio caro fratello di cui mi avete sentito parlare tanto."

La signora Smith fece la riverenza, poi si rialzò per fissare lo sguardo su Sir Antony. Diversamente da Lady Dalrymple e da Lady Porter, non stava sorridendo e non c'era niente di giocoso nel suo atteggiamento. Sconcertò Sir Antony fissandolo tra gli occhi. Era sorprendentemente alta per una donna e l'ampiezza delle spalle e del collo era qualcosa che aveva visto solo tra le contadine più robuste. Istintivamente lo sguardo cercò i polsi ma la donna indossava delle muffole azzurre lavorate a maglia che le coprivano il dorso delle mani intrecciate e non poté vedere se avesse anche le dita di una contadina a fare il paio con le spalle. Si chiese dove avesse trovato sua sorella una sorvegliante del genere, perché non c'erano dubbi che era quello che era e, quando parlò, il suo acuto orecchio linguistico percepì il morbido accento di un dialetto regionale che non conosceva.

"Il piacere di fare finalmente la vostra conoscenza, Sir Antony, è tutto mio," disse in tono neutro la signora Smith, con lo sguardo risoluto. "Lady St. John mi ha parlato tanto di voi che mi sembra di conoscervi. Quello che sua signoria ha mancato di dirmi è quanto vi assomigliate, se vorrete perdonare la mia franchezza."

"Ci assomigliamo? Noi?" Diana St. John sembrò sorpresa, una breve occhiata a suo fratello prima di fare un sorrisino tirato. "Sì, suppongo di sì, in fondo siamo fratello e sorella, anche se…" guardò di nuovo Sir Antony, ma questa volta gli lasciò andare il braccio e indietreggiò per mettersi accanto alle tre donne per esaminarlo dalla testa ai piedi. "C'è qualcosa in te, caro fratello, che è cambiato da quando sei partito per San Pietroburgo. Non siete d'accordo, Lady Dalrymple? Lady Porter?"

"Assolutamente, milady," esalò Lady Dalrymple, guardando Sir Antony sopra il bordo del suo ventaglio a pieghe.

"Ha eliminato il grasso," annunciò francamente Lady Porter. "State bene. Avrete una dozzina di ragazzette senza cervello appese a entrambe le braccia alla vostra prima soirée. Che cos'è stato? Gli inverni russi? Il cibo russo? Ho sentito che mangiano un mucchio di cavoli."

"Il tè russo," mormorò Sir Antony.

"Diana ci stava giusto dicendo dei loro terribili inverni," aggiunse Lady Dalrymple, spalancando gli occhi. "Stupefacente, semplicemente stupefacente. Non ho idea di come abbiate fatto voi due a tenervi caldi. Oserei dire che le pelli d'orso fossero d'aiuto."

"Ovvio che servissero a tener lontano il freddo, Jenny, ma le pelli d'orso difficilmente hanno a che fare con la sua perdita di peso!" Sottolineò Lady Porter. "Inoltre, se fosse quella la causa, allora la cara Diana non avrebbe perso solo il grasso ma anche il suo bell'aspetto. Gli uomini scarni sono comunque attraenti, le donne scarne non sono mai belle, galline scheletriche, tutt'al più."

"Inverni? Pelli d'orso? Galline scheletriche?" Sir Antony si sforzò di ridere e poi sorridere vacuo a sua sorella. Gli prudevano le mani per la voglia di alzare l'occhialino ma evitò di sottolineare la sua bugia. "Che cosa avete detto alle care Lady Porter e Lady Dalrymple, mia cara?"

"Tutto su San Pietroburgo," rispose Lady Dalrymple. "Non vedo l'ora di sentire tutto sul Palazzo e…"

"E lo sentirete, ma non adesso," la interruppe seccamente Diana St. John, facendo un cenno al maggiordomo, che aspettava doverosamente sullo sfondo. "Boyle: i mantelli. La carrozza…?"

"Si è appena fermata davanti alla porta, milady," rispose il maggiordomo con un inchino, e mandò avanti due camerieri che avevano in mano i vari capi d'abbigliamento femminile per l'esterno, mantelli, manicotti e scialli.

"Antony, devi essere esausto," continuò Diana St. John, voltandosi verso le sue compagne mentre si infilava i guanti gialli di capretto, prima di appoggiare lievemente una mano guantata sul braccio del fratello.

Sir Antony non mosse un muscolo.

"Sono sicura che sarà ben contento di raccontarvi tutto su San Pietroburgo domani. Vero Antony? Ora dobbiamo muoverci se vogliamo assicurarci i posti migliori per la performance di Polly Young. Ha una voce divina e solo diciassette anni. Pensa!"

"Vi vedrò tutte più tardi, stasera?" Chiese Sir Antony in tono leggero. "O a colazione?"

"Non stasera, io non ci sarò," rispose Lady Porter. "Ma ci vedremo domani pomeriggio, al tè di benvenuto."

"Un tè di benvenuto?" Ripeté Sir Antony, sperando che la sua voce avesse il giusto tono di gioiosa sorpresa. "Che meraviglia! Ci sarete anche voi, milady? Signora Smith? Ah! Dimenticavo. Deve essere la stanchezza. Boyle mi dice che *risiedete* entrambe sotto il mio tetto…?"

"Non potrò mai ringraziarvi a sufficienza per la vostra generosità," disse Lady Dalrymple, mentre un cameriere le metteva sulle spalle un mantello di velluto foderato di satin rosa. Guardò Sir Antony con gli espressivi occhi castani e disse, con la voce un po' rotta: "Quando Diana mi ha parlato della vostra offerta, sono stata così commossa. Gliel'ho detto allora, vero Diana, com'è tipico da parte vostra non dare peso allo scandalo di avere una disgraziata, messa da parte, sotto il vostro tetto. E lo ripeto ora, davanti a testimoni. Se non fosse per la vostra gentilezza, e la gentilezza di Lady St. John—un tale conforto—credo proprio che avrei finito i miei giorni in un fosso!"

"Non un fosso, mia cara," rispose pacatamente Diana St. John, e si rivolse al maggiordomo. "Boyle? Spero che abbiate fatto sapere al valletto di Sir Antony che il suo padrone è a casa e che mentre siamo qui a parlare stiano preparando un bagno per sua signoria."

"Sì, milady. E nella nuova vasca da bagno russa, anche, milady."

"Una vasca da bagno *russa*?" Lady Dalrymple dimenticò il suo discorsetto sulla crudeltà del suo precedente amante e spalancò gli occhi con interesse. "Non credo di aver mai visto una vasca da bagno russa. Sono diverse da…"

"Una vasca da bagno è una vasca da bagno, mia cara. Ora andate con la signora Smith, che sta pazientemente aspettando di prendere il vostro braccio," rispose Lady Porter, con un'occhiata a Sir Antony, il cui sguardo non aveva mai lasciato sua sorella. "Brutta storia," gli disse sottovoce. "Dacre Wraxton. Un demonio libertino. Né meglio né peggio di tutta la sua specie, ma Jenny Dalrymple si è resa ridicola a causa di quell'uomo, rendendo pubblica la loro relazione. Sperava di convincerlo a sposarla. Ovviamente, lui l'ha immediatamente scartata. Le avevamo detto *tutti* quello che sarebbe successo. Non ci ha ascoltato. Un uomo con i suoi mezzi e le sue prospettive non sposerà certo una vedova che ha superato la trentina. Vorrà qualcosa di giovane e fresco. È così per tutti." Sorrise a Sir Antony. "Ma è gentile da parte *vostra* preoccuparvene."

"Rinfrescatemi la memoria, milady. È il fratello o il cugino di Hilary, il poeta?" Chiese Sir Antony in tono casuale, osservando la signora Smith prendere per il gomito Lady Dalrymple e accompagnarla attraverso il grande foyer, verso la porta d'ingresso, dove un leggero calesse da città le aspettava sulla strada. Aveva colto l'occhiata veloce che si erano scambiate sua sorella e la sua sorvegliante, che aveva messo immediatamente in moto la signora Smith. Decise che la donna era pericolosa e che era perfettamente conscia, inoltre, che la sua padrona lo era anche di più.

"Fratello maggiore. Aspetta di ereditare il mucchio di sassi di suo zio in campagna e il titolo relativo," rispose Lady Porter. "Non è in rapporti cordiali con quello smidollato del fratello poeta."

Sir Antony si inchinò, lasciando passare sua signoria, e poi incontrò lo sguardo di Diana, che stava aspettando di salutarlo. Tenne gli occhi fissi su quelli della sorella, con un'espressione convenientemente neutra, e aspettò che parlasse lei.

"Sembri stanco, Antony. Viaggiare può essere talmente noioso. Ero sicura che saresti tornato da San Pietroburgo a tempo di record. Invece i tuoi effetti e i servitori stranieri sono arrivati prima di te. Calma di vento?"

"Li ho mandati avanti mentre consegnavo la corrispondenza diplomatica all'Aia."

Diana St. John fece il broncio. Nella sua voce non c'era simpatia. "Oh mio Dio. Il ritardo deve essere stato terribilmente irritante per te."

Sir Antony accennò un sorriso. "Per niente." Era una bugia, ma solo in parte. Viaggiare via terra era stato un sollievo. Arrivare a Londra una settimana più tardi di quanto intendesse, *quello* l'aveva tenuto sulle spine. "Mi ha permesso di evitare l'orribile viaggio via mare dalla Danimarca," le disse. "E di scegliere qualche regalo…"

"Che *caro* fratello, *sempre* a pensare agli altri," rimarcò Diana, mettendogli una mano sul davanti della redingote di velluto per sentire battere il suo cuore. Quello che sentì fu un piccolo rigonfio sotto il tessuto. La sorpresa fece sollevare leggermente le sopracciglia arcuate. "Che cosa abbiamo qui?" disse languidamente, con le dita che seguivano il contorno di una spilla nascosta appuntata sul davanti del suo panciotto di seta. Il suo sguardo si fissò negli occhi azzurri del fratello. "Il tuo cuore batte molto forte e in fretta, Antony. Spero che sia per la persona la cui miniatura tieni nascosta, piuttosto che a causa mia."

Sir Antony le tolse gentilmente la mano, tenendola nella sua, senza distogliere gli occhi. Con le sottane di taffetà giallo ripiegate contro le sue gambe, mentre Diana si chinava per parlargli a voce bassa, le narici di Antony si riempirono con il suo profumo pungente e si sentì di nuovo nauseato, ma la sua espressione non cambiò.

"Batte più forte per il piacere di vederti così bene dopo un'assenza così lunga," le disse sinceramente.

Diana chinò leggermente la testa da un lato, come a mettere in dubbio la sua sincerità. Alla fine, sorrise e tolse la mano dalla sua, dandogli un colpetto indifferente sul petto.

"Beh, non c'è motivo che ti preoccupi, adesso. Come vedi sono arrivata tranquillamente in città e sono in perfetta salute." Gli sorrise. "Non aspettarci alzato. Dopo una buona notte di sonno ti sveglierai scoprendo che la nostra riconciliazione non è un sogno. Io sarò ancora qui. Non ho intenzione di lasciarti. Tua sorella è qui per restare. C'è tanto che è mancato a entrambi… di Londra."

Antony aspettò accanto alla scala, osservando, attraverso la porta aperta, un cameriere che aiutava sua sorella a salire sulla carrozza con la sua compagnia. Una volta che i gradini furono ripiegati, i cavalli si misero in moto. I due camerieri tornarono dentro e chiusero la porta d'ingresso. Sentire lo scatto della serratura risvegliò Sir Antony dalla trance e, prima che il maggiordomo potesse chiedere a sua signoria se aveva ancora bisogno dei suoi servizi, Antony volò su per le scale a due gradini per volta, verso le sue stanze.

Era entrato e aveva attraversato il salotto, prima che il suono di acqua che scorreva lo arrestasse. Entrò nello spogliatoio caldo, tirando il nodo complicato della semplice lavallière di lino mentre camminava e si fermò appena dietro la tenda che separava le stanze. La grande vasca da bagno russa in rame con il suo rivestimento interno di lino era stata installata esattamente dove aveva chiesto. Era piena di acqua calda fumante, con uno dei due sgabelli accanto, sul sedile imbottito c'erano un vassoio con il servizio da tè e un giornale ripiegato. Il fuoco ruggiva nel camino. Due dei suoi servitori russi aspettavano in silenzio accanto alla finestra.

Avrebbe voluto urlare di gioia. Era così stanco e aveva bisogno di un bagno che lo calmasse, una tazza di tè e niente di più mentalmente gravoso di un'occhiata al *Gentleman's magazine*. Invece si voltò sentendo un rumore di passi e disse a Semper, che era entrato nella stanza con un terzo russo che portava i teli da bagno:

"Semper! Trovatemi un acciuffa ladri! Subito."

"A**VETE DATO LE MIE ISTRUZIONI ALLA LETTERA ALL'ACCIUFFA** ladri?"

Semper rimase in silenzio mentre appuntava con cura un fermacravatta d'oro sormontato da una perla, tra le pieghe del pizzo delicato alla gola di Sir Antony. Quando si fece indietro per controllare il suo lavoro, annuì distrattamente, poi si fece di nuovo avanti, non completamente contento, e si diede da fare con le pieghe della cravatta finché Sir Antony ne ebbe abbastanza delle sue cure e gli allontanò la mano con uno schiaffetto.

"Scendo a prendere un tè, non vado a un'incoronazione!" disse al riflesso nello specchio del suo maestro di casa: "Questo acciuffa ladri ha capito esattamente che cosa voglio da lui?"

"Sì, milord," rispose Semper, tornando accanto al tavolino da toilette con un paio di scarpe di pelle nera. Le mise vicino allo sgabello girevole. "Ho ripetuto le vostre istruzioni alla lettera al signor..."

"No! Niente nomi," lo interruppe Sir Antony, allontanandosi dallo specchio. Infilò i lunghi piedi calzati di bianco nelle scarpe a tacco basso. "Non voglio sapere il nome dell'individuo e non voglio che lui conosca il mio. Questo è uno di quei casi in cui l'ignoranza è la cosa migliore. Se io non lo conosco e lui non conosce me, non c'è la possibilità che uno dei due sia compromesso."

"Sì, milord. Ho scelto le fibbie di diamanti ovali, se hanno la vostra approvazione."

Sir Antony fissò le fibbie nel palmo della mano di Semper, riflettendo. Erano intonate alle fibbie alle ginocchia e non erano grandi come quelle di diamanti e zaffiri che Misha e Katya gli avevano regalato il giorno del suo trentesimo compleanno. *Guarda, Tosha! Le pietre hanno il colore dei tuoi occhi.* Aveva scherzosamente esclamato Katya. Lo sguardo negli occhi della donna si poteva descrivere solo come di amorevole amicizia. Si chiese se Caroline l'avrebbe mai più guardato in quel modo. Ma voleva più della sua amicizia, più di quanto poteva sperare ora che lei era sposata a un altro... Si passò la mano sulla bocca e si ridestò dalle sue fantasticherie, un cenno a Semper, che infilava i ganci nelle fibbie e le fissava. Quando il suo maestro di casa si rialzò, gli disse:

"Non ho neanche bisogno di sapere che aspetto ha, questo acciuffa ladri. Se non so com'è fatto non sarò in grado di riconoscerlo nella folla. Se fossi in grado di farlo, mi guarderei costantemente alle spalle e la persona che sta seguendo potrebbe scoprire la verità. Stiamo trattando con un'intelligenza molto superiore alla mia, Semper, ricordatelo."

"Sì, milord," rispose Semper, anche se non era completamente convinto. Sapeva che Sir Antony aveva una mente particolarmente brillante. Se Lady St. John possedeva la metà dell'acutezza del suo padrone, era effettivamente un avversario formidabile. "Ho sottolineato al signor T che deve tenere gli occhi costantemente ben aperti."

"Bene. E questo signor... *T* sa che deve essere l'ombra di sua signoria ogni volta che mette piede fuori da questa casa?"

"Sì, milord. il signor T. lo sa bene, sa anche che non deve farsi vedere. E ha due suoi soci che lo aiutano, di modo che questa casa sia costantemente sotto controllo, come Lady St. John." Semper tossicchiò e aggiunse, diffidente: "Chiedo scusa a vostra signoria, ma il signor T. mi ha assicurato che Lady St. John non potrà usare il suo *bourdaloue*, il suo vaso, senza che lui lo sappia."

"Davvero? Allora avete certamente assunto l'uomo giusto per questo lavoro. E vi farà rapporto ogni due giorni?"

"Ogni due giorni, milord," ripeté Semper, tenendo alzata la redingote di seta azzurro cielo. "Il signor T. verrà a vedermi nel mio ufficio al piano di sotto, dove non entrano le cameriere personali. A meno che ci sia qualcosa di imprevisto, nel qual caso mi farà avere immediatamente un messaggio. Dovrei anche dire a vostra signoria che mi sono preso la libertà di istruire i russi che per nessun motivo è permesso a qualcuno dei domestici, o dei residenti, di entrare in quest'ala della casa senza permesso, e questo include anche Lady St. John."

Sir Antony lasciò che Semper gli infilasse la redingote di seta e voltò la testa, mentre Semper gli raddrizzava le corte falde, dicendo a bassa voce: "Capite che faccio sorvegliare Lady St. John per il suo stesso bene, vero, Semper?"

"Sì, milord," rispose impassibile il maestro di casa, e si tirò indietro mentre il suo padrone prendeva la tabacchiera, l'astuccio e l'orologio d'oro da taschino dall'ordinato tavolino da toilette e li lasciava cadere in una tasca profonda della redingote. "Lady St. John sembra star bene ma la sua mente è malata. Avete detto che potrebbe far del male a se stessa o ad altri, e quindi dobbiamo stare costantemente in guardia."

Sir Antony guardò negli occhi il suo maestro di casa. "Giusto, Semper. Praticamente come sorvegliate me perché non...*sto bene*. Io sono sceso a patti con la mia dipendenza perché ne conosco la causa e so come farvi fronte. Lei no, e non lo farà mai perché è la sua mente che è sconvolta e non si può riparare."

"Sì, milord. Capisco perfettamente. Devo allacciarvi l'occhialino?"

Sir Antony esitò. Si chiedeva se Semper capisse veramente. Non gli aveva confidato tutta la sordida storia dei crimini di sua sorella e delle sue orrende malefatte, ma il suo maestro di casa ora sapeva più di chiunque altro, al di fuori della piccola cerchia al corrente del segreto. Di un fatto era sicuro: avrebbe affidato la sua vita a Ralph Semper. Tese l'occhialino con il suo nastro di seta nera e lasciò che Semper glielo assicurasse al collo e infilasse il nodo all'interno del colletto della redingote.

"La signora Semper è informata del viaggio che dovrete intraprendere e il suo motivo?"

"Lo sapeva prima che lasciassimo San Pietroburgo, milord. Ho pensato che fosse giusto dirglielo, nel caso in cui io restassi qui solo per un breve periodo prima di ritornare in Russia. Non le ho rivelato il motivo, solo che avrei dovuto farlo e che sarei tornato a Londra appena il lavoro fosse finito."

"Mi scuso di dovervi caricare di un ulteriore peso, Semper, ma non si può farne a meno. Voi dovrete accompagnare mia sorella solo fino a Lubecca, non fino a San Pietroburgo, con una scorta di cinque russi. Ho preso accordi perché altri quindici uomini armati, più il vostro contingente, la accompagnino da lì fino alla destinazione finale. I documenti che assicurano la libertà a tutti quelli coinvolti—tutti i venti servi che si sono offerti volontari per la missione—li consegnerete al capitano Vorlkonsy, a Lubecca. Lui farà in modo che una volta che mia sorella sia *sistemata* nei suoi nuovi alloggi, gli uomini e le loro famiglie abbiano la loro libertà.

Non approvate?" Aggiunse, cogliendo il cenno preoccupato nel riflesso dello specchio.

"Approvo il vostro piano, milord, naturalmente. Avevo pensato di dover arrivare fino alla destinazione finale," rispose Semper, con un tocco di delusione nel tono di voce. "Per essere assolutamente sicuri che la missione sia svolta secondo i vostri ordini."

"Oh, non fraintendetemi!" rispose Sir Antony con sincerità, voltandosi a guardare Semper. "Ho piena fiducia nelle vostre capacità e non posso dirvi quanto vi sia grato per la vostra disponibilità a occuparvi personalmente di questo spiacevole episodio. Solo non posso sopportare il pensiero di staccarvi dalla vostra sposa per troppo tempo. Dato che un castello nelle lande selvagge del Galles non è stato in grado di trattenere mia sorella, ho dovuto trovare un posto che lo farà, e per il resto della sua vita. Quindi la manderò a Beryozovo."

"Beryozovo…?"

"Non mi sorprende che non ne abbiate mai sentito parlare. Non è un nome che spunti casualmente in una conversazione. Beh, solo sottovoce. Anche coloro che sono mandati là dalla sua Maestà Imperiale leggono con incredulità il nome sul documento che li condanna all'esilio e quindi non osano ripeterlo. Pronunciare quel nome a voce alta renderebbe concreto e definitivo il loro fato. È un *insediamento* sul fiume Ob, in Siberia."

Il volto del maestro di casa impallidì sentendo menzionare una regione oltre i Monti Urali, tanto lontana dalla civiltà che ne aveva sentito parlare una sola volta e, come aveva detto il suo padrone, in un sussurro. Capiva ora perché lui sarebbe arrivato solo fino al porto prussiano. Viaggiare fino a Beryozovo, anche in quel periodo dell'anno, sarebbe stato rischioso, difficile e ben più che pericoloso; quelli che ci andavano non tornavano più, e non perché non tentassero.

"È un insediamento per quelli che sono condannati alla *katorga*, milord?"

"Ai lavori forzati? Sì. Ed è quasi al limite del mondo conosciuto. Ne ho sentito parlare come di un inferno gelato. La gente muore congelata nelle strade se, effettivamente, ci sono servizi come le strade. Non ne ho idea…"

Sospirò pesantemente. Non era un destino che avrebbe augurato a nessuno, eppure c'erano poche alternative a sua disposizione quando si parlava del futuro di sua sorella, se non voleva commettere un crimine odioso che l'avrebbe fatto impiccare. Cercò di farsi forza, e disse, con un ottimismo che non sentiva per niente:

"Quando questa faccenda sarà finita, mi farò perdonare, da entrambi," disse al suo maestro di casa. "Potrete portare la signora Semper a fare il viaggio di nozze cui avete dovuto rinunciare per riportare qua in fretta me e i miei averi."

"Grazie milord."

"A spese mie, Semper. Dovunque vogliate."

"È molto generoso da parte vostra milord."

"Per un mese."

"Troppo generoso."

"Stupidaggini. Avete idea di dove andrete?"

"A Dublino, milord."

Sir Antony alzò l'occhialino e lo guardò attraverso la lente di ingrandimento.

"Dublino? Non sapevo che foste irlandese, Semper."

"Non sono irlandese, milord. Nina—la signora Semper—sua sorella ha sposato un mercante di lana. Hanno una piccola proprietà nella periferia di Dublino e due bambini."

Sir Antony lasciò ricadere l'occhialino sul suo nastro.

"Mio Dio, quanto viaggiano questi russi!"

"Sì, signore, ma è stato il signor Barry che è andato in Russia per affari e ha incontrato Sylvia, la sorella della signora Semper." Semper seguì Sir Antony attraverso lo spogliatoio fino al salotto, dove due dei servitori russi in livrea erano in piedi ai lati della porta a due battenti che portava nel corridoio. "Barry ha pagato il prezzo richiesto per la signora Barry con balle di lana. Dice che per lei avrebbe pagato anche il doppio di quello che avevano chiesto."

Sir Antony fece una pausa, con una ruga tra le sopracciglia. "Era anche lei un servo della gleba come sua sorella? Di proprietà degli Yusupov?"

Fu la volta di Semper di aggrottare la fronte, e per la sorpresa che Sir Antony potesse pensare il contrario.

"Anima e corpo, milord. La famiglia di Nina è schiava dei Principi Yusupov da generazioni. Lei e la sorella sono le prime della loro famiglia a ottenere la libertà. E anche solo per questo, mia moglie lascerebbe che mi mandaste in Cina, se servisse. E quanto ai vostri servitori russi," aggiunse porgendo a Sir Antony un fazzoletto bordato di pizzo, che lui aveva dimenticato di infilare nella profonda tasca della redingote. "Non potete essere del tutto sorpreso che in venti si siano offerti volontari per fare tutto il viaggio fino a quell'inferno in terra; la libertà vale qualunque prezzo per uno schiavo."

"Non sorpreso, Semper. Vorrei solo non aver bisogno di farli viaggiare fino all'inferno per ottenerla!"

"Non preoccupatevi, milord," lo rassicurò Semper, con un cenno ai camerieri in attesa di aprire i battenti della porta verso il corridoio. "Ci sono troppi servi della gleba che vivono in quell'inferno, e senza prospettive di libertà o di nient'altro dai loro padroni. Non mi perito di dirvi, milord, che Nina e i vostri russi guardano a voi come al loro salvatore in terra. Tutte le sere ci sono candele accese e preghiere dette in vostro onore."

"Buon Dio!"

Sir Antony rabbrividì incredulo e uscì dalla stanza.

Due passi nell'affollato salone etrusco, e colse il filo della conversazione di sua sorella mentre circolava tra gli ospiti. Gli fece rizzare i corti capelli sotto la parrucca. Aveva sentito bene? Aveva veramente detto: *Quando sono andata a trovare Antony a San Pietroburgo…?* Fece un inchino alla compagnia profumata e inghirlandata, mentre il maggiordomo annunciava la sua presenza, e fu immediatamente risucchiato nel vortice delle bugie di sua sorella.

CINQUE

"Eccoti finalmente, Antony!" Esclamò allegra Diana St. John, tirandolo nel cerchio dei gentiluomini imparruccati di cui lei era il punto focale. "Stavo giusto spiegando della Fabbrica Inglese a San Pietroburgo. Ricordi la serata di gala? Che spettacolo. Credo di non aver mai visto tanti diamanti pendere dalle orecchie quanto quella sera." Si voltò per includere parecchie signore che aleggiavano ai bordi del gruppetto e disse loro con un sorriso. "E il ballo... Come si chiamava, Antony? Ballo qualcosa..."

"Campagnolo. Ballo campagnolo."

"Proprio quello! Lo ballano dappertutto. Antony ed io abbiamo danzato il ballo Campagnolo e tra i mercanti, che è la cosa giusta da fare. Non ci sono distinzioni tra gli inglesi a questi eventi, cosa che divertiva enormemente i russi," continuò, con una mano premuta sullo stretto paramano del fratello. In effetti, aveva afferrato uno dei tre bottoni ricamati, come se dovesse ancorarlo sul posto. "Diversamente dalla corte francese e austriaca, non abbiamo un'ambasciata in Russia. Beh, non a San Pietroburgo che è, in pratica, la Russia, perché è lì che risiede l'imperatrice." Sussultò leggermente, con il ventaglio di pizzo dipinto premuto alla profonda scollatura, come per evidenziare la rivelazione successiva. Con gli occhi sgranati che percorrevano il pubblico rapito, aggiunse. "Non sono mai stata più sorpresa di quando ho scoperto che sono i nostri mercanti che i russi guardano con più favore, per quello che possono fornire ai nostri amici stranieri. Ebbene, il mio povero fratello era trattato come se anche lui fosse uno di loro: immaginate! Commercianti trattati con lo stesso favore del cugino di primo grado del conte di Salt Hendon. Non è forse vero, Antony?"

"Sì," rispose pacatamente Sir Antony, perché lei aveva astutamente finito con una domanda alla quale lui poteva rispondere senza contraddirla.

Ci fu un mormorio di sorpresa all'idea stessa dei russi che mostravano di favorire mercanti senza blasone rispetto a persone di rango. Diana St. John ora rispondeva alle varie domande che i presenti indirizzavano a suo fratello, ma cui lei era più che disponibile a rispondere al suo posto. Dopo tutto, da bambini, e a dire il vero anche quando erano cresciuti, lei era sempre stata decisa a eclissarlo, a dominarlo, e a dimostrare al loro padre come lei fosse di gran lunga la migliore come erede della baronia, nonostante la verità insormontabile che, in quanto femmina, non poteva ereditare, per quanto superiore fosse la sua intelligenza. A quel tempo, Antony era d'accordo con lei e la compativa per non essere nata uomo. Ora, con sua grande tristezza, desiderava che Diana non fosse mai nata.

Mentre ascoltava le sue risposte erudite e molto divertenti, le voltava leggermente la schiena, l'occhialino alzato a cercare l'unica faccia che sperava di vedere sopra tutti; Diana lo impressionava e lo turbava in ugual misura. Più rispondeva alle domande, più si consolidava l'idea che lei era effettivamente stata a San Pietroburgo. La sua capacità di ricordare dettagli di posti e persone completamente sconosciuti era sorprendente. Che stesse mentendo spudoratamente e l'avesse coinvolto nella sua ragnatela di inganni era incredibile.

Poteva solo biasimare se stesso.

A San Pietroburgo, seduto davanti al camino nel suo confortevole appartamento, con la sua vista sulla Neva, aveva scritto bellissime lettere molto dettagliate su San Pietroburgo e la sua vita laggiù. Le aveva parlato della gente, delle abitudini, dei posti che aveva visitato e di quello che succedeva a corte: le aveva perfino parlato di Misha e Katya, di tutto quello che poteva forse rischiarare i lunghi, solitari giorni di prigionia di sua sorella. E con quelle lettere le aveva mandato dei regali. Diana ne stava mostrando uno adesso. Un ventaglio con le bacchette d'avorio dall'intaglio delicato e scene della Neva in inverno. Non aveva tenuto conto della sua eccezionale memoria. Ma comunque, nemmeno in mille anni si sarebbe mai aspettato che scappasse dal castello nel Galles e che lui si sarebbe trovato accanto a lei, mentre teneva banco nel suo salotto etrusco.

Si calmò, guardando il mare di facce. Anche dopo un'assenza protratta dalla scena sociale di Londra, riusciva ancora a dare un nome a molte delle facce incipriate in quella stanza affollata e rumorosa. Aveva incontrato quella gente ai balli, ai recital e alle altre funzioni sociali, dove la buona società si riuniva a frotte. Solo che quelli che bevevano champagne

mangiando fragole cosparse di zucchero, e sussurravano gli ultimi pettegolezzi dietro i ventagli trasparenti, non erano i suoi amici, facevano parte
della cerchia di sua sorella.

Perché avrebbe dovuto aspettarsi che invitasse i *suoi* amici? Diana aveva
sempre ritenuto che gli amici di lei fossero la compagnia migliore da
scegliere e che i pochi amici di Antony non avessero importanza, eccetto il
conte di Salt Hendon. Antony sorrise tra sé e sé. Quale modo migliore di
proclamare il ritorno di Diana in società, di una soirée per quei cari amici
che avrebbero certamente parlato dell'evento e di tutto quello che era
trapelato, prima di colazione?

Diana era a buon punto nel tessere in lungo e in largo la sua ragnatela
sociale. Più tramava, più i suoi contatti sociali diventavano intricati, con
lei come il grosso ragno nero al centro. Cercare di tagliare i fili della tela,
anche solo toccarla, l'avrebbe fatta calare e colpire. Più ampia era la ragnatela, più difficile sarebbe stato non rimanere invischiati nel rimuoverla
da lì.

Tentare di eliminare Diana dalla sua ragnatela significava che tutti
quelli rimasti intrappolati l'avrebbero saputo immediatamente, causando
quel genere di scandalo pubblico che il conte detestava. Non voleva che i
crimini di Diana fossero rivelati al mondo. Non solo la carriera politica di
Salt e la sua reputazione non si sarebbero mai riprese tanto da vederlo
diventare Primo Ministro o assumere una qualunque altra carica nel
governo, ma le conseguenze per la famiglia sarebbero durate generazioni.
In qualunque momento gliene fosse venuto il capriccio, un oppositore
pubblico o la famiglia di un eventuale pretendente avrebbero potuto facilmente tirar fuori i vecchi giornali che riportavano la storia della pazzia di
Diana St. John, dei suoi crimini e della sua incarcerazione, come prova
della follia che scorreva nel sangue della famiglia. Non meravigliava che
Salt l'avesse impacchettata e spedita nel Galles, senza un pensiero o una
spiegazione per nessuno. Eppure, evitare uno scandalo pubblico con quel
metodo, quattro anni prima, li aveva portati adesso sull'orlo di un nuovo
scandalo, con Sir Antony che non aveva idea degli intenti malvagi di sua
sorella. Quindi, la rimozione di Diana dalla buona società richiedeva non
solo un'estrema attenzione ma un tempismo perfetto.

"Sarete lieti di sapere che i nostri mercanti che risiedono a San Pietroburgo accordano il rispetto dovuto ad Antony e a quelli del suo rango
all'interno del corpo diplomatico," stava dicendo Diana al suo pubblico
estasiato. "Che è ovviamente la sola cosa giusta da fare, anche se i russi non
sentono il bisogno di farlo. Il che, posso dirlo qui, ma non mi sarei mai
sognata di dirlo davanti ai russi, dimostra una sbalorditiva mancanza di
buone maniere." Guardò suo fratello, facendo nel contempo segno a un
cameriere con un vassoio d'argento in mano di farsi avanti e offrire lo

champagne a quelli che non avevano un bicchiere in mano. "Eri un inviato speciale per Buckingham, vero, Antony?"

"Inviato speciale?" echeggiò Lady Dalrymple, posando lo sguardo meravigliato su Sir Antony. "Sembra terribilmente importante. Vero?"

Lady St. John guardò il fratello, che continuava a controllare la stanza con l'occhialino, e capì chi stava cercando, ma non si offrì di rivelargli dove si trovasse Lady Caroline, dicendo allegra. "Certamente, mia cara Lady Dalrymple. Un inviato speciale è un gradino sotto il rango di ambasciatore e svolge i suoi compiti quando un ambasciatore non c'è. Lord Buckingham ha svolto il ruolo di ambasciatore presso la corte di San Pietroburgo fino al '65 ma, ovviamente, tutto il lavoro e tutte le trattative erano lasciate sulle spalle del povero Antony. E ora che Antony è tornato a casa, non ho idea di chi proteggerà gli interessi dell'Inghilterra in quell'angolo di mondo."

"Il signor Hans Stanley ha l'incarico…" fece per dire Sir Antony ma fu interrotto da sua sorella.

"Stanley? Ma *lui* deve ancora lasciare il suolo inglese. Certamente la Corte di San Giacomo può fare di meglio?" Fece scorrere lo sguardo sul suo pubblico e sorrise dolcemente. "Ovviamente non ho bisogno di dirvi che il mio fratellino ha svolto i suoi compiti con tatto e aplomb." Emise un lieve sospiro. "Che peccato che tu sia stato richiamato a casa proprio quando i russi avevano cominciato ad apprezzarti…"

"Grazie," mormorò Antony, ancora una volta senza poter correggere o contraddire una delle parole dette da sua sorella. Maledì l'accuratezza e la frequenza delle proprie lettere.

Quando gli misero un vassoio di flûte di cristallo pieni di champagne sotto il naso, mandò via il cameriere e lasciò ricadere l'occhialino dal suo nastro nero di seta, cercando il suo maggiordomo. Quello che voleva era una bella tazza di tè caldo, ed era sicuro che anche la mezza dozzina di vedove inturbantate nella stanza avrebbe preferito il tè. Prima di poter fare la richiesta, Diana gli ficcò in mano un flûte.

"Non posso brindare al tuo ritorno se non hai un bicchiere di champagne. Inoltre non hai bevuto niente dal tuo arrivo. Devi avere sete."

"Sì, vorrei una tazza di tè," rispose, con una smorfia verso il bicchiere che aveva in mano. Fece per rimetterlo sul vassoio ma Diana gli fermò la mano.

"Insisto. I nostri ospiti insistono." Si chinò verso di lui e disse, come se avesse bisogno di ricordarglielo. "Proprio tu che sei l'uomo più educato che conosca, non puoi essere così scortese da non levare il tuo bicchiere. Devi farlo e unirti ai nostri amici almeno per un sorso o due."

Sir Antony si morse la lingua per evitare di ribattere davanti all'ingerenza di sua sorella, e si rammentò immediatamente che l'essere che occupava quel bel guscio vuoto non era più sua sorella, era qualcosa di completamente diverso, e che lui non doveva cedere. Grazie al cielo, Lady Dalrymple si fece avanti, interrompendo il momento di tensione e disse con sincerità:

"Parlo a nome di tutti quando dico che siamo molto contenti che la nostra amica Lady St. John sia tornata dai suoi vagabondaggi nel continente. La sua compagnia e quella di Sir Antony ci sono mancate e speriamo che non ci lascino più."

Ci fu un generale mormorio di assenso e Sir Antony sorrise senza dire altro.

Il leggero picchiettare di un occhialino d'oro sul cristallo emise un tintinnio musicale nella stanza, chiedendo il silenzio. Le conversazioni si affievolirono e poi si fermarono. Tutte le facce e le capigliature incipriate si voltarono verso Diana, in piedi accanto al fratello. Nessuno ritenne strano che fosse Diana e non suo fratello a fare un discorso. I suoi amici sapevano che lo dominava completamente. Aveva portato la maggior parte dei presenti a credere che suo fratello fosse un buffone vanesio e di poca importanza. Gli episodi di ubriachezza cui avevano assistito in passato non facevano nulla per sconfessare questa convinzione.

Così, quando l'alto adone dalla schiena diritta con i penetranti occhi azzurri era entrato nella stanza dopo l'annuncio del maggiordomo, parecchi dei gentiluomini e la maggior parte delle signore erano rimasti a bocca aperta. Il freddo crudele degli inverni russi non aveva certamente fatto male al fratellino della loro amica, fu quello che sussurrarono alcuni in tono di approvazione a Diana St. John. Un ospite arrivò fino al punto di congratularsi con lei per aver detto al conte di Salt Hendon che una missione a San Pietroburgo avrebbe fatto un mondo di bene a Sir Antony. Diana St. John chinò la sua capigliatura ramata davanti al complimento e non disse nulla che dissuadesse i suoi ospiti dal pensare che era proprio quella la verità.

Gli ospiti alzarono i bicchieri, fecero il brindisi e sorseggiarono soddisfatti lo champagne.

Sir Antony imitò la folla e alzò il bicchiere con mano ferma, ma non permise all'orlo del bicchiere di toccare la sua bocca. Le narici vibrarono quando l'invitante dolcezza amarognola delle bollicine dello champagne gli solleticò il naso. Inspirò e deglutì. Bramava il sapore del fluido dorato sulla lingua, e sentire la sua freschezza scivolargli in gola e riscaldargli il sangue. Ma tenne la bocca sigillata prima che la tentazione sopraffacesse il suo buon senso e facesse l'impensabile.

Non c'è pericolo in un piccolo sorso. Bevi e capirai da solo che hai la volontà di resistere a un bicchiere intero, lo invitava il demone della tentazione seduto sulla sua spalla.

Il demone aveva appena pronunciato la sua frase che Antony colse con la coda dell'occhio uno dei suoi servitori russi. L'uomo era in piedi, fiero e determinato nella sua livrea nuova, ma l'incongruità che sorprendeva era il pelo sul volto. Di colpo, il demone della tentazione svanì, sostituito da un ricordo e dalle parole di incoraggiamento del suo buon amico il principe Mikhail, che aveva notato i segni dell'alcolista, perché lo era anche lui, molto prima che Sir Antony lo ammettesse a se stesso.

Con una mano men che ferma, rimise il bicchiere intatto sul vassoio. Non guardò sua sorella, anche se sapeva bene che lo sguardo di Diana era rimasto fisso su di lui per tutto il tempo in cui aveva tenuto in mano il flûte. Finse invece di notare qualcuno dalla parte opposta della stanza e fece un cenno alzando l'occhialino.

Era un vecchio trucco, che aveva usato spesso alle noiose riunioni dell'ambasciata o alla fine di una lunga serata, quando lui, Misha e Katya desideravano svignarsela per una serata dedicata alle carte e alla buona conversazione. Con un sospiro di sollievo, si fece strada tra il gruppo vestito di seta che divorava ostriche, delicate tartine di pesce e frutta di stagione. Sorrise qui a una vedova di mezz'età, là dicendo un paio di parole in risposta al benvenuto a casa da un volto familiare del White, finché arrivò alla portafinestra che si apriva sul balcone e guardava sugli alberi d'arancio del giardino di sotto. Qui, tra le finestre, installato sul suo carrello in legno di ciliegio intagliato, c'era la visione benvenuta del suo samovar d'argento lavorato.

Due camerieri restavano di sentinella ai lati del carrello mentre, sotto l'occhio attento del maggiordomo, uno dei servitori russi riempiva il recipiente del samovar con l'acqua calda. Un secondo servitore russo portò una palettata di carboni accesi, necessari per riempire il tubo verticale e mantenere l'acqua alla temperatura corretta. Un terzo russo teneva contro il petto una grande scatola di lucido palissandro, contenente tre barattoli d'argento di tè, la cui chiave era appesa alla catena agganciata a una tasca del panciotto, da cui pendeva anche una serie di medaglioni incisi.

Boyle si avvicinò a Sir Antony, tenendo due teiere e disse confidenzialmente, alle sue spalle:

"Sfortunatamente, Sir Antony, nessuno dei miei sa che cosa fare con quell'urna e il signor Semper dice che solo i russi hanno il permesso di toccarla. Avrei dovuto far preparare l'acqua e il carbone prima che arrivassero gli ospiti, ma sua signoria non sapeva che sarebbero serviti."

"Va tutto bene, Boyle," rispose Sir Antony con un sorriso, dandogli la chiave della cassetta di palissandro. "Due cucchiaini di tè nero dal barattolo in mezzo nella teiera d'argento, poi coprite appena le foglie di tè con l'acqua calda. Riempite l'altra teiera a tre quarti con l'acqua calda. Preparate le tazze e io farò il resto. Mi chiedevo se poteste indicarmi dov'è Lady Reanay, mi avevano detto che sarebbe stata qui questo pomeriggio…"

"Seduta dietro di voi, milord. Lady Reanay, Lady Caroline Aldershot e Miss Kitty Aldershot."

Sir Antony sobbalzò leggermente per la sorpresa e si girò immediatamente sui tacchi, sentendosi le guance in fiamme. Si trovò a faccia a faccia con tre donne, appollaiate sul divano di damasco marrone cioccolato e foglia d'oro, con la schiena diritta e in silenzio. Tre paia di occhi si fissarono sulla sua figura alta, con i graziosi ventagli dipinti a gouache che smuovevano sui decolté la brezza che arrivava dal balcone. Fu la giovane donna con i ricciolini biondi che Sir Antony guardò per prima, mentre si raddrizzava dopo l'inchino di benvenuto.

Aveva saputo parecchie cose di Miss Kitty Aldershot dalle lettere di Tom Allenby. Era carina, non di suo gusto, ma capiva bene l'infatuazione di Tom. Poi spostò lo sguardo su sua zia, dall'altra parte del divano, perché non sopportava ancora di guardare Caroline. Temeva quello che avrebbe letto nella sua espressione. Gli occhi forse stavano facendo quello che ordinava loro ma non poteva fermare il tambureggiare del cuore in petto. Si sentì improvvisamente la testa leggera. Certo, poteva essere perché non mangiava o beveva niente da parecchie ore. Essendo essenzialmente un romantico, preferì darne la colpa a Caroline. Il suo sguardo gli disobbedì e la fissò, mentre lei si alzava insieme alle sue compagne e faceva una riverenza, in risposta al suo inchino di benvenuto.

Non rimase deluso. Quattro anni sparirono in un istante quando i suoi occhi verde scuro lo guardarono per un attimo, senza sostenere il suo sguardo. Era la stessa Caroline che si era lasciato indietro. Gli stessi gloriosi capelli di fiamma, la stessa bocca impertinente che invitava i baci. Il suo volto aveva perso la rotondità, ma la spruzzata di lentiggini sulle guance e sul naso erano ancora appena visibili sotto la leggera spolverata di cipria, il suo unico cosmetico.

In piedi davanti a lui, era mezza testa più alta di quanto la ricordasse e si chiese se non fosse cresciuta durante la sua assenza. Diede un'occhiata al lucido pavimento di legno e vide fare capolino la punta di un paio di scarpine di seta dall'orlo dei leggeri strati di sottane di seta. Beh, qualcosa di nuovo c'era! Durante le sue visite a Salt Hendon, Caroline era sempre in giro per la tenuta, a cavalcare, passeggiare con i suoi cani o a prendersi cura del suo serraglio di animali, e quindi indossava sempre robusti stivaletti. Il pensiero dei suoi piedini nelle calze di seta, in un paio di scarpe molto femminili, gli fece salire il calore al volto e Antony spostò in fretta i pensieri in un'altra direzione.

Perché aveva stupidamente pensato che non sarebbe cambiata? Naturale che indossasse l'ultima moda in fatto di scarpe! Erano a Londra, dopo tutto, e lei ora era una donna sposata. Perché non riusciva a guardarlo negli occhi? E dov'era suo marito?

L'ultima domanda lo fece uscire dalle sue fantasticherie e lo riportò saldamente alla realtà delle cose, e al presente. Guardò sua zia ma, prima di riuscire a costruire una frase coerente di benvenuto, Lady Reanay gli stava tirando la manica di seta, con la fronte aggrottata per la confusione.

"Antony? Perché Diana sta blaterando di San Pietroburgo quando non c'è mai stata in vita sua?"

SEI

"Per lo meno non hai sofferto per il viaggio a casa. Ma non devi perdere altro peso, non va bene per un uomo della tua statura e con il tuo fisico," continuò Lady Reanay, senza quasi tirare il fiato per dare a Sir Antony una possibilità di rispondere alla sua prima domanda, il che era un bene perché non sapeva che cosa dirle di Diana. "Forse è un trucco del tuo sarto. Quell'azzurro ti sta proprio bene, non proprio il colore dei tuoi occhi ma quasi. Perché Diana sta parlando di San Pietroburgo? Non mi hai mai detto che ti era venuta a trovare. Sono rimasta con te per ben sei mesi e sono partita dalla Russia quando l'inverno era già cominciato. Che abbia potuto viaggiare… Oh, mio Dio! Ecco che vado come una carrozza fuori controllo! Caroline mi rimprovererà. Dai un bacio alla tua carissima zia," gli disse, in punta di piedi, in tutto il suo metro e mezzo, offrendogli le guance imbellettate. "È bello averti sano e salvo a casa e con un aspetto così meraviglioso, ragazzo mio. Siamo *tutti* contenti di vederti."

Sir Antony le sfiorò la guancia, attento a evitare le piume di struzzo colorate che spuntavano dal suo turbante di seta rossa e, prima che lei potesse continuare, si voltò per inchinarsi a Kitty Aldershot.

"Non ho avuto il piacere di essere presentato, ma sono certissimo che voi siate Miss Aldershot?"

Kitty annuì. Fece una graziosa riverenza e si morse il labbro inferiore. Arrossì di piacere perché Sir Antony aveva deciso di presentarsi. Era ancora più bello da vicino di quanto si fosse aspettata, ma quello che le annodò la lingua fu il morbido timbro della sua voce. Le faceva venire la pelle d'oca. Fece per parlare ma fu interrotta bruscamente, prima di poter pronunciare una sillaba.

Lady Reanay, pensando che l'esitazione di Kitty fosse dovuta a timidezza, esclamò. "Povera me! Sì, questa è Kitty Aldershot, la sorella del povero Stephen e pupilla di Salt. Forse ricorderai gli Aldershot meglio di me. La loro piccola proprietà era a circa cinque miglia a ovest di Hendon. Il padre del povero Stephen andava a caccia con il papà di Salt. Ricordo *lui* ma non la mamma del povero Stephen. Diana doveva conoscerla. E questo mi riporta alla sua visita a San Pietroburgo…"

"Tè? Sono sicuro che gradireste tutte una tazza di tè," disse Sir Antony quando sua zia fece una pausa per respirare. Si obbligò a guardare Caroline, il ben studiato sorriso diplomatico fisso sul volto. "Sbadato da parte di Boyle non assicurarsi che aveste un bicchiere di champagne. Volete che lo mandi a prendere? Lady Aldershot? Miss Aldershot?"

"Grazie, Sir Antony, gradirei un bicchiere di champagne," dichiarò chiaramente Kitty Aldershot, ritrovando la voce e il suo brillante sorriso.

"Prenderemo *tutte* il tè, grazie," enunciò Caroline, con un'occhiata di avvertimento a Kitty, prima di voltarsi a guardare Sir Antony. Eppure, non riusciva ad alzare lo sguardo oltre il suo mento. Fissava il fermacravatta annidato tra le pieghe del morbido pizzo alla gola di Antony. Un pizzo lavorato così delicatamente, un contrasto così marcato con la durezza del forte mento squadrato che, nonostante fosse stato rasato quella mattina, stava già mostrando un'ombra bluastra. C'era qualcosa di seducente e invitante nel contrasto tra il pizzo femminile e la mascolinità di quel mento… Era sicurissima che se Antony avesse strofinato la pelle contro la sua sarebbe stata un po' ruvida, l'accenno di barba avrebbe irritato e arrossato la sua carne. Avrebbe certamente lasciato il segno…

Caroline si sedette pesantemente sul divano, con un fluttuare di sottane di seta malva e organza d'argento, mortificata. Con la mortificazione arrivò anche la certezza che si era auto ingannata per quattro anni. Non era guarita dal desiderio. Voleva Sir Antony Templestowe tanto quanto l'aveva voluto prima del suo esilio. Le fece esclamare nervosamente, dimenticandosi di essere in pubblico: "È Lady *Caroline* Aldershot. Sono ancora *Caroline*. Io non sono minimamente cambiata!"

"Sì, certo," rispose pacatamente Sir Antony "E no, non siete cambiata." Le rivolse un breve inchino. "Scusatemi mentre provvedo al tè."

Le voltò le spalle, con un sorriso che gli illuminava il volto, cogliendo lo scambio che ne seguì.

"Ha una voce talmente *piacevole*. Caroline! La tua faccia è piuttosto rossa. Stai be…"

"*Zitta*, Kitty."

"Sei frastornata come uno scarabeo con un'ala sola, Caroline! E non serve zittire chi dice la verità," dichiarò Lady Reanay. "Sii gentile, Kitty e sventola un po' d'aria su Caroline. La tua faccia ha un colore allarmante, sei rossa come una mela, mia cara. Una bella tazza di tè attenuerà il colpo."

"Non-*non* sono sconvolta! Sono... È stata una *sorpresa*."

"Colpo, sorpresa. È la stessa cosa. Ricordo che colpo ho ricevuto quando, a Costantinopoli, mi sono trovata di fronte uno splendido turco nudo dalla vita in su. Le mie ginocchia erano tutte un tremito e cedevano, e io..."

Sir Antony non sentì il resto del sorprendente monologo di sua zia. Una mano gli afferrò il braccio per salutarlo e un gentiluomo magro, con un abito di seta del colore dell'uva, gli balzò addosso, quasi come un cucciolo impaziente che si avventa sul padrone sulla porta di casa, dopo un'assenza troppo lunga. Non solo tutto l'ensemble del gentiluomo era di una sfumatura sbiadita di viola, lo erano anche le calze, l'enorme fiocco alla nuca e il sacchetto che raccoglieva la sua lunga coda di capelli. L'unico articolo sulla persona del gentiluomo che fosse meno sorprendente e meno colorato, e già quella era una sorpresa, era la sua parrucca. Era semplice, liscia e incipriata di bianco. Una parrucca simile, sulla testa dell'eccentrico poeta Hilary Wraxton Esquire, era inconsueta. Eppure, a una più attenta ispezione, mentre stringeva la mano al poeta, Sir Antony dovette rivedere la sua opinione, perché la parrucca del poeta era in realtà fatta delle piume di un germano, o erano piume d'oca?

"Antony! Che fortuna vederti qui! Beh, non *qui*, non vederti *qui* nella tua stessa casa, vederti *qui*, in Inghilterra.

"Che piacere vederti, caro amico! Pensavo fossi fisso nel continente per un po'."

Il poeta perse il sorriso.

"Ero. *Ero* fisso là. E mi divertivo un sacco, anche. Parigi. Berna. Roma. Firenze."

Seguì Sir Antony al carrello del tè e lo guardò trafficare con il samovar d'argento e il servizio da tè, standogli così vicino che più di una volta gli chiesero gentilmente di scostarsi mentre Sir Antony procedeva nei vari stadi del suo rituale.

Il rituale lo aiutava a distrarsi dalla tentazione e teneva il demone lontano dalla sua spalla, perché a portata di mano c'erano abbastanza bottiglie di champagne e decanter di vino da alimentare la sua dipendenza e farlo finire in un beato oblio.

L'alcolista che c'era in lui gli ripeteva, persuasivo, ma completamente illuso, che aveva la forza di volontà di bere solo un piccolo bicchiere di champagne, senza conseguenze. Ma il suo io interiore di bevitore di tè sapeva che era una bugia. Pensare di essere guarito dalla sua dipendenza era credere nel regno delle fate o che gli asini volassero. Il principe Mikhail l'aveva avvertito. Ogni passo che lo avvicinava alla perfetta tazza di tè era un altro passo che lo allontanava dal suo bisogno di alcool per superare la giornata.

"Tè, Hilary?"

Il poeta agitò una mano coperta dai volant, con indifferenza.

"Mi piaceva vivere a Firenze, ottimo per i succhi creativi. Poi è andato tutto a catafascio!"

"Che cosa è andato a catafascio?"

"Ah! Sapevo che avresti capito. Ho sempre detto che hai più sentimento che acume."

"Non sono proprio sicuro che fosse un complimento. Ma, per favore, parla, prima che ti interrompa scortesemente per portare il tè a tre signore assetate."

"Beh, ero là che mi godevo un buon bicchiere di vino al sole nel Palazzo San Marco con Mann—Horace Mann, il nostro Residente a Firenze, ma sono sicuro che lo sai…"

"Lo conosco."

"Sì, beh, eravamo lì, Mann e io che bevevamo un goccetto, quando Pascoe mi scarica addosso la notizia più sconvolgente. Così! Senza preavviso. Niente. Mi ha assolutamente steso. Pascoe ha detto che cinque mesi erano un tempo sufficiente per abituarsi alle *condizioni interessanti* di Lizzie. Non riuscivo a immaginare niente di più orrendo di Pascoe Church che faceva le moine a un marmocchio. Ho salutato, subito. Niente marmocchi urlanti per Hilary Wraxton!"

"Mi stai comunicando la bella notizia che Lady Church ha partorito un bambino e che Pascoe è ora l'orgoglioso padre di un figlio ed erede?"

"Qualcosa del genere. No! Non *qualcosa* del genere. *Precisamente* quello. Adesso che ci penso, non è quello che ti volevo dire! Era quello che avevo in mente, parlarti del marmocchio di Pascoe, ma non quello che volevo dirti, se capisci la differenza."

Sir Antony tolse la teiera calda dal samovar e versò una quantità precisa del ricco tè nero in quattro tazze di porcellana giallo limone, lasciando spazio per il tè più debole della seconda teiera d'argento. Rimise la teiera sul suo supporto, dicendo in tono casuale:

"Mi dispiace, Hilary, ma stai prendendola un po' troppo alla larga perché possa capire qualcosa."

Il poeta alzò gli occhi verso Sir Antony, con la testa china di lato. "Posso confidarmi con te, vero Antony?"

Sir Antony strinse le labbra per nascondere un sorriso. Con la sua assurda parrucca di piume bianche e gli occhietti neri che sbattevano in fretta, Hilary gli ricordava un piccione curioso. Quasi si aspettava che il poeta desse una becchettata o due alle zollette di zucchero nella ciotola d'argento, sul vassoio cinese nero laccato.

"Che cosa volevi confidarmi, Hilary…?"

"Mi sono fermato a Hendon, al White Horse, per cambiare i cavalli. Vorrei non averlo fatto. Vorrei essere arrivato fino al paese dopo. Ma sono sicuro che le campane della chiesa suonavano anche lì. Tuo cugino Salt è padrone di quasi tutto il Wiltshire, quindi è normale che tutte le campane nella contea stessero suonando forte e chiaro per congratularsi con la contessa che aveva appena partorito un altro possibile erede. Ma tutto quel rumore mi ha fatto venire un mal di testa infernale!"

"Le campane stavano suonando perché la contessa di Salt Hendon aveva partorito un figlio sano?" Quando il poeta annuì, Sir Antony non riuscì a nascondere un sorriso di contentezza. "Ben fatto, Jane," mormorò tra sé e sé.

"Ho visto Lady St. John a Hendon…"

Sir Antony sobbalzò. "A *Hendon*? Al White Horse?"

"Proprio quello. Aspettava di salire sulla diligenza da Hendon per Londra con la sua dama di compagnia e una ragazzetta che sembrava uno scopettone." Rabbrividì di disgusto. "Quella dama di compagnia… Spalle più larghe delle mie. Spiacevole. *Spaventosa*."

"La signora Smith?"

"È una lei? È la *signora* Smith? Non ne sono convinto. Per nulla. Potrebbe tranquillamente essere un uomo con le sottane. Mi ha fatto passare l'appetito. Sua signoria ha detto che era appena stata a trovare Salt…"

"Diana è stata nella tenuta?" Sir Antony era così incredulo che il poeta fece un passo indietro. "Scusami, Hilary. Continua pure," aggiunse con voce più pacata, facendo tornare il poeta accanto a lui.

"Le ho offerto un posto nella mia carrozza. Era la cosa giusta da fare. Non potevo permettere a sua signoria di viaggiare con la gentaglia sulla diligenza." Aggrottò le sopracciglia. "Non so perché Salt non le abbia offerto una delle sue carrozze. Comunque, lieto di essere stato d'aiuto. Non c'era posto dentro la carrozza per quella Smith o la ragazza. Le ho fatte sedere con Parsons, il mio cocchiere. Con quei polsi, ho pensato che la Smith potesse offrirsi di tenere le redini e far riposare Parsons durante il viaggio. Strano…"

"Strano?" Ripeté Antony, ascoltando solo in parte le chiacchiere del poeta.

Sistemò il servizio da tè sul vassoio esattamente come lo voleva, rifiutando l'aiuto di un cameriere che si era avvicinato per fare quello che riteneva essere compito suo, e riempì le tazze con il tè più debole della seconda teiera, poi diede al poeta una tazza con il suo piattino. "C'è lo zucchero sul carrello."

Hilary Wraxton fece nuovamente la sua faccia da piccione e questa volta Sir Antony sorrise. Scosse la parrucca piumata in direzione del cameriere. "I lacchè non sono in grado di preparare una bevanda decente?"

"Preferisco prepararlo io."

"Ah? Davvero?" borbottò il poeta, sorseggiando il tè caldo con il latte, senza capire.

Appoggiò la tazzina di porcellana sul suo delicato piattino e seguì Sir Antony per la breve distanza verso il divano. La sua conversazione era inarrestabile e, una volta tanto, benvenuta per le tre donne sul divano che, nonostante una stanza piena di risate e chiacchiere, erano tutte silenziose, anche se per motivi diversi.

Lady Reanay stava cercando di capire come sua nuora, Diana St. John, fosse riuscita a visitare San Pietroburgo, e perché Sir Antony avesse omesso di menzionarlo. Kitty Aldershot si stava chiedendo come fare a mettere le mani su un bicchiere di champagne e sperava che Sir Antony la guardasse almeno abbastanza a lungo da accorgersi di come fosse carina con il suo abito di broccato *à l'anglaise*, con le scarpine in tinta e i nastri nei capelli. Dopo tutto, gli sforzi che aveva fatto erano per lui. Mentre Lady Caroline si sentiva scombussolata, perché dopo un attimo in sua compagnia stava già concupendo Sir Antony Templestowe come una vedova frustrata in un'incisione di Hogarth. E non essendo più una diciottenne ingenua con tutte le prospettive di sposarlo, sapeva bene dove poteva portarla la concupiscenza. Anche se, ne era certa, appena lui avesse saputo della sua depravazione, mentre lui era assente dall'Inghilterra, si sarebbe sentito enormemente sollevato per non averla sposata.

Conscio che tutte e tre erano immerse nei loro pensieri, e chiedendosi il motivo dei loro volti improvvisamente cupi, Sir Antony distribuì con calma il tè ascoltando le chiacchiere di Hilary Wraxton con un orecchio solo.

"Dovevo dirlo a qualcuno, dirlo a *te*," spiegò il poeta, seguendo Sir Antony su e giù per la fila mentre lui offriva il tè, la panna e lo zucchero. "Che cos'è successo alla ragazza scopettone?"

Sir Antony si voltò e tese il vassoio vuoto a un cameriere dall'espressione solenne, che era stupito quanto gli ospiti nel vedere il suo padrone che giocava a fare il servitore per le tre signore sul divano. Il poeta riuscì finalmente a catturare, di nuovo, tutta la sua attenzione, anche se Antony aveva sentito sì e no una parola su tre.

"Che scopettone, Hilary? Hai trasportato uno scopettone a Londra?"

"No! No! *Non* uno scopettone, una ragazza che sembrava uno scopettone. Magra come un chiodo, con una di quelle cuffie bianche arricciate che ricadono sulla faccia. Ho notato che aveva una sovrabbondanza di capelli crespi che sparavano in fuori in tutte le direzioni. Sembrava qualcosa da mettere testa in giù per lavare i pavimenti."

"Da lì la ragazza scopettone," confermò Sir Antony, che era sorpreso che il poeta avesse idea di com'era fatto un tale strumento per la pulizia domestica, ma non lo contestò. Forse aveva preso nota di una tale banale attrezzatura per la pulizia come parte del suo acuto occhio di poeta? Dopo tutto era conosciuto per le poesie su tutti i tipi di soggetti utilitaristici, dalle carrozze agli orologi agli spazzini, quindi perché non un'ode agli scopettoni? "Che cosa ha fatto la ragazza, Hilary?"

Il poeta sospirò.

"È quello che volevo confidarti. Sapevo che avevi la mente acuta, Antony. La ragazza che era con sua signoria e quella Smith alla locanda White Horse è svanita! Non era più con noi quando siamo arrivati a Londra."

"Che cosa le è successo?"

"È quello che vorrei sapere. Non è che io presti troppa attenzione ai servitori ma, quando uno è legato al tetto della propria carrozza, è normale che si voglia sapere che cos'è successo se scompare. Ho pensato che fosse caduta dal tetto quando abbiamo preso una buca particolarmente profonda, nelle vicinanze di Westminster. Ma no! Mi sono spaventato per nulla." Si chinò verso la spalla di Sir Antony, socchiudendo gli occhi. "Quell'uomo in abiti da donna, quella *signora* Smith ha cercato di dirmi che non c'era nessuna ragazza!" Si picchiettò il lungo naso sottile. "Ma Hilary Wraxton Esquire ha gli occhi di un falco e un cervello altrettanto acuto! L'ho vista in loro compagnia e le ho offerto un posto con il cocchiere. Quindi so che esiste!"

"Sono sicuro di sì, se lo dici tu, Hilary."

"Bene! Perché voglio che *tu* scopra che cosa le è successo! Le ho dedicato una poesia e quindi devo sapere il suo nome, altrimenti qual è lo scopo della dedica? La poesia si intitola *Ode a una ragazza scopettone smarrita*."

Sir Antony trattenne il commento che non riteneva di assomigliare minimamente a un gendarme di Bow Street, e stava per suggerire al poeta di cercare un simile individuo per trovare la misteriosa ragazza scopettone quando Hilary Wraxton scosse i pizzi al polso e cominciò a declamare,

> *Nascosta sotto una cuffia di bianca mussolina,*
> *Flap, flap, flap, il bordo arricciato non obbediva!*
> *Gli scomposti abbondanti capelli, una servetta magrolina*
> *La sua sfortunata situazione le impediva…*

Diversi ospiti erano gravitati dai quattro angoli del salone per ascoltare Hilary Wraxton recitare la sua ode, mentre parecchi altri erano più interessati a scommettere sul materiale usato per creare la parrucca del poeta.

Coperto dal recital improvvisato di Hilary, Sir Antony tirò una sedia vicino a sua zia e, con la tazza e il delicato piattino appoggiati sul ginocchio, si chinò per parlarle all'orecchio.

"Siete a casa domani? Posso venire a trovarvi?"

"Di mattina. Avremo tempo per parlare. I Salt Hendon sono attesi per il pomeriggio e la casa sarà un pandemonio. Mi piace tanto vedere i bambini che corrono tutt'intorno. Ti direi di venire nel pomeriggio ma Salt…"

"…non mi ha perdonato? Oppure, se l'ha fatto, non è ancora pronto a ricevermi."

"Antony…"

Sir Antony sorrise mestamente e tenne la mano con il mezzo guanto che Lady Reanay gli tendeva, nella sua. "Va tutto bene, zia Alice. Lo capisco. Ci ripenserà, a tempo debito."

"Beh, io non sono d'accordo!" Brontolò Lady Reanay. "È passato abbastanza tempo perché Salt perdoni e dimentichi. Uomo ostinato! Come non capisco perché non permetta a Diana di vedere i suoi figli. Ammetto che non mi sono mai affezionata a Diana, ma era sposata a mio figlio ed è la madre dei miei nipotini. No! Chiudi la bocca e ascolta. Io so che cosa vuol dire essere esiliata dalla famiglia. St. John mi è stato tolto quando sono scappata con Tobias e anche dopo che ci siamo sposati, a St. John non era permesso visitare la sua perfida madre per timore che lo corrompessi. Buon Dio! *Che lo corrompessi.*

"Se non fosse stato per la carissima Jane, Salt non mi avrebbe invitato a tornare in Inghilterra. Che ora abbia le mie stanze nella loro casa e veda regolarmente i miei nipoti, è qualcosa che non mi sarei mai aspettata. Merry e Ron sono ragazzi così *cari*. E poiché sono due cari ragazzi, credo che dovrebbero vedere la loro madre, ora che è tornata dal *suo* esilio. Lo sai, ragazzo mio, che non le è stato permesso di avere nessun contatto con i gemelli da quando avevano nove anni? Ora hanno dodici anni e mezzo, Antony. E vedere Salt con i propri figli… È un papà talmente eccezionale che semplicemente non capisco le sue azioni crudeli nei confronti dei suoi figliocci. Non hanno un padre e all'unico genitore non è permesso vederli! Mi spezza il cuore."

"Zia Alice. Capisco perfettamente come voi, la loro nonna, dobbiate sentirvi per la situazione di Ron e Merry. Stando alle apparenze, chiunque penserebbe la stessa cosa. Io sono sicurissimo che Diana abbia perorato il suo caso con eloquenza e passione ma c'è molto di più nella *situazione* di mia sorella di quanto possiate in alcun modo immaginare." Strinse gentilmente la mano della zia, di modo che riportasse su di lui l'attenzione dopo la distrazione causata dall'improvvisato recital di Hilary Wraxton. Quando lo guardò negli occhi, le disse: "Vorrei potervi dire di più ma finché non avrò parlato con Salt, semplicemente non posso. Quello che posso dirvi è che Diana non è a Londra con il favore di Salt. In effetti, sono sicurissimo che lui non sappia che lei è qui."

Lady Reanay lo guardò sbattendo gli occhi. Applausi turbolenti e un movimento nel semicerchio di persone che stavano ascoltando il poeta le permisero di voltarsi e fissare, dall'altra parte della stanza, Diana St. John, che stava intrattenendo un gruppetto di gentiluomini con quello che doveva essere un aneddoto divertente, viste le risate e l'animazione. Era così bella nel vestito di broccato *à la française*, che Lady Reanay emise un profondo sospiro di simpatia. Con somma frustrazione di Sir Antony, sua zia aveva completamente frainteso le sue intenzioni, e disse, sedendosi diritta, con la voce piena di indignazione:

"Complimenti a Diana per aver avuto il coraggio di sfidare Salt per amore dei suoi figli. Io non l'ho fatto e ho rimpianto la mia codardia ogni singolo giorno della mia vita. Quattro anni separata dai suoi figli è un tempo lungo a sufficienza, qualunque sia stato il suo comportamento sbagliato in passato, su cui, potrei aggiungere, Antony, nessuno è stato in grado o ha voluto fare la minima luce, nemmeno Jane, che mi rinvia educatamente a Salt se oso menzionare la mamma dei gemelli! Nemmeno Caroline conosce il motivo dell'esilio di Diana. È molto irregolare." Fu la volta di Lady Reanay di stringere la mano del nipote. "Sono molto contenta che tu abbia deciso di perorare la causa di Diana con Salt. Qualcuno deve pur farlo e chi meglio del suo carissimo fratello e amatissimo zio di Ron e Merry. Diana mi ha confidato che stai tenendo d'occhio i suoi…"

"Davvero?" la interruppe Antony con un sorriso ironico. "E così."

"Un fratello tanto bravo e comprensivo."

"Quanto a quello…"

"Mi ha anche detto che è *lei* il motivo del tuo ritorno da San Pietroburgo."

"È sempre stata lei la più intelligente dei due. È vero anche quello."

Lady Reanay fece il broncio e stupì suo nipote con un voltafaccia.

"Fare sacrifici per tua sorella è ammirevole, per un fratello devoto, Antony, ma non se significa rovinare la tua carriera! Avevo sperato che Diana non fosse l'unico motivo del tuo ritorno…"

Si interruppe, con una veloce occhiata oltre la spalla, per vedere se Caroline fosse ancora seduta accanto a lei. Non era così. Caroline era accanto alla portafinestra, dove si stava languidamente sventolando, la schiena nuda rivolta verso la stanza, come se volesse la solitudine permessa dalla finestra aperta. Lady Reanay si rese conto immediatamente che Caroline si era messa strategicamente vicino a dove Kitty stava conversando con il bel tenebroso signor Dacre Wraxton, un noto cascamorto il cui occhio malizioso si posava sulle ragazze alla loro prima stagione. Kitty stava mostrando il suo ventaglio al donnaiolo e lui le stava dedicando una quantità eccessiva di attenzioni. Quando Caroline interruppe la coppia, Lady Reanay respirò più liberamente e riportò la sua attenzione su Sir Antony, che aveva finito il suo tè e aveva consegnato tazza e piattino a un cameriere.

Quello che gli disse dopo non avrebbe potuto stupirlo di più che se lo avesse schiaffeggiato in volto con un merluzzo bagnato, se un pesce del genere fosse stato nelle vicinanze di sua signoria. Lo stupore fece posto all'incredulità, che lo fece balzare in piedi. L'incredulità lasciò il posto alla possibilità. Una sensazione che avrebbe poi descritto come un'esplosione di luce, lo consumò e dimenticò quello che lo circondava per l'urgenza di assicurarsi il suo futuro, immediatamente. Qual era lo scopo di procrastinare quando sapeva esattamente che cosa voleva ed era alla sua portata, e aspettava solo che lui si muovesse? E quindi fu sopraffatto dall'impeto.

Con un gesto che, si rese conto più tardi, ricordava il suo comportamento da ubriaco al recital che aveva causato il suo esilio, ma che non aveva la scusa dell'alcool, la storia, in uno strano modo, si ripeté.

"Chiamami una vecchia stupida romantica, ma avevo sperato che fosse stata Caroline a riportarti a casa."

"Caroline?" Sir Antony aggrottò la fronte, con un'occhiata a Lady Caroline Aldershot, incorniciata dallo stipite della finestra, che stava conversando intimamente con il signor Dacre Wraxton. Sentì la gola secca. "Perché? Perché dovreste pensare che sia stata Caroline a motivare il mio ritorno?"

"Non ne hai idea, vero?"

"Chiedo scusa, zia. Evidentemente no."

"Non posso essere biasimata per la tua ignoranza perché è successo dopo che ti avevo lasciato a San Pietroburgo per andare a Helsinki. E non l'ho scoperto fino a quando non sono arrivata a Parigi, dove mi aspettava una lettera e, per allora, presumevo che lo avresti scoperto da solo attraverso i giornali inglesi. Salt non ti ha scritto la notizia?"

Sir Antony scosse la testa.

"Salt scrivere a me per darmi notizie? Di *Caroline*? Le sue sporadiche lettere non menzionavano mai Caroline. In effetti, sembrava farsi scrupolo di ometterla in tutta la corrispondenza. Se c'era qualcosa nei giornali inglesi doveva essere scritto così in piccolo o talmente nascosto in fondo a una colonna nelle ultime pagine che l'ho mancato completamente."

Lady Reanay arcuò le sopracciglia disegnate con la matita. "Non ti dai pena di leggere le colonne di nascite, decessi e matrimoni? Nemmeno quando sei estremamente annoiato?"

Sir Antony fece una risata.

"No, gli annunci per la 'polvere di James' sono più affascinanti di quelli. Almeno da quando ho letto con orrore che Caroline aveva sposato Aldershot. Mi state innervosendo." Si chinò di modo che sentisse solo lei, anche se era un gesto inutile, perché la maggior parte degli ospiti si era spostata per circondare il clavicordio e l'arpa per un recital improvvisato. "Non state per dirmi che sta per dare un marmocchio ad Aldershot, vero? Devo ancora digerire la notizia del suo matrimonio, quindi qualunque altra notizia al riguardo sicuramente mi manderà in pezzi. Tra parentesi, dov'è Aldershot? Non dovrebbe essere al fianco di sua moglie? Se fosse *mia* moglie… Dio! Ecco le ultime parole famose! Beh, se lo *fosse*, certamente non vorrei essere in nessun altro posto che al suo fianco. Che c'è?" Chiese, allarmato, quando la mano di sua zia si strinse convulsamente sulla sua e gli occhi le si riempirono di lacrime. "Buon Dio, zia Alice. Che cos'ho detto per causare questa reazione?" Fece per alzarsi, per andare a prenderle una tazza di tè, dell'acqua, qualunque cosa per fermare le sue lacrime, ma Lady Reanay glielo impedì e lui si sedette di nuovo e aspettò.

Lady Reanay pensò che era ora di togliere suo nipote dall'ignoranza e dalla confusione.

"Dodici mesi e un paio di settimane fa, il povero Stephen—Aldershot —è tragicamente morto, sbalzato da cavallo. È morto quasi istantanea-mente. Beh, certamente non ha mai riaperto gli occhi. È spirato prima che potesse arrivare un segaossa. Aveva solo ventitré anni. Una tragedia."

Sir Antony deglutì a vuoto.

"Sì, una tragedia," rispose sobriamente Sir Antony. "Povero cristo. E così giovane… Che cos'è successo?"

"Nessuno lo sa con certezza. Si pensa che abbia cercato di saltare un muretto di pietra particolarmente alto e che la sua cavalcatura si sia rifiu-tata all'ultimo momento. È stato gettato oltre il muro. Il cavallo è stato trovato da una parte del campo, Aldershot in un fosso dall'altra parte, con il muro in mezzo."

"Dov'è successo?"

"A Salt Hendon."

Sir Antony annuì.

"Bene. Non bene che sia morto. Bene che Caroline fosse a casa, con Salt e Jane, con la famiglia intorno in quel momento." Antony si passò la mano sopra la bocca e scosse la testa. "Povero me, che faccenda orribile, e lei che era sposata da meno di due anni… tragico." Diede un'occhiata a Kitty Aldershot, che stava parlando con Diana e Lady Porter. "Miss Alder-shot era l'unica della sua famiglia?"

"Sì. È rimasta senza nessuno alla morte del povero Stephen. Salt si è accollato l'incarico di farle da guardiano. È una bambina dolce ma senza un soldo. Penso proprio che Salt si sentirà obbligato a fornirle una dote adeguata nel caso ricevesse una richiesta di matrimonio."

Sir Antony pensò alle lettere di Tom Allenby, e come una volta avesse paragonato la bionda bellezza di Miss Katherine "Kitty" Aldershot alla dea Afrodite che camminava tra i meri mortali. Fece un sorrisetto.

"Oh, Miss Aldershot riceverà almeno un'eccellente proposta di matrimonio prima della fine della stagione, ne sono certo…"

"Lo spero proprio. Se dovesse essere qualcuno adatto, e lei accettasse, sarebbe un peso in meno per Salt, e per Caroline. Da quando è finito il suo lutto, ha fatto da chaperon a Kitty a tutti quegli eventi dove questa vecchia signora si sarebbe sentita troppo fuori posto."

Antony annuì di nuovo, gli occhi distanti.

"Da quando è finito il lutto… Sì, certo. È normale che accompagni Miss Aldershot ai balli, alle feste e dove si danza… è troppo giovane per essere una vedova. Non riesco a immaginarla in gramaglie. Abiti miserevoli, periodo miserevole, immagino. A Caroline piace ballare…"

"Ragazzo mio, non so che cosa ti abbiano detto," gli confidò, "in effetti temo che non ti abbiano detto molto o niente del tutto se pensi che Caroline sia tornata com'era prima di sposare Aldershot. Non è una da balli e feste, e danzare poi…"

"Caroline? Non *balla*? Non ha voglia di partecipare a un ballo?" Sir Antony batté le palpebre, senza capire.

Lady Reanay si chiese se suo nipote non avesse subìto un colpo. Sembrava distratto e quasi borbottava tra sé e sé. La sua reazione alla notizia che la sua amatissima Caroline ora era una vedova, non era per niente quella che si era aspettata. Finito il periodo canonico di lutto, Lady Caroline Aldershot era libera di sposarsi di nuovo, di sposare Sir Antony, e lui era libero di chiederle di essere sua moglie. Non lo vedeva? Non capiva che cosa significava per lui e per il futuro di Caroline?

"Capisci che cosa vuol dire?" Aggiunse, guardandolo attentamente. "Caroline è una vedova… Antony?"

Di colpo Antony capì. Le nuvole scure che avevano avviluppato la sua vita privata si divisero per lasciar entrare un lampo di luce, proprio quando Lady Reanay gli rivolse la domanda. Balzò in piedi, si sistemò le punte del panciotto e si lisciò le maniche della redingote per togliere immaginarie grinze. Raddrizzò il fermacravatta con la perla, chinò la testa a sinistra e poi a destra mentre si schiariva la voce. Con un inchino a sua zia, si scusò educatamente, pallido in volto come se si sentisse improvvisamente male. Si avviò a grandi passi verso la portafinestra, dove Lady Caroline stava ammirando il panorama.

Era così intento, così concentrato sul suo scopo, da essere cieco a tutto e tutti, e sordo perfino al suo nome.

Gli ospiti raccolti intorno al clavicordio lo chiamavano; tutti sapevano che Sir Antony era un ottimo musicista. Ignorò le loro grida di incoraggiamento. Lady St. John disse che l'avrebbe destato lei. Non avrebbe suonato l'arpa a meno che il suo caro fratello la accompagnasse al clavicordio. Afferrandosi le sottane ricamate, Diana St. John si affrettò ad attraversare la stanza, determinata a ottenere l'attenzione di suo fratello. Fece appello al signor Dacre Wraxton, che aveva appena interrotto la sua conversazione con Lady Caroline, perché aggiungesse i suoi incoraggiamenti, e lui la assecondò. Lady St. John gli tese una mano e Dacre Wraxton le offrì il braccio.

Tutti osservavano e aspettavano.

Sir Antony continuò a ignorare sua sorella e il suo campione.

Arrivò alle spalle di Caroline prima che lei percepisse la sua presenza. Caroline aveva sentito le grida e le preghiere dall'altra parte della stanza, ma non aveva idea del motivo del trambusto. Tutto quello che desiderava era lasciare quella riunione appena possibile. La sua intima conversazione con Dacre Wraxton aveva attirato un'attenzione non desiderata e la loro connessione aveva solamente sottolineato quanto lei fosse indegna. Come poteva tenere alta la testa sotto il penetrante sguardo azzurro di Sir Antony, che non sapeva niente del suo sordido passato, e davanti al sorriso sdegnoso della cugina Diana? Secondo Dacre Wraxton, sua cugina Diana sapeva tutto quello che c'era da sapere sulla loro relazione. Non aveva dubbi che la cugina avrebbe usato quell'informazione a suo vantaggio. Era solo questione di tempo prima che Diana confidasse quella sconvolgente notizia a Salt e, peggio, a Sir Antony...

Due ore passate a un tè chiaramente progettato come una celebrazione del ritorno di Diana St. John nella società londinese erano state sufficienti, e Caroline sperava che Lady Reanay la pensasse allo stesso modo. Bramava la solitudine delle sue stanze nel palazzo di suo fratello a Grosvenor Square, e la compagnia del suo serraglio. Il suo assortimento di animali e uccelli la amava incondizionatamente. Non la giudicava mai e non mancava mai di metterla di buon umore.

Qualcuno che si schiariva la voce alle sue spalle si intromise nelle sue riflessioni. Presumendo che fosse Dacre Wraxton, intento a fare pressioni, si voltò su un tacco, chiudendo di scatto le stecche del ventaglio, che poi tenne nel palmo della mano sinistra, coperta dal guanto di pizzo, come fosse un manganello, e disse con un sospiro di esasperazione:

"Wraxton, basta con questi stupidi giochini. Non ho intenzione di dividere ancora il vostro letto, sposata o non sposata, quindi è inutile... Oh! An-Antony!?"

Antony le fece un inchino formale e si schiarì nuovamente la voce.

Era talmente cereo in volto e i muscoli del viso erano così rigidi, che per un istante Caroline pensò che Lady Reanay non stesse bene e tese una mano, dando un'occhiata oltre la spalla di Antony, per vedere se sua zia stesse veramente bene.

"Che-che cosa succede?"

Antony le prese la mano e appoggiò un ginocchio sul pavimento.

"Lady Caroline... Milady, mi farete il supremo onore di diventare mia moglie?"

SETTE

Venti minuti prima dell'improvvisa e molto pubblica proposta di matrimonio di Antony, Lady Caroline stava guardando il giardino recintato. Due uomini robusti, sotto la guida del capo giardiniere, erano impegnati a spostare al sole i vasi di arancio. Ma il suo orecchio era attento alla vacua conversazione tra Kitty Aldershot e Dacre Wraxton. Le chiacchiere di Kitty riguardavano naturalmente se stessa: raccontava del tempo che ci aveva messo per la sua toilette, per assicurarsi che tutto, dai riccioli alle calze ricamate fossero perfettamente coordinati, ricevendo solo risposte monosillabiche. Grazie a Dio, Kitty era così ingenua che non una sola volta colse i tentativi di Dacre Wraxton di impegnarla in un flirt serio. Rispondeva onestamente e direttamente ai suoi commenti. Quando lui tentava di inserire un commento che lei non capiva, fingeva di comprendere rispondendo con uno stupido commento dei suoi e finendo la frase con una risatina. Quando le risatine diventarono troppo acute, Caroline capì che Kitty si stava innervosendo e trovava difficile uscire dalla fossa che le attenzioni particolari di Dacre Wraxton le avevano scavato intorno.

Caroline lo sapeva perché Dacre Wraxton, l'affabile libertino, aveva fatto lo stesso gioco con lei quando aveva l'età di Kitty. Lei aveva reagito alle sue avance quasi allo stesso modo di Kitty. Eppure, mentre Kitty era esitante e nervosa, Caroline aveva apprezzato l'attenzione e si era sentita lusingata di essere stata scelta da un uomo così bello e pericoloso. Aveva flirtato oltraggiosamente con il suo ammiratore. Wraxton l'aveva cercata e ne aveva fatto l'oggetto della sua attenzione a ogni evento pubblico. Caroline aveva sperato che le sue attenzioni scatenassero la gelosia di Sir Antony Templestowe. Il suo piano non aveva funzionato. Più lei e Wraxton flirtavano sotto l'elegante naso di Sir Antony, più *il suo Antony* la ignorava. In effetti, faceva l'impossibile per non accorgersi del suo comportamento. Essere ignorata dall'unico uomo di cui veramente le importava aveva tirato fuori il peggio di lei, e il suo amoreggiare con Dacre Wraxton era entrato in una fase pericolosa. Il suo comportamento era diventato così oltraggioso che Salt era stato sul punto di rimandarla in campagna, quando lei aveva avuto un litigio molto pubblico con Antony al recital dei Salt Hendon. Quello aveva cambiato tutto.

Quell'incidente le aveva fatto completamente perdere il controllo e, sotto l'influenza di troppi bicchieri di champagne, era stata abbastanza coraggiosa e altrettanto incauta da permettere al rapporto con Dacre Wraxton di andare oltre il flirt. Gli aveva permesso delle libertà da cui non c'era ritorno. L'unica sua salvezza era stata avere il conte di Salt Hendon per fratello. Dubitava che perfino la sua dote di trentamila sterline l'avrebbe salvata dalla rovina se Salt non fosse intervenuto e non l'avesse maritata in fretta ad Aldershot.

Caroline era decisa che la storia non si ripetesse. Dacre Wraxton non sarebbe stato la rovina di Kitty. Non solo Kitty non aveva la fortezza d'animo per riprendersi da una simile seduzione, non aveva nemmeno un conte per fratello, o una dote sostanziosa, fattori primari che avevano permesso a Caroline di evitare lo scandalo e le recriminazioni a vita.

Quindi, quando si presentò il momento, Caroline si allontanò dalla portafinestra e disse a bassa voce ma fermamente, mentre infilava le dita nel delicato guanto di pizzo:

"Kitty, cara, sii così gentile da prendermi un bicchiere di acqua all'arancio. L'aria calda del balcone mi ha lasciata riarsa. Chiedine una caraffa fresca al cameriere laggiù. Credo che tutte quelle sui tavoli siano vuote."

Kitty chiuse immediatamente il ventaglio, fece una riverenza a Dacre Wraxton e si allontanò. Anche se il suo sospiro di sollievo fu troppo leggero per essere sentito, il vuoto lasciato dalla sua assenza immediata fu sufficiente a sottolineare il suo senso di liberazione. Dacre Wraxton si mosse in quello spazio, con una spalla contro lo stipite verniciato della finestra, e guardò Caroline con un sorriso mesto e un luccichio negli occhi scuri.

"La vostra protetta è molto carina ma le manca il vostro fuoco. Spero che trovi un marito alla sua prima stagione. La sua bellezza bionda appassirà e diventerà noiosa prima di raggiungere la saggezza che arriva col silenzio. Finirà i suoi giorni sullo scaffale, a raccogliere polvere."

"Meglio una tediosa bellezza coperta di polvere di quello che avevate in mente per lei."

Dacre chinò di lato la testa con un accenno di sorriso e gli occhi neri persero il loro luccichio cinico.

"Mia cara Lady Caroline, non ho in mente niente per Miss Aldershot, oltre a un piccolo flirt, in questo momento. Speravo che avrebbe alleviato la noia. O, come minimo, che mi avrebbe distolto la mente dal fatto che quell'idiota smidollato di mio fratello è qui in questa stanza e sta declamando le sue sciocchezze poetiche. Applaudo Lady St. John per aver orchestrato questa riunione di famiglia. Ma evitiamo di annoiarvi con la mia, preferirei sentirvi parlare della vostra. Le famiglie degli altri sono tanto più divertenti della propria."

"Non c'è niente da dire."

Dacre Wraxton la esaminò attentamente.

"Niente! Ah! Un bel tentativo di fare l'indifferente, ma non mi ingannate, mia cara. Vi ha sconvolto, vero, il vostro baronetto dagli occhi azzurri?" Quando Caroline non negò e non alzò gli occhi, Dacre sorrise, senza allegria. "La vicinanza ci fa rabbrividire entrambi: io per l'imbarazzo di avere un fratello simile; voi per il rinnovato interesse per il vostro baronetto."

"Smettetela, Dacre!"

"Così va meglio, chiamatemi per nome. Vi preferisco animata a passionale, anche se è solo per la rabbia. Va perfettamente d'accordo con i vostri capelli." Quando Dacre tese la mano, Caroline gli picchiettò leggermente le dita con il ventaglio e lui glielo prese, lo aprì e lo sventolò come una donna. "Mia cara, non vedo proprio perché farsi degli scrupoli. Trovo che per sopravvivere ai rigori della società di cui facciamo parte, sia meglio—perdonatemi il cliché—rinchiudere da qualche parte la propria coscienza e buttare via la chiave."

A quel punto, Caroline lo guardò negli occhi, con il volto arrossato per l'imbarazzo del ricordo.

"Allora ammettete di avere una coscienza. Commovente!"

Per un attimo, Dacre Wraxton perse la sua facciata garbata, con le sopracciglia scure che si contraevano sopra il naso sottile.

"Se mai sono stato poco considerato nei confronti dei vostri bisogni, in *qualunque* momento, milady, me ne scuso sinceramente…"

"No. No. Non dovete scusarvi o pensarlo," gli confessò sinceramente Caroline, deglutendo il nodo che aveva in gola. Sostenne coraggiosamente il suo sguardo. "Avete solo fatto quello che vi chiedevo."

"Ora posso morire felice," disse languido Dacre Wraxton, rivolgendole un inchino elegante, con le balze di pizzo ai polsi che sfioravano il pavimento. Quando si raddrizzò, Caroline cercò di riprendere il ventaglio.

"Un gesto inappropriato, signore! Ora metà della stanza sta guardando dalla nostra parte."

Dacre si guardò alle spalle, notando le pareti fantasiosamente dipinte con motivi etruschi di antichi togati, grifoni dorati e urne classiche che riversavano foglie d'edera e vide che, in effetti, la maggior parte degli occhi era voltata nella loro direzione. Grazie al cielo, suo fratello aveva finito di declamare e la sua amante abbandonata non lo stava più guardando con aria malinconica. Sentiva Diana St. John che lo chiamava, ma scelse di ignorarla, riportando la sua attenzione alla deliziosamente procace Lady Caroline, l'unica stella luminosa in un evento altrimenti noioso.

"Solo metà?" Le disse allegro. "Povero me, sto perdendo il mio tocco, speravo mi guardassero tutti."

"Vi prego, siate serio per un momento."

"Devo proprio? Perché dovrei essere serio, chiappette dolci?"

"Non vi permetto di chiamarmi così!" gli ordinò a bassa voce, arrossendo.

"Ma avete le più belle…"

"*Wraxton*," sibilò Lady Caroline, con le guance che avevano assunto il colore dei suoi capelli. "*La vostra parola*. Mi avete dato la vostra parola che non avreste mai parlato del nostro-del nostro…*incontro*."

"Incontro?" Le chiese. "Preferirei conservarla nei miei ricordi come una gradevolissima *liaison*."

"Sono sorpresa che riusciate a trattenere anche un solo ricordo, quando si tratta di donne!"

La risatina di Dacre Wraxton fu bassa e divertita. "Mi mancate, sputafuoco. Mi mancano i vostri sfottò. Vedervi fingere con me di essere delusa è un cambiamento talmente gradito, dopo tutte le sempliciotte con gli occhi da cucciolo. Sputafuoco, voi ed io siamo fatti della stessa stoffa fallata. Siamo fatti l'uno per l'altra. Ammettetelo! Ora che il ragazzo è completamente freddo nella tomba…"

"Non vi permetto di parlare di Aldershot mancandogli di rispetto. Con tutti i suoi difetti, era comunque mio marito."

"Difetti? Era un codardo tubercolotico, e un cacciatore di dote! Non vi meritava. Meno male che ve ne siete liberata, è la verità e la dirò, anche se altri non possono." Piegò il ventaglio verso il decolté di Caroline e fece scorrere il bordo pieghettato lungo l'orlo di pizzo della sua *chemise*. "Tutto quello che chiedo è che prendiate la mia offerta in seria considerazione…"

"*Offerta*? Dopo dodici mesi di matrimonio, se mai fossi tanto fortunata da essere l'unico oggetto della vostra devozione per un tempo così lungo, tornereste alle vostre abitudini dissolute e io sarei solo una delle tante. Peggio ancora, sarei io la moglie che abbandonereste per le altre. Il modo spietato in cui trattate il sesso debole è evidente nella povera, miserabile Jenny Dalrymple. Sarà anche stata solo la vostra amante ma non meritava un congedo così sommario. Tremo alla prospettiva. No, grazie."

Dacre Wraxton scrollò le spalle, con un'occhiata a Sir Antony e Lady

Reanay, che bevevano il tè. L'alto baronetto stava ascoltando la vecchia signora come se ogni sua parola fosse rivestita d'oro. Lo fece sogghignare.

"Con il ritorno del vostro baronetto dagli occhi azzurri, pensate di avere scelta? Non prendetevi in giro. Quell'uomo è pieno di *scrupoli*. Accetterà una vedova virtuosa come moglie ma, quando scoprirà che avete un passato, si sentirà giustificato a scartarvi prima di sposarvi. Perdonatemi se ne parlo, ma come terzo interessato in questo imminente intrigo romantico, devo difendere i miei interessi. Quale pensate sarà la sua reazione quando saprà la verità?"

Caroline si sentì improvvisamente svenire.

"Non vi abbassereste a tanto…"

Dacre Wraxton la fissò negli occhi verdi.

"Per voi mi abbasserei fino all'inferno."

Caroline gli credeva. Una dichiarazione così franca da una canaglia così diabolica e attraente avrebbe fatto crollare ai suoi piedi tre quarti delle donne di Londra. Nel suo caso le fece solo venire la nausea. *Lui* le dava la nausea. Distolse lo sguardo, e nel farlo vide di sfuggita il suo uomo, bello, grande e *gentile*. Aveva in mano una delicata tazza da tè, il piattino in bilico sul ginocchio e stava cortesemente ascoltando uno dei monologhi di zia Alice, come se lei gli stesse raccontando una notizia interessantissima. Con tutta probabilità, zia Alice gli stava facendo l'inventario dei suoi vari malanni e Antony stava ascoltando con tutta la diligenza di un medico che la stesse visitando.

Dovette ringoiare le lacrime.

"Ha la reputazione di essere un vero cavaliere, un gentiluomo molto onorevole," disse Dacre Wraxton a bassa voce, vicino al suo orecchio, perché stavano chiamando dall'altra parte della stanza e avevano menzionato il suo nome. Cercò di avvantaggiarsi ulteriormente prima di doversi allontanare. "Quattro anni fa avreste potuto avere il vostro baronetto, eppure avete rovinato le vostre chance. Guardatevi allo specchio, mia piccola sputafuoco. Anche quando eravate una vergine ingenua sapevate che lui era troppo buono, troppo corretto per i tipi come voi. Quali sono le probabilità che vi chieda in moglie una seconda volta, quando scoprirà la verità? Vostro fratello non può obiettare a che mi sposiate, non dopo avervi maritato a un beone come Aldershot; un giorno io erediterò titolo e ricchezza. Vi do la mia parola che vi sarò fedele, a modo mio. Se sgarrerò, sarò discreto…"

"Discreto? Fedele? *La vostra parola*? Guardatevi *voi* allo specchio, Wraxton!" Rispose incredula Caroline. "Parole simili non fanno parte del vostro vocabolario." Si allontanò di un passo e scosse le sottane, calmandosi a sufficienza per dirgli senza emozione. "Non sono più la ragazza che ero a quel ballo in maschera. Allora ho agito per dispetto. Il matrimonio con Aldershot, la nostra storia *insignificante,* mi hanno solo permesso di capire con chiarezza che cos'è veramente importante. Antony vale cento… No! *Mille* volte voi! So esattamente che cosa ho sprecato. Ma vi sbagliate. Non mi ha mai chiesto di sposarlo."

Dacre Wraxton rimase genuinamente sorpreso.

"Non è da Diana St. John sbagliarsi su un dettaglio così importante…"

"Lady St. John?" gli occhi di Caroline si ridussero a due fessure. "Interessante. Tanto tempo lontana dalla società di Londra e la cugina Diana non ha ancora imparato a tenere il suo naso fuori dagli affari degli altri, più precisamente gli affari della mia famiglia!" Ebbe un pensiero improvviso, orrendo. "Voi non avete… Non potete… Non gliel'avrete detto?"

Dacre Wraxton schiuse il ventaglio e glielo picchettò leggermente sul naso prima di restituirglielo.

"Mia cara sputafuoco, ammetto di essere una completa canaglia e un rubacuori, ma non rivelo mai una confidenza, specialmente se divisa nel letto di una signora." Quando Caroline chiuse gli occhi per il sollievo, si scusò. "Non gliel'ho detto io, ma lei lo sa."

"Come? Come fa a saperlo?"

Dacre Wraxton sorrise con simpatia quando la rabbia di Caroline diventò immediatamente timore a quella rivelazione. Diversamente da molti suoi pari, non era contento del ritorno di Diana St. John a Londra. Aveva una storia in comune con il suo defunto marito Aubrey St. John. Guardò Caroline negli occhi e non fu sorpreso di vedere la paura. Diana St. John era una forza da tenere in considerazione. Quattro anni prima aveva comandato la buona società con la forza della sua personalità e con la conoscenza dei segreti degli altri. E a giudicare delle sue incursioni nei salotti buoni nelle ultime settimane, era sulla buona strada per riottenere la sua preminenza, e con ogni mezzo a sua disposizione.

"Credo che il detto *i muri hanno orecchie* sia appropriato. Ci sono servitori dappertutto eppure non li vediamo mai. Si può solo presumere che qualcuno abbia chiacchierato."

Lo sguardo di Caroline era fisso su Diana St. John, il fulcro del gruppo intorno al clavicordio. Poteva ben credere sua cugina capace di pagare i servitori perché spiassero per lei.

"Uno dei vostri o dei miei?"

Dacre Wraxton scrollò le spalle, indifferente.

"I miei o i vostri, che differenza fa? Con vostra cugina mi preoccuperei più del *perché* che del come. Accumula i segreti degli altri come fa uno scoiattolo con le ghiande prima dell'inverno! Una circostanza che ho scoperto troppo tardi per il mio stesso bene, e ora, quando lei dice salta, io salto. Quindi ora dovete scusarmi. Mi hanno convocato." Oltre la spalla di

Caroline, vide Sir Antony che si avvicinava in fretta e le disse all'orecchio. "Quando avrete finito di scherzare con gli uomini d'onore, io vi aspetterò."

L'IMPROVVISA PROPOSTA DI MATRIMONIO DI SIR ANTONY, CON tanto di ginocchio piegato, causò una tale cacofonia di bonarie grida di incoraggiamento da parte dei gentiluomini, ed esclamazioni di gioia e sospiri di felicità dalle signore, che a Caroline sembrò di essere alla Fiera di San Bartolomeo tra i poveri animali esotici, ululanti e starnazzanti, del Pidcock's Wild Beast Show. Parecchie delle signore si avvicinarono in fretta, con un fruscìo di sottane, per riuscire a sentire la sua risposta a un gesto così incredibilmente romantico. Lady St. John, al braccio del signor Dacre Wraxton, e Lady Reanay, con Kitty che le teneva la mano, aspettavano alle spalle di Sir Antony, con gli occhi inchiodati sul volto arrossato di Caroline.

Ancora vacillante per la rivelazione che Diana St. John era informata del suo passato, e chiedendosi che cosa intendesse fare sua cugina con quella scandalosa e pericolosa informazione—rivelarla a Salt fu il suo primo pensiero—Caroline riuscì solo a fissare la propria mano guantata appoggiata alle dita di Sir Antony. Quando alla fine riuscì ad alzare lo sguardo sul suo volto pallido, la serietà nei suoi occhi azzurri le fece venire un groppo in gola e dovette deglutire. Non aveva sentito le sue parole, ma il fatto che fosse in ginocchio era un indizio sufficiente della domanda che richiedeva la sua risposta. Aveva aspettato tanto a lungo che glielo chiedesse, e sognava quel preciso momento da tanti anni, che il fatto che lui avesse fatto quella dichiarazione epocale in pubblico, e in un momento tanto infausto, la terrorizzò rendendola muta.

Gioia. Esultanza. Suprema felicità. Erano questi i sentimenti normalmente associati a una proposta di matrimonio. Eppure le sue emozioni erano irrimediabilmente aggrovigliate. Si credeva completamente indegna del gesto pazzamente romantico di Sir Antony. Questo uomo magnifico, inginocchiato davanti a lei, che aveva messo a nudo il proprio cuore così pubblicamente e spontaneamente, meritava qualcuno meglio di lei come moglie. L'avrebbe pensato anche lui, dopo aver capito com'era veramente lei. Lacrime di auto compatimento le riempirono gli occhi, e Caroline le mandò via in fretta sbattendo le palpebre. Non c'era ragione di compatirsi. Aveva fatto delle scelte e ora doveva conviverci. Anche Antony aveva fatto le sue scelte e ora doveva andare avanti, senza di lei. Era per il suo bene. L'avrebbe pensata anche lui così, una volta saputa finalmente la verità.

Si preparò mentalmente a dargli la risposta che sapeva non essere quella che lui voleva sentire. Togliendo la mano guantata da quella di Antony, fece un respiro profondo e lo fissò coraggiosamente negli occhi.

Quello che poi, in effetti, disse e fece fu qualcosa di completamente diverso. Ne diede la colpa all'espressione dei suoi occhi, occhi azzurri che riflettevano la sincerità dei suoi propositi. Come poteva resistere a una tale onestà e a una simile adorazione? La sua risolutezza, gli ospiti e quello che li circondava, tutto svanì lasciando solo loro due, che si sorridevano come se fossero le uniche due persone nella stanza. Fu solo un momento, nemmeno un minuto, ma fu sufficiente. Invece di lasciar cadere la mano al suo fianco, Caroline la alzò per accarezzargli dolcemente il viso. Tracciò la linea della sua forte mascella, accarezzò, con la punta delle dita coperte di pizzo, la ruvidezza dell'accenno di barba sulla guancia e sul mento. E quando lui chiuse per un attimo gli occhi, voltando il volto verso il palmo della sua mano, gli occhi si Caroline si riempirono di lacrime.

Senza volontà cosciente, Caroline ingoiò le lacrime e sussurrò, di modo che sentisse solo lui: "Perché farmi una domanda simile in pubblico, uomo *irritante*?"

Sir Antony fece un sorrisetto, le baciò la mano e si alzò in tutta la sua statura. Lo aveva ferito che la sua reazione non fosse stata quella spontanea che aveva sperato, ma gli ridiede il senso di quello che lo circondava e si rese conto che ancora una volta aveva permesso ai suoi sentimenti per Caroline di avere la meglio su di lui. L'aveva messa nuovamente in una posizione imbarazzante, e questa volta non aveva la scusa dello stato confusionale causato dall'ubriachezza, per la sua impetuosità! Comunque, Caroline non l'aveva respinto immediatamente e questo gli dava speranza.

Le lasciò andare la mano, fece un passo indietro e si piegò verso il suo orecchio, di modo che solo lei potesse sentirlo. A quelli che li guardavano, sembrava che le stesse baciando la guancia.

"Perché vi amo, Caroline," le rispose dolcemente. "Non ho mai smesso di amarvi."

Sopraffatta e vinta, Caroline represse un singhiozzo mentre tirava indietro la mano. Con un'ultima occhiata al volto arrossato di Sir Antony, raccolse le sottane e corse fuori dalla stanza, con Kitty Aldershot alle calcagna, tra gli applausi fragorosi.

Lady Reanay impedì a Sir Antony di inseguire Caroline, afferrando le falde ricamate della sua redingote e tenendole strette.

"Lasciala andare, ragazzo mio. È sovraeccitata. Una proposta di matrimonio da parte tua è l'ultima cosa che si aspettava. Meglio aspettare finché riuscirà a mettere insieme una frase."

Sorrise alla sua espressione confusa, e fu contenta quando seguì il suo consiglio con un cenno del capo e restò al suo fianco. Lady Reanay era sollevata. Nel suo attuale stato emotivo, c'era la concreta possibilità che

Caroline lo rifiutasse, per le ragioni sbagliate, per rimpiangerlo poi amaramente.

"Verrai a trovarci domani, così potrai parlare con Caroline," aggiunse con allegria forzata. Stringendogli affezionatamente il braccio, si voltò per congedarsi da sua nuora, prima che il nipote potesse farle domande troppo pressanti.

Diana St. John stupì Lady Reanay prendendola affettuosamente a braccetto e attraversando con lei la stanza verso il pianerottolo. La sorprese anche di più quando la guardò con le lacrime agli occhi.

"Grazie per aver accettato il mio invito, milady, " disse Diana St. John con un tremito nella voce. "Non siamo sempre state nei migliori rapporti ma quattro anni lontana, con solo i miei pensieri a farmi compagnia, mi hanno dato il tempo di riflettere sulle cose veramente importanti della mia vita." Toccò la mano guantata di Lady Reanay. "Solo voi conoscete veramente la mia angoscia, separata dai miei *cari* bambini. Stare senza la loro compagnia… Non vedere i loro piccoli volti… Preoccupata ogni giorno per il loro benessere. Temo che ora non riconoscano più la loro stessa madre…"

"No, mia cara, non è vero," la rassicurò Lady Reanay, a disagio per le lacrime malinconiche di Diana St. John. Non l'aveva mai vista così depressa. Era un tale cambiamento da come appariva in società. Lady Reanay capiva perfettamente la sua situazione. "Ma come, solo qualche giorno fa Merry si chiedeva se avessi ricevuto la sua ultima lettera." In effetti, era stato tre mesi prima, ma, in quella circostanza, Lady Reanay pensava che fosse necessaria un po' di discrezionalità per alleviare il disagio di una madre. "Un tale tesoro, ti fa veramente onore, Diana."

"Lettera?" Esclamò Diana. "La mia piccola Magna mi ha scritto una lettera! Oh! Se solo l'avessi saputo mentre ero via, mi avrebbe dato tanta speranza."

"Non solo una lettera, mia cara, parecchie lettere. Merry è una corrispondente coscienziosa, con te e con suo zio Tony. Fa tesoro delle sue risposte e tiene le sue lettere legate con un nastro in una scatola speciale che ha decorato lei stessa, con tessuti e strisce di tappezzeria ritagliati. È una creazione veramente incantevole e il posto perfetto per metterci i suoi tesori. Ha un assortimento di conchiglie, ricordo di una gita al mare, fiori pressati e penso che ci sia anche…"

"Che meraviglia," la interruppe Diana St. John, disinteressata. Si obbligò a sorridere e spalancò gli occhi, come speranzosa. "È lì che tiene anche le mie lettere, allora?"

Lady Reanay la guardò sorpresa. "Le tue lettere? Perdona una vecchia signora, mia cara, ma non ti capisco."

"Le molte lettere che ho scritto ai miei bambini mentre vagabondavo per il continente." Mentì Diana St. John. Sbatté gli occhi davanti all'espressione di completa confusione di sua suocera e chinò la testa di lato, come per chiedere. "Ho scritto ai miei cari tutte le settimane. Avevo preso l'abitudine di fare del martedì il mio giorno per le lettere. Ovunque fossi, ho sempre trovato il tempo di scrivere ai miei due piccolini. Capisco che le lettere possano perdersi… ma questo non mi ha impedito di scrivere." Strinse la mano di Lady Reanay. "Vedete, ricordo che St. John una volta mi disse quanto fossero importanti per lui le vostre lettere mentre eravate all'estero. Disse che lo facevano sentire vicino a voi, anche se sapeva che non c'era la possibilità di rivedervi." Anche questa era una bugia, e raggiunse il suo scopo quando gli occhi della vecchia signora si riempirono di lacrime sentendo menzionare suo figlio. Diana sospirò di tristezza, congratulandosi tra sé per la performance migliore che avesse mai prodotto. "È la scusa che mi sono raccontata da sola, che le lettere si erano perse, ed era per quello che non avevo mai avutoloro notizie per tutto il tempo in cui sono stata via."

"Mi stai dicendo che non hai mai ricevuto nessuna delle lettere di Merry e Ron? Nemmeno una?" Quando Diana annuì tristemente e abbassò le ciglia, Lady Reanay fu sconcertata. "Come può essere? Come, anche quando Sir Tobias ed io eravamo letteralmente ai confini del mondo, a Oslo, ricevevo comunque le lettere settimanali di Aubrey. Ovviamente, a volte ne arrivavano quattro insieme… Nemmeno una lettera?"

"Nemmeno una. Pensavo… pensavo che volessero dimenticarmi," rispose Diana con una voce sottile sottile, tamponandosi attentamente gli occhi con un fazzoletto. Tirò su col naso. "Ovviamente non tocca a me dirlo, ma forse ci sono stati altri… altri che desideravano che i miei tesori dimenticassero la loro cara madre."

"Oh! Non posso credere che Salt farebbe… che la carissima Jane potrebbe…" Lady Reanay scosse la capigliatura incipriata, dicendo, più per convincere se stessa che Diana: "No. No. Non possono aver trattenuto le lettere di una madre ai suoi figli… non le lettere che Ron e Merry ti hanno scritto… non riesco a credere…"

"No?" Ringhiò tra i denti Diana, senza riuscire a trattenersi. Si riprese immediatamente, coprendo l'involontaria esplosione con un singhiozzo senza lacrime, portandosi le mani al volto, con la maschera di genitore afflitto che copriva i suoi veri sentimenti e i suoi intenti. Alzò gli occhi quando la vecchia signora le appoggiò la mano sul braccio. "Voi siete la nonna di Ron e Merry, voi sapete—nel profondo del vostro cuore—voi sapete che è la verità. Come è vero che hanno tenuto i miei bambini lontani da me! E sarete sorpresa quando vi dirò, ma devo farlo, che la decisione di Salt di tenerli lontani da me non viene da lui…" sopra la cima del turbante piumato della suocera vide un cameriere che saliva le scale e aggiunse scusandosi, con un sorriso tremante: "Vi ho trattenuto anche troppo a lungo. Caroline e la sua dolce bionda compagna vi stanno aspettando."

La vecchia signora osservò il sorriso triste di Diana, con la fronte aggrottata. "Ma Jane non farebbe mai... È stata così buona e gentile con Ron e Merry... Non posso credere... Mia cara, se c'è qualcosa che posso fare per te..."

Diana esitò, tenendosi le mani. Poi, come se avesse ben poca speranza di vedere esaudito il suo desiderio, disse sospirando: "Non oso impormi, perché temo che sia chiedere troppo..."

A quella frase Lady Reanay le prese entrambe le mani.

"*Devi* permettermi di aiutarti in qualche modo. Sei la madre dei miei nipotini, che mi sono molto cari, più di qualunque altra cosa o di chiunque altro."

"Bene, allora," rispose Diana, con lo sguardo sulle mani guantate della vecchia signora sopra le sue. "Il mio più caro desiderio sarebbe di tenere tra le braccia i miei bambini. È passato tanto tempo da quando ho sentito il loro calore. Tenerli tra le braccia... sapere che stanno bene e che sono felici..."

"Consideralo fatto, mia cara," dichiarò Lady Reanay alla testa china di Diana. "Ci penserò io. Non è necessario che il conte e la contessa lo sappiano... Sei la loro madre, dopo tutto... Ora devi ritornare dai tuoi ospiti, mia cara," aggiunse, con una piccola stretta alle mani di Diana. "Asciugati gli occhi. Vedrai i tuoi tesori. Te lo prometto!"

Con quella rassicurazione, Lady Reanay scese maestosamente lo scalone Adam, per raggiungere Caroline e Kitty sulla carrozza che le avrebbe portate a casa. Dal pianerottolo, Diana osservò la suocera credulona sparire nella luce del tardo pomeriggio e sorrise soddisfatta. Le lacrime che aveva sparso erano servite. Era sicura che prima della fine della settimana avrebbe riavuto i suoi figli con sé, e poi avrebbe scoperto da sola quanto avevano sentito la mancanza della loro mamma. Senza dubbio, il demonio che divideva il letto del conte aveva corrotto le loro menti ma lei avrebbe provveduto in fretta a disilluderli e a correggere i loro difetti. Era suo dovere di madre, ed era dovere dei suoi figli ubbidirle.

Tornò pimpante dai suoi ospiti in attesa, rinvigorita, sapendo che i suoi piani stavano per andare in porto. Era un colpo di fortuna, o forse era destino che i suoi piani ricevessero un aiuto, che Salt desse un ballo in maschera tra due settimane. Il giorno dopo il *bal masqué*, tutti i suoi problemi sarebbero finiti. Il conte sarebbe stato di nuovo solamente suo. Non sarebbe restato niente nella sua vita che lo distraesse dal suo scopo. Avrebbe potuto nuovamente concentrarsi esclusivamente a diventare

Primo Ministro, e lei sarebbe stata lì, accanto a lui, a godere della sua gloria, come in passato.

Mentre era imprigionata nel Galles, si era spremuta il cervello per trovare il modo di riunirsi al conte, un modo che lo avrebbe legato per sempre a lei. Ogni giorno sognava di essere la contessa di Salt Hendon e ogni giorno permetteva a quegli sciocchi campagnoli di credere che lo fosse. Pavoneggiarsi in giro per il castello di Harlech come se fosse in realtà Lady Salt, aveva alimentato la sua dipendenza e aveva focalizzato la sua mente. L'aveva aiutata a rendersi conto che il suo sogno non era impossibile. Un giorno, lei sarebbe stata la contessa di Salt Hendon.

E poi, come per intervento della divina provvidenza, la risposta le era arrivata in sogno. Dolore. Non solo tristezza ma dolore inimmaginabile. Solo con un dolore inimmaginabile il conte sarebbe stato di nuovo suo.

Era veramente un genio.

La morte di suo marito per il vaiolo le aveva mostrato come uscire dalla situazione in cui si trovava.

Ricordava l'immenso dolore del conte per la perdita di suo cugino, l'amico più caro, Aubrey St. John, suo marito. Ben lungi dall'essere una vedova in lacrime, lei si era sentita sollevata dalla sua morte. Ma aveva nascosto il suo sollievo con una maschera di dolore, per imitare l'afflizione del conte. Non erano mai stati più vicini di quando, insieme, piangevano la perdita di Aubrey St. John. Solo in quello stato di prostrazione per il dolore il conte aveva apprezzato fino in fondo ciò che lei significava per lui. Tutto e tutti nella sua vita si erano ridotti a poca cosa. Era importante solo l'immediato, lei era importante. E così sarebbe stato di nuovo tra di loro.

Perché non c'era un modo migliore per loro di stabilire un legame, che attraverso il mutuo dolore e la comune perdita. Solo condividendo un dolore immenso, sarebbero stati uniti, e questa volta per sempre. Lui avrebbe accettato a braccia aperte il conforto e i consigli che lei gli offriva. Si sarebbe accertata che lui non avesse nessuna possibilità di riprendersi. Nessuno poteva riprendersi dalla perdita della sua intera famiglia. Non ci sarebbe stata nessuna speranza residua per lui, eccetto quella che gli avrebbe fornito lei. Lui avrebbe visto che la sua devozione era costante e instancabile, e lei sarebbe tornata a essere il fulcro della sua attenzione. Lui avrebbe avuto bisogno del sostegno che lei poteva offrirgli, per dimostrargli che poteva superare la sua perdita mirando a un bene superiore. Per essere grande doveva dimenticare l'ordinario, c'erano sacrifici da compiere se doveva diventare immortale. Nessuno appariva nelle pagine di storia solo per essere stato un buon padre di famiglia. Il pensiero era ridicolo e se ne sarebbe accorto quando avesse raggiunto l'apice della sua carriera di uomo politico, per il suo paese.

I suoi piani si erano già messi in moto. Contava i giorni con malcelata soddisfazione. Quello che le restava da fare era scoprire quanto era profonda l'ignoranza di suo fratello, e agire di conseguenza. Sorrise tra sé. Un idiota così tenero di cuore come suo fratello era il minore dei suoi pensieri.

OTTO

IL BREVE PERCORSO IN CARROZZA FINO A GROSVENOR SQUARE FU
fatto in un silenzio pesante. A Lady Reanay e Kitty Aldershot, sedute
davanti a Lady Caroline, fu chiesto tra le lacrime di non fare commenti. E
così restarono in silenzio, scambiandosi ogni tanto un'occhiata, e guardando mute Caroline che distoglieva il viso, desolata, con la vista offuscata
dalle lacrime, ignara dei suoi brividi di tristezza.

Era tale il suo stato di depressione che, tornata a Salt House, non notò
nemmeno la carrozza schizzata di fango, con lo stemma di famiglia sulle
porte nere laccate. Una volta entrata, corse su per la scalinata senza una
seconda occhiata all'alveare di alacre attività che accompagnava l'arrivo del
padrone di casa e della sua famiglia. Lady Reanay e Kitty Aldershot scesero
dalla carrozza senza fretta.

Nonostante il pandemonio ben organizzato nel foyer, il maggiordomo
prestò loro tutta la necessaria cortesia, apparendo come dal nulla per prendere i loro mantelli e dare loro la lieta notizia che la contessa e la sua
giovane famiglia erano arrivate sane e salve, che tutti erano in buona salute
e del migliore degli umori.

Lady Reanay e Kitty Aldershot corsero immediatamente nella nursery
per fare la conoscenza del nuovo membro della famiglia, trovandolo che
dormiva pacificamente nella sua culla. Una giovane bambinaia stava dolcemente dondolando la culla di Lord Samuel Antony Hugh Sinclair, sei
settimane di età, e accondiscese alla loro curiosità togliendo la copertina,
di modo che potessero vedere chiaramente il volto paffuto della piccola
signoria. Dopo molte coccole mormorate, e dopo che Lady Reanay ebbe
dichiarato che il bambino era l'immagine sputata del suo bel papà, la

bambinaia rivelò che i bambini, dopo aver dormito per buona parte del viaggio, erano troppo eccitati per andare a dormire e si trovavano nella sala giochi della nursery, dall'altra parte del corridoio, con sua signoria e Miss Merry.

Lì, Lady Reanay e Kitty Aldershot furono salutate con tanto entusiasmo da dimenticare la tristezza di Lady Caroline, mentre tutti rinnovavano la loro conoscenza gustando una tazza di tè e i *macaroon*. Questo, cioè, finché Miss Merry chiese di sua cugina, dopo di che Lady Reanay si ritirò in un angolo a sussurrare con la contessa, avvertendo Jane che sarebbe stato meglio per lei parlare direttamente con Caroline. Non le avrebbe detto di più. Avrebbe lasciato che lo facesse Caroline. Se qualcuno poteva far capire la ragione a quella povera ostinata ragazza, era proprio Jane. E quindi Lady Caroline vide interrotto il suo bagno di desolazione quando la sua cameriera personale, cui aveva ordinato di non aprire la porta per nessuno, nemmeno a Lord Salt in persona, aprì la porta senza esitazioni quando la contessa grattò con insistenza.

Accompagnò la contessa nel bel salottino, dove scoprì Caroline prostrata su una dormeuse accanto al fuoco, con ancora indosso l'abito mauve e argento, con ancora i guanti di pizzo. Aveva spedito con un calcio una delle scarpine col tacco sul tappeto turco. Aveva il volto premuto contro un cuscino ricamato e sentendo i passi borbottò qualcosa di inintelligibile dentro il cuscino. Fu solo quando Jane scostò gli strati di seta stropicciata per potersi appollaiare sul cuscino di damasco della dormeuse e poggiò una mano sulla capigliatura scomposta della cognata, che Caroline si rese conto che non era la sua cameriera ma un visitatore.

Jane non aspettò che Caroline decidesse se ignorarla o soddisfare la sua curiosità, si mise seduta dicendo in tono pacato:

"La povera zia Alice non riesce a capire perché siate così triste. È tutto quello che ha voluto dirmi. Ha dichiarato che dovete dirmi voi stessa le novità. Ecco perché sono qui. Naturalmente, non dovete dirmi nulla che non desideriate dirmi ma, se deciderete di confidarvi a un orecchio comprensivo, sarà meglio che sia presto perché Sam chiederà la sua poppata fra un'ora e non tollera ritardi." Emise un piccolo sospiro, aggiungendo, mentre il volto bagnato di lacrime girava lentamente sul cuscino, per guardarla attraverso un velo di setose ciocche rosse: "E mentre sono qui, forse potete dirmi se, secondo voi, sono egoista a impiegare una balia così presto. Salt dice che avrei dovuto farlo già due settimane fa, Sam è un bambino così avido ed è più grosso di Ned e Beth alla sua età. Se non fosse per l'imminente ballo in maschera e l'organizzazione che richiede, e poi la serata stessa, avrei continuato per un altro mese, se non altro per non sentirmi in colpa. Ho allattato Ned fin quando ha avuto un anno, e Beth aveva nove mesi prima che la consegnassi a tata Browne. Il povero Sam dovrà rinunciare a quel conforto molto prima di quanto avessi previsto… Ditemi voi, che probabilità avrò di riuscire ad allattare almeno per un po' il quarto bambino, quando arriverà?"

A quel punto, Caroline gettò da parte il cuscino e si raddrizzò per gettarsi tra le braccia di Jane.

"Oh, Jane, come se voi poteste mai essere egoista! Avrei dovuto restare a Salt Hendon per darvi un po' di aiuto. Avrei dovuto essere là, invece di venire a Londra prima della famiglia. Se fossi rimasta, avrei potuto sovraintendere alle preparazioni, occuparmi dei bambini, qualunque cosa, almeno offrire un po' di compagnia a Merry, per darvi un po' di respiro. E avrei detto a Salt quello che pensavo dei suoi *consigli*. Che ne sa un uomo dei bisogni di un bambino?

"Che ne sanno gli uomini di… di *qualunque* cosa. Sono esseri così egocentrici, così presi da se stessi! Si aspettano che le donne seguano i *loro* piani, come se *loro* sapessero che cos'è meglio per noi, quando non hanno un briciolo di discernimento. Dicono e fanno cose che ci rendono impossibile comportarci diversamente da come vogliono loro. Anche quando è un nostro preciso desiderio seguire quei piani, dovremmo avere la-la possibilità di dire sì di nostra spontanea volontà e secondo i nostri tempi. Non dovrebbero dare per scontata la nostra decisione, no? Salt è egoista e irragionevole. Non ha il diritto di dare *voi* per scontata, di aspettarsi che smettiate di allattare Sam per poter restare incinta del bambino numero quattro al più presto, perché lui desidera una dozzina di figli. E glielo dirò quando…"

"Carissima, sono rimasta incinta di Beth mentre allattavo ancora Ned," disse tranquilla Jane, scostando con una carezza i capelli dalla guancia arrossata di Caroline, con le proprie guance che si coloravano nel condividere questa confidenza; ma lei e Caroline erano sempre state franche l'una con l'altra, e non aveva intenzione di cominciare ora a essere ritrosa, inoltre sospettava che gran parte della sparata emotiva non riguardasse gli uomini in generale, il suo defunto marito o Salt, ma un uomo in particolare. "Sapete bene che vostro fratello non mi dà mai per scontata… quando resterò incinta del bambino numero quattro sarà una benedizione, non un peso, e sarà interamente nelle mani di Dio."

"Sì, sì, certo," rispose Caroline, molto più mogia. Si sedette e accettò il fazzoletto pulito che la cameriera personale di Caroline aveva teso a Jane, tamponandosi il volto chiazzato, bagnato di lacrime. Si soffiò il nasino e si sentì meglio e, con il fazzoletto appallottolato in mano, fissò i pazienti occhi azzurri di Jane. "Non toccava a me dire quello che ho detto. Perdonatemi."

"Vero, ma questo non vi ha mai impedito di parlare in passato!" La canzonò Jane, baciandole la guancia quando Caroline spalancò gli occhi, mortificata. "Vostro fratello arrossirebbe sentendo la nostra conversazione. Probabilmente gli fischiano le orecchie in questo momento. Ma sono contenta che possiamo essere franche l'una con l'altra, in qualunque occasione…"

Fece una pausa, dando l'opportunità a Caroline di confidarsi con lei e fu premiata quando sua cognata fece un profondo tremulo respiro e annuì.

"Sono io quella egoista e irragionevole," confessò Caroline. "E so che sono depressa per il gusto di esserlo. Dovrei essere la ragazza più felice al mondo. Ho sognato questo momento per anni e poi, quando ho sposato Aldershot, non ho più sperato che succedesse. Beh, come avrei potuto? E poi Aldershot è morto e, oh, Jane! Penserete che io sia la peggior creatura al mondo quando vi dirò che il mio primo pensiero dopo aver sepolto Aldershot è stato che ero libera, libera di sposare Antony. E ora che Antony mi ha chiesto di sposarlo, che cosa dico? Gli domando perché me l'ha chiesto."

"Antony? Sir Antony vi ha chiesto di sposarlo?" Jane sbatté gli occhi e si raddrizzò, incredula.

Caroline afferrò la mano di Jane. "Oh Jane, non avrei potuto dire di sì nemmeno se lo avessi voluto. Ma non sono nemmeno riuscita a dire di no, perché desidero disperatamente dirgli di sì. Ma quando scoprirà la verità… Quando Antony mi conoscerà per quella che sono veramente, non vorrà più questa Caroline, vero? Non gli importerà più di questa Caroline, vero Jane? *Vero?*"

Jane la guardò sorpresa. Era come se l'Antony di cui stava parlando Caroline non fosse reale ma un essere evocato dalla sua immaginazione. Non che non credesse alla proposta di matrimonio di Sir Antony Templestowe, era il fatto che il baronetto fosse tornato a Londra senza preavviso, che l'aveva stupita. Cercò di mantenere la voce tranquilla. "Dove l'avete visto, Caroline? Quando? Pensavo…"

"… Che fosse a San Pietroburgo? Anche noi tutti, fino a ieri, quando l'abbiamo visto per caso. Stavamo passando da Audley Street e chi ho notato sul marciapiede fuori dalla sua casa in città? Antony! Sono rimasta sbalordita come voi ora. Non ne avevo idea, assolutamente. Sapevate che stava tornando? Salt deve aver ricevuto una lettera. Non ve l'ha detto? E come se non fosse un colpo sufficiente, oggi, zia Alice, Kitty e io abbiamo partecipato a una soirée di benvenuto per Antony *e* Diana…"

"*Diana?*"

"Sì."

Il modo in cui Jane sussurrò il nome disse a Caroline che il ritorno della cugina Diana dal suo esilio in continente era una novità per la contessa. Suo fratello teneva tutte le notizie per sé, di questi tempi? Mise al corrente la cognata.

"Non so proprio perché abbia invitato zia Alice e me, considerato che l'ultima volta che ci siamo viste avrei voluto strozzarla per aver osato presumere di avere il diritto di occuparsi della teiera, e servire il tè nel *vostro* salotto. La sfido a tentare di farlo oggi!"

"Una soirée...?"

"Sì, tutti gli ospiti erano collegati al governo o politicamente abbastanza importanti perché Diana li considerasse degni della sua attenzione." Caroline sbuffò, poco impressionata. "Salt li conosce tutti, ovviamente, ed è il motivo per cui Diana li ha invitati, per rinnovare la conoscenza con chi è importante. Qualcuno—scommetto che è stato Dacre Wraxton—deve averle scritto informandola della decisione di Salt di riprendere gli incarichi governativi, ed ecco che è tornata a casa per interferire e impicciarsi della sua vita politica, come ha sempre fatto in passato. Ma se pensa che potrà..."

"Sembrava... Sembrava che stesse *bene*?"

"Diana è sempre al meglio quando è circondata dai suoi leccapiedi," si lagnò Caroline, ma chiese immediatamente scusa. "Perdonatemi, è stato poco caritatevole. Sembrava stare molto bene ed era bella come sempre. Il suo abito era da ammirare, tutto di filo d'argento, con un ricamo di paillettes sul corpino e all'orlo, e indossava un paio di scarpine in tinta. Penso che portasse dei diamanti, o era un filo di perle? Forse entrambi." Caroline scrollò le spalle e fece un sorrisetto. "La zia Alice potrebbe essere più precisa. Mi conoscete, Jane. Io preferisco una redingote confortevole e un paio di stivaletti comodi." Tese il piede sinistro e agitò le dita, togliendosi la scarpina di modo che entrambi i piedi restassero con le sole calze. "I tacchi mi fanno indolenzire l'arcata plantare... Strano che mi ci siano volute tre stagioni a Londra e due dozzine di paia di scarpe con il tacco alto per conoscermi meglio!"

"Ed è stato a questa soirée che Antony ha fatto la proposta..."

Caroline annuì.

"Davanti a Diana e agli ospiti. È venuto direttamente da me e, senza preavviso, senza avermi detto più di *due* parole, ha dato spettacolo, come riesce solo lui, mettendosi su un ginocchio e chiedendomi di sposarlo! Pazzo! Come se avessi potuto dire di sì in quel modo!"

"E non avete...?" Jane era sorpresa.

"Come potete pensare che lo facessi? È stato un gesto molto romantico, lo ammetto, ma... Jane, sono passati quattro anni da che è partito e mi sono successe tante cose... Io sono cambiata e quando Antony scoprirà quanto sono veramente cambiata, sarà sollevato che non abbia risposto di sì." Fece il broncio guardando il fazzoletto stropicciato che aveva in mano. "Non che abbia detto di no," ammise riluttante. "Non potevo deluderlo proprio lì... Jane, ho tanta paura che lo scopra... Di vedere la sua delusione... Non mi vorrà più allora. Lui..."

Caroline si fermò di colpo, rendendosi conto che Jane non la stava ascoltando. La contessa aveva uno sguardo sperduto, ma la cosa più preoccupante erano le mani, così strette l'una all'altra che si vedeva il bianco delle nocche attraverso la pelle trasparente. Fu la volta di Caroline di tendere la mano alla contessa e di allarmarsi, non solo per come erano fredde le dita ma da quanto tremassero le mani. In effetti, Jane stava facendo il possibile per impedire a tutto il suo corpo di tremare.

"Jane! Oh, Jane, perché mi avete lasciato chiacchierare quando non state bene?" Caroline chiamò la sua cameriera. "Elspeth! Un cordiale! In fretta!" Quando arrivò, mise il bicchiere nelle mani di Jane e la fece bere. "Dovete mettervi a letto con una tazza di latte caldo e fare una bella nottata di sonno. Il viaggio da Hendon deve avervi esaurito. E io ho solo aggiunto un altro problema. Forse ci vorrebbero più liquidi, con l'allattamento..."

"Sì, sì, deve essere quello," mormorò Jane e le rese il bicchiere, dopo aver appena assaggiato l'acqua al limone, dolceamara. Quello che desiderava era una tazza di tè, nel suo letto, e sarebbe arrivata presto, ma prima doveva scoprire tutto quello che poteva sul ritorno di Diana St. John. Aspettò finché la cameriera ebbe posato il vassoio sul tavolino basso accanto alla dormeuse, ed ebbe lasciato la stanza con una riverenza, prima di riuscire a dire, apparentemente calma: "Allora Di-Diana è tornata dal continente due settimane fa..."

Caroline la guardò stupita.

"Salt non vi ha detto che stava tornando a casa? Deve averla perdonata per la sua atroce gelosia di tutti quegli anni fa... non so come abbia potuto! Non so che argomenti persuasivi abbia usato, ma Diana ha sempre trovato il modo di ottenere quello che vuole, in particolare con mio fratello. Si deve solo guardare come tratta Antony, come se fosse il suo lacchè. Creatura odiosa. Ma sospetto che lui le permetta di fare a modo suo in questioni poco importanti per lui." Diede un'occhiata a Jane. "State meglio?" Quando la contessa annuì, Caroline non ne fu convinta ma chiese: "È veramente la prima volta che sentite parlare del ritorno di Diana?"

"Oh, sono certa che vostro fratello deve avermelo detto ed io l'ho semplicemente dimenticato," rispose Jane in tono allegro, odiandosi perché doveva mentire.

Le veniva la nausea al pensiero che una creatura perfida come Diana St. John vagasse ancora libera e, peggio ancora, così vicina, tanto da vivere solo qualche strada più in là. Quasi non riusciva a credere che fosse vero. Salt le aveva assicurato che sua cugina era stata esiliata per sempre, che non si sarebbe più dovuta preoccupare per la propria sicurezza personale, o quella di Salt o dei loro figli. I gemelli di Diana, Ron e Merry sarebbero stati anche loro al sicuro dalla malvagità della loro madre. Non aveva mai chiesto dove fosse incarcerata Diana, non aveva voluto sapere. Aveva solo chiesto che fosse trattata umanamente, ma rinchiusa, lontana per sempre dalla società. Aveva un irresistibile e piuttosto irrazionale bisogno di correre nella nursery per vedere con i suoi occhi che i suoi tre figli e Merry erano tutti al sicuro, che stavano bene e dormivano pacificamente nei loro letti. Almeno con Ron lontano, a Eton, lui era fuori dall'orbita della perfidia di sua madre.

Ma Caroline, come Lady Reanay e la maggior parte della società, non aveva la minima idea della verità dietro all'esilio di Diana, e non c'era mai stata la necessità di metterle al corrente. Nemmeno per un momento Jane credette che Salt avesse autorizzato il rilascio di Diana. Si chiese se lo sapesse, e avrebbe passato una notte insonne chiedendoselo, perché Salt non era ancora arrivato in città, avendo interrotto il viaggio con lei e i bambini per accompagnare Ron a Windsor e vederlo sistemato a Eton.

Frenò il suo istinto, obbligandosi a restare calma, ad aspettare, a riporre in fondo alla mente le supposizioni più folli su Diana, per potersi concentrare sulle notizie di Caroline e sul perché sua cognata si sentisse inadeguata ad accettare la proposta di matrimonio di Sir Antony Templestowe.

Il solo sapere che Antony era tornato a Londra era un conforto e contribuì parecchio a risollevarle lo spirito, esattamente come la notizia che aveva chiesto a Caroline di sposarlo. Aveva pregato per questo fin da quando Caroline era rimasta vedova. Che fosse finalmente successo era motivo di festeggiamenti, non tristezza, e Jane aveva un vago sospetto sul motivo per cui sua cognata si sentiva avvilita, ma doveva sentirlo dire da lei prima di poter offrire una soluzione che sperava lei potesse accettare.

"Forse Salt mi ha parlato anche del ritorno di Antony a Londra ma, ripeto, sono io da biasimare per essere così sbadata," spiegò a Caroline. Cercò di sembrare disinvolta. "Senza dubbio ero in qualche mondo lontano mentre allattavo Sam. Le ultime sei settimane sono passate così in fretta, quasi in un lampo, cosa normale per una madre con un neonato." Diede un colpetto alla mano di Caroline. "Non importa, chiederò a Salt di ripetermi tutto domani. Dovrebbe arrivare prima di pranzo." Chinò la testa verso Caroline. "Ma vi ho interrotto mentre parlavate di Antony e della sua romanticissima proposta…"

Caroline tirò un filo di seta del ricamo intricato che decorava l'orlo delle sue sottane di seta. "È stato tutto quello che una ragazza potrebbe chiedere… Ecco, penso di aver anche sognato Antony piegato su un ginocchio che mi chiedeva di sposarlo! Ma voi, più di chiunque altro, sapete perché devo rifiutare, perché non posso sposarlo."

"No, io non lo so," disse Jane, decisa. "Se lo amate…"

"Ma voi lo sapete, Jane. *Voi sapete* perché non posso essere sua moglie."

Jane guardò sua cognata con un sorriso triste. Sì, sapeva a che cosa stava alludendo e capiva l'angoscia di Caroline, ma aveva una soluzione che avrebbe alleviato il senso di colpa di Caroline. Non era qualcosa che avrebbe nemmeno contemplato di suggerire prima del proprio matrimonio, ma una vita matrimoniale assurdamente felice e l'essere madre di tre floridi bambini le avevano dato una visione più pragmatica del mondo.

Sapeva bene che Salt era stato costretto a maritare sua sorella a un cacciatore di dote per salvare l'onore di Caroline e quello della famiglia da pettegolezzi indesiderati, ma il suo nobile marito restava ignaro della vera natura degli eventi di quella fatidica notte del ballo in maschera e, secondo Jane, non era un male. Dubitava che Salt sarebbe riuscito ad accettare la verità. Non aveva accettato facilmente la storia che gli avevano raccontato di sua sorella e Stephen Aldershot, ma era stato più facile per lui credere che due ragazzi fossero stati tanto presi da un momento di passione da dimenticare tutto. Non aveva mai mostrato a nessuno, eccetto che a lei, ciò che provava veramente riguardo al matrimonio di sua sorella, e Jane sapeva che ne era rimasto sconvolto. Sapeva anche che incolpava Sir Antony Templestowe degli avvenimenti che avevano portato al matrimonio di Caroline, e del matrimonio stesso, e che non c'era niente che Jane potesse dire che l'avrebbe persuaso che non era così.

"Non c'è bisogno che parliate ad Antony del vostro matrimonio, di nessun particolare. Non ce n'è motivo."

Caroline guardò Jane sbattendo gli occhi, sconvolta.

"Jane? *Voi* mi state dicendo di-di *mentire*? Ad *Antony*?"

"No, assolutamente. Quello che sto dicendo è che non serve dirgli niente. C'è una bella differenza."

"E se non glielo dico, lui non lo saprà mai?"

"Non lo avete mai detto a Salt e, poiché nemmeno io glielo dirò mai, lui non lo saprà mai. Perché dovrebbe essere diverso con Antony? Anche se dovesse scoprirlo, in un lontano futuro, o se deciderete che dovete parlargliene, anche se non so perché dovreste farlo, dopo anni di matrimonio, quando creerete a una vostra famiglia, pensate forse che quello che è successo prima di aver sposato Antony, prima di diventare un solo essere, avrà qualche importanza per lui, che vi ama tanto teneramente?"

Quando Caroline sembrò poco convinta, Jane le prese la mano con un sorriso rassicurante.

"Molti anni fa, prima che vostro fratello e io ci sposassimo, quando nei miei pensieri ero sprofondata in fondo a un baratro, la mia balia mi ha dato un consiglio meraviglioso. Mi ha detto di guardare sempre al futuro, di non guardarmi indietro, di non rimuginare sul passato. Ed è quello che dovete fare Caroline, di modo che voi e Antony possiate avere un futuro insieme."

"La vostra balia era una donna saggia."

"Sì, e se fosse qui oggi vi direbbe che se ad Antony interessa il passato e non il futuro con voi, allora non è mai stato l'uomo giusto per voi. Ovviamente, e questa è la mia ferma opinione, nell'attimo in cui Antony ha scoperto che non eravate più sposata, tutto quello cui ha pensato è stato il futuro, un futuro da dividere con voi."

Caroline sorrise affranta.

"È facile per voi consegnare la verginità di una sposa alla polvere delle cose di poca importanza, carissima Jane, quando voi eravate bianca e pura come un fiocco di neve il giorno del vostro matrimonio."

"Non ero niente del genere!" ribatté Jane, cogliendo Caroline di sorpresa.

"Jane! No. Non *voi*."

"Che fossi o meno un-un *fiocco di neve*, non è importante per la vostra situazione attuale", riuscì a dire Jane a testa alta, anche se la gola si era macchiata di rosso per l'imbarazzo della franca confessione. Aggiunse in fretta, poiché la cognata la stava guardando come se fosse improvvisamente impazzita: "Non dovrete mai nemmeno pensare di parlare di questa rivelazione ad anima viva, specialmente non a vostro fratello."

"Ovviamene no, Jane. Mai." Caroline si avvicinò un po' a Jane, con gli occhi verdi sgranati. "È stata la vostra balia che vi ha detto di non parlarne a Salt?"

Jane sbatté gli occhi a questa domanda, poi si mise una mano sulla bocca per reprimere una risatina.

"Oh, Caroline! No. No. Che stupida sono! Vi ho dato un'impressione completamente sbagliata e vi chiedo scusa. Non c'è mai stato nessun altro uomo all'infuori di Magnus, quindi cancellate quei pensieri maliziosi, sorella terribile. Ma vostro fratello sarebbe furiosamente imbarazzato e deluso, se mai scoprisse che la sua sorellina sa che avevamo fatto l'amore prima di presentarci davanti al parroco."

"È un tale bacchettone!" Si lagnò bonariamente Caroline. "Ed è diventato così rigido dopo avervi sposato che è difficile credere che abbia mai avuto un'amante in passato, men che meno una dozzina!"

"Grazie, Caroline. Spero che terrete il passato di vostro fratello al suo posto, nel passato."

"Sì, certamente," mormorò Caroline, anche se non riuscì a evitare di aggiungere sfacciatamente: "Ma io ho sempre saputo che aveva un punto debole e quando ci siete voi di mezzo, il suo cuore l'ha sempre vinta sulla sua testa arida. E non è una brutta cosa." Strinse la mano di Jane. "Grazie per avermi fatto parte delle vostre confidenze."

Jane sorrise e strinse a sua volta le dita di Caroline.

"Ve l'ho confidato perché vi convinciate che non siete il solo membro di questa famiglia ad aver permesso al desiderio di prevalere sul buon senso…"

"Ma voi e Salt eravate innamorati," replicò Caroline. "Quello che è successo al ballo in maschera non aveva niente a che vedere con l'amore! E il mio assurdo matrimonio con Aldershot…"

"Riguardo al vostro matrimonio con Aldershot," ripeté Jane, interrompendo Caroline prima che si lasciasse andare a un altro episodio di auto-recriminazione, "siete stata sposata per due anni. Quindi, a meno che Antony sia un completo idiota, non si aspetterà che siate un fiocco di neve la prima notte di nozze, no?"

"No, no, ovviamente no," mormorò Caroline e arrossì, non perché non ci avesse mai pensato ma perché c'era una faccenda più seria, che la paralizzava col senso di colpa e la faceva vergognare tanto che non era mai riuscita a parlarne a Jane. Si chiese che cosa avrebbe pensato Sir Antony se avesse mai scoperto il suo vergognoso segreto? L'avrebbe perdonata? Si sarebbe mai fidato di lei? Avrebbe mai voluto una donna simile per moglie? Pensava di no. Meglio perdere il suo amore che il suo rispetto. Rabbrividì al pensiero.

"Allora non avete niente da dirgli, no?" ragionò Jane, alzandosi e scuotendo le sue sottane di chintz.

"No. No. Niente," mormorò Caroline alzandosi, ancora senza scarpe. Sorrise, non perché fosse meno angosciata ma perché non voleva dare un ulteriore peso a Jane. Qual era lo scopo di rimuginare su un futuro con Sir Antony quando sapeva che era impossibile?

"Ora dovete scusarmi." Jane baciò la fronte della cognata. "Sam starà piangendo a quest'ora e non oso lasciarlo troppo a lungo con la sua bambinaia. La ragazza è giovane e nuova della casa. Salt la spaventa a morte."

"Salt spaventa tutti a morte," rispose bonariamente Caroline, seguendola alla porta. "Se non fosse per voi, cara Jane, i servitori morirebbero regolarmente di paura."

Le donne si separarono con un bacio affettuoso, ma il sorriso di Jane si spense non appena il cameriere in livrea chiuse la porta dell'appartamento di Lady Caroline. Si affrettò verso la nursery con un timore irragionevole che le premeva sul petto. Finché non avesse visto i suoi bambini al sicuro nei loro lettini e il piccolo Sam nella sua culla, il cuore non avrebbe smesso di martellarle in petto.

NOVE

Jane prese la scala che collegava le sue stanze private alla nursery direttamente sopra, al terzo piano. Trovò tata Browne che dirigeva il personale della nursery che stava sistemando i giocattoli e i mobili nella sala dei giochi, e attraversò la spaziosa camera occupata dai suoi due bambini più grandi. La stanza non aveva porte ma era tenuta calda da una *portière* di velluto tirata attraverso l'apertura, durante le ore di sonno, e dal costante fuoco di carbone sulla grata del grande camino. Il suo caldo bagliore illuminava il retro di lucido ottone di un parafuoco rivestito di tappezzeria, e forniva anche una fonte confortante di luce nel caso i bambini si svegliassero di notte.

Il suo cuore rallentò e si allargò d'amore vedendo Ned e Beth profondamente addormentati nei loro letti, corpicini stanchi con le soffici coperte rimboccate. Suo figlio stringeva in mano il suo giocattolo favorito, un'amatissima scimmia di stoffa, cucita da sua zia Caroline, mentre sua figlia aveva un braccio paffuto sopra la testolina di riccioli scuri infilati in una cuffietta di pizzo, il viso sul cuscino di piuma voltato verso la parete tappezzata. Soddisfatta, andò nella stanza di Sam. Qui il figlioletto neonato passava le ore di sonno durante il giorno, sorvegliato dalla nuova bambinaia. Il bambino avrebbe passato più tempo lì, ora che erano a Londra, e lei doveva svolgere i suoi doveri di contessa, offrire e partecipare a cene sociali e politiche, che sarebbero diventate un evento regolare ora che Salt tornava ai suoi incarichi governativi. Restava una seconda culla in camera sua e Jane era riluttante a farla togliere finché non fosse arrivata la balia. Le notizie di Caroline sul ritorno di Diana dall'esilio l'avevano fatta decidere. Sam avrebbe continuato a passare le notti in camera loro, finché non si fosse convinta che i bambini erano al sicuro.

La sua espressione doveva rivelare la sua ansia profonda perché la nuova bambinaia si agitò talmente che si rivolse a Jane prima che lei le rivolgesse la parola, dicendo preoccupata mentre faceva la riverenza:

"Perdonatemi, milady, l'ho preso in braccio solo una volta, si stava agitando. Ha sempre tanta fame…"

"Betsy! Attenta alle tue maniere!" disse tata Browne con voce secca alle spalle della contessa, avvicinandosi per prendere il bambino urlante dalla piccola bambinaia. "Sua signoria non ti aveva rivolto la parola e certamente non desidera sentire che cos'hai da dire."

"Oh, tata Browne, ma io voglio sapere tutto quello che ha a che fare con i miei bambini," disse cortesemente Jane, con un sorriso alla piccola bambinaia che aveva abbassato gli occhi appena tata Browne era entrata nella stanza. "Non sono sorpresa che Sam si stia agitando. Deve essere affamato a quest'ora. Ma la mamma ti accontenterà presto," disse Jane con voce dolce guardando il bambino piangente che si agitava tra le braccia di tata Browne. "Se non do fastidio, vorrei allattare qui Sam…"

I domestici entrarono in azione all'istante. Un cameriere mise la poltrona e il poggiapiedi non troppo vicini al calore irradiato dal caminetto, poi lasciò in fretta la stanza per mandare una cameriera dei piani alti a prendere il tè per sua signoria e un piatto di pane imburrato. Sam, che ora stava urlando a pieni polmoni, fu restituito all'aiuto bambinaia di modo che tata Browne potesse aiutare Jane a slacciare i nastri ai lati del corpetto di sua signoria. Jane, una volta seduta comoda nella poltrona, con i piedi sul poggiapiedi imbottito e un cuscino sotto il gomito, slacciò in fretta il corsetto da allattamento, permettendo alla piccola signoria di avere accesso a quello che più desiderava. Tutto compiuto con la massima velocità, e dopo un paio di minuti il figlio minore della contessa non era più agitato e la stanza era di nuovo tranquilla.

"Vieni, Betsy," ordinò tata Browne alla nuova bambinaia, che stava fissando la contessa che allattava il suo bambino. "Ti troverò qualcosa da fare."

Jane smise per un attimo di fissare adorante suo figlio, che aveva la manina paffuta stretta forte intorno al suo dito indice.

"Tata, per favore, fate controllare Miss Merry da una cameriera. Ha l'abitudine di portare a letto con lei Visconte Quattrozampe ma, visto che il dottor Barlow dice che è il pelo del gatto che le causa gli sternuti, la sua morbida e pelosa signoria è relegata al suo cestino accanto al fuoco nel mio salotto."

"Molto bene milady."

Quando tata Browne fece un cenno con la testa alla nuova bambinaia, segnale che doveva uscire dalla stanza con lei, Jane disse: "Se non avete bisogno di lei, Betsy può restare qui e, quando arriverà il tè, potrà rendersi utile."

Tata Browne, padrona indiscussa della nursery, chiuse la bocca, fece un'altra riverenza e con un'occhiata di avvertimento a Betsy, che non fu notata perché l'attenzione di Jane era tornata al suo bambino che stava succhiando, lasciò la nuova bambinaia sola con la contessa di Salt Hendon.

Essere da sola con sua signoria era un'esperienza nuova per Betsy. Non era mai stata da sola con qualcuno di rango più elevato, nel registro sociale dei domestici del conte, del sovraintendente, e lei non era stata quasi capace di formulare una frase alla presenza di quel rigido gentiluomo. Ed era stato un bene perché, se il signor Willis avesse fatto qualche altra domanda, avrebbe scoperto che Betsy Smith non era quella che diceva di essere e che nemmeno le sue magnifiche referenze erano genuine. Gli unici dettagli veritieri riguardo a Betsy Smith erano il suo nome e la sua esperienza di neonati e bambini molto piccoli, visto che era la maggiore di quattordici figli. Che cosa potesse avere da dirle sua signoria, Betsy proprio non lo sapeva, ma quello di cui era certa era che questa bella signora non doveva avere nessun sospetto di che cosa aspettava lei e i suoi figli.

Anche Betsy non ne aveva un'idea effettiva, ma aveva un'orribile sensazione in fondo al cuore che qualunque cosa fosse, dovesse essere molto brutto. Zia Smith, che in realtà non era sua zia ma una vecchia amica di famiglia che per caso aveva lo stesso cognome, le aveva confidato che la donna che si pavoneggiava in società come contessa di Salt Hendon, non era per niente una contessa e quindi non era la vera moglie del conte ma la sua puttana, che aveva rubato il conte alla sua vera moglie. Il conte aveva esiliato la sua vera moglie e aveva contratto un matrimonio innaturale con la sua amante. Zia Smith aveva detto che il conte era stato stregato dalla bellezza della puttana, cosa che, guardandola mentre allattava il suo bambino, Betsy poteva facilmente credere. Zia Smith stava aiutando la vera contessa a riprendersi quello che era suo di diritto, e se il padre di Betsy voleva che i suoi debiti fossero pagati ed essere rilasciato dalla Bridewell House su Pinfold Street, la sovraffollata e sudicia prigione per debitori di Birmingham, allora tutto quello che George Smith doveva fare era affidare Betsy alle cure di Bertha Smith.

George Smith aveva accettato prontamente. Aveva fatto di più. Aveva detto a Betsy di fare tutto quello che serviva per aiutare zia Smith, omicidio escluso, perché allora l'avrebbero impiccata e a che cosa gli sarebbe servita una figlia morta? Certamente non sarebbe stato rilasciato, e

Betsy doveva ricordare di mettere al primo posto suo padre e i suoi tredici fratelli e sorelle, era quello che avrebbe fatto la sua defunta madre.

Betsy era una figlia buona e obbediente, ed era andata con zia Smith sulla diligenza da Birmingham a Hendon. Era sulla diligenza che zia Smith le aveva detto che doveva diventare bambinaia nella casata del conte di Salt Hendon e che, quando glielo avessero chiesto, doveva fare esattamente quello che zia Smith le avrebbe ordinato. Oltre a ricevere il denaro necessario per far rilasciare suo padre dalla Bridewell House, avrebbe aiutato una grande signora a riavere quello che era suo di diritto ed era sicuramente una cosa giusta da fare.

Con sua grande sorpresa e trepidazione, prima di salire sulla diligenza per cominciare il viaggio verso Hendon, era stata portata alla presenza della vera contessa di Salt Hendon. Non era mai stata al cospetto di un nobile prima, ed era stata così spaventata e presa da timore reverenziale, davanti alla gran dama nel magnifico abito di velluto ricamato, che le era venuta la nausea. La vera contessa di Salt Hendon era tutto quello che aveva immaginato fosse una grande dama: bella, riccamente abbigliata, e freddamente sdegnosa verso chiunque cadesse sotto il suo sguardo.

Betsy non fu sorpresa quando la grande dama la guardò con disapprovazione e commentò che i suoi capelli le ricordavano un incolto cespuglio di uvaspina; e tirò su col naso quando zia Smith si scusò, perché Betsy aveva sì sofferto di vaiolo bovino, ma non aveva il vaiolo, come aveva sperato sua signoria. Una situazione di cui la vera contessa di Salt Hendon si era lamentata. Era un peccato che Betsy non avesse il vaiolo, perché il contagio era proprio quello che sarebbe servito per spazzar via il flagello che c'era ora nella casa del conte. Zia Smith aveva salutato queste parole con un 'Amen'.

A Betsy furono consegnati un vestito di tela pulito, un paio di calze e un paio di scarpe di pelle, di seconda mano, che le stringevano i mignoli. Fu inoltre fornita di referenze eccellenti di un precedente datore di lavoro, il cui nome Betsy non aveva mai sentito, ma le assicurarono che le referenze avrebbero fatto il loro dovere, garantendole un impiego tra i domestici di Salt Hendon. Il signor Willis aveva immediatamente assunto Betsy, viste proprio quelle referenze. Unirsi ai ranghi del battaglione di domestici del conte non era stato per niente difficile.

I suoi compiti quotidiani erano ancora più facili, pensò Betsy con un sorriso. Aveva un tetto sopra la testa, un posto caldo e cibo, e tutto per occuparsi del bambino più bello su cui avesse mai posato gli occhi. La sua piccola signoria non dava assolutamente problemi. Piangeva solo quando aveva fame, e chi avrebbe potuto biasimarlo per quello? I suoi fratelli e sorelle l'avevano fatto abbastanza spesso ma, una volta svezzati dal seno materno, avevano spesso sofferto la fame. La piccola signoria non avrebbe mai patito la fame in vita sua e da come stava crescendo, Betsy pensava che sarebbe diventato un ragazzo alto e bello, proprio come il suo nobile padre.

"Il signor Willis mi dice che non vieni dal Wiltshire... Betsy?"

Betsy fece una riverenza e abbassò sul pavimento gli occhi, che stavano fissando quasi in trance il bambino che succhiava, con il volto in fiamme, quando i suoi pensieri furono interrotti dalla falsa moglie del nobiluomo.

"No, milady, da Birmingham."

"Puoi guardarmi, Betsy. In effetti, preferirei che lo facessi. Rende la conversazione molto più piacevole."

"Sì, milady," mormorò Betsy, pregando che la conversazione non volgesse al suo precedente impiego. Le sue preghiere non furono accolte.

"Il tuo precedente impiego è stato nella nursery di Lady Elizabeth Sedley...? Quando era a Bath...?"

"Sì, milady," mentì Betsy. "Ma non ho mai visto sua signoria." Il che era vero e davanti all'espressione sorpresa della contessa, aggiunse un'altra bugia, per buona misura. "Non veniva mai nella nursery."

Conoscendo bene la sua amica, e sapendo che anche lei era una madre che partecipava molto alla vita dei suoi figli, come lei, Jane ne fu sorpresa, ma non contraddisse la ragazza e, prima di spostare il suo bambino contento all'altro seno, lo tenne contro la spalla per lasciare che lo stomaco si sistemasse, dicendo mentre gli accarezzava dolcemente la schiena:

"So che sono passati solo pochi mesi da quando aiutavi nella nursery dei Sedley, quindi sarai contenta di sapere che avrai l'occasione di rivedere i bambini Sedley. Lady Elizabeth e i suoi tre figli verranno per un tè e per giocare, la settimana prossima. Sono tutti ansiosi di conoscere Sam. E tu, piccolo Lord," disse, alzando il bambino gorgogliante verso la sua faccia sorridente e strofinandogli il naso con il proprio prima di baciargli la guancia paffuta, "ti comporterai benissimo, diversamente da tuo fratello che è un esibizionista e da Beth che si sente meno speciale perché non è più la piccola di famiglia, e che quindi sicuramente metterà alla prova la pazienza della mamma con le sue pretese."

Jane spostò il cuscino sull'altro bracciolo della poltrona, con Betsy che si precipitava ad aiutarla e, con il bambino nuovamente attaccato al seno, alzò gli occhi con un sorriso. "Forse dovremmo mettere a Beth un vestito nuovo e nuovi nastri per i capelli, così si sentirà speciale per i nostri ospiti. Che ne pensi, Betsy?"

Sbalordita che le avesse chiesto la sua opinione, Betsy annuì per confermare e quando una cameriera arrivò col tè, fu sollevata di avere qualcosa da fare che sperava avrebbe evitato altre domande da parte della falsa moglie del conte. Versato il tè, aggiunto lo zucchero e una fetta di limone, e messi la tazza e un piatto di fettine di pane con il burro a portata di mano della contessa, Betsy arretrò vicino alla culla, dove cominciò a sistemare le lenzuola e le coperte, tutto per evitare di sentirsi fare domande cui non poteva rispondere. Funzionò per un po', ma quando il piccolo Lord fu sazio, Jane lo consegnò a Betsy perché lo tenesse in braccio mentre lei si sistemava i vestiti.

"Quando gli avrai messo il pannolino pulito e una camicia da notte, per favore, portalo nelle mie stanze."

Gli occhi di Betsy si spalancarono e, completamente nel panico, dimenticò di nuovo la sua posizione e fu sgarbata senza volerlo.

"Non sono mai stata dabbasso! Non saprei come trovare…!"

"Chiedi alla tata. Devi sapere dove dorme Sam quando non è con te. In questo modo, se ho bisogno di te, se Sam ha bisogno di me, saprai dove andare." Quando Betsy continuò ad aggrottare la fronte, anche se fece una riverenza e accennò di aver capito, Jane si avvicinò a lei. "Sono sicura che il signor Willis e tata Browne ti abbiano entrambi spiegato tutto quello che devi sapere riguardo al tuo lavoro nella casa di sua signoria…?"

"Sì, milady."

"Bene, e se hai altre domande o hai bisogno di aiuto, andrai da tata Browne senza esitazioni?"

"Sì, milady. Tata Browne mi tratta bene."

"Sono felice di saperlo, Betsy."

"Mi piace il mio lavoro, milady," disse d'impulso Betsy, facendo un'altra riverenza, con un'occhiata al bambino addormentato che aveva in braccio. "Sam è un bel bambino—voglio dire—chiedo scusa, milady— Lord Samuel."

"Meglio Sam, Betsy. Sempre Sam."

"Sì, milady."

"Volevo parlarti io stessa perché, ora che siamo a Londra, dovrò passare più tempo lontano dal mio bambino e questo significa che lui passerà più tempo con te. Tata Browne mi dice che ti prendi buona cura di Sam e che sei anche molto paziente con Ned e Beth, che ti sono entrambi affezionati. Per sua signoria e per me non c'è niente di più importante dei nostri figli, Betsy. Questo significa che chi si prende cura dei nostri bambini e come lo fa ha una grandissima importanza. Lo capisci, Betsy?"

Sbalordita dalle parole di sua signoria, Betsy annuì. A suo modo di pensare, la signora parlava esattamente come lei immaginava si esprimesse una gran dama e si comportava anche come tale. Ed era molto bella e indossava abiti meravigliosi, tutti di satin e sete con ricami meravigliosi. Ed era gentile. A pensarci bene, in tutte le sei settimane in cui aveva fatto parte della servitù di casa Salt Hendon, non uno dei servitori aveva mai avuto una parola poco gentile da dire riguardo a sua signoria. Le altre aiuto-bambinaie avevano solo parole gentili per la falsa moglie del conte, e quando tata Browne la menzionava era come se venerasse il terreno su cui camminava! Certamente non sembrava né agiva come la persona cattiva che zia Smith aveva detto che era. Per la prima volta da che faceva parte della servitù di casa Salt Hendon, cominciò a pensare che zia Smith avesse detto un mucchio di fandonie. Ma com'era possibile, e a che scopo? Anche se, guardando la falsa moglie del conte allattare un neonato, a Betsy venne da pensare che una vera signora, e una contessa, non si sarebbe abbassata ad allattare. La vera moglie di un nobile avrebbe consegnato il bebè a una balia perché lo allattasse, lo sapevano tutti.

Come leggendole la mente, la contessa disse:

"Dato che passerò più tempo lontano dal mio bambino, con mia riluttanza mi vedo costretta a impiegare una balia perché allatti Sam." Sua signoria sorrise a suo figlio nelle braccia di Betsy e accarezzò dolcemente un sopracciglio liscio con un lungo dito. "Ma non voglio che il suo arrivo ti impedisca di fare al mio piccolino tante coccole. È quello che gli serve di più, quando non posso stare io con lui." Guardò Betsy. "Voglio che continui a tenerlo in braccio tutte le volte che vuoi. Non si possono mai viziare troppo i bambini. Mi capisci, Betsy?"

"Sì, milady."

"Sono contenta che ci capiamo. La culla è nella mia stanza da letto. Dicken—conosci la mia cameriera personale—ti farà entrare se non sono disponibile. E se non ci sono io, aspetterai fino al mio ritorno. Sam non deve mai essere lasciato solo, Betsy. Mai."

Betsy deglutì rumorosamente e, lungi dall'arrabbiarsi, Jane fece una risata, nascondendo la bocca dietro la mano, ricordandosi ciò che aveva detto Caroline su Salt che spaventava a morte i servitori.

"Non avrai niente da temere scendendo nelle nostre stanze," la rassicurò. "Mi fido di te per Sam, Betsy. Mi fido di *te*. E se mi fido io, lo fa anche Lord Salt."

"Grazie, milady," disse Betsy, sussurrando incantata, tenendo un po' stretto il suo prezioso fagottino, avvolto in una morbida copertina. Nessuno, in tutta la sua giovane vita, le aveva mai affidato qualcosa, né le aveva mai parlato con tanta gentilezza.

Avere la fiducia di sua signoria le faceva sentire che la sua vita valeva qualcosa, dopo tutto, che aveva uno scopo ed era importante, che *lei* era importante. Non importava che se avesse fatto quello che le chiedeva zia Smith, suo padre sarebbe stato liberato dalla Bridewell House e i suoi fratelli e sorelle non sarebbero stati costretti a chiedere le carità per le strade. Aiutare la sua famiglia era quello che ci si aspettava da lei, e c'era la minaccia di una punizione se non ci fosse riuscita, non ultima una bella ripassata da parte del suo spietato padre. Betsy voleva tanto credere, nel profondo del suo cuore, che questa bella e gentile creatura fosse in effetti la vera contessa. Desiderava anche poterla aiutare a evitare quello che zia Smith diceva si meritasse per la sua malvagità, per aver rubato il conte alla sua vera moglie.

Non aveva idea di che cosa avessero in programma per la falsa moglie del conte e anche se l'avesse saputo, che cosa avrebbe potuto fare lei, una misera bambinaia, per impedirlo?

Non era lo spettro della rabbia di zia Smith che la faceva restare docile e in silenzio, era l'immagine spaventosa della vera contessa di Salt Hendon. Poteva non essere in grado di impedire quello che avevano in programma per la finta moglie, ma c'era una cosa che sapeva di poter fare. Giurò con ogni fibra del suo essere di non permettere che facessero del male al bambino che aveva tra le braccia. Come se avesse sentito il voto silenzioso, Lord Samuel Antony Hugh Sinclair, secondo in linea per il titolo di conte di un'antica casata, voltò la testa verso il calore del corpo di Betsy ed emise un sospiro al profumo di latte, appagato.

DIECI

Con Lady Reanay al sicuro fuori di casa, Diana St. John tornò nel salone con un sorriso soddisfatto. Si avvicinò al fratello, che stava ricevendo auguri e congratulazioni per il suo fidanzamento con Lady Caroline Aldershot, e lo portò via, al clavicordio, con il pretesto di volergli parlare in privato. In realtà le dava fastidio che l'attenzione del gruppo di invitati si fosse concentrata sulla sdolcinata e molto pubblica proposta di matrimonio del suo sentimentale fratello, dimenticando il proprio fortunato ritorno nel cuore della società.

Ancora intontito, e sentendosi come se avesse appena vissuto un sogno, Sir Antony accondiscese alla richiesta di sua sorella, ascoltando solo una parola su dieci delle congratulazioni e degli auguri degli ospiti. Era ancora stordito dal proprio comportamento stravagante, specialmente ripensando a quello che era successo l'ultima volta che lui e Lady Caroline si erano visti in compagnia, e perché Caroline aveva esitato a dire di sì. Si era aspettato, ingenuamente a ripensarci, che esultasse perché le aveva finalmente fatto la proposta, e che accettasse senza esitazioni. Dopo tutto, era quello che volevano entrambi, no?

Quando si rese conto che Diana l'aveva portato davanti al clavicordio, si diede uno scossone mentale per liberarsi dal pensiero di Caroline. Non era il caso di avere la mente annebbiata, con sua sorella in giro. Con un supremo sforzo di volontà, rivolse a lei la sua attenzione.

Diana si sedette sullo sgabello imbottito accanto a lui, con la schiena rivolta alla tastiera d'avorio del clavicordio, e disse con un sorrisino stentato: "Bene, fratello, hai fatto qualcosa che ritenevo impossibile! Mi hai sorpreso. Due volte in un giorno, a dire il vero."

"Come?" le chiese in tono lieve, sistemando un foglio di musica sul leggìo e fissando non lei, ma le crome e le biscrome davanti a lui. Sperava che la sua voce suonasse disinteressata.

"Non ho mai pensato di vedere *te* snello e sobrio." Chinò la testa di lato, studiando il suo profilo. "Non ho ancora deciso se mi piaci così…"

"Sono sicuro che me lo farai sapere, appena lo avrai deciso."

Diana sbuffò e scoppiò in una risata secca. "Oh, lo farò!"

"E la seconda volta?"

"La tua impetuosa proposta a Caroline."

"Impetuosa?"

"Oh povera me, Antony, sapevo che lei aveva un'infatuazione giovanile per te e che tu le davi retta, ma offrirle il tuo nome…?" Diana si chinò verso la sua spalla. "Ma forse non sei veramente informato, o non hai voluto sapere? Che peccato che la dichiarazione sia stata così pubblica, ora non potrai tirarti indietro…"

Ci volle tutto il suo autocontrollo per non spostarsi, per non allontanarsi. Eppure, per un momento, Antony credette che sua sorella fosse capace di un'emozione normale e abbassò la guardia. "Io amo Caroline. Ho sempre desiderato sposarla, ecco tutto, Di."

"La ami? Che carino," gli rispose Diana in tono sprezzante e sospirò, come rassegnata. "Ma sei sempre stato un romantico, ecco perché non raggiungerai mai le alte vette del Consiglio della Corona. Diversamente da Salt, non sei capace di essere distaccato quando prendi una decisione. In politica, il fine giustifica sempre i mezzi, come in guerra. Conosci il gentiluomo che sta conversando con il signor Wraxton?"

Sir Antony non era dell'umore giusto per una delle prediche di Diana sulla sua mancanza di acume politico, né sapeva in che direzione stessero andando i pensieri di sua sorella, ma la accontentò dando un'occhiata dall'altra parte del clavicordio, appena oltre l'arpa, verso una fila di sedie sistemate per il recital. Il signor Dacre Wraxton era immerso in una conversazione con un gentiluomo di mezz'età, dalla postura eretta, con un'uniforme militare tanto vivace quanto era cupa la sua espressione. Non conosceva personalmente l'uomo ma sapeva che Sir Jeffrey Amherst era stato di stanza nelle colonie americane per alcuni anni. Lady Reanay glielo aveva confidato bevendo il tè, e che Sir Jeffrey si era recentemente sposato, per la seconda volta, con una donna molto più giovane di lui, la figlia di un generale il cui nome Sir Antony non si era preso la briga di ricordare.

"Quello è Amherst. Non mi spiace dire che non è nemmeno una conoscenza casuale. I militari non mi interessano. La zia Alice mi dice che ha recentemente sposato la figlia di un collega ufficiale…"

Diana fece un verso sprezzante.

"La tua risposta dimostra esattamente quello che ho detto. Tu ricordi le cose poco importanti, mentre altri, *Salt*, potrebbero dirti, come me, tutto quello che c'è da sapere sull'illustre carriera militare di Sir Jeffrey. Siamo corrispondenti da anni," lo informò con un sorriso compiaciuto, poi fece una smorfia. "Che importanza ha il suo secondo matrimonio, se non sai che la sposa di Amherst è la figlia del generale Cary, unico motivo per cui un uomo come Amherst avrebbe guardato due volte quella insipida creatura! Quello che dovresti sapere, e che devi ricordare, è che sono questi *militari* che ci permettono di vivere le nostre vite civilizzate. Amherst ha combattuto nella guerra contro i francesi e gli indiani, ed è stato decisivo non solo nella sconfitta di quei selvaggi che combattevano per i francesi, ma è riuscito a cancellare quei bruti di nativi e le loro tribù dalla faccia della terra."

"Chiedo scusa, *che cosa* ha fatto?"

Diana St. John fraintese l'umore del fratello, prendendo il suo orrore per meraviglia e apprezzamento.

"I coloni sono sempre stati tormentati dai selvaggi, ancor più quelli delle frontiere. Che cosa fare con loro è sempre stato un problema per l'amministrazione coloniale e per il governo qui in patria. Non so dirti se è stato Amherst ad avere la brillante idea, o uno dei suoi subordinati. Comunque sia non è importante. Quello che importa è che è stato il caro Sir Jeffrey ad approvare il piano."

"Piano?"

"Ha regalato loro il vaiolo."

"*Che cosa* gli ha regalato?"

"Oh, stai attento, Antony! Vaiolo. Non personalmente." Diana sospirò di irritazione per la totale mancanza di comprensione di suo fratello, aggiungendo, con il tono di voce che si usa con i bambini: "Quando i selvaggi sono andati a parlamentare, i soldati del forte hanno regalato loro le coperte prese dall'ospedale militare dei malati di vaiolo. Le coperte erano contaminate e, quando i selvaggi le hanno riportate al loro accampamento, hanno infettato non solo se stessi ma la tribù e tutti quelli con cui sono entrati in contatto."

Sir Antony era nauseato e osò chiedere, anche se era sicuro di sapere già la risposta:

"Uomini, donne *e* bambini?"

Diana St. John faticava a contenere il suo entusiasmo. "Ovvio, uomini, donne e bambini. Il vaiolo ha spazzato via l'intera tribù, fino all'ultimo selvaggio. Devi ammettere," aggiunse allegra, "che Amherst è un genio. Liberarsi di un nemico senza che quello sappia che cosa l'ha colpito, senza dover spargere una sola goccia di sangue inglese, è degno di una medaglia!"

Sir Antony si sentiva fisicamente male e desiderò essere lontano mille miglia da sua sorella. Fissò Sir Jeffrey Amherst con odio palese.

"Un uomo che può infliggere una simile sofferenza a gente indifesa, a persone innocue e ai bambini non è nient'altro che un mostro, e i suoi metodi sono ripugnanti. Non accetto che tu ne canti le lodi. In effetti, non lo voglio nel mio salotto!" Ringhiò Sir Antony, alzando il sedere allo sgabello.

Diana St. John lo spinse, facendolo sedere di nuovo, con un gomito sulla spalla, e lo tenne lì.

"Ricorda che non siamo soli, fratellino," lo avvertì, e fece mostra di sistemarsi le sottane, con un sorriso stampato sul volto diretto agli ospiti, che si stavano divertendo a scommettere sulla possibile data degli sponsali di Sir Antony e Lady Caroline. Riportò lo sguardo sul fratello, dicendo senza mezzi termini: "Hai sempre permesso alle emozioni di avere la meglio sul buon senso. Amherst ha fatto quello che doveva per il bene del regno. Niente di più, niente di meno. In guerra, ogni azione è giustificabile."

"Che ogni azione sia giustificabile non la rende etica o-o *giusta*. Assassinare donne e bambini non è mai giustificabile, in guerra o da nessun'altra parte! Non lo accetto, Di."

"E io non voglio che tu interferisca nei miei piani per la riabilitazione politica di Salt."

Sir Antony sbatté gli occhi. Sentire il nome del conte di Salt Hendon lo fece tornare in sé. Si sarebbe preso a calci da solo per aver abbassato la guardia. A che serviva discutere con sua sorella? Lei non era un essere umano razionale. Sua sorella mancava totalmente di empatia e non aveva una coscienza, la sua ammirazione per Amherst ne era la prova. Perché aveva stupidamente pensato di riuscire a farle capire il suo punto di vista? Sconfitto, le chiese:

"Che piani sono, Di?"

"Sono tornata a Londra proprio al momento giusto perché Salt rientri nell'agone politico," gli rispose sicura di sé, con un sorriso. "Sta venendo a Londra e dovrebbe arrivare in città domani, proprio per questo motivo. I giornali stanno sprecando ettolitri di inchiostro, speculando sulle intenzioni di Salt. Il governo è nel caos. Grafton, Newcastle e Bute non riescono a concordare misure appropriate e il parlamento è paralizzato dalle divisioni. È lo scenario perfetto perché Salt si faccia avanti e assuma il comando, e io sono qui per assicurarmi che finalmente lui sfrutti tutto il suo potenziale."

Sir Antony esitò a rispondere. Non aveva dubbi che lei credesse veramente a quello che stava dicendo, segno evidente della sua mente malata. Si chiese come fosse a conoscenza dei movimenti del conte, ma poteva averglieli comunicati la zia Alice, o forse Dacre Wraxton, membro del parlamento e uno dei maggiori sostenitori di Salt, ne aveva accennato durante la conversazione. Per il momento, decise di stare al gioco, poteva essere l'unico modo per scoprire che cosa stesse veramente programmando Diana per aiutare Salt a realizzare le sue ambizioni politiche.

Con questo in mente, si voltò a guardarla e le prese la mano. Pregò che la sua voce restasse salda come le sue dita.

"Non vorrei proprio interferire con i tuoi piani per Salt, quindi forse sarebbe meglio che mi parlassi delle tue intenzioni… forse potrei aiutarti…?"

Diana sorrise alle lunghe dita di suo fratello sulla sua mano e poi alzò lo sguardo verso i suoi occhi azzurri, con il volto completamente impassibile. Sir Antony sperava che i suoi lineamenti restassero composti, anche se il cuore gli martellava in petto e quasi si aspettava che il demone che Diana aveva dentro di sé si liberasse dalla sua adorabile forma e lo prendesse per la gola. Non successe e lui restò composto, anche se rilevò un luccichio negli occhi della sorella quando lei disse, con la voce come la seta:

"Sempre buono, sempre onorabile. Ma dove ti hanno portato la tua bontà e il tuo onore, Antony? Trent'anni e non sei ancora ambasciatore. Anche se… il signor Wraxton mi ha confidato una notizia al tuo riguardo che mi ha sorpreso, e che mi fa sperare che tu possa ancora diventare qualcuno di cui poter essere finalmente fiera. Ma non te lo dirò. No! Non chiedermelo. Deve essere Salt a dirtelo, non io," gli ordinò, quando Antony fece per parlare, mettendogli un dito sulle labbra aperte e, quando chiuse la bocca, Diana tolse il dito per picchiettargli in modo irritante la guancia ben rasata: "Tu sei stato l'unico cui importava, l'unico a scrivere; l'unico che risparmierò… Andiamo! Abbiamo trascurato i nostri ospiti abbastanza a lungo e ora non dobbiamo parlare di politica ma suonare," insistette, rendendosi di nuovo conto di quello che la circondava e del rumore delle chiacchiere senza controllo degli ospiti irrequieti, che aspettavano che cominciasse il recital.

Si alzò dallo sgabello e stava per andare all'arpa, ma Sir Antony le afferrò il polso. Sapeva che i suoi sforzi sarebbero stati vani—come si poteva ragionare con una serpe senza cuore?—ma doveva comunque tentare di raggiungere i recessi della mente della sorella, cercare quella scintilla di umanità che pregava esistesse ancora.

"Diana! *Ascoltami.* A me importa, importa molto. Io *voglio* aiutarti e *posso* aiutarti, se me lo permetterai."

"Aiutarmi?" gli fece eco, momentaneamente spiazzata. "Come potresti aiutarmi?"

"Io so che cosa significa essere tanto divorati da qualcosa o qualcuno, che nient'altro importa."

"Io non ho idea…"

"Devi, invece. Siamo fratello e sorella. C'è più di un semplice legame tra noi. Lo stesso sangue ci scorre nelle vene. E abbiamo anche lo stesso demone…"

"Demone?"

Sperando di essere riuscito a collegarsi al suo io razionale, Antony annuì: "Sì, è così, Diana. Io combatto quel demone ogni giorno. Puoi farlo anche tu. È un'ossessione, una-una compulsione che noi…"

"Ossessione? Compulsione? Davvero, Antony, non so assolutamente di che cosa stai blaterando!"

"*Ascoltami*, Diana! Se lasci che quel demone ti controlli, ti ucciderà…"

"Mi ucciderà? Come?"

"L'unico modo per controllare quel demone è stare lontano da Salt. *Devi* restare lontano da lui e dalla sua contessa."

Alla menzione della contessa di Salt Hendon, Diana St. John liberò il polso con uno strattone e un ringhio, e il velo di razionalità, la facciata della sorella maggiore affezionata e di graziosa ospite, scivolò via per il più breve dei momenti, prima di tornare in fretta, con una risata forzata e uno sventolio del ventaglio. Picchiettò scherzosamente il fratello sul polso e disse a voce alta, perché gli altri la sentissero: "Certo che sai suonare questo pezzo, Antony! Nessuno penserà male di te se le tue dita inciamperanno una volta o due. Per augurarti buona fortuna," aggiunse, chinandosi per baciargli la guancia.

"Non uscirà niente di buono dal tuo ritorno a Londra, Di," sussurrò in fretta Sir Antony.

Diana gli baciò la guancia e gli disse all'orecchio: "Intendo risparmiarti, carissimo fratello, ma insisto che *tu* non ti metta in mezzo."

"E Ron e Merry? Saranno risparmiati anche loro?"

"Ron e Merry?" Diana St. John sbatté gli occhi, senza capire. "Perché evochi i loro nomi?"

"Sono i tuoi figli, Di. Loro…"

"…torneranno da me, non temere!" disse seccamente. "*Lei* me li ha portati via! *Lei* ha avvelenato le loro menti nei miei confronti. Sono stati stregati da quella *donna diabolica* perché mi odiassero ma presto li riavrò, e saranno di nuovo i miei bravi e obbedienti figli."

"Stupidaggini. Ron e Merry sono sempre i tuoi figli. Ti ameranno sempre. Tu sarai sempre la loro madre. Eppure non puoi desiderare che trascorrano la loro vita soffrendo il ridicolo e la vergogna, vero? Ed è esattamente quello che succederà loro se non rinunci ai tuoi piani mentre sei ancora in tempo…"

"*Pazzo*! I miei piani erano già in moto prima che arrivassi a Londra!"

Il suo sorriso era compiaciuto e, quando Antony spalancò gli occhi alla nuova rivelazione, Diana si chinò verso di lui, come per correggere la posizione del foglio della musica sul leggìo. In effetti, quello che fece fu far scivolare la mano tra la fodera di seta della sua redingote e il davanti ricamato del panciotto, sul posto sopra il cuore, dove Antony teneva appuntata una piccola spilla d'oro che conteneva la miniatura di Lady Caroline, orlata da una sottile treccia dei suoi capelli biondo fragola.

Sir Antony si chiese che cosa stesse facendo quando Diana gli premette il palmo della mano sul petto, e si disse che se lei voleva avere un'indicazione precisa della sua ansia, poteva averla nel ritmo elevato del suo cuore. Quello che lei fece dopo lo sorprese per la sua brutalità, fino a farlo restare immobile. Le dita di Diana trovarono il fermaglio della spilla, lo aprirono e lo tolsero dal panciotto. Con la spilla nel pugno, Diana lo infilò nell'apertura attraverso gli strati delle sue sottane e la lasciò cadere in una tasca nascosta. Era successo tanto in fretta che Sir Antony non riuscì a reagire al furto.

"Terrò io per ora il tuo pegno di devozione, caro fratello. La sua perdita ti ricorderà di non interferire nei miei piani, altrimenti potresti perdere quello a cui tieni di più."

UNDICI

La mattina seguente, Sir Antony passò più tempo del necessario nel suo spogliatoio, rimuginando su che cosa indossare. In effetti, non erano i vestiti ma sua sorella e le sue macchinazioni che occupavano i suoi pensieri. Con deprimente certezza, sapeva che Diana aveva avuto abbondante tempo, dopo essere fuggita dalla sua prigione, per mettere in moto un'enorme quantità di piani. Quali fossero quei piani, non ne aveva idea.

A guardarla suonare l'arpa durante il loro improvvisato recital la sera prima, e poi comportarsi da ospite perfetta alla cena per pochi intimi, c'era da meravigliarsi davanti alla sua abilità di mantenere l'apparenza dell'ospite beneducata senza rivelare il demone che aveva dentro. Si sentiva obbligato a tenerla d'occhio e aspettare che facesse un errore, o che qualcosa o qualcuno, perché sicuramente lei non poteva agire da sola, rivelasse i suoi piani. Sperava che succedesse presto, specialmente con i Salt Hendon in città.

La cena si era estesa alle carte e alle sciarade nella sua biblioteca fino alle ore piccole, e Antony aveva voluto restare fino a che l'ultimo degli ospiti, il signor Dacre Wraxton, si era congedato. Quel gentiluomo gli aveva stretto la mano al momento di andarsene, congratulandosi con lui per il suo fidanzamento con l'adorabile Lady Caroline, che lui definiva un raro e intrigante gioiello. Sir Antony non sapeva che cosa gli piacesse di meno. Il beffardo accenno di sorriso nel tono dell'uomo o l'uso della parola *intrigante* per descrivere Caroline, con tutte le sfumature che poteva avere quella parola. Lo aveva messo a disagio ed era stato contento di vederlo andar via.

Durante tutta la cena si era meravigliato per il sangue freddo del gentiluomo, che aveva ignorato la sua amante abbandonata, senza mai guardare una sola volta nella sua direzione, anche se la poveretta stava facendo di tutto per attirare il suo sguardo. Ma quello che gli faceva salire la bile in gola era la spietata indifferenza di Diana per i sentimenti di Jenny Dalrymple. Aveva offerto un rifugio nella sua casa a quella donna eppure, per tutta la cena e dopo, quando erano in biblioteca, sua sorella aveva flirtato oltraggiosamente con l'ex-amante di Jenny Dalrymple sotto gli occhi pieni di lacrime dell'amica.

La crudele indifferenza di Diana non lo sorprendeva. Dato che lei non faceva mai nulla senza un buon motivo, accogliere Jenny Dalrymple doveva sicuramente servire a uno scopo preciso. Si era reso conto di quale fosse quello scopo durante la cena, mentre conversava con lei per cercare di distrarla dalla sua morbosa infelicità. La donna aveva memorizzato, in quella che lui aveva sempre considerato una testolina piuttosto carina ma vuota, un'infinita quantità di dettagli sociali sulle persone, i posti e gli avvenimenti. Durante le dodici portate, Jenny Dalrymple l'aveva intrattenuto con il riassunto di tutti gli eventi sociali che avevano avuto luogo durante la sua assenza da Londra.

Proprio come aveva memorizzato il contenuto delle lettere che le aveva mandato da San Pietroburgo, usandole poi a suo vantaggio per dire a tutti quanti che aveva visitato quella città, era sicuro che Diana avesse usato tutti i pettegolezzi che le aveva riferito Jenny Dalrymple per favorire in qualche modo i suoi piani.

Mentre sorseggiava il tè e la guardava recitare le sciarade con i suoi ospiti, nel suo vestito *à la française*, Antony aveva fatto l'inventario del suo abbigliamento e dei suoi accessori. Sua sorella aveva sempre avuto un gusto squisito nel vestire, e molto costoso. Mentre notava il collier di perle e diamanti alla gola snella, il braccialetto intonato a tre fili di perle al suo polso, e una pettinatura risplendente di forcine d'oro e nastri di satin, si era chiesto, non sorprendentemente, dove si fosse procurata abiti e gioielli così sontuosi. Era certo che Salt, durante la sua prigionia, non l'avesse fornita di *argent de poche* sufficiente per una simile magnificenza, né lei ne avrebbe avuto bisogno rinchiusa in un castello remoto. Si era chiesto come fosse riuscita sua sorella a finanziarsi da quando era fuggita, non solo gli abiti che aveva addosso, ma il cavallo e la carrozza per i suoi viaggi, l'alloggio, il mantenimento della sua compagna, per non parlare di cose banali come cibo, articoli da toilette e servitori.

Non aveva avuto bisogno di dormirci sopra, perché aveva ottenuto la sua risposta quando, chiusa a chiave la porta sulla strada alle prime luci di un freddo mattino, Diana lo aveva condotto in biblioteca, alla scrivania con la superficie rivestita di cuoio accanto al caminetto.

Era stata deliziata di mostrargli quattro ordinate pile di conti, ciascuna legata con un nastro nero. I conti erano tutti ben divisi, gli aveva detto con grande soddisfazione, e tutti da pagare. Non aveva idea dell'importo esatto, una volta che tutte le note di debito, i conti di commercianti, sarti, modiste, calzolai e roba simile fossero state sommate, ma era certa che non poteva essere meno di duemila sterline. Lui avrebbe dovuto essere felice che la maggior parte dei conti fossero stati accumulati a Birmingham dove tutto, in particolare i tessuti e i sarti, era molto meno costoso che a Londra. Gli aveva suggerito, per il suo buon nome e per la reputazione della famiglia, di pagare in fretta i suoi debiti, dato che molti dei conti erano scaduti da trenta giorni o più. Salt poteva anche pagare i suoi conti in ritardo, se mai avesse voluto, il loro primo cugino era un nobile e quindi non soggetto alla prigione per debiti, ma come baronetto Sir Antony non ne era immune. Non sapeva proprio come Salt avrebbe potuto accondiscendere al fidanzamento di sua sorella con un detenuto nella prigione di Fleet Street, o forse sarebbe stato inviato alla prigione per debiti di Birmingham; meglio saldare subito i conti. Oh, e ce n'erano altri in arrivo…

Due *mila* sterline.

Sua sorella aveva speso in due mesi più di quello che lui spendeva in un anno per il mantenimento dell'intera casa: servitori, carrozze e cavalli, cera e tutte le altre spese! L'importo gli era rimbombato in testa mentre teneva strettamente sotto controllo i suoi pensieri e i suoi sentimenti, con Diana che gli augurava la buonanotte e gli diceva allegramente di non aspettarla per colazione. Lei e Jenny Dalrymple sarebbero andate a passare la giornata nell'eccentrico *buen retiro* gotico di Horace Walpole, Strawberry Hill, ma sarebbero tornate in tempo per la cena. Sir Antony non aveva avuto dubbi che gli stesse dicendo la verità, ma sapere che l'acciuffa ladri, il signor T., sarebbe stato la sua ombra gli dava uno strano senso di conforto, se non di soddisfazione. Poteva per lo meno fare la sua visita a casa dei Salt Hendon senza preoccuparsi di dove fosse Diana.

Due *mila* sterline.

La somma gli aveva tormentato il sonno e lo aveva lasciato con gli inizi di un'emicrania quando si era svegliato. Batteva ancora in fondo agli occhi quando si sedette al suo tavolo da toilette con la banyan di seta color rame gettata sulla camicia e sulle brache, mentre Semper e due attendenti andavano e venivano con gli indumenti adatti. Alla fine Antony rimuginò su due completi di seta, in una lunga fila di redingote squisitamente ricamate, panciotti e calzoni, e poi li scartò giudicandoli insoddisfacenti per l'imminente visita a casa Salt a Grosvenor Square.

Semper ritornò nel guardaroba, senza che la sua espressione rivelasse la crescente frustrazione. Non vedeva il suo padrone così preoccupato da quella volta che lo aveva vestito per un'udienza privata con l'imperatrice russa. Ritornò con una redingote e un panciotto in seta a righe contrastanti nelle tonalità di lavanda e prugna, con un drappeggio morbido alle falde, e calzoni di semplice seta color crema.

Fu vestito con quel completo che Sir Antony entrò in casa Salt e consegnò soprabito, cappello e guanti di capretto, insieme alla spada dall'elsa ingioiellata, a un cameriere in attesa.

Nervoso e trepidante, muoveva la testa da una parte all'altra e su e giù, mentre seguiva il sottomaggiordomo attraverso il grande foyer dal pavimento di marmo bianco e nero, la grande entrata parlava di ricchezza e di eleganza discreta. Dal grande scalone doppio, progettato da Robert Adam, che si curvava verso il colmo di un grande oculus di vetro colorato, dal quale pendeva un enorme lampadario di cristallo intagliato, il legno luccicava e il cristallo risplendeva, lucidati fino a una brillantezza impossibile per il ritorno del conte e della contessa.

Un colloquio con il nobile proprietario di un edificio così imponente avrebbe fatto tremare le ginocchia ai profani, pensò Sir Antony che, da cugino preferito e, una volta, visitatore abituale di questa magione, non aveva mai prestato la minima attenzione a quello che lo circondava. In disgrazia e dopo molti anni di assenza, gli occhi si erano aperti sul significato simbolico che una simile grande casa e il suo arredamento dovevano avere per i comuni mortali, in particolare per quelli che cercavano di accattivarsi i favori del conte.

"Poveri cristi," borbottò tra sé e sé, mentre il sottomaggiordomo si fermava davanti a una porta a due battenti affiancata da due camerieri in livrea, sull'attenti. Quando il sottomaggiordomo lo guardò in volto, Antony gli chiese, a voce abbastanza alta: "Siete nuovo, vero?

"Sono qui da quattro anni, milord."

"E Jenkins? Dov'è appostato?"

Il sottomaggiordomo fece un sorrisino, più perché aveva colto il leggero nervosismo nella voce dell'alto ed elegante visitatore che non per l'implicazione che i servitori del conte potessero appostarsi. Non aveva conosciuto personalmente il precedente maggiordomo, solo di fama, e lo disse, aggiungendo: "Il signor Miller è il maggiordomo di sua signoria da quando io sono sottomaggiordomo, milord. Il signor Jenkins sentiva troppo il peso degli anni per continuare e ha assunto il ruolo di maggiordomo della residenza di Arlington Street."

"Sua signoria usa ancora quell'indirizzo?"

Davanti alla sorpresa di Sir Antony, il sottomaggiordomo rispose con enfasi: "Sì, milord, occasionalmente, di solito durante le sedute del parlamento. Ma ora, dopo la riapertura di questa casa, sospetto…"

"Nessuno è interessato a vostri sospetti, grazie, Pratt," disse una voce profonda e minacciosa che chiuse immediatamente la bocca al sottomaggiordomo e lo fece piegare in due con un inchino. "Chiedo scusa per la mia assenza, Sir Antony," disse Miller, guardando la schiena del sottomaggiordomo mentre il servitore attraversava precipitosamente l'atrio. "Sua signoria normalmente è in casa per i visitatori il martedì ma, essendo oggi il primo martedì dopo l'arrivo della famiglia in città ieri, la casa non è aperta per i visitatori a quest'ora. Quindi vi chiedo rispettosamente di perdonare l'errore di Pratt e vi chiedo cortesemente di ritornare…"

"Miller, vero? Bene, Miller, sua signoria mi riceverà perché non sono un visitatore ma sono di famiglia. Quindi potete annunciarmi oppure no, ma intendo comunque vedere oggi sua signoria."

Il maggiordomo fece una pausa e diede un'altra occhiata a Sir Antony. Il tessuto costoso e il taglio perfetto, per non parlare degli squisiti ricami dell'abito, erano evidenti e le pietre sulle fibbie delle scarpe molto probabilmente erano veri diamanti, non vetro. La sua postura diritta, la voce profonda e morbida, e la bellezza imperturbata di quello sguardo azzurro lo proclamavano un gentiluomo, non un parvenu. Oltre a tutto, il maggiordomo si rese conto che non poteva permettersi di offendere né questo gentiluomo, se effettivamente era un consanguineo del conte, né il suo nobile datore di lavoro, respingendo uno dei suoi parenti, anche se non lo aveva mai visto prima. La frase seguente di Sir Antony risolse la faccenda.

"Sono appena tornato dal mio distacco a San Pietroburgo, e ci sono quattro casse nell'atrio piene di regali. Dite ai servitori di prestare particolare attenzione alla cassa più grande, è per sua signoria la contessa e contiene un servizio da tè in porcellana della Manifattura Imperiale russa. Preferirei che nascondeste tutte e quattro le casse da qualche parte, al sicuro, prima che Miss Merry, il signorino Ron e il bambini possano vederle e chiedere che cosa contengono. Non sarò io quello che negherà loro i regali, ma forse sarà meglio che sia Lady Salt a decidere quando distribuire le mie regalie? Che ne pensate, Miller?"

"Sì, signore, certamente. Farò immediatamente immagazzinare le casse in un luogo sicuro finché sua signoria mi dirà che cosa farne." Fece segno ai due camerieri di aprire la porta e poi ne mandò uno a fare la guardia alle casse di Sir Antony, fino al momento in cui lui, Miller, avesse potuto organizzare e sovrintendere il loro attento spostamento nel suo office. "Per favore, entrate in anticamera e aspettate che informi sua signoria del vostro arrivo. Mi scuso per il fuoco…"

"Ah! Non servono scuse, Miller," rispose allegramente Sir Antony, pur rabbrividendo come se l'avesse colpito una ventata fredda. "Se ricordo bene, la temperatura in anticamera potrebbe far gelare l'acqua!"

L'anticamera prima dello studio del conte era una stanza che Sir

Antony ricordava bene e non con piacere, precisamente perché non c'era mai il fuoco acceso nel camino e quindi era sempre gelida. Il pavimento di marmo, la mancanza di un arredamento adatto e le pareti dipinte di azzurro senza decorazioni aumentavano il senso di gelo. Anche quando era affollata di gente armata di petizioni, proposte e documenti, che cercava il patrocinio del conte di Salt Hendon per questo, quello e ogni altra cosa immaginabile, la temperatura della stanza non saliva mai oltre il punto di gelo. Era uno stratagemma per assicurarsi che solo i postulanti più decisi cercassero un'udienza con sua signoria; i meno robusti e gli incerti se ne andavano di soppiatto prima che le loro ossa congelassero, e molto prima che il loro nome fosse chiamato per i loro cinque minuti del prezioso tempo del conte. Eppure Sir Antony riteneva quelle misure di controllo della folla troppo draconiane ed era sempre pieno di simpatia per quei poveretti congelati, tutte le volte che scivolava nel calore dello studio senza farsi annunciare e ogni volta che lo voleva, uno dei pochi privilegiati ad avere un accesso illimitato.

Come'erano cambiati i tempi, sospirò tristemente, ora anche lui aveva bisogno del permesso per vedere il suo primo cugino e, una volta, il suo migliore amico. Senza guardare né a destra né a sinistra, ma con lo sguardo fisso tra le scapole del maggiordomo, Sir Antony seguì il servitore attraverso l'anticamera fino a un'altra porta a due battenti e un'altra coppia di servitori in livrea che stavano di sentinella.

"Se vorrete restare qui, Sir Antony, chiederò a Lord Salt se è in casa per —ehm—la famiglia." Il maggiordomo si permise di rivolgergli un accenno di sorriso, dicendo, prima di sparire nello studio: "Se mai aveste freddo, milord, uno dei camerieri sarà lieto di mandare una cameriera ad aggiungere del carbone sulla grata, per avere un fuoco più consistente."

Fu solo quando la porta si chiuse alle spalle del maggiordomo che Sir Antony si rese conto che non aveva per niente freddo, e uno sguardo al grande camino con il fuoco che divampava gli fece fare un passo indietro. Ma quello che lo lasciò a bocca aperta e lo obbligò a guardarsi intorno, meravigliato, fu la stessa anticamera. Il suo primo pensiero fu che Miller l'avesse condotto nella stanza sbagliata, ma la disposizione della stanza, con le due portefinestre che guardavano sulla grande piazza e, sulla parete opposta, il grande camino con la mensola intagliata, erano familiari. Tutto il resto era cambiato, e in meglio.

Le pareti erano state ridipinte in giallo chiaro, il soffitto con le modanature di gesso, in bianco uovo. Un enorme specchio con una cornice intagliata e dorata era appeso sopra la mensola del camino e rifletteva la luce delle finestre a tutt'altezza dalla parte opposta. Incorniciato da tende di damasco azzurro e oro, legate da una pesante corda di velluto blu scuro e oro, il sole del mattino si allungava fino ai due gruppi di sedie dallo schienale diritto, sistemate in file ordinate, che guardavano verso la porta a due battenti dello studio del conte. Un tavolo a *console* di legno di noce era stato sistemato tra le due finestre e reggeva due grandi caraffe d'argento, con candelabri intonati a entrambi i lati. Sopra la *console* c'era un ritratto, ed era quello che Sir Antony stava ammirando quando nella stanza entrò il segretario del conte, il signor Arthur Ellis.

Era un ritratto a figura intera della contessa di Salt Hendon, vestita con un abito da cavallerizza blu scuro, con lo strato più esterno delle sottane raccolto a mostrare la sottogonna ricamata e un accenno di stivali; la giacca, ricamata sulle tasche e sui risvolti con piccoli fiori gialli e azzurri, aveva un taglio maschile che aderiva al torace e alle braccia snelle. I capelli neri corvini erano gonfi, all'ultima moda, e raccolti, con un cappellino dalla tesa stretta sulle ventitré. Aveva un frustino in una mano guantata, mentre l'altra teneva le redini della sua cavalcatura, un baio lucente con la punta delle orecchie bianche. In distanza, sullo sfondo, il palazzo giacobita, Salt Hall, dimora ancestrale dei conti di Salt Hendon.

Sir Antony si avvicinò per vedere il nome del pittore che era riuscito, con le sue abili pennellate, a catturare l'essenza della bella contessa, e si sentì dare la risposta.

"È un pittore nuovo, un certo signor George Romney. È dotato, dovete ammetterlo, Sir Antony."

Sir Antony sobbalzò quando le sue fantasticherie furono interrotte così bruscamente ma si riprese subito, felice di vedere una faccia nota. Tese la mano per salutare.

"Signor Ellis! Che bello rivedervi!" disse stringendo vigorosamente la mano del giovanotto. "Sì, dotato, e con un soggetto simile non servono molti sforzi: vedo che siete pronto a dar battaglia ai postulanti," aggiunse, con un'occhiata alla familiare agenda degli appuntamenti rivestita di cuoio nero che Arthur Ellis stringeva al panciotto di lana fine, quasi fosse uno scudo; alcune cose non cambiavano mai ed era un pensiero confortante.

"Grazie al cielo non oggi," rispose il segretario con un sorriso, stringendo ancora un po' di più l'agenda del conte. "Questa stanza deve essere stata una sorpresa per voi, signore."

"Sorpresa? Ah! A dir poco. Pensavo mi avessero portato nella stanza sbagliata." Sir Antony diede un'occhiata al ritratto. "Non serve scommettere sul perché questa stanza abbia un aspetto molto più allegro, vero, Ellis?"

"Verissimo, signore." Poi il segretario aggiunse, con un accenno di scusa: "Troverete che ci sono stati molti cambiamenti nella casa di Lord Salt dalla vostra repentina partenza…"

"Tutti in meglio, ne sono sicuro," rispose Sir Antony con un sorriso radioso, nascondendo la propria tristezza perché il tempo era passato senza di lui in questa nobile casa, ma non desiderando continuare su quell'argomento, nonostante l'evidente simpatia del segretario per la sua causa. Colse qualcosa di non familiare e lo indicò, cercando qualcosa da dire: "Allora, che cosa c'è la sotto, Ellis?" Chiese, andando all'angolo opposto accanto al camino. "Una gabbia, credo? Che tipo di bestia si nasconde sotto la stoffa? Pennuta o pelosa?"

Lasciando l'agenda sulla console, Arthur Ellis raggiunse Sir Antony accanto alla grande gabbia quadrata coperta da un telo, sul suo piedestallo. "Pennuta, milord." Il segretario prese l'orologio dal taschino, notò l'ora e lo rimise nel taschino del panciotto. "In effetti, sono sorpreso di vedere la gabbia ancora coperta, a quest'ora. Ma forse con tutto il trambusto dell'arrivo, è meglio così. È l'ora della frutta di Peter ma la copertura resterà finché arriverà Miss Aldershot, altrimenti lo starnazzare di Peter potrebbe causarne la morte." Sorrise imbarazzato. "Lord Salt non ama molto quell'uccello, temo, e in più di un'occasione ha minacciato di far impagliare il povero Peter, dicendo che in quel modo i postulanti in attesa avrebbero comunque avuto il piacere di vedere un'ara macao. Oh! Non ve l'avevo detto. Miss Aldershot è la pupilla di sua signoria e... Ah! Eccola che arriva," aggiunse con un sorriso nervoso, e fece segno ai due camerieri di venire avanti e togliere il telo che copriva la gabbia.

"Miss Aldershot e io siamo già stati presentati, Ellis," disse Sir Antony, e nascose un sorriso quando il segretario si limitò ad annuire, un po' assente, come se avesse perso la capacità di sentire, con Kitty Aldershot nella stanza.

Kitty Aldershot attraversò l'anticamera portando una grossa ciotola di porcellana coperta da un tovagliolo di lino. Indossava un grazioso abito *à l'anglaise* con un nastro in tinta intorno al collo e diversi fiocchi nel capelli biondi. Stava canticchiando e, tolto il tovagliolo, fissò il contenuto della ciotola, completamente ignara dei due gentiluomini accanto alla gabbia. Questo finché i camerieri che tenevano il telo tra di loro urtarono la gabbia facendola dondolare sul suo piedestallo di ottone e il suo occupante non emise un alto strillo di protesta.

Il segretario si fece avanti per prendere la ciotola dalle mani di Kitty Aldershot che vide lui per primo.

"Peter si è comportato male, signor Ellis?" Gli chiese Kitty Aldershot con un bel sorriso, e Arthur Ellis dovette deglutire prima di rispondere ricevendo un simile sorriso. "Ho la sua frutta e le noci, e se volete aiutarmi a dargli da mangiare... Sir Antony! Oh! Che piacere rivedervi così presto, signore!" Esclamò Kitty, spingendo la ciotola nelle mani del segretario e facendo una veloce riverenza, mentre si lisciava il grembiulino trasparente legato in vita. "Voglio dire... È *veramente* un piacere rivedervi! Questo è il signor Ellis, il segretario di sua signoria. Ma voi lo saprete già..."

Fece una risatina nervosa e si voltò verso il segretario, aspettandosi che dicesse qualcosa, ma Arthur Ellis fissava il contenuto della ciotola, e cercava di riprendere il controllo dei suoi lineamenti, non volendo far capire a Sir Antony la vera natura dei suoi sentimenti per Kitty Aldershot. Troppo tardi, si disse Sir Antony. Capì perché Arthur Ellis si era appostato in anticamera quando non era probabile che ci fossero postulanti quel giorno e lui avrebbe dovuto essere impegnato altrove. Tutti e tre furono sollevati quando Peter il Macao fece loro capire quello che pensava del fatto di essere ignorato, con un drammatico sfoggio di penne fruscianti seguito da uno strillo che avrebbe certamente procurato un infarto a un anziano postulante.

"Adesso basta, Peter!" lo rimproverò affettuosamente Kitty Aldershot, scegliendo uno spicchio d'arancia dalla ciotola. Lo passò tra le sbarre d'ottone della gabbia. "Fai il bravo e potremmo permetterti di fare una passeggiata, quando arriverà sua signoria."

Sir Antony si avvicinò alla gabbia di lucido ottone per osservare meglio il grande uccello. Il piumaggio aveva colori magnifici, le ali e una lunga coda lussureggianti di un azzurro vivido, il petto e la parte inferiore giallo oro, e un potente becco nero. La fronte dell'ara macao era coperta di brillanti piume verdi, il mento di penne del blu più profondo e i grandi artigli erano neri come il becco. E se i colori non fossero stati sufficienti ad attrarre l'attenzione, c'erano gli ipnotici segni neri e bianchi intorno ai piccoli occhi curiosi.

Sir Antony aveva visto le illustrazioni di simili creature esotiche e aveva visto di persona un pappagallo scarlatto, ma non erano nulla di paragonabile al trovarsi davanti a una creatura così magnifica, che ora saltellava su e giù su sul robusto trespolo, come per salutare.

L'ara si dondolava avanti e indietro quando gli parlavano, e tutte le volte che un pezzo di frutta passava attraverso le sbarre, lo prendeva con l'artiglio, quasi educatamente e assaporava delicatamente il frutto succulento. Quando Arthur Ellis gli diede una noce da rompere, l'uccello la afferrò con un artiglio e ruppe il guscio duro con il suo forte becco, emettendo un suono gorgogliante, quasi di compiacimento per la propria astuzia, quando mostrò il gheriglio morbido della noce. Sir Antony ricevette la fortissima impressione che Peter fosse ben conscio del suo status di attrazione viziata, e che fosse fin troppo contento di danzare sul suo trespolo e arrampicarsi su e giù sulle nervature della sua gabbia, purché gli dessero dei saporiti bocconcini da divorare.

"Che creatura straordinaria," esclamò Sir Antony, dando voce al suo piacere. "Posso offrire a Peter un po' di frutta?"

Kitty Aldershot gli passò un grosso pezzo di mela da dare all'ara e Antony lo fece, timidamente. Eppure, passò il secondo pezzo di mela nella gabbia, nell'artiglio di Peter, con più fiducia e fu ricompensato con quello che sembrava un 'grazie' farfugliato in francese.

"Ha appena detto *merci beaucoup*?" disse, stupito e quando Kitty annuì, rise e si rivolse all'uccello: "Che sfacciato esibizionista!"

"Proprio così, Sir Antony," concordò Arthur Ellis. Sentendo di dover dire qualcosa per riottenere l'attenzione di Miss Aldershot, che stava guardando Sir Antony con quella che si poteva solo tristemente definire venerazione. "E più gente c'è, più a Peter piace dare spettacolo. Non è forse vero, Miss Aldershot? Ricordo una volta in cui questa stanza era strapiena di postulanti e Peter era in gran forma, danzava su e giù sul suo trespolo per una signora che aveva deciso di conversare con lui. Ricordate, Miss Aldershot? Sfortunatamente, la signora ha fatto l'errore di chinarsi troppo vicina alla gabbia e il suo cappello si è appoggiato alle sbarre e…"

"…Peter le ha strappato il cappello dalla testa con il becco e l'ha fatto a brandelli in pochi secondi! Oh sì! Lo ricordo, signor Ellis." Kitty guardò Sir Antony, che rimaneva concentrato su Peter. "Il cappello della signora era di paglia bionda con una piccola corona ma una tesa molto larga e aveva un nastro verde graziosissimo…"

"Non quando Peter ha finito di occuparsene," aggiunse ridendo Arthur Ellis.

Kitty Aldershot ridacchiò e Arthur Ellis rise forte e Sir Antony, sentendosi un intruso, offrì all'ara una delle due noci che aveva in mano nel silenzio imbarazzato che seguì quando la risata della coppia scemò. Tutti e tre erano ignari che qualcuno li osservava dalla porta.

"Peter sa dire qualcos'altro in francese?" Chiese Sir Antony con noncuranza, indicando l'uccello. Guardò la coppia. "Perché Peter? Perché non Pierre? O François? Uno strano nome, o dovrei dire, un nome *specifico* per un uccello, vero, Peter?"

"Quanto a questo, milord, dovrete chiederlo a Lady Caroline, cui appartiene l'ara," lo informò il segretario. Scrollò le spalle e rilanciò la domanda a Kitty Aldershot. "Forse Miss Aldershot conosce le origini del nome di Peter?"

"È così, signor Ellis," disse eccitata Kitty con un sorriso radioso, e si spostò più vicino a Sir Antony, mettendogli una mano sul paramani ricamato. Gli sorrise e abbassò la voce. "Se ve lo dico non dovrete ripeterlo…" Prese il silenzio accigliato di Sir Antony per consenso, cieca al fatto che la familiarità della mano sul braccio non aveva solo turbato lui ma anche Arthur Ellis. "Lo ritenevo anch'io un nome strano, per un uccello. E una volta sono capitata accanto a Lady Caroline da sola con Peter, e lei gli parlava in francese. Non avevo proprio idea che gli uccelli potessero parlare! Quindi immaginate la mia sorpresa quando Peter l'ha fatto, e in francese, di tutte le lingue che Dio ha messo su questa terra. Dice molto più di *merci beaucoup*, anche, ma si devono sapere le frasi giuste e dirle in francese perché Peter risponda…!" Si chinò verso Sir Antony, l'eccitazione di star divulgando quello che sapeva e pregustare la sua reazione le faceva mancare un po' il fiato. Deliberatamente, Sir Antony si scostò piegandosi dalla parte opposta, mentre Arthur Ellis inconsciamente si chinava verso Kitty. "Si chiama Peter per Saint *Peters*burg. Sono proprio sicura che abbia chiamato l'uccello per…"

Il nome non fu menzionato mentre Kitty sobbalzava per lo spavento, perché l'ara macao si era lanciato in una frenesia di strilli e sbattimento di ali colorate, eccitato perché aveva riconosciuto Lady Caroline, che era entrata nella stanza, comparendo nel campo visivo di Peter.

"Grazie per aver nutrito Peter, Kitty. Ned non ha voluto sentir ragione e non ho potuto lasciare la nursery finché non abbiamo finito la terza partita a birilli. E Beth era decisa a partecipare. Come state, Sir Antony?"

Lo disse mentre si avvicinava, con tutte le tre le persone intorno alla gabbia dell'ara macao che si facevano da parte per permetterle l'accesso al suo beniamino sovraeccitato. Non guardò Sir Antony negli occhi, né fece molta attenzione ai volti arrossati di Kitty e Arthur Ellis.

L'attenzione di Lady Caroline era tutta per l'ara macao.

DODICI

Prendendolo da un pesante nécessaire d'oro e smalto, Lady Caroline aprì un astuccio che conteneva pinzette, forbici e una chiave di ottone per aprire la gabbia dell'uccello. Richiuse l'astuccio e lasciò il nécessaire appeso alla sua catena, tra le pieghe morbide del suo abito a fiori *à la française*. Aprì lo sportello della gabbia, continuando a parlare dolcemente in francese, e l'ara macao si calmò in fretta, guardandola intento.

Quattro camerieri in livrea avevano seguito Lady Caroline nell'anticamera. Uno portava un alto sostegno, di legno scolpito e dorato, che aveva dei pioli a intervalli, e lo piazzò accanto alla seconda finestra su un tappeto quadrato steso sul lucido pavimento da un secondo cameriere. Un terzo cameriere attaccò una catena al trespolo più vicino a terra. Una ciotola di porcellana con acqua fresca fu posata sul tappeto e i quattro camerieri se ne andarono in silenzio, lasciando Lady Caroline a incoraggiare Peter a uscire dalla sua gabbia, per appollaiarsi sul bordo della sua mano tesa.

Sicuro, l'ara macao si sistemò, con la testa contro la spalla di Lady Caroline, dove un fichu d'organza si incrociava sul seno candido, legato con un grande fiocco in vita, dietro la schiena. Ai suoi dolci incoraggiamenti, Peter diventò la più docile delle creature, perfettamente contento di farsi accarezzare e coccolare dalla sua padrona, che, ignorando il suo piccolo pubblico, attraversò tutta la stanza fino alle finestre dalle tende aperte, dove il sole filtrava sul tappeto quadrato. Restò lì, accanto al trespolo di Peter.

Il segretario del conte si riscosse per primo e, rendendosi conto di aver seriamente mancato ai suoi doveri, fece un breve inchino a Sir Antony e a Miss Aldershot. Senza un'altra occhiata alla bionda Kitty, si scusò a voce bassa, raccolse l'agenda degli appuntamenti dalla console e marciò fuori dall'anticamera, verso l'atrio, non nello studio che Sir Antony aveva ritenuto essere la sua destinazione originale. Kitty Aldershot, con le guance arrossate dal senso di colpa per essere stata colta vicinissima a Sir Antony, fece una riverenza alla schiena di Lady Caroline, mormorò le sue scuse, dicendo che avevano bisogno di lei altrove, e scappò via. Sir Antony ora era da solo con i due camerieri dal volto impassibile, a guardia dell'entrata dello studio del conte, e Lady Caroline, dall'altra parte dell'anticamera, che continuava a parlare a voce bassa con Peter il Macao.

Inesplicabilmente, per la prima volta in vita sua, Sir Antony fu sopraffatto dall'apprensione e dall'imbarazzo in compagnia di Caroline. Non aveva mai sperimentato la sensazione di intenso disagio e goffaggine che provava in quel momento, mai, per tutta l'adolescenza di Caroline, finché era diventata una bella giovane donna. I grandi piedi si fissarono al lucido pavimento e lo tennero fermo accanto alla gabbia vuota. Era l'occasione giusta per andare da Caroline, prenderla tra le braccia e baciarla, dirle che se avesse accettato la sua proposta di matrimonio non avrebbe solo reso lui l'uomo più felice al mondo, ma che lui avrebbe passato il resto dei suoi giorni a cercare di rendere anche lei altrettanto felice. Eppure, non lo fece. Non riusciva a muoversi e non riusciva a parlare. Era l'imbranato meglio vestito di tutta Londra.

Non gli ci volle molto a rendersi conto del perché era così ridicolmente maldestro in compagnia di Caroline. Ripensandoci, fu sicuro che il suo non era un caso insolito. Molti uomini, sul punto di impegnarsi in un matrimonio, dovevano sentirsi come lui, solo che non si era aspettato che succedesse anche a lui di restare paralizzato, incerto se la donna con cui aveva scelto di passare il resto della sua vita lo amasse veramente come lui la amava, da sempre.

Quando Caroline aveva quindici anni, gli aveva detto con tutta l'ingenua fiducia della giovinezza, che lo amava e che intendeva sposarlo appena avesse lasciato la nursery. Sir Antony era rimasto sbalordito, incredulo perfino, ma non gli ci erano volute molte ore per rendersi conto che i sentimenti erano reciproci. Da quel giorno in poi, non aveva voluto nessun'altra come sua moglie. Aveva aspettato che lei crescesse, contento di dividere gli stessi interessi: l'amore per gli animali, il ballo e la musica, e l'odio per la caccia e la sua stagione. Quest'ultimo sentimento l'aveva rivelato solo a Caroline, e lei aveva promesso di non dirlo mai al conte, perché era poco virile avere un'avversione per gli sport violenti. Sir Antony simpatizzava per la volpe, ammirandone la furbizia e la determinazione davanti a probabilità implacabilmente avverse, né riusciva a vedere la bellezza nel far prendere il volo da un cespuglio ai fagiani, solo per sparargli a mezz'aria.

Prima di quel giorno, più precisamente fino alla notte prima di chiederle di sposarlo, Antony aveva continuato a considerare Caroline la sorellina del suo migliore amico, da ammirare da lontano, off limits finché non fosse diventata maggiorenne e il conte avesse dato la sua benedizione al loro matrimonio. E ora lei era lì, a ventidue anni, una giovane vedova e quasi la sua fidanzata. Quindi perché non riusciva a muovere i piedi, andare da lei e dirle che cosa provava?

Che completo e incredibile idiota!

Finalmente Peter il Macao fu posto sul suo trespolo dorato e intagliato davanti alla finestra, mentre Caroline gli diceva qualche parola, legandogli alla fascia d'oro intorno alla zampa sinistra una catena abbastanza lunga da permettergli di muoversi liberamente sui pioli del suo trespolo. Caroline poi accarezzò amorevolmente il lato della testa di Peter e lui reagì dando un colpetto col becco al suo dito. Sir Antony si ritrovò a sorridere a questo gioco tra i due e a desiderare che fosse la sua la guancia a essere accarezzata.

"Una volta la settimana porto Peter nel campo di Royal Tennis, di modo che possa in qualche modo volare intorno libero," disse Caroline, in tono leggero, voltandosi e dando le spalle all'ara, per guardare in faccia Sir Antony. Mantenne però la distanza tra di loro, restando accanto alla finestra, dove il sole scaldava l'orlo delle sue sottane di seta. "Vorrei poterlo restituire al suo ambiente naturale, ma non è possibile. Quindi deve accontentarsi del campo da tennis di Salt, dove vola intorno e si appollaia su uno dei davanzali delle finestre in alto, e non si fa prendere finché non ha fame." Sorrise al ricordo, scostandosi senza pensarci una lunga ciocca dei lucenti capelli biondo fragola dalla guancia arrossata. "Peter sente la disapprovazione di Salt e si comporta di conseguenza. Salt non può entrare in una stanza senza che Peter starnazzi forte e a lungo. Ma ai postulanti piace. Dà loro qualcosa di interessante da guardare per far passare le ore in cui attendono i comodi di Salt. Jane approva, quindi che può fare Salt?"

Un mucchio di cose, se l'uccello gli avesse dato veramente fastidio, pensò cupamente Sir Antony, ma non lo disse. La conversazione indifferente di Caroline riuscì a far staccare le sue scarpe nere dal pavimento e Antony attraversò lentamente la stanza.

"Da dove l'avete recuperato? Da qualche pidocchioso bazar, presumo?"

"Dal Serraglio di Murdoch. Posto orrendo." Caroline rabbrividì involontariamente al ricordo che aveva ancora la capacità di farle venire le lacrime agli occhi. "La maggior parte degli animali stava morendo di fame e quelli esotici ancora in vita si erano ridotti a un gatto selvatico con la scabbia e a un uistitì, che è morto poco dopo che l'avevo liberato, povera piccola creatura. Tutti gli uccelli erano infestati di parassiti, avevano perso le penne ed erano moribondi. Il povero Peter era tenuto in una gabbia troppo piccola per lui che era costantemente sotto un telone, quindi vedeva raramente la luce. Ho convinto Salt a far chiudere quel posto e a far processare Murdoch."

"Ovvio."

Caroline chinò la testa di lato. "Come facevate a sapere che avevo salvato Peter?"

"Come avete detto voi stessa, preferireste che fosse nel suo ambiente naturale piuttosto che in una gabbia. E, da quando vi conosco, avete curato tutti gli animali feriti della tenuta, liberato uccelli dalle loro gabbie, un anno il pluripremiato gheppio di Salt, e avete detto a Salt, senza mezzi termini, che cosa pensavate della caccia ai fagiani." Sorrise al ricordo. "Penso che abbiate usato le parole *pura macelleria*, se non mi sbaglio." Guardò Peter appollaiato sul bordo della ciotola di porcellana, che intingeva il becco nell'acqua fresca, poi guardò Caroline negli occhi verdi. "Quell'uccello è veramente fortunato e io sono onorato che l'abbiate chiamato Peter in mio onore."

Per una frazione di secondo, Caroline pensò di negare la verità ma che senso aveva? Aveva chiamato così l'ara macao, non per il piumaggio dai magnifici colori vibranti o il modo in cui il suo comportamento turbolento irritava a morte suo fratello: era per l'espressione negli occhi dell'ara. Era difficile da spiegare, e non osava dirlo a voce alta, ma l'uccello la guardava con amore incondizionato, esattamente come la stava guardando Sir Antony in quel momento. Non meritava di essere amata così, non dall'ara, perché non poteva liberarlo dalla sua prigionia, e non da Sir Antony, perché il suo comportamento mentre lui era in Russia l'aveva resa completamente indegna di lui. Doveva farglielo capire, fargli capire che lei non era la stessa persona di cui lui si era innamorato tanti anni prima.

Caroline fece un passo verso di lui e gli chiese, aggrottando la fronte liscia: "Perché, perché mi avete chiesto di sposarvi?"

"Per la stessa ragione per cui voi direte di sì," le rispose calmo Sir Antony, con tutta la goffaggine mentale e l'incertezza che evaporavano di fronte alla sua preoccupata domanda. "Perché ci amiamo. Siamo amici da una dozzina d'anni o più e ci amiamo da almeno la metà di questi anni, e... Il matrimonio è quello che vogliamo entrambi, no? Me l'avete detto voi stessa quando avevate quindici anni."

"Sì, sì, lo ricordo. Ma... anche se volessi ancora sposarvi... la mia vita... la mia vita è molto diversa ora da quella che era una volta." Deglutì il groppo che sentiva in gola e lo guardò negli occhi azzurri, occhi che erano pieni di fiducia e di amore, e che riflettevano la fiducia che Antony aveva nei propri sentimenti, nel volerla sposare. E Caroline lo sapeva, perché erano amici e perché lei lo amava, e non poteva lasciarlo nell'ignoranza riguardo al suo passato e sposarlo in buona coscienza, per quanto saggio fosse il consiglio di Jane. "È cambiato tutto quando siete partito, anche prima che sposassi Aldershot."

"È stata colpa mia."

"No! Non è vero."

"Grazie per averlo detto, ma sapete che la colpa era mia," le disse gentilmente Antony. "Le mie azioni al recital per la vostra presentazione sono state reprensibili. Non ho scuse e avrei dovuto sapere che cosa stavo facendo. Ero ubriaco fradicio e ho detto cose, cose che ho rimpianto amaramente..." abbassò il mento nelle pieghe della cravatta di pizzo. "Ho rovinato la vostra presentazione in società e temo di aver rovinato la vostra vita da lì in poi..."

"Per favore, non voglio rivivere quella notte," lo implorò Caroline. "Non che non l'abbia fatto, dozzine di volte! È solo che mi sono resa conto, tanto tempo fa, che desiderare che il risultato fosse stato diverso non lo rende tale. Ci siamo entrambi comportati in modo abominevole. Ma io ero poco più di una bambina..." Riuscì a sostenere il suo sguardo. "Quindi se volete prendervi voi la colpa, per aver rovinato quella che avrebbe dovuto essere una perfetta e celestiale serata per entrambi noi, allora ve lo permetterò."

"Grazie."

"Ma non vi permetterò di addossarvi la colpa per quello che è successo una volta che siete partito per il continente. Ciò che ho fatto... non c'è nessuno da incolpare per le conseguenze eccetto me. Salt sarebbe d'accordo. Il mio matrimonio con Aldershot è un luminoso esempio della mia follia." Si guardò le mani strette davanti a sé e poi rialzò gli occhi, guardandolo. "Sono una triste delusione per mio fratello. Immaginate! Mi ha tenuto lontana dalla società londinese fino al mio diciottesimo compleanno, temendo che sarei scappata con il primo cacciatore di dote che mi convincesse a farlo, e che cosa ho fatto? Ho finito per sposarne uno!"

"Se io fossi stato lì per proteggervi, non sarebbe successo."

"No, vi sbagliate," gli rispose semplicemente. "Quattro anni fa non apprezzavo quello che avevo. Ero una stupida ragazzina, una ragazzina viziata, che credeva che il mondo—che voi—fosse ai miei piedi, e agivo di conseguenza. Lo rimpiango? Sì. Vorrei non essere mai stata sposata? Sì. Ma quello che è fatto non si può disfare adesso." Sospirò. "L'amore non sarà sufficiente per voi, *per noi*, non quando saprete... saprete *tutto*."

"Io non ho bisogno di sapere *tutto*, Caroline," le rispose Antony, calmo.

Era più che contento di lasciare il giovane uomo morto e sepolto, e non fare domande, se era quello che Caroline voleva. Ma non riusciva a immaginare perché lei pensasse che il suo deludente primo matrimonio lo infastidisse, o perché fosse un impedimento alla loro felicità matrimoniale; *questo* lo preoccupava. Comunque riuscì a sorridere e ad aggiungere gentilmente:

"Sono contento di cominciare oggi le nostre vite e andare avanti, senza guardarci indietro."

Caroline sapeva che Jane le avrebbe detto che questa era esattamente la risposta che le serviva da lui, e che avrebbe dovuto accettare la sua offerta e andare avanti, verso il futuro, chiudendo la porta sul passato. Eppure, ancora una volta, la sua coscienza la teneva in scacco e la porta sul suo passato restava spalancata, invitando a una confessione, spingendola a rivelare tutto, altrimenti non sarebbe riuscita a convivere con se stessa, men che mai come moglie di Sir Antony Templestowe.

"Lo dite adesso," ribatté Caroline, a metà tra l'indecisione e la confessione. "Ma se mai lo scopriste... se ve lo dicesse qualcun altro e non io..."

"Allora ditemi qualunque sia la cosa che volete dirmi, quando vorrete... o non ditemela affatto."

"Perché dovete essere sempre così *conciliante*?" gli chiese, stringendo le sottane di seta nei pugni, un po' irritata. "Perché siete sempre così... così *affabile*?"

"Non sempre."

Stretta nell'infelicità della propria indecisione, Caroline non sentì l'amarezza nella voce di Antony.

"Beh, dubito che sareste così affabile se scopriste che cosa mormora la gente di vostra moglie, alle vostre spalle!"

"No, non sarei *affabile*, ben lungi."

"Ecco, allora," dichiarò Caroline, come se fossero d'accordo. Aprendo i pugni, scosse le sottane con un sospiro soddisfatto.

Ma, visto che non gli aveva confidato che cosa la preoccupasse, la questione, qualunque fosse, era ben lontana dall'essere risolta. Antony si chiese se Caroline si sarebbe sentita più a suo agio se lui si fosse confidato con lei per primo. Era una confidenza che aveva tutte le intenzioni di farle, ma non si era aspettato di doverlo fare in un'anticamera, mentre stava per avere quello che con tutta probabilità sarebbe stato un colloquio molto spiacevole con suo fratello. Ma prima di poterle offrire almeno un accenno dei suoi pensieri, Caroline gli afferrò la mano e lo portò attraverso la stanza, verso la corsia che divideva i gruppi di sedie, lontani dalla porta e dalla portata di orecchi dei due camerieri, che rimanevano impassibili, con gli occhi fissi nel vuoto, ma che sicuramente avevano le orecchie ben aperte.

Sir Antony si chiese che cosa avesse in mente, finché lo sguardo di Caroline non si posò brevemente sulla porta. Gli rammentò dov'era e si rese conto che i servitori potevano capire ogni parola della loro conversazione, ben diversamente che in Russia, dove i loro equivalenti erano considerati parte dell'arredamento, tanto che dopo un po' diventavano invisibili. Come per sottolineare che i servitori in Inghilterra erano esseri senzienti, Caroline abbassò la voce, dando ancora più enfasi alla loro discussione.

"E se questi sussurri raggiungessero le orecchie di uomini importanti nel governo, uomini influenti che prendono le decisioni di chi sarà nominato ambasciatore e chi no? Avere una moglie di cui si mormora, che ha un-un *passato*, potrebbe danneggiare le vostre possibilità di diventare ambasciatore un giorno, no?"

"Caroline, *tesoro*, la maggior parte dei ministri degli esteri comincia a preoccuparsi per la carriera se *non* si mormora di loro."

Caroline non vide l'umorismo nella sua battuta. La risposta bonaria di Antony, invece di farla sentire a suo agio, servì solo ad aumentare la sua agitazione e la sua convinzione di non essere degna di essere sua moglie. Gli lasciò andare la mano e unì le proprie, intrecciando strettamente le dita.

"Ma non sussurri sulle loro mogli… Nessun uomo desidera che si parli di sua moglie, che gli altri pensino che sia un-un *cornuto*, anche se è solo a parole. Le voci non devono essere veritiere perché il fango si attacchi."

Sir Antony perse il sorriso. Vedeva che Caroline era sull'orlo delle lacrime e che tutte le sue facili rassicurazioni avevano solo aumentato la sua apprensione. C'era una monumentale battaglia interiore che furoreggiava nella bella testolina di Caroline, e Antony si sentì un somaro per aver preso alla leggera la sua agitazione. C'era un solo modo di alleviare i suoi dubbi e aiutarla a uscire da quell'abisso di indecisione, così le disse gentilmente:

"Che cosa vorreste che facessi, Caroline? Chiedetemelo e lo farò, qualunque cosa sia. Ma c'è una sola cosa che non farò, ed è vacillare nella mia determinazione di sposarvi."

"Non dite a Salt che mi avete chiesto in moglie. Non chiedeteglielo. Non oggi, per favore."

Antony fu sorpreso dalla sua franchezza e dalla richiesta. Ma rimase calmo e inclinò la testa.

"Molto bene, rimanderò la formalità di chiedere il permesso di Salt per sposarvi, se è quello che desiderate."

Quando Caroline sospirò visibilmente di sollievo, si sentì ferito. Non sapeva se lei volesse rimandare per ragioni sue o perché mancava di fiducia nella sua capacità di convincere Salt a dare il suo permesso. Finse di interessarsi all'occhialino, lucidando le lenti con le pieghe del pizzo che aveva al polso, anche se non distolse un attimo la sua attenzione da Caroline.

"Avete idea di quando sarebbe il momento giusto per affrontare l'argomento del fidanzamento con vostro fratello?" Le chiese con calma. "Oppure c'è qualcosa che devo fare prima di poterglielo chiedere?"

"Oh, sapevo che avreste capito!" esclamò Caroline con un sorriso sollevato, e la nuvola nera che lasciava la sua fronte.

Antony le rese il sorriso, senza avere idea di che cosa stesse parlando, ma felice anche di quel poco, perché era la prima volta che Caroline gli sorrideva da quando si erano trovati faccia a faccia alla soirée di Diana. Lasciò ricadere l'occhialino dal nastro contro il davanti ricamato del panciotto e le fece un inchino maestoso, con i nastri al polso che sfioravano il pavimento.

"Parlate, milady," disse con giocosa magniloquenza, "e io farò di tutto per compiacervi. Andare a piedi fino a Bristol, spalancare le porte di qualche serraglio mal gestito, difendere la causa di Peter contro il malcontento di Salt, ditemi. Tutto quello che chiedo, è che voi siate accanto a me."

Quello che lei gli propose lo sbalordì e, anche se Caroline era sempre stata diretta e franca con lui nell'offrire le sue opinioni, non avrebbe mai immaginato che la Caroline che conosceva prima dell'esilio in Russia potesse fargli una proposta così sfrontata. Alla fine, fu il suo discorso emotivo, pieno di pause, di frasi incomplete, insieme a quello che gli chiedeva prima che lei accettasse di sposarlo, che lo fece barcollare e cercare il sostegno dello schienale della sedia più vicina.

TREDICI

Fu in quel breve esitante momento prima di fare la sua richiesta, che Caroline lo vide veramente per la prima volta da quando lo aveva trovato in tranquilla conversazione con Kitty e il signor Ellis. Aveva notato appena com'era vestito, che indossava il suo colore preferito, o qualunque altra cosa della sua persona. Era troppo irritata con Kitty perché aveva la mano sul paramano di Antony. Era stato sufficiente per renderla cieca a qualunque altra considerazione, ed era una reazione infantile, e, se voleva essere onesta con se stessa, aveva ben poco a che fare con la sua innocua cognata e tutto a che fare con i sentimenti che provava lei per Sir Antony.

Con la richiesta sulla punta della lingua, e le mani premute contro la bocca mentre aspettava la reazione di Antony, permise ai propri occhi verdi di accarezzare il contorno liscio del suo bel viso, il mento squadrato e giù fino ai muscoli duri dei polpacci robusti inguainati nelle calze bianche di seta. E per l'ennesima volta da quando lo aveva intravisto fuori dalla sua residenza, si chiese come doveva essere quel muscoloso esempio di mascolinità spogliato di tutti quegli strati di seta squisitamente ricamata.

Il pensiero di lui nudo non era nuovo. Da ragazza, aveva spesso fatto congetture su come sarebbe stato dividere il letto con Sir Antony Templestowe. La novità erano l'incertezza e il timore che accompagnavano questa congettura, perché a ventidue anni ora sapeva bene che cosa significasse essere desiderata e ignorata in ugual misura.

Si chiese se Antony l'avrebbe desiderata ancora senza tutto quell'involucro femminile protettivo di sottane, cerchi di ossa di balena, corsetti di tela rigida e chemise informe. Avrebbe trovato i suoi seni rotondi e le sue cosce setose di suo gusto o le sue curve femminili in tutta la loro nuda gloria non sarebbero riuscite a eccitarlo, com'era successo con il suo indifferente marito? Non era sottile come una ninfa, non una bellezza silfide come Jane. Jane, che Antony riteneva essere, e gliel'aveva gettato in faccia, nel suo stato confusionale da ubriaco a quel disastroso recital, l'epitome della bellezza femminile.

Era questo bisogno di sapere e la determinazione di far conoscere fino in fondo la sua vergogna ad Antony che la facevano esitare ad accettare la sua richiesta di matrimonio. Dacre Wraxton aveva ragione. Antony era un uomo retto, e lei lo ammirava ancor più per quello, ma significava anche che difficilmente avrebbe accettato qualcosa di diverso da una vedova virtuosa in moglie. Nonostante ciò che le aveva consigliato Jane, Caroline era convinta che il suo passato dovesse essere rivelato. Solo allora non ci sarebbero state sorprese, o delusioni, e avrebbe potuto sposare Sir Antony con la coscienza pulita...

Con questo in mente, fece un respiro profondo e permise alle paure e ai dubbi che le frullavano nel subconscio di affiorare, con poco riguardo per l'effetto che avrebbero avuto sul suo unico spettatore.

"Quasi non vi avevo riconosciuto, per strada, ieri. Siete praticamente una persona nuova. Oh, mi piace tantissimo il vostro aspetto attuale, ma dovete sapere che non mi sarebbe importato un fico secco se foste tornato esattamente come eravate. E c'è qualcosa...qualcosa di voi che è cambiato qui," aggiunse Caroline, appoggiando il palmo della mano sul panciotto di Antony, dove batteva il cuore. "Ma quando vi guardo negli occhi, è voi che vedo: il mio amico d'infanzia, ed è un tale sollievo sapere che siete ancora *voi*. Vorrei solo..." Gli occhi si riempirono di lacrime e Caroline si mise le mani dietro la schiena. "Quando penso a tutto quello che mi è successo da quando ve ne siete andato... temevo il momento in cui avreste saputo del mio matrimonio... Che non ero più..."

Si tirò indietro davanti alla parola *vergine*, dicendola mentalmente. La innervosiva tutte le volte che rimuginava su quale sarebbe stata la reazione di Antony quando avesse scoperto come aveva perso la sua verginità. Eppure non era solo il fatto che scoprisse le circostanze di quella fatidica notte, era quello che lui avrebbe pensato di lei, e se l'avrebbe voluta ancora.

"Ovviamente mi rendo conto che sapete che non sono più innocente. Sono stata sposata per due anni." Fissò gli occhi azzurri di Sir Antony con un sorriso spento. "Sono sicura che vi hanno detto, o dovete averlo indovinato, che non è stato un matrimonio felice, in nessun modo. In verità eravamo entrambi infelici. A-a lui io non interessavo in quel modo," gli confessò. "Pensavo che ci fosse qualcosa di sbagliato in me. Ma mi hanno dimostrato che non era vero, quindi so come deve essere quando una coppia è *fisicamente intima...*" Caroline si ricompose quando Antony afferrò lo schienale della sedia più vicina, come se avesse bisogno di sorreggersi, dicendosi che per il momento aveva già fatto sufficienti ammissioni sorprendenti. Fece un respiro profondo. "E questo mi porta alla mia richiesta... ritengo sia prudente—in effetti per me è importantissimo—che dividiamo un letto prima di sposarci. D'accordo che dite di amarmi ma se non divideremo un letto prima di sposarci non-non sapremo se siamo-siamo giusti l'uno per l'altro, *in quel senso.* Se dobbiamo passare il resto della nostra vita insieme dobbiamo essere fisicamente compatibili, non siete d'accordo?"

Ci fu un momento di completo silenzio tra di loro, l'unico suono nella stanza era il tintinnio della catena di Peter, l'ara macao. Sbatacchiava contro il trespolo intagliato mentre l'uccello si arrampicava da un piolo all'altro, al calore del sole.

Sir Antony tossicchiò per schiarirsi la gola, con un pugno chiuso davanti alla bocca, anche se non lasciò andare lo schienale della sedia.

"Non riesco a trovare pecche nel vostro ragionamento, Caroline," riuscì a dire in un tono che sperava fosse neutro.

Mentalmente, si stava freneticamente chiedendo che cosa doveva aver sopportato Caroline nel letto che aveva diviso con il marito da richiedere una conferma fisica che lui fosse in grado di funzionare a letto prima che lei potesse accettare la sua proposta di matrimonio. E che cosa significava che le avevano *dimostrato il contrario*, e chi? Archiviò quella rivelazione sconcertante per rifletterci un altro giorno e continuò con una voce che non tradiva i suoi frenetici pensieri.

"La compatibilità fisica è eccezionalmente importante in un matrimonio basato sull'amore. Sono d'accordo," continuò pacatamente. "Direi una bugia se dichiarassi il contrario. E anche se non ho esperienza di prima mano dell'istituzione del matrimonio, combinato, di convenienza o d'amore, l'unico ingrediente che importa, per me, è l'amore. A tutto il resto c'è rimedio. Amicizia, mutuo rispetto e interessi condivisi, anche questi sono molto importanti. Ma mi odierei se pensassi che mi sposate con ancora dei dubbi irrisolti di qualunque tipo. Quindi sono desideroso di accettare la vostra proposta che dividiamo un letto prima di sposarci. Capisco che questa è l'unica maniera per assicurarvi che sono all'altezza, come amante, che sono in grado di *soddisfarvi*."

"Oh! Non dovete pensare di essere voi!" esclamò Caroline, improvvisamente intimidita e imbarazzata sotto il suo sguardo fisso. "Non ho dubbi che mi soddisferete...eccezionalmente. Siete esperto. Tutti gli uomini devono... ma quella era una supposizione ingenua. Ma so che avete avuto la vostra-la vostra *fetta* di-di relazioni. Forse avevate un'amante o due in Russia."

"Una", confessò Sir Antony, con la cravatta inesplicabilmente stretta. "Avevo un'amante quando ero in Russia. Non era una relazione dozzinale, Caroline. Dovete capire, una volta che ho scoperto che vi eravate sposata, ho perso ogni speranza. Vostro marito era un uomo molto giovane. C'era da aspettarsi che il vostro matrimonio sarebbe durato venti, forse trent'anni. Dovevo continuare con la mia vita, o impazzire. Mi sono permesso di affezionarmi, e profondamente, a Katya..."

"Katya...?"

"La principessa Ekaterina Naryshkina Knyazhevy-Yusupova..." "Una principessa?"

"Sì."

"Una principessa russa?"

"Sì." Sir Antony sentì il tono tagliente nella voce di Caroline e niente avrebbe potuto renderlo più felice di pensare che potesse essere gelosa. Nascose un sorriso, aggiungendo in tono serio: "Katya è la sorella di Misha, formalmente principe Mikhail Ivan Knyazhevy-Yusupov, ministro del commercio russo. Sia Katya sia suo fratello Misha erano—sono—miei buoni amici. Se non fosse per loro, dubito che sarei l'uomo che vedete davanti a voi."

"La sorella era la vostra amante, e fratello e sorella sono vostri buoni amici?" Caroline fece una smorfia quando Antony annuì. Quella situazione non le piaceva neanche un po'. "Questo principe Mikhail sapeva che andavate a letto con sua sorella?"

"Katya e io non saremmo diventati amanti se il fratello non l'avesse approvato."

"Ovvio," mormorò Caroline, pensando che gli usi della nobiltà russa erano veramente strani; sapeva che Salt non avrebbe mai tollerato una cosa simile.

Per qualche inesplicabile motivo, un accordo così civile tra fratello, sorella e amante fece solo crescere la sua gelosia verso questa principessa sconosciuta, esattamente come il tono offeso di Sir Antony perché aveva osato suggerire che si sarebbe comportato in modo men che onorevole in quella situazione. Certo che aveva chiesto il permesso al fratello, pensò Caroline, con una fitta mentale di irritazione. Senza dubbio lui e il principe erano giunti a qualche accordo tra gentiluomini. Non sarebbe stata sorpresa di sapere che Antony non aveva toccato un capello sulla testa della preziosa principessa, finché il di lei fratello non aveva dato il suo consenso. Sapeva che non era da lui essere subdolo. L'astuzia e la disonestà che c'erano nella famiglia, erano andate tutte a Diana.

Sapendolo, allora, perché le faceva male al cuore pensare che aveva condotto la sua relazione, come faceva tutto il resto nella sua vita, in modo cavalleresco? Perché i suoi sentimenti non sarebbero stati così ammaccati se

Antony avesse folleggiato nei letti di un numero incalcolabile di donne russe, senza nessun pensiero per i loro fratelli o, perfino, per i loro mariti?

Caroline non aveva bisogno di cercare la risposta. La conosceva già, l'aveva detto lui stesso. Antony era molto affezionato a questa principessa russa e la loro relazione era stata condotta in modo onorevole, se si potevano chiamare così queste unioni. Mentre il comportamento che lei aveva tenuto, prima e dopo il matrimonio, era stato tutt'altro che onorevole. Era piuttosto sicura di conoscere la risposta alla domanda seguente, ma la fece comunque.

"Vi-vi importa ancora *molto* della vostra principessa russa?"

Antony non poteva mentirle. Non era il modo di ricominciare.

"Sì. Ma non nel modo che pensate," aggiunse in fretta vedendo arrossarsi le sue guance di porcellana. Fece un sorrisetto: "Avete detto voi stessa che l'amore non sarà sufficiente per me, per noi, quando saprò tutto. Credo che vi dimostrerò che vi sbagliate. Anch'io non voglio nascondervi niente. Dovete sapere che nel momento stesso in cui ho saputo che eravate vedova, le mie speranze sono tornate. Voglio che ci sposiamo e passiamo il resto della nostra vita, fino alla vecchiaia, *insieme*… mi capite, Caroline? Solo noi due. Non ho un'amante, in questo momento, ed è mio sincero desiderio non averne mai più. Ma questo dipende da voi…"

"Oh? Oh!" Caroline non riuscì a nascondere la sua gioia a questa enfatica confessione, e arrossì ancora, abbassando in fretta le ciglia quando Antony inarcò un sopracciglio, quasi a soffocare qualunque dubbio lei potesse avere sulla sua sincerità. Alzò finalmente gli occhi. "Dovete essere soddisfatto che io vi piaccia, allora. È solo giusto, no, che ci piacciamo l'un l'altro?"

"Sì, ma temo di non capire perché possiate avere il dubbio di poter essere una delusione per me, in qualunque modo."

Caroline si avvicinò, tanto vicina che le sottane con il cerchio erano schiacciate contro le lunghe gambe di Antony, che si raddrizzò, lasciando andare lo schienale della sedia.

"È perché ho esperienza di prima mano dell'istituzione del matrimonio, non per amore, ma comunque un matrimonio," gli spiegò, "che sono perfettamente conscia delle aspettative da entrambe le parti. Se il marito non riesce a funzionare… Se la moglie non è quello che il marito si aspetta… Allora subentrerà la delusione. Non credo che i miei *sentimenti* per voi siano cambiati e la mia pelle resta sempre la stessa. Quella che vedete è la Caroline che conoscevate. Non sono né più alta, né più carina e ho sempre gli stessi disgraziati capelli rossi e le lentiggini che ho sempre avuto. Anche tolto questo guscio, non sono diversa. Ma voi che ne potete sapere? Ma… Io *sono* cambiata, Antony. *Sotto* la pelle, non sono la stessa donna che conoscevate prima di andare a San Pietroburgo. E poiché non sono la stessa, temo che quando mi conoscerete meglio non mi vorrete nel modo in cui mi volevate una volta…”

Quando Antony restò in silenzio, Caroline emise un piccolo sospiro, sconfitta, e giocherellò con la catena d'oro del suo nécessaire prima di alzare di nuovo gli occhi.

“Non che sia del tutto sicura che mi abbiate mai voluto in quel modo prima di partire per San Pietroburgo! Dite che mi amate, che mi avete sempre amato, ma non avete mai—in tutti gli anni da che ci conosciamo—tentato di baciarmi. Quindi come faccio a sapere se *mi volete* veramente? Quei bacetti sulla guancia ai compleanni e a Natale non contano!”

“Non volervi?” ripeté Antony sussurrando. “Non *volervi* baciare?”

Più tardi si sarebbe chiesto che cosa l'aveva spinto ad agire. Forse il modo in cui Caroline lo guardava coraggiosamente negli occhi, mentre dava voce ai suoi dubbi riguardo al suo desiderio per lei, o il forte starnazzare di Peter il Macao che reclamava attenzione. Qualunque cosa fosse, qualcosa scattò dentro di lui e gli diede la forza e la determinazione di scavalcare quell'altissimo muro mentale, costruito tanti anni prima, per tenere prigioniero il suo desiderio finché Caroline fosse diventata adulta. Una parola—*volere*—fu tutto quello che ci volle perché quel muro crollasse.

Un attimo prima lei gli stava spiegando i suoi sentimenti per lui e lui la stava pazientemente ascoltando, con una mano nella tasca della redingote di seta lavanda e l'altra che giocherellava con l'occhialino dalla montatura d'oro, appeso a un nastro di seta intorno al collo. L'attimo dopo aveva spinto da parte una sedia, tanto violentemente da farla sbattere contro un'altra per poi rovesciarsi, aveva tirato Caroline tra le sue braccia e le aveva premuto la bocca sulla sua, interrompendola e spazzando via anni passati nel purgatorio della circospezione.

“Volervi? Come potete dubitarne?” Le chiese con la voce roca, tenendola nel cerchio delle proprie braccia, il volto chino su quello di lei.

Gli occhi verdi lo guardarono senza malizia e c'era una luce, qualcosa che non aveva mai visto, o aveva mancato di vedere perché non si era mai preso la libertà di tenerla tra le braccia prima: *desiderio*. Vide che lei lo desiderava tanto quanto lui desiderava lei, e avrebbe voluto sollevarla e farla roteare tra le sue braccia per festeggiare. “Non vedo l'ora di dimostrarvi quanto vi *voglio*, mia bellezza dubbiosa. A dire il vero, desidero baciarvi da quando avevate quindici anni, quando avete tanto fiduciosamente annunciato che ci saremmo sposati il giorno del vostro diciottesimo compleanno. Voglio baciarvi tutta, ogni ciocca dei vostri gloriosi capelli d'oro rosso, ogni allettante curva: *dappertutto*.”

Le sue parole erano meravigliosamente rassicuranti, come il suo bacio. Il lungo corpo premuto contro di lei, le tracce della virile colonia al legno di sandalo e la ruvidezza della sua pelle quando la loro bocche si erano incontrate, tutto era inebriante. *Lui* era inebriante. Caroline si tenne forte ai risvolti della redingote come se temesse di annegare. E stava annegando, desiderando di più da lui. Ne aveva bisogno. Aveva bisogno di un bacio vero, un bacio che avrebbe cancellato per sempre il ricordo di un marito puerile e le attenzioni di un amante che le aveva lasciato solo un amaro rimpianto. Aveva bisogno di un bacio amorevole, generoso, dall'unico uomo che veramente la amava.

Così, quando lui fece seguire il dolce bacio sulla bocca da parole di rassicurazione, poi le baciò la fronte e si scusò per essersi preso delle libertà, togliendole le mani dalla vita mentre parlava, Caroline non lo lasciò andare. Aveva passato troppe notti insonni immaginando questo momento e chiedendosi se sarebbe mai successo. Ora, con quei dubbi gettati ai quattro venti come polvere, non aveva intenzione di farlo finire prima di esserne soddisfatta. Alzò le mani verso le spalle larghe e si tenne forte. In punta di piedi, gli baciò la bocca e, mentre lo faceva, una scarpina rivestita di seta le scivolò via dal piede. La scarpa ricadde rumorosamente sul pavimento e fu questo che spinse Antony a metterle di nuovo le braccia intorno alla vita, temendo che Caroline stesse per cadere.

E quando la bocca di Caroline sfiorò la sua, quando il morbido cuscinetto delle sue labbra piene e il suo fiato caldo accarezzarono invitanti la sua bocca, come poteva rifiutarla? Era stato un tocco fuggevole ma fu sufficiente a riaccendergli i sensi, e quando lei mormorò le parole *un bacio vero*, mentre gli metteva le braccia intorno al collo e apriva la bocca sotto la sua, fu tutto il permesso di cui aveva bisogno per chinarsi e baciarla senza trattenersi.

Si lasciarono andare a un lungo, lento bacio pieno di mutuo desiderio e promesse febbrili. Un bacio che avrebbe minacciato di travolgerli, se non fosse stato per la scintilla di razionalità fornita dai richiami intermittenti di Peter il Macao e da un rumore, simile allo stridio che allega i denti quando si strappa un tessuto. Antony non sapeva che cosa fosse e non poteva importargliene di meno. Lo starnazzare dell'uccello risuonava nelle sue orecchie, ma non voleva che il bacio finisse. Aspettava da talmente tanto di baciare Caroline che, dannazione, non avrebbe permesso a un geloso demonio pennuto di interrompere lo squisito piacere di assaggiare l'umida dolcezza della sua bocca.

Prima di capire quello che stavano facendo, avevano sparpagliato le sedie nelle loro vicinanze mentre si aggrappavano l'uno all'altra, persi nella passione di quel momento.

Peter il Macao starnazzava come se lo stessero aggredendo, prigioniero delle pieghe lisce della tenda di damasco strappata, e i due camerieri sentinella davanti allo studio erano così sconcertati nel vedere la sorella del loro nobile datore di lavoro che scambiava un bacio appassionato con un genti-luomo sconosciuto, che avanzarono cautamente fino a metà stanza, cercando di decidere se prendere in mano la situazione o scappare facendo finta di niente.

Il maggiordomo entrò trovandosi davanti quella scena drammatica.

MILLER ENTRÒ A GRANDI PASSI VENENDO DALL'ATRIO, DOPO ESSERE uscito dallo studio da una porta di servizio interna. Aveva oltrepassato la soglia e stava per scusarsi con Sir Antony, perché sua signoria non poteva accondiscendere alla sua richiesta di un colloquio, quando mise a fuoco l'anticamera. I rumorosi strilli di allarme di Peter il Macao gli fecero voltare di scatto la testa verso le finestre, e là c'era il grande uccello a metà strada sulle tende, che sbatteva le ali dalle brillanti penne azzurre, appeso per gli artigli ai resti stracciati del damasco, fatto a strisce per dispetto dal suo grande becco nero. A giudicare dal danno fatto, Peter era stato lasciato a se stesso per parecchio tempo.

Se questo non fosse stato sufficiente a far tremare il labbro inferiore del maggiordomo per l'oltraggio e la sorpresa, i due camerieri non al loro posto, ma pietrificati a metà della stanza come una coppia di statue inanimate, erano tutto quello che gli serviva per perdere completamente la compostezza. Dimenticò le sue maniere. Dimenticò la sua esaltante posizione in quella grande e nobile casa. E si lasciò andare tanto da tuonare, tanto che c'era la possibilità che fosse la sua voce rimbombante, insieme agli strilli di Peter il Macao, a penetrare la porta dorata che portava nello studio.

Le sue educate scuse a Sir Antony furono ringoiate intere mentre esplodeva per la rabbia.

"Dio onnipotente! Tirerò personalmente il collo a quella dannata bestia, se sua signoria non butterà giù quella porta e non lo farà lui! E che io sia dannato se non tirerò il collo anche a voi due. A che diavolo di gioco state giocando, eh? Volete finire a spalare letame? Tu! Vai a cercare un paio di ragazzi in corridoio. E tu! Trova Lady Caroline. Nessuno riesce ad avvicinarsi a meno di mezzo metro da quel dannato uccello senza perdere un dito, purtroppo! Gli tirerei io stesso il collo, altrimenti. Che c'è? Beh! Non state lì tutti e due a fissarmi come se aveste visto un fantasma! Sua signoria non si manifesterà davanti a me come una dannata apparizione!"

"Sono qui, Miller," rispose Lady Caroline, con tutta la calma che riuscì a raccogliere, il volto arrossato e una mano nei capelli scomposti, in piedi alle spalle del maggiordomo. Non riuscì a nascondere un sorriso quando i piedi di Miller si sollevarono dal pavimento e lui roteò per guardarla in faccia con un'espressione terrorizzata, come se lei fosse effettivamente un fantasma. "Non mi servirà aiuto con Peter, grazie. Meglio che vi occupiate di quelle sedie e che controlliate che la porta dello studio resti chiusa. Lord Salt e Sir Antony non devono essere disturbati."

Lo sguardo di Miller guizzò in direzione dello studio del conte. Uno dei battenti era spalancato, e permetteva di accedervi senza invito. Fece una smorfia. La sorpresa lasciò il posto alla frustrazione. Aveva fallito la sua missione. Tra il trambusto, lo starnazzare incessante dell'ara macao che cercava di richiamare l'attenzione su di sé e la sua stessa esplosione, aveva inavvertitamente permesso a Sir Antony di scivolare in silenzio nel sancta sanctorum del conte di Salt Hendon, il suo studio privato, senza essere annunciato e senza invito.

<h1 style="text-align:center">QUATTORDICI</h1>

L'ULTIMA VOLTA CHE SIR ANTONY ERA STATO NEL SONTUOSO STUDIO del conte di Salt Hendon era ubriaco, appena in grado di reggersi in piedi, e aveva ricevuto una spietata e completamente giustificata lavata di capo dal suo nobile cugino. Era seguita immediatamente al suo oltraggioso comportamento al recital, dove non solo si era reso completamente ridicolo, aveva spezzato il cuore a Caroline, sconvolto e imbarazzato la contessa, in stato di avanzata gravidanza del suo primo figlio, e chiunque altro fosse presente, ma aveva anche perso il rispetto e l'amicizia del conte. A quel tempo, era troppo menomato dal bere e immerso nel disprezzo per se stesso, per capire quanto il suo comportamento avesse influito sulle persone che amava di più al mondo. La sobrietà, e un ragionamento da sobrio, in Russia, gli avevano fatto capire fino in fondo gli effetti devastanti che le sue parole dovevano aver avuto sul conte e sulla contessa, e si era reso conto con il cuore pesante che era improbabile che potesse mai riottenere il loro rispetto.

Al recital di casa Salt, quattro anni prima, mentre discuteva animatamente con Caroline, aveva rivelato di aver visitato il boudoir della contessa, da solo, mentre lei indossava solo la camicia da notte. Ovviamente, non aveva aggiunto che ci era andato senza invito, a cercare la rassicurazione della contessa sul fatto che Caroline non era sul punto di fidanzarsi con un altro. Stava male dopo aver bevuto troppo quella notte, ed era rimasto sdraiato sulla dormeuse nel boudoir, con la testa che scoppiava e gli occhi sbarrati contro la luce del mattino, mentre la contessa restava seduta al suo tavolo da toilette, dandogli consigli e rassicurazioni. Era stato tutto completamente innocente, come un fratello che chiedeva consiglio a una sorella, a cuore aperto. Ma non lo aggiunse. Né aggiunse che il conte era informato della sua trasgressione, e che, anche se era stato furioso per averlo trovato nel boudoir della contessa, lo aveva perdonato, conoscendo il motivo alla base del suo comportamento.

Sir Antony aveva usato la sua visita al boudoir della contessa contro Caroline, come uno scudo, per contrastare le frecciate delle sue infantili provocazioni riguardo al suo imminente fidanzamento con il capitano 'Big-Boots' Beresford, l'affermazione che l'eroe di guerra della campagna di Hanover era più uomo di quanto lui sarebbe mai stato. E la cosa, quando ci ripensò da sobrio, non era campata per aria, visto che l'effetto collaterale della sua costante ubriachezza, nei mesi che avevano seguito l'incarcerazione di sua sorella, era stata l'impotenza. L'aveva colpito su un nervo scoperto e quindi aveva ribattuto che la contessa era l'epitome della perfezione femminile, e che lui poteva saperlo quanto suo marito perché aveva avuto il privilegio di vederla in camicia da notte.

Una rivelazione così sconvolgente e sorprendente, davanti a un pubblico di cinquanta persone, era stata la miglior esca per il fuoco dei pettegolezzi. Il saporito boccone fu ingoiato intero, senza pensare due volte alla sua autenticità e senza riguardo per le circostanze nelle quali era stata fatta la rivelazione. Prima della mattina seguente, la società aveva trasformato il boccone in un banchetto di tre portate di lussuria, furtivi incontri e preservazione dinastica. Ciò che i nemici politici del conte sussurravano dietro i ventagli e bisbigliavano dietro i giornali aperti, e che la maggioranza considerava una fandonia, entro la mattina seguente, dopo la pubblica e sconvolgente rivelazione di Sir Antony, era diventato un fatto provato. Le dame della buona società ne discutevano apertamente con i loro parenti davanti al pane col burro e cioccolata calda, mentre i gentiluomini sghignazzavano tra di loro al tavolo del loro caffè preferito.

La gravidanza di Lady Salt, così presto dopo il matrimonio, l'atteggiamento di nonchalance di suo marito per la stretta amicizia della moglie con suo cugino Sir Antony, e la partenza di Diana St. John per il continente praticamente il giorno stesso in cui era stato annunciato che la contessa di Salt Hendon aspettava il primo figlio del conte, erano prove più che sufficienti per confermare le voci che Diana St. John aveva debolmente negato, come avrebbe fatto una leale sorella, appena prima della sua subitanea partenza per climi migliori.

Le voci, che tutti conoscevano ma che nessuno osava ripetere a voce alta, erano che Sir Antony Templestowe, e non il conte di Salt Hendon, fosse il padre del bambino della contessa: un erede al titolo.

La straordinaria confessione di Sir Antony aveva un senso!

Per un nobiluomo di trentaquattro anni, le cui quote al White erano di cento a uno che non avrebbe mai prodotto un erede, perché una caduta da cavallo lo aveva lasciato sterile, riuscire a mettere incinta la sua contessa la prima notte di nozze era come se un colpo di fulmine avesse colpito la buona società. Come poteva essere, quando era un fatto risaputo che il conte non aveva mai messo incinta nemmeno una puttana, e non per non aver tentato? La domanda continuava a vorticare come una corrente sotterranea per i salotti, mentre la gravidanza della contessa avanzava. E poi, a due mesi dalla nascita dell'erede, lo scoppio di Sir Antony aveva fornito alla società la conferma di quella che credevano fosse la risposta. Sir Antony Templestowe era il padre del nascituro della contessa.

Beh, quello era vero amore tra cugini! Chi non avrebbe offerto i propri servigi per fornire al conte un erede, quando significava dividere il letto della celebrata bellezza Jane, contessa di Salt Hendon? Meravigliava forse che Sir Antony si fosse risentito per l'affronto di Lady Caroline alla propria virilità, quando aveva copulato con una contessa e l'aveva messa incinta alla prima monta! Ci si chiedeva come potesse il conte tollerare di dividere sua moglie con un altro. Eppure, tutti sapevano che il conte era un politico astuto, deciso e crudele quando si trattava di prendere una decisione per il bene del regno. Aveva senso pensare che si sarebbe comportato allo stesso modo quando si trattava del suo stesso dominio. Gli serviva un erede e, se lui non poteva fornirlo, allora era logico lasciare che provvedesse il suo parente maschio più stretto.

Nessuna meraviglia, quindi, che Diana St. John fosse partita per il continente, era risaputo che Diana era innamorata del conte. Era anche pesantemente coinvolta nella sua carriera politica, quindi non ci voleva molta immaginazione per credere che lei fosse stata essenziale nell'incoraggiare le ambizioni dinastiche del conte offrendo suo fratello come stallone per la giumenta del conte. Gelosa della contessa e sapendo troppo, forse aveva minacciato il conte di rivelare il suo piccolo sporco segreto al mondo? Diana St. John doveva sparire; per ragioni di salute, così avevano detto. Ma chi credeva a quella trovata?

A enfatizzare perché sua sorella fosse stata fatta sparire dalla buona società, Sir Antony Templestowe era stato esiliato dal conte nella gelida landa desolata del servizio diplomatico: San Pietroburgo, a causa del suo sordido comportamento al recital, per aver infranto il cuore di Lady Caroline e aver sciorinato i panni sporchi in pubblico.

Se c'era un posto dove le carriere diplomatiche inglesi si impantanavano, era la corte imperiale russa. Che Sir Antony fosse spedito in quel cesso diplomatico, la pozza sociale stagnante del Ministero degli Esteri, era una prova sufficiente che non era più in buoni rapporti con il suo nobile cugino. E con i suoi particolari servigi di fecondatore non più necessari, la sua presenza a Londra sarebbe solo stata di imbarazzo per la nobile coppia, e anche un costante promemoria dell'inadeguatezza del conte a compiere il suo dovere dinastico per la casa dei Sinclair e i conti di Salt Hendon.

Che il conte e la contessa avessero poi avuto altri due figli sani di seguito, dopo la nascita del desiderato figlio ed erede, non era stato ritenuto rilevante dai nemici politici del conte e dai poco intelligenti. Due altri figli avevano fatto parecchio per soffocare qualunque dubbio residuo riguardo al loro vero padre ma quello che importava, e dove il fango restava attaccato come fieno bagnato ai tacchi rossi di una nobile scarpa, erano gli avvenimenti incerti che circondavano il concepimento del primogenito del conte. E per quello, Sir Antony lo sapeva, il conte di Salt Hendon non lo avrebbe mai perdonato.

Chinò la testa contro la porta chiusa dello studio, per raccogliere i suoi pensieri e riprendere fiato, ancora stordito dal bacio appassionato con Caroline. C'era qualcosa di indefinibile riguardo al loro bacio che lo aveva lasciato frastornato. Un paio di respiri profondi e avanzò silenziosamente nello studio pieno di libri, non diversamente da un ammutinato che camminasse sulla tavola verso la morte, restando vicino agli scaffali, con l'attenzione fissa sulla scrivania di mogano con il suo servizio da scrittura Standish, con le penne, il calamaio, il contenitore della sabbia, le matite, con la superficie coperta da pile ordinate di carte.

Il conte era seduto dietro la sua scrivania, assorbito dalla lettura di un documento.

Ogni tanto appoggiava il fascio di carte sulla superficie della scrivania, prendeva la penna, la intingeva nell'inchiostro e aggiungeva una nota sul margine sinistro. Solo di rado la sua attenzione si allontanava dal documento e allora abbassava il mento per guardare oltre gli occhiali da lettura, verso il secondo camino. Era allora che avveniva la trasformazione e Sir Antony vedeva il suo vecchio amico. I lineamenti del conte si ammorbidivano, la ruga profonda tra le sopracciglia si spianava, e l'espressione dura della bocca spariva, sostituita da un sorriso che gli divideva la faccia in due. Il suo sorriso restava fisso in quella direzione quasi in una sorta di meraviglia e poi, come ricordando il compito da svolgere, riportava lo sguardo sulla scrivania e continuava a leggere.

Quando il conte sorrise, Sir Antony lo imitò. Non aveva mai visto il suo amico con un aspetto migliore e più contento della vita. Fisicamente era ancora quell'uomo grande come un orso di quattro anni prima, ancora altrettanto in salute e, senza dubbio, in forma come sempre. Era lo stesso di quel giorno in cui gli aveva voltato le spalle, eccetto negli abiti.

A quell'ora, Sir Antony fu sorpreso di trovare il conte ancora in deshabillé. Sempre pignolo nella scelta dell'abbigliamento giusto per l'ora giusta, sia a casa sia fuori, Salt era sempre vestito in modo impeccabile e, quasi sempre, con redingote, panciotto e calzoni intonati, ricamati, che non sarebbero stati fuori luogo all'opera. E aveva sempre i capelli incipriati quando era in città. Forse suo cugino aveva assunto un nuovo valletto? Eppure quello non avrebbe spiegato la mancanza di cipria sui capelli color sabbia lunghi fino alle spalle e legati sulla nuca con un nastro nero, o la banyan di seta blu gettata negligentemente sopra una camicia candida e la cravatta. Senza dubbio, i piedi nelle calze bianche erano infilati in comode pantofole di marocchino rosso che completavano l'abbigliamento casalingo del conte. In un tale stato di déshabillé, Sir Antony sapeva bene che suo cugino non era in condizioni di ricevere visitatori e che nessuno al di fuori dei famigliari sarebbe stato ammesso alla sua presenza.

Lo stato di déshabillé del conte non prometteva bene per l'intrusione di Sir Antony. Poca meraviglia che le porte dello studio restassero chiuse. Con un sospiro sconfortato, lo prese come segno che non era più considerato di famiglia, e quindi un colloquio era stato fuori questione. Tuttavia, questo non lo distolse dal suo scopo e ripose le sue speranze nel sorriso del conte. Era la sola indicazione che il suo nobile cugino era d'umore benevolo. Eppure, sia l'umore del conte sia la sua opinione avevano poca importanza. Quello che importava era raggiungere un accordo riguardo a come occuparsi dell'incarcerazione di Diana, limitando il più possibile lo scandalo ed evitando una tragedia. Cercando di pensare solo a quello, andò diritto davanti alla massiccia scrivania di mogano e si inchinò rispettosamente al nobile cugino.

Il conte sentì una presenza ma non alzò la testa.

"Niente da fare, Miller," disse deciso, mettendo da parte la pagina che stava leggendo e togliendosi gli occhiali. Mise una mano di piatto sulla pila di carte che componevano il documento. "Portateli al signor Ellis. Ditegli di leggere le mie annotazioni e poi di venire a vedermi, tra circa un'ora. Mettete il vassoio del tè sul tavolino basso. La bottiglia di chiaretto potete lasciarla qui."

"Salt."

La testa del conte scattò in alto. Gli occhi scuri si spalancarono per la sorpresa e il nobiluomo si alzò a metà dalla sedia, con un sorriso di riconoscimento che gli addolciva il bel volto. Sir Antony gli restituì il sorriso, con il sollievo che gli scorreva nelle vene e tese la mano in segno di saluto. Aveva sulla punta della lingua di dire al cugino quanto stesse bene e quanto fosse felice di rivederlo, quando la luce morì negli occhi scuri del conte e il sorriso si trasformò in una smorfia a labbra strette, inflessibile, e si risistemò sulla sedia, stringendosi la banyan intorno alle spalle. La reazione aveva lasciato il posto al ricordo e, con un leggero sospiro, Sir Antony lasciò cadere la mano afferrando il nastro che teneva il suo occhialino.

"Ti trovo bene," dichiarò il conte. Giocherellò con gli occhiali ma tenne gli occhi fissi sul volto di Sir Antony. "Non posso riceverti adesso, Miller non ti ha detto…"

"Trovo bene anche te," lo interruppe Sir Antony, controllando le sue emozioni.

"Ora che ci siamo scambiati i convenevoli, abbi la decenza di porre fine alla tua intrusione e andartene…"

"Miller non ha avuto l'opportunità di dirmi niente, è impegnato con un uccello recalcitrante. Non ti ruberò troppo tempo ma dobbiamo parlare di…"

"Può aspettare."

Così erano arrivati a quello: parlarsi come se fossero semplici conoscenti. C'era stato un periodo in cui non passava un giorno che non trascorressero del tempo in compagnia l'uno dell'altro. Sir Antony notò che il conte era agitato e questo gli offrì un barlume di speranza che l'esterno granitico avesse un centro morbido.

"No, non può aspettare. Sai che non può; è il motivo della mia intrusione; il motivo per cui sono in Inghilterra e non a San Pietroburgo. È il motivo per cui dobbiamo parlare di…"

"Non adesso," disse Salt a denti stretti.

Sir Antony fu sorpreso. Il modo di comportarsi del conte, il fatto che l'avesse interrotto così bruscamente, prima che potesse perfino pronunciare il nome di sua sorella, gli diceva che sapeva che Diana era sfuggita alla sua prigionia. Era così sensibile, così refrattario a sentire la verità a voce alta? Sperava che, ignorandola, sarebbe semplicemente scomparsa? Non riusciva a crederlo. O forse suo cugino intendeva tenerlo nell'ignoranza, senza dirgli come intendeva occuparsi della sua folle sorella? Non l'avrebbe permesso. Se la mancanza di entusiasmo di Salt per questa riunione forzata aveva ferito i suoi sentimenti, la sua implacabile arroganza lo infuriò al punto di farlo diventare sarcasticamente diretto.

"Non lascerò questa stanza finché avremo discusso il da farsi. Forse hai già deciso quello che intendi fare, il che non mi sorprenderebbe! Ma ho il diritto di saperlo e il diritto a essere consultato. Non potrebbe importarmi di meno che tu sia lì seduto, vestito a metà nel bel mezzo della giornata. Che importanza ha nel grande schema delle cose? Non mi importerebbe nemmeno se ti avessi disturbato mentre facevi il bagno! Forse, trovarti nella vasca sarebbe stato più comodo, perché saresti stato obbligato a sopportare la mia conversazione!" Riprese fiato, alzò una mano e poi la lasciò cadere pesantemente. "Non è così che avevo immaginato un incontro con te e con…con Jane. E in privato, con te, la chiamerò Jane, non Lady Salt, perché è una cara amica e la moglie del mio cugino più caro."

Quando il conte arcuò le sopracciglia senza parlare, Antony aggiunse con un sospiro esasperato,

"Oh, per l'amor del cielo, Salt! Sono d'accordo che il nostro ultimo incontro non è stato il mio miglior momento, ma è passata tanta acqua sotto i ponti da allora, quindi il minimo che potresti fare è non restare lì seduto, con la faccia di pietra e le narici frementi, come se la santità del tuo studio fosse stata violata da una ramazza! E non intendo scusarmi per la mia mancanza di servilità, né mi inchinerò al capo della casata. Ho fatto un viaggio dannatamente scomodo per arrivare a casa il più presto possibile, senza praticamente congedarmi, quindi senza dubbio ho bruciato i ponti con San Pietroburgo. Ma non importa. Non importa nulla. Se mi costerà il posto al Ministero degli Esteri, se significa che la nostra amicizia è irreparabile, e tutto per uno scopo superiore, allora così sia. Non intendo avere rimpianti. Ma c'è una cosa che non farò proprio adesso e sarà andarmene da questa stanza finché non ti avrò detto che cosa ho organizzato per mia sor..."

"Miller aveva l'incarico di dirti di occuparti di Lady Reanay per un'ora e poi di tornare qua," lo interruppe Salt con voce pacata, mettendo le braccia conserte sull'ampio petto e appoggiandosi allo schienale per guardare Sir Antony con le palpebre socchiuse. "Se è così che conduci le trattative diplomatiche a San Pietroburgo, angariando appassionatamente i tuoi corrispondenti, mi sorprende che ti tengano in così alta considerazione. Ma forse i russi preferiscono un approccio più diretto, o la tua incapacità di accettare un no per risposta—alcuni oserebbero chiamarla temerarietà. È tutto quello che riesco a pensare perché ti abbiano onorato..."

"Onorato?" Sir Antony aggrottò la fronte e si avvicinò di un passo, aprendo le dita che aveva stretto sull'asta degli occhialini. Si sforzò di restare calmo. La parola *onorato* l'aveva completamente distolto dal filo del ragionamento, esattamente come si aspettava Salt.

"Credo che a loro non importi nemmeno di essere interrotti mentre parlano," borbottò il conte, aggiungendo con un'ombra di sorriso mentre si chinava in avanti: "Sì, onorato. Nonostante la tua inesplicabile partenza dalla Corte Imperiale, l'imperatrice ha graziosamente accondisceso a perdonarti non solo per non esserti correttamente congedato da lei, ma anche per non essere stato presente di modo che potesse conferirti personalmente l'Ordine di Sant'Anna. Hai un'idea di che ordine sia?"

Sir Antony scosse la testa. "Assolutamente no."

"È l'ordine più elevato che si possa conferire a uno straniero. Per sottolinearne l'importanza, non credo che sia mai stato conferito a qualcuno che non sia russo. Potresti tranquillamente essere il primo e quindi creare un precedente. Normalmente è conferito ai nobili russi per eccezionali servigi alla burocrazia statale o per il valore militare. Ci sono quattro classi all'interno dell'ordine e tu, mio caro cugino, hai ricevuto la classe più alta."

"Davvero? Straordinario!" Sir Antony sembrò preoccupato. "Che cosa significa esattamente?"

Il conte non riuscì a nascondere una risata.

"Un incubo diplomatico per Sua Maestà e di conseguenza per me. Il Re mi ha chiesto di trovare una soluzione al dilemma, e prima che sia firmato il trattato commerciale con i russi."

"Lungi da me l'idea di creare problemi a Sua Maestà, e a te," ribatté gentilmente Sir Antony. "Scriverò all'imperatrice per declinare l'onore se…"

"Non farai nulla del genere!" ordinò il conte, senza più traccia di sorriso. "La firma del trattato commerciale e il conferimento dell'Ordine di Sant'Anna vanno di pari passo. Sai bene quanto me che i russi importano più merce da noi che dai francesi. E l'ultima cosa che vogliamo è che i francesi offrano a Caterina condizioni più vantaggiose. È essenziale che l'accordo commerciale tra le nostre due nazioni sia firmato, sigillato e recapitato, e se parte dell'accordo richiede che tu porti una fascia rossa con la stella dei nostri amici russi, così sia. Accetterai l'onore e il trattato sarà firmato."

"E il dilemma?

"L'Ordine di Sant'Anna di prima classe comporta un titolo nobiliare ereditario."

"Buon Dio!"

Il conte fece una smorfia. "Già," mormorò, aggiungendo a voce più alta: "Il dilemma è che un inglese non può far parte della nobiltà russa. Eppure i russi si aspettano che tu sia ricompensato dal tuo stesso sovrano nella stessa misura in cui ti hanno onorato loro. Non farlo significherebbe mettere in discussione il loro giudizio e creerebbe un vero e proprio incubo diplomatico. È questione di salvare la faccia."

"Tu hai già trovato la soluzione."

"Sì. Non solo soddisferà i russi, ma è accettabile anche per Sua Maestà."

"Naturalmente."

L'espressione del conte era impassibile. "Confesso che mi sono mancate le tue risposte. Sei sempre stato un maestro nel minimizzare."

A questa lode del suo precedente mentore, Sir Antony non riuscì a non sorridere come uno scolaretto. Quello che disse poi il conte lo lasciò a bocca aperta.

"Ho il privilegio di informarti che, a seguito del conferimento dell'Ordine di Sant'Anna da parte dell'imperatrice regina Caterina, Sua Maestà ti ha conferito il titolo di visconte. Conosci le formalità, prima la patente e da lì in poi primo visconte Temple e barone Stowe, sarai chiamato Lord Temple e il tuo erede sarà conosciuto come Lord Stowe. Congratulazioni."

Sir Antony stava per rispondere alle congratulazioni nel suo solito modo umile, quando il successivo commento disinvolto del conte avvelenò la sua sensazione di meraviglia per la sbalorditiva notizia, e sgonfiò la sua esultanza.

"La tua parte nelle trattative commerciali tra i nostri due paesi deve essere stata degna di nota," disse Salt con asprezza. "Dalla corrispondenza che ho letto, e visto il conferimento di un tale alto onore a uno straniero, l'imperatrice deve essere stata più che impressionata delle tue…*abilità*…"

Quando il conte lasciò in sospeso la frase, Sir Antony mantenne lo sguardo fisso, nonostante le guance ben rasate stessero scurendosi a quell'insinuazione. Nella corte russa, e altrove, era risaputo che l'imperatrice Caterina aveva i suoi favoriti e che i suoi amanti venivano ricompensati con ogni tipo di regali e onori per i servizi resi. Sir Antony era riuscito a evitare di unirsi alla lunga lista delle conquiste di Caterina con manovre attente e discrete, e con l'aiuto del suo mentore e amico, il principe Mikhail. Che l'imperatrice gli avesse conferito grandi onori poteva stupirlo, ma non era il caso che fosse proprio suo cugino a fare insinuazioni maliziose.

"Sono onorato che Sua Altezza Imperiale abbia ritenuto di ricompensare i miei sforzi. Ma sai bene quanto me che tali onori spesso vengono conferiti a seguito delle raccomandazioni di altri."

"Sì. Il principe Mikhail Knyazhevy-Yusupov ha grande stima di te. E anche la principessa, sua sorella…"

Sir Antony strinse i denti.

"Non intendo scusarmi per la vita che sono riuscito a costruirmi a San Pietroburgo. Non quando ogni speranza che avessi di costruirmi una vita qui è morta."

"È la vita che intendi *costruirti* ora che sei a casa, che mi preoccupa."

Sir Antony fece un sorrisino tirato. "Oh, ho tutte le intenzioni di discuterne con te, ma non ora, non oggi. C'è uno stato di cose molto più serio e pressante più vicino a casa di cui tu e io dobbiamo occuparci, prima che io possa cominciare a contemplare il futuro, nonostante la dubbia promozione, con la convinzione che sia veramente mio. Il mio unico rimpianto riguardo a San Pietroburgo è che non sono in grado di offrire di persona i miei umili ringraziamenti ai Knyazhevy-Yusupov."

Fece una pausa quando, per la seconda volta da quando aveva cercato di orientare la loro conversazione verso la fuga di Diana, il conte distolse gli occhi, distratto da qualcuno o qualcosa alle spalle di Sir Antony. Non fu tanto maleducato di girare la testa per guardarsi alle spalle e vedere chi o che cosa fosse, ma lo irritò e si chiese se fosse il maggiordomo con un paio di camerieri pronti a portarlo via a un cenno del loro nobile padrone.

"Potrai non essere in grado di ringraziare i Knyazhevy-Yusupov di persona," rispose il conte, riportando lo sguardo sugli occhi azzurri di Sir Antony, "ma potrai ringraziare il cugino del principe Mikhail, il principe Ivan Yusupov, che è arrivato a Londra solo la settimana scorsa, portando con sé la tua fascia con la stella."

Sir Antony fece un passo avanti, mettendo una mano sulla scrivania di mogano. Conosceva molto bene il principe Ivan, avevano tirato di scherma insieme ed erano stati compagni nelle partite di Royal Tennis, ma non interruppe il conte.

"Sua Altezza il principe Ivan è a capo della delegazione agricola russa," spiegò il conte. "L'imperatrice Caterina intende continuare la linea politica del suo predecessore Pietro e mandare membri della Corte Imperiale in Inghilterra per la loro istruzione e gli scambi culturali. Io ho l'invidiabile compito di fare gli onori di casa al principe Ivan, che sarà l'ospite d'onore al mio ballo in maschera. Il mese prossimo, un piccolo battaglione di burocrati russi del loro Ministero dell'Agricoltura visiterà Salt Hendon. Sono intenzionati a osservare e verificare di prima mano le pratiche agricole di una tenuta inglese. Rufus Willis non vede l'ora di fare da guida." Mise il palmo della mano sul documento che stava leggendo. "Qui ci sono i termini e le condizioni dell'accordo tra le nostre due nazioni. Non saprei dirti che cosa sia più gravoso, leggere tutte le duecento pagine di questo documento oppure infilarmi una maschera piumata e volteggiare in un salone da ballo pieno di russi. Ah, le prove e le tribolazioni che uno deve sopportare come umile servitore della corona."

Sir Antony stava ancora digerendo l'informazione quando il commento del conte sulla maschera piumata, e sul fatto di essere un servo della corona, ricevette una particolare enfasi dal tintinnio di una risata femminile.

Ben lungi dall'offendersi per essere deriso, l'espressione severa del conte si trasformò in un sorriso. Spinse in fuori la sedia e si alzò, infilando le mani in fondo alle tasche della sua banyan di seta, con lo sguardo fisso sul secondo camino.

"Smettetela di prendere in giro Antony," lo rimproverò scherzosamente la contessa. "Vi siete tradito fingendo di trovare gravoso il ritorno alla politica. Ammettetelo, milord. Il pensiero di intrattenere un salone da ballo pieno di nobili russi, per non parlare di pavoneggiarvi in giro con il vostro neo-nobile cugino con la sua fascia russa con la stella, per farvi invidiare da tutti i vostri avversari politici, vi sta facendo mentalmente andare in brodo di giuggiole."

Il conte ridacchiò e si spostò davanti alla scrivania. Fece una pausa e tese la mano a Sir Antony.

"Devo darti il benvenuto ai piani alti," disse il conte, praticamente nel modo in cui aveva sempre parlato al cugino prima del suo esilio. Strinse calorosamente la mano di Sir Antony, afferrandogli brevemente la spalla. "Le mie scuse per aver fatto dei commenti un po' rudi sulle tue abilità, Antony, ma è bello sentire che ti sei guadagnato gli onori facendo il tuo lavoro quotidiano e non come uno dei sicofanti di Caterina. Qualunque cosa pensi la mia cara moglie delle mie capacità come mentore," disse voltandosi a guardare il secondo camino, "non lo ammetterò mai! Né sono d'accordo con quello che avete detto riguardo al prossimo ballo in maschera, milady. La mia gioia sarà perché tutti al ballo mi invidieranno perché voi siete al mio fianco e non al loro."

Sir Antony si girò sui tacchi e barcollò, lieto di essere vicino alla scrivania del conte. La mano appoggiata alla superficie gli consentì di tenersi in equilibrio sui piedi. Il suo ritorno a Londra gli stava portando una sorpresa ogni ora, tanto da renderlo muto. Se fosse stato superstizioso, avrebbe incolpato la perdita del suo talismano, ora nelle mani di sua sorella. Ma la sua vita era stata messa sottosopra molto prima che Diana gli avesse strappato il medaglione d'oro dal panciotto ricamato.

Nello spazio di un giorno aveva scoperto che la sua casa era stata invasa da sua sorella, che si stava nascondendo in piena vista del mondo. Si era trovato anche indebitato della somma di duemila sterline. Aveva acconsentito alla stupefacente richiesta di Caroline di dividere un letto prima del matrimonio. E che dire dello spettacolo davanti ai servitori, e davanti a un iroso demonio pennuto, quando si era goduto con lei il bacio più fantastico? Poi si era precipitato nello studio del conte avanzando pretese, senza minimamente pensare a che cosa poteva esserci oltre la porta, e ora questo!

Essere onorato dai russi e spedito alla camera dei Lord come visconte da Sua Maestà era più che sufficiente per una vita intera, altro che una visita mattutina al suo nobile cugino.

Arrossì violentemente alla visione che gli si presentò nel gruppo di mobili accanto al secondo camino. Rabbrividì mentalmente alla sua stupidità per non essersi reso conto prima che il conte non era solo. Non c'era da meravigliarsi che l'accesso allo studio fosse vietato; che il conte fosse distratto; che continuasse a stornare la conversazione dall'argomento Diana; che le sue risposte fossero più civili di quanto si era aspettato; che non avesse alzato la voce nemmeno una volta mentre Sir Antony gli aveva praticamente urlato contro.

Se qualcuno non gli andava a prendere in fretta una tazza di tè forte, riteneva ci fosse una buona probabilità di svenire, non per la sete, ma per l'acuto imbarazzo.

QUINDICI

Come in risposta alla silenziosa preghiera di Sir Antony, il maggiordomo e due camerieri attraversarono silenziosamente la stanza. Un cameriere depositò un vassoio d'argento sul tavolino al centro del gruppo di poltrone dov'era seduta la contessa, un altro appoggiò un vassoio di legno laccato con una bottiglia di chiaretto e bicchieri di cristallo intagliato sulla scrivania del conte. Il maggiordomo, una volta sistemata la teiera sul suo sostegno e acceso lo scaldino, versò il tè per la contessa e mise la tazza di fine porcellana di Sèvres con il suo piattino su un mobiletto, a portata di mano.

Quando offrì a Sir Antony un bicchiere di chiaretto e lui rifiutò, preferendo una tazza di tè, il conte mostrò la sua sorpresa inarcando le sopracciglia ma non disse niente, scambiando un'occhiata con sua moglie, quando la raggiunse accanto al camino, mentre i servitori si congedavano in silenzio e Miller restava in attesa accanto alla teiera, finché il conte non gli fece cenno di uscire.

La contessa era seduta comoda in una poltrona, con una sopraggonna di cotone stampato sistemata intorno a lei e le pantofoline di seta color crema su uno sgabello. I suoi lucenti capelli neri non erano acconciati ma raccolti lenti sulla testa con nastri rosa pallido tempestati di perle, con la massa pesante che le ricadeva sulla spalla destra. La sua giacca da maternità di seta trapuntata era slacciata e aperta.

Jane aveva suo figlio al seno quando Sir Antony aveva disturbato la pace e il silenzio dello studio. Con l'aiuto della bambinaia, aveva drappeggiato un diafano scialle di seta sul davanti dell'abito, per schermare il bambino dalla vista, prima che l'intruso si accorgesse che il conte non era solo. Eppure, quella precauzione presa per proteggere i profani, perché sicuramente un uomo celibe, un uomo poco avvezzo ai bisogni basilari di un neonato, doveva sentirsi a disagio davanti a quella visione stupenda, doveva essere vanificata. Mentre sua madre stava parlando, il piccolo afferrò il bordo ricamato dello scialle nel suo piccolo pugno e tirò, senza dubbio per protestare il suo disagio di non essere in grado di vedere chiaramente l'unico volto al mondo di cui gli importasse.

"Mi scuso per Sam, Antony, ma i bambini non hanno il senso del tempo o dell'occasione," disse allegramente Jane, sperando di attenuare la sorpresa e il disagio di Sir Antony nello scoprire che stava allattando il suo bambino di sei settimane. "È per questo che mi trovate ad allattare il piccolo Sam qui nello studio di Salt e non nella nursery. Ned e Beth stanno facendo il loro pisolino mattutino, e questo significa che Salt e io possiamo passare un'ora o due da soli, cosa che capita raramente di questi giorni. E se questo richiede che io mi intrometta negli affari di stato, allora così sia." Sorrise al marito. "Non sono completamente convinta che sia un complimento chiamarmi 'una piacevole distrazione'. Che ne pensate, Antony?" quando Sir Antony lanciò un'occhiata frettolosa al conte, Jane rise. "Oh, perdonatemi! Non dovrei farvi scegliere da che parte stare così presto dopo il vostro ritorno. Per oggi potete avere una tregua, ma domani no."

"Streghetta intrigante," replicò amorevolmente il conte, appoggiando il suo bicchiere di chiaretto sulla mensola del camino. "Antony è entrato da meno di cinque minuti e già lo avete etichettato come uno dei vostri postulanti. Ron aveva ragione. Ci sono troppe femmine in questa casa. E con Ron a Eton, è solo giusto che tutti i restanti parenti maschi siano doverosamente cooptati alla mia causa. Non sono forse io il signore e padrone in tutto e per tutto?"

"Certo che lo siete, carissimo," rispose dolcemente Jane, aggiungendo, con una fossetta nella guancia: "Lo diciamo tutti, in vostra presenza."

La nobile coppia rise per lo scherzo privato e Sir Antony fu stranamente malinconico. C'era stato un tempo quando anche lui si sarebbe unito alla loro risata. Ora si sentiva stranamente a disagio e guardava ovunque meno che in direzione della contessa. Jane lo percepì e consegnò il bambino ormai sazio alla sua bambinaia, perché gli massaggiasse la piccola schiena per sistemare lo stomaco, mentre lei si allacciava i vestiti dietro al paravento di pelle laccata perpendicolare al divano.

"Per favore, versatevi una tazza di tè, Antony, mentre mi rendo presentabile. Vi presenterò il nuovo membro della famiglia, che, ne sono convinta, un giorno sarà più alto e più largo del suo papà."

Jane riapparve qualche minuto dopo, con la giacca da maternità allacciata, i nastri di seta rosa annodati, dando una leggera scossa alla sopraggonna di cotone stampato e alle sottogonne arricciate per sistemare le pieghe. Se notò il pesante silenzio tra i due uomini nella stanza, che il conte restava accanto al camino, ora con il suo bambino in braccio, e Sir Antony ancora accanto alla scrivania che osservava il cugino, lo ignorò e disse, con il tono più allegro:

"Devo offrirvi le nostre scuse per il nostro abbigliamento. Salt è arrivato in città solo qualche ora fa, dopo aver visto Ron ben accolto dai suoi compagni a Eton. Di conseguenza, non ha avuto tempo di fare altro che farsi il bagno e cambiarsi, e leggere quel maledetto documento." Sorrise quando vide il conte fare una smorfia. "Non è del tutto vero. Se i bambini fossero stati svegli quando il loro papà è arrivato, sarebbe stato impossibile per sua signoria dedicargli la sua attenzione, né assoluta né altro! Saremmo stati nella nursery. Che, tra parentesi, è ancora dipinta di azzurro, anche se i tappeti turchi hanno fatto il loro tempo. I bambini *corrono* dappertutto."

Attraversò lo spazio tra il divano e la scrivania del conte, con una mano tesa in segno di benvenuto, e sorrise quando Sir Antony si mosse cautamente per andarle incontro. Quando lui si chinò sulle sue dita, come consono al suo rango di contessa, Jane lo tirò vicino per baciargli la guancia.

"Non dobbiamo fare cerimonie in famiglia," gli disse sorridendo, con un groppo in gola e le lacrime negli occhi azzurri. "Non siete a San Pietroburgo adesso. Se tutto va bene, il Ministero degli Esteri vi permetterà di restare a casa per un po' di tempo e non vi spedirà a Costantinopoli o a Kyoto o a Oslo, che, mi dice zia Alice, non vede il sole per metà dell'anno."

Aveva continuato a chiacchierare perché temeva di scoppiare in lacrime di gioia per essersi riunita al cugino più caro di suo marito, e, all'epoca del suo matrimonio con Salt, il suo più caro amico. Non si era resa conto fino a quel momento quanto le fosse mancata la sua compagnia. Tre figli e la gestione della nobile casa l'avevano tenuta perfino troppo occupata. Con Antony a casa, voleva tanto credere che ora tutto andasse bene nel suo mondo. Eppure, lei conosceva il motivo per cui aveva lasciato San Pietroburgo così in fretta e il pensiero oscurava la sua gioia. L'espressione di Sir Antony aumentava la sua apprensione per la sicurezza della sua giovane famiglia.

"Jane… È meraviglioso essere a casa… Vorrei solo che le circostanze… Scusatemi. Sono un tale miserevole sentimentale," si scusò Sir Antony, asciugandosi in fretta una lacrima dagli occhi azzurri. Le sorrise. "Avete un aspetto meraviglioso, veramente. La vita famigliare vi fa bene." Guardò oltre la sua massa di capelli, verso il conte che stava ammirando il suo bambino annidato nella piega del gomito. "Fa bene a entrambi."

"Permettetemi di presentarvi Sam," gli disse felice, prendendogli il braccio e accompagnandolo accanto al camino. Il conte girò il braccio piegato per permettere a Sir Antony di vedere meglio le guance rosa e molto paffute di suo figlio, i cui capelli, scuri come quelli di Jane, spuntavano da sotto una cuffietta bianca ricamata. "Questo è Samuel Antony Hugh Sinclair, e saremo onorati se acconsentirete a essere il padrino del vostro omonimo."

"Non incolpare me per averti gravato della responsabilità del benessere spirituale di nostro figlio," intervenne scherzando il conte, quando lo sguardo di Antony si rivolse immediatamente a lui, come per avere una conferma della dichiarazione della contessa. "È stata interamente un'idea di sua madre, e chi sono per dire no quando sua signoria mi ha regalato tre bambini sani, due dei quali miei eredi?" Sorrise a suo cugino. "Farai meglio ad accettare. Questo cherubino è piuttosto bello, come suo fratello e sua sorella prima di lui. E questa non è solo la mia opinione scarsamente obiettiva." Quando Jane gli strinse affettuosamente il braccio, Salt perse il sorriso da canaglia e disse confidenzialmente a Sir Antony, per prenderla in giro: "Le probabilità sono che il prossimo non valga un ritratto. Ricordi il cugino Felix? Non era decisamente materia da ritratti a olio, né ad acquerello a dire la verità. Testa dalla forma strana; fronte sporgente."

"Magnus!" Esclamò la contessa. "Come potete dire una cosa simile? *Tutti* i nostri bambini saranno belli."

Il conte sorrise e le fece l'occhiolino. "Con voi come madre? Senza dubbio."

"Buon Dio! Sono anni che non penso a Felix la Belva." Disse Sir Antony. Contrasse le sopracciglia. "Non c'è un suo ritratto appeso nella Gallery accanto a Bonamy Bedlam?"

"Bonamy Bedlam…?" Fece eco Jane, passando lo sguardo incuriosito da Sir Antony a suo marito.

Sir Antony si sarebbe preso a calci per aver menzionato Bonamy Sinclair e, dall'occhiataccia che gli rivolse il conte, anche Salt avrebbe voluto prenderlo a calci. Il conte si prese un momento per rispondere a sua moglie.

"Bedlam perché il povero vecchio Bonamy è impazzito, senza più tornare in sé. Mio padre non ha voluto saperne di un Sinclair internato a Bethlem, quindi ha spedito Bonamy in un manicomio privato nel Northumberland. È semplicemente svanito. Non abbiamo mai più potuto parlare di lui, pena una punizione. Mia madre si è rifiutata di far togliere il suo ritratto dalla Gallery e quindi è rimasto lì, accanto a quello di suo fratello Felix. Mia madre ha sempre sostenuto che la sua mente è rimasta sconvolta quando il suo cuore si è spezzato. La donna su cui aveva investito tutti i suoi sentimenti, e che sperava di sposare, aveva rifiutato la sua proposta di matrimonio e aveva sposato un altro. Il poveretto non si era più ripreso. Era folle ma piuttosto innocuo…"

Ci fu un silenzio imbarazzato. Il parallelo con la situazione di Diana St. John era lampante. Lei aveva investito tutta la sua energia emotiva nel conte, già in giovane età. Si era aspettata che il conte la sposasse. Quando non era successo, quando si era finalmente resa conto che il conte amava Jane, aveva perduto la nozione del bene e del male tentando di diventare l'oggetto unico delle attenzioni del conte. Non serviva dirlo a voce alta ma tutti e tre, Salt, Jane e Sir Antony, erano acutamente consci che, diversamente da Bonamy Sinclair, Diana era tutt'altro che innocua.

Fu Sir Antony che alla fine fece riprendere a scorrere il tempo e alleggerì l'atmosfera, dicendo, chinando formalmente la testa: "Sarei profondamente onorato di essere il padrino di Samuel."

"Sam. Insistiamo che lo chiamiate Sam."

Sir Antony sorrise e annuì. "Sarei profondamente onorato di essere il padrino di *Sam*. Grazie… a entrambi."

Jane gli baciò la guancia e Salt gli strinse la mano. Sir Antony guardò il figlioccio che dormiva felice tra le grandi braccia di suo padre e si meravigliò davanti a quella splendida nuova vita. Sopraffatto dall'immenso desiderio di proteggere, sentiva anche tutta l'urgenza di sapere arrestata e rinchiusa la malevolenza di sua sorella, prima che potesse fare del male a quel bambino, a suo fratello e sua sorella. Pensieri tanto cupi che lo mandarono al carrello del tè prima che Jane potesse vedere l'espressione del suo volto, perché certamente rifletteva l'apprensione che sentiva al suo riguardo.

"Sam ora andrà nella nursery, dove sono sicura che quei dormiglioni di suo fratello e sua sorella si sveglieranno presto chiedendo del loro papà," annunciò allegramente Jane, mentre Salt consegnava il bambino nelle braccia della bambinaia in attesa. Jane armeggiò con la coperta di Sam e, distratta, chiese alla bambinaia, "Hai visto il sonaglino a forma di unicorno di Sam, Betsy? L'avevo appuntato alla sua coperta questa mattina…"

Quando Jane dovette ripetere la domanda, la ragazza uscì dal suo stato quasi di trance ma non riuscì a parlare, distogliendo in fretta lo sguardo dal bell'ospite che si stava versando il tè da una teiera d'argento, e posandolo sul bambino che dormiva tra le sue braccia. Scosse la testa così vigorosamente che la falda molle della sua cuffia arricciata le sbatté sulle guance arrossate, facendo sorridere Jane, comprensiva. Quella povera creatura si sentiva spaesata nello studio di sua signoria e non sarebbe tornata in sé finché non fosse tornata nell'ambiente famigliare della nursery. Trovare il sonaglino d'argento di Sam poteva aspettare. Aveva faccende ben più importanti da discutere con il suo caro marito e suo cugino. Così mandò avanti Betsy e si rivolse al conte, che sorseggiava il chiaretto, e a Sir Antony, che mescolava lo zucchero nel tè, e affrontò l'argomento che era in cima ai pensieri di entrambi ma che non volevano discutere in sua presenza.

Sapere che Diana era fuggita dal suo confinamento e si stava nascondendo in piena vista le aveva fornito la chiave per capire alcuni particolari che l'avevano preoccupata negli ultimi due mesi. Con le ore di ozio che si accompagnavano all'allattamento di un neonato, aveva avuto agio di rimuginare. Le notti insonni di suo marito, gli incubi ricorrenti; gli sguardi furtivi di profonda preoccupazione che le lanciavano Rufus Willis e sua moglie, quando pensavano che lei non stesse guardando; l'aumento non solo del numero ma anche delle dimensioni fisiche dei servitori a Salt Hendon, e ora qui a Londra, a casa Salt, tanto che nei corridoi si inciampava letteralmente nei robusti servitori; il sorprendente e inatteso ritorno di Sir Antony da San Pietroburgo. Ora tutto aveva un senso.

Aveva anche perfettamente senso che lei fosse presente a qualunque discussione riguardante le azioni da intraprendere per catturare di nuovo una creatura che aveva minacciato l'esistenza stessa della sua famiglia, e non era per niente contenta degli sforzi di suo marito, con la cooperazione del signor Willis e, senza dubbio, anche di Sir Antony, di tenerla nell'ignoranza. Anche se si rendeva conto che i loro cavallereschi sforzi per proteggerla dal colpo della fuga di Diana erano stati fatti con le migliori intenzioni, quando si trattava della sicurezza e della felicità della sua famiglia, lei era pronta ad affrontare qualunque mostro, o un demonio che aveva preso le belle sembianze di Diana, Lady St. John.

"Ned e Beth dovranno aspettare prima di avere il piacere della presenza del loro papà," disse, rivolgendosi al conte, con un'occhiata a Sir Antony, "perché qualcosa di molto più urgente richiede la nostra attenzione. Sospetto che Antony si sia agitato per tutta la strada da San Pietroburgo, per lo stesso motivo per cui voi, milord, vi siete agitato nel sonno in questi ultimi due mesi e più."

Guardò prima un volto sorpreso e poi l'altro, mentre entrambi gli uomini si scambiavano un'occhiata rivelatrice che, se anche non avesse confermato i suoi sospetti, l'avrebbe fatta sorridere, perché era comico vedere due uomini adulti con l'espressione colpevole di due scolaretti colti a far scivolare una rana nel corpetto della sorellina. Ma Jane non sorrise. In effetti, si sentiva nauseata e gelata per l'apprensione solo nel dire il nome che in pochi avevano pronunciato in sua presenza per quattro anni.

"Magnus, Antony, dobbiamo fare qualcosa, oggi stesso, per Diana."

"Sarà meglio che le lasciamo vedere quello che vuole," disse la governante in tono secco, passando lo sguardo da tata Browne a Betsy Smith, con la piccola bambinaia che teneva la testa bassa. "Anche se non riesco a capire perché tua zia abbia bisogno di vederti per la terza volta, quando sei in città da cinque minuti."

"Le prime sei settimane, Betsy è stata con noi nel Wilshire, signora McIntyre," rammentò tata Browne alla governante. "E questa è la prima volta che viene a Londra. È bello da parte di sua zia volersi assicurare che sua nipote sia sistemata bene."

La signora McIntyre spostò la sedia sbuffando. Non era convinta.

"Sistemata fin troppo bene, se volete saperlo, tata Browne. Cinque minuti in questa casa e sua signoria pensa già che il sole sorga dalla cuffia di Betsy. Se fosse per me, non ti avvicineresti a meno di tre metri dalle stanze private di sua signoria, Betsy Smith. Resteresti nella nursery, che è il tuo posto. Meno male che c'è Dicken a tenerti d'occhio."

"E la cameriera personale di sua signoria ha solo parole buone per lei," ricordò tata Browne alla governante. Dopo tutto, Betsy rientrava nella sua giurisdizione, lei poteva anche dover rispondere alla signora McIntyre ma tutto il personale della nursery era responsabilità sua. Quanto poi alla cameriera personale della contessa, tata Browne non aveva la stessa alta opinione che Sally Dicken aveva di se stessa, ma nonostante tutto era una brava cameriera personale, quindi rispettava il suo giudizio. Diede un colpetto al braccio di Betsy. "Tutti i capelli sotto quella cuffia, Betsy, e raddrizzati la sottana. Sono sicura che vorrai che tua zia si renda conto di quanto sei fortunata a essere impiegata in questa nobile casa."

"Ricorda alla signora Smith che ci sono centinaia di ragazze del posto che darebbero un braccio per essere nella tua posizione. Ricordale anche che hai un lavoro da fare e che può vederti nella tua mezza giornata libera, ogni due settimane. Perché il signor Willis abbia ritenuto giusto assumere una sconosciuta ragazzetta di Birmingham va oltre la mia comprensione. Ma il signor Willis è sovraintendente e io no, quindi, le cose stanno così. Beh, ragazza? Fai quello che ti ha detto tata Browne e sistemati i capelli e le sottane!"

La governante attese mentre Betsy si sistemava in fretta le sottane, spianava il corpetto e infilava una manciata di riccioletti ribelli sotto la sua cuffia candida di lino, legando di nuovo il nastro in modo che fosse ben fissa. Quando la ragazza si raddrizzò, con le mani strette davanti a sé, e fece una riverenza, con lo sguardo sempre fisso sul pavimento, la governante fu soddisfatta e fece un cenno di assenso a tata Browne.

"Un'ora, Betsy," la avvertì tata Browne. "Se non sarai di ritorno entro un'ora, manderò uno dei ragazzi a tirarti fuori da quella carrozza, zia o non zia."

Congedata, Betsy si affrettò a uscire dalla stanza della governante e a correre lungo un corridoio di servizio, verso la porta che conduceva nel cortile della cucina e oltre. A ogni angolo c'era un servitore, a ogni porta due camerieri e, fuori dalla porta, nel cortile della cucina con i suoi orti pieni di erbe e verdure, c'erano uomini e donne al lavoro. Se la notarono, non alzarono gli occhi, ma lei li notò. Notò anche i giardinieri che si occupavano delle aiuole di fiori e rastrellavano i sentieri di ghiaietto che portavano a un grande riquadro di prato verde. Al centro, una fontana con l'acqua che traboccava da un'urna dentro una vasca piena di carpe, e lì, sotto l'occhio attento delle bambinaie e di mezza dozzina di camerieri, i figli di sua signoria avevano il permesso di giocare quando il cielo era azzurro e c'era il sole.

Davanti al pesante portone di legno inserito nelle grosse pietre dell'alto muro che circondava il giardino, e che permetteva di uscire sul mondo, c'erano altri due servitori. Erano più grossi e più alti dei servitori che aveva visto all'interno, e le ginocchia di Betsy tremarono per il senso di colpa quando la fissarono chiedendole di spiegare perché fosse lì. Soddisfatti, aprirono i chiavistelli ma, prima di permetterle di uscire sul sentiero, le mostrarono il pannello scorrevole nella porta che permetteva loro di vedere fuori senza la necessità di aprire la porta. Se non avesse alzato la testa, di modo che potessero vederle il volto sotto la cuffia, la porta sarebbe rimasta chiusa. Capito? Un cenno obbediente e Betsy si trovò nelle scuderie Blackburn; un sentiero correva parallelo all'alto muro del giardino e poi curvava a gomito intorno a un alto edificio rettangolare, il campo di Royal Tennis di sua signoria.

Era dietro al campo di Royal Tennis, su quel sentiero non più largo della carrozza, che la aspettava sua zia. Dal suo modo di camminare, Betsy capì di essere in ritardo e le ginocchia ricominciarono a tremare.

"Non perdere tempo a dirmi il perché! Sali!" Le ordinò la signora Smith, aprendo lo sportello della carrozza.

Betsy salì, e fu solo quando fu seduta che si accorse che la carrozza era occupata. Respirò l'inebriante profumo di sua signoria prima di vederla, seduta in silenzio e immobile in un angolo buio. La luce filtrava attraverso una fessura della tendina tirata e cadeva sul suo grembo, dove una mano senza guanto era stretta intorno all'altra guantata, e un diamante lampeggiava tra le perle del braccialetto intorno al polso.

"Dimmi quello che sai," disse sua signoria, con voce dolce.

Betsy si prese un attimo per raccogliere i pensieri. Fu un momento di troppo. La signora Smith le diede uno schiaffo sull'orecchio e le disse di sbrigarsi.

"Io-io non so molto, milady. Solo che è difficile entrare in casa e in giardino."

"Difficile?"

"Non c'è modo di entrare senza che tutti sappiano tutto. Ci sono uomini *dappertutto*. Grossi, anche. Ecco perché sono in ritardo. È difficile uscire come entrare. C'è sempre qualcuno che fa domande se non si è dove si dovrebbe essere e questo anche solo quando si va da una parte all'altra della casa. Nessuno che non sia voluto entra dal portone del giardino, tanto meno in casa."

"Hai portato quello che ti ho chiesto?"

Betsy tolse in fretta la cuffia e dalla cima della massa di capelli, districò attentamente un braccialettino d'argento, adatto al polso paffuto di un neonato. Dalle maglie d'argento pendevano tre campanellini e un piccolo unicorno d'argento.

"Era un regalo del signor Willis," aggiunse inutilmente Betsy.

Diana St. John lo tenne tra il pollice e l'indice e fece una smorfia, come se fosse sporco.

"Sam non lo mette in bocca," le assicurò Betsy. "È sempre appuntato alla sua coperta, o al suo vestitino. Tata Browne dice che i campanellini tengono lontani gli spiriti maligni."

Diana St. John diede una piccola scrollata al braccialetto, di modo che i campanellini tintinnassero, con un'occhiata alla signora Smith.

"Oh, cielo, signora Smith!" disse con enfasi melodrammatica. "Ora che ho io il braccialetto, chi proteggerà il povero bambino quando arriveranno gli spiriti maligni?"

Betsy sembrò turbata ma, prima che potesse parlare, Diana St. John continuò con una voce completamene diversa:

"Può andare. E l'altro marmocchio, suo fratello? Che cosa mi hai portato che appartenga a lui?"

"Ned non ha niente che potessi nascondere sotto il cappello, milady. C'è una scimmia di stoffa che lui porta dappertutto, e ci dorme anche assieme. Ma è grande quasi quanto Sam. E se gliela prendessi griderebbe da far crollare i muri e tutti rivolterebbero la casa per cercarla!"

"Sarà meglio che ti accerti che la scimmia sia a portata di mano quando lo porteranno via da casa." Diana sorrise. "Non vogliamo che il piccolo cherubino strilli per avere la sua scimmia, vero?"

"Certamente no, milady," concordò la signora Smith. "Più il piccolo bastardo è tranquillo, meglio è."

Entrambe le donne ridacchiarono.

"Non avete intenzione di far del male ai bambini, vero?" Chiese timorosa Betsy, passando lo sguardo da un volto compiaciuto all'altro. "Non è colpa loro. Sono solo bambini."

"Che fortuna per noi, più piccoli sono più sono facili da arraffare."

"Facili da ficcare in un sacco," confermò la signora Smith.

"Facili da gettare nel fiume."

"Presto detto."

"Presto fatto."

Entrambe le donne si misero a ridere.

Betsy era inorridita. L'incredulità la rese momentaneamente coraggiosa.

"I bambini non dovrebbero essere puniti per la malvagità della loro mamma. Nemmeno i bambini nati dalla parte sbagliata del letto! Non è colpa loro se sua signoria ama la loro mamma… Ahi!"

"Ama? Che ne sai *tu* dell'amore?" ringhiò Diana St. John. Con un movimento rapido afferrò la ragazza per il polso, la tirò fuori dal sedile e le ficcò la faccia a un centimetro dalla sua. "Tu, servetta senza cervello! Lui ama quella puttana scheletrica quanto potrebbe amare un vecchio cavallo da tiro buono solo per il macello!"

"Ahi! Ahi!" Piagnucolava Betsy, guardando la zia Smith the rimaneva impassibile sul suo sedile e poi gli occhi scuri fissi di Diana St. John che le teneva il polso così stretto che temeva potesse romperlo. "Il polso! Mi state facendo male!"

"Tu continua a preoccuparti dei tuoi parenti, Betsy Smith," le consigliò la signora Smith. "Quello che succede a quei marmocchi bastardi concepiti nella stregoneria non sono affari tuoi!"

"Ma io ho visto come la guarda," ribatté Betsy, con le labbra tremanti e gli occhi fissi su sua zia. "Non è stregoneria quando *lui* la guarda senza che *lei* lo sappia, no? Non è sotto un incantesimo, allora, no. Non può farne a meno. La guarda con tanto-tanto… *amore*… E lui ama i suoi bamb…"

Una fitta di dolore al polso le fece mancare il fiato; era come se avesse la mano in fiamme e guaì, con le lacrime agli occhi. Diana la lasciò andare con uno spintone e Betsy crollò sul suo sedile, gemendo e tenendosi il polso molle e pulsante.

"Stupida idiota ignorante! Non voglio la tua inutile opinione!"

Diana St. John tirò da parte la tendina per guardare fuori. Riusciva solo a vedere l'angolo dell'alto muro del campo di Royal Tennis. C'era stato un tempo in cui lei sedeva al posto d'onore nei palchi degli spettatori, per guardare il conte giocare a tennis con i suoi compagni maschi. Da atleta qual era, lui vinceva sempre e poi lei presiedeva a una cena per i giocatori e le loro mogli… Prima che lui portasse nella sua casa e nel suo letto quella scheletrica puttana del Wiltshire. Perché non si era ancora stancato di lei?

Aveva sperato che nei quattro anni in cui era restata lontana da Londra, Salt si sarebbe stancato, che avrebbe avuto una nuova amante o due, perfino una relazione casuale, qualunque tipo di avventura poteva andare. Arrivare a Hendon al suono delle campane delle chiese che proclamavano un secondo figlio maschio, il terzo del conte, l'aveva fatta star male fisicamente, esattamente come venire a sapere che era il più fedele dei mariti e il più devoto dei padri. Non lo capiva. Fedeltà. Devozione. Sentimentalismo. Quelle erano le caratteristiche tipiche degli uomini deboli e dei codardi. Suo fratello esibiva quelle tendenze, ma lui era una nullità politica, non Salt. Doveva essere stata una stregoneria; il conte era stato stregato.

La sua fedele compagna era d'accordo che quella era l'unica ragione possibile perché un tale nobiluomo si esimesse dal manifestare le sue tendenze naturali, ed era pronta a fare qualunque cosa Diana le ordinasse per veder liberato il conte dal sortilegio. Diana si congratulò con se stessa per avere riconosciuto le tendenze ruffianesche di Bertha Smith e la sua scarsa fibra morale. Dal loro primo incontro, quando la donna era arrivata al castello per assumere l'incarico di sua cameriera personale, la signora Smith aveva provato un timore reverenziale per la bellezza e la nobiltà di Diana. In meno di due settimane, la donna non si fidava più della parola del guardiano; alla fine del primo mese, la signora Smith era la schiava di Diana, pronta a fare tutto quello che le chiedeva.

Sarebbe stato un peccato consegnare alla forca una serva così devota. Eppure, qualcuno doveva pagare il prezzo della morte dei marmocchi di Salt. Anche la nipote della signora Smith sarebbe stata implicata. La ragazza era una sempliciotta, certo, ma anche i sempliciotti venivano impiccati a Tyburn per i loro misfatti. Certamente una pubblica impiccagione a Tyburn di zia e nipote avrebbe fornito a Salt una specie di compensazione per la tragedia di aver perso la sua famiglia. Non che lei pensasse che a lui sarebbe importato chi avrebbero impiccato, sarebbe stato folle di dolore, talmente affranto che le sarebbe stato grato per sempre per aver raccolto i cocci della sua vita e averlo rimesso sul cammino giusto verso la grandezza politica; ecco quello che importava veramente.

Diana sorrise soddisfatta e lasciò cadere la tendina, riportando la sua attenzione alla piccola bambinaia; era talmente difficile trovare servitori docili e creduloni di questi tempi...

"È lussuria. Ecco che cos'è, Betsy," Diana St. John sentì la signora Smith dire a quell'idiota di sua nipote. "La creatura che ha preso il posto di sua signoria è una strega e ha stregato sua signoria. Se non starai attenta, farà un incantesimo anche a te! Non sarei del tutto sorpresa che l'avesse già fatto. Ecco perché sei così stupidamente testarda. Ecco perché non pensi a tuo padre in prigione per i debiti, e ai tuoi fratelli e sorelle che vanno in giro coperti di stracci, mezzi morti di fame. Loro sono importanti, Betsy, sono i tuoi familiari."

Betsy piagnucolava. Si fissava il polso torturato. Usciva il sangue da tre ferite a forma di mezzaluna dove le unghie di Diana erano penetrate nella carne. Guardarle faceva in qualche modo pulsare quelle ferite e aumentava il dolore. Non riusciva a credere che una dama così fine potesse infliggere tanto dolore. La zia Smith poteva anche essere convinta che questa donna fosse la vera contessa, ma con il polso che pulsava per il dolore, Betsy si chiese se forse non fosse zia Smith che era stata stregata da questa bella donna, che aveva il cuore nero o era senza cuore del tutto, per voler far del male a degli innocenti.

Era giovane ma sapeva distinguere il bene dal male, giusto da sbagliato, e aveva visto abbastanza brutalità, conosciuto la fame e visto suo padre frodato dei suoi risparmi da un socio in affari disonesto, che aveva lasciato la famiglia sul lastrico. Le sei settimane passate tra la servitù dei Salt Hendon erano state le sei settimane più felici dei suoi miserabili quindici anni di vita, e stava cominciando a capire perché sua signoria avesse gettato da parte questa donna preferendo la sua amante. Anche se, a quel punto, Betsy aveva dei dubbi anche su quello.

Le venne da pensare che forse la bella e gentile signora che viveva con il conte fosse la vera contessa. Aveva un senso. Dopo tutto, era lei quella che viveva nella casa con tre bei bambini, mentre questa fine dama, che zia Smith le aveva detto essere la vera contessa, restava da questa parte dello spesso e alto muro del giardino. Perché, se era lei la vera moglie del conte? Zia Smith poteva veramente essere così credulona? E perché questa signora voleva far del male ai bambini? Niente aveva senso per Betsy. Non vedeva l'ora di tornare alla sicurezza del palazzo di Grosvenor Square e sarebbe rimasta lì. Desiderava con tutto il cuore potersi confidare con tata Browne, o forse la mamma di Sam avrebbe potuto ascoltare la sua storia…

Diana St. John scosse il sonaglino di Sam in faccia a Betsy.

"Ascoltami! Sai che cosa succede a quelli che rubano?"

Betsy annuì, con un'occhiata a zia Smith.

"Beh? Che cosa succede?"

"Vieni appeso a una corda finché sei morto."

"Giusto. Pendi da una corda che ti toglie il fiato finché sei morto." Ripeté Diana St. John con pesante sarcasmo. "Ed è quello che ti succederà se Lord Salt scopre che hai rubato questo ninnolo d'argento da casa sua. I bambini vengono impiccati per meno."

Betsy restò a bocca aperta. "Ma-ma io l'ho preso solo perché zia Smith me l'ha chiesto!"

"La signora Smith non ricorda di averti detto niente del genere. Sua signoria non ti crederà mai. Sarai impiccata e la tua famiglia morirà di fame."

"Fai quello che ti si chiede. Non c'è niente di più semplice," aggiunse la signora Smith senza mezzi termini. "Non vuoi essere impiccata per aver rubato né che la tua famiglia muoia di fame, vero?" Quando Betsy scosse la testa, facendo del suo meglio per trattenere le lacrime, aggiunse con un sorriso: "Molto bene. Allora è ora di tornare al tuo lavoro e portare questo con te."

La signora Smith le tese un piccolo pacco piatto legato con lo spago. Quando Betsy esitò, le disse irritata, "Non ti morderà, ragazza! È per il neonato."

Betsy guardò Diana St. John che le fece segno con impazienza di prendere il pacco.

"Che cos'è?"

"Un camicino." Le rispose la signora Smith. "Carino, con il bordo smerlato e il pizzo. Assicurati di metterglielo appena rientri, di modo che sia vicino alla pelle, sotto l'abito."

"Perché?"

"Ragazza impertinente! Fai quello che ti dico!" le ordinò Diana St. John.

Quando Betsy tirò lo spago come per sciogliere il fiocco, entrambe le donne le gridarono all'unisono di fermarsi.

"Lascialo legato finché non sei rientrata. Non vorrai doverlo riavvolgere, e potrebbero chiederti perché hai aperto un pacco che non era per te," aggiunse la signora Smith e sospirò abbastanza forte da farsi sentire, quando Betsy lasciò stare lo spago.

"Se scoprirò che non hai fatto quello che ti abbiamo chiesto, sua signoria saprà che sei una ladra!" Sibilò Diana St. John.

Betsy annuì vigorosamente riconoscendo la minaccia di Diana St. John ma trovava il tutto molto strano. Un attimo prima sua zia e sua signoria stavano parlando scherzosamente di gettare i figli del conte nel fiume e l'attimo dopo le consegnavano un regalo per il piccolo Sam. Non capiva, ma non disse niente. Scese dalla carrozza e, con il pacco sotto il braccio e il cuore che batteva forte, corse per tutta la strada fino alla porta di legno nel giardino, senza voltarsi indietro.

SEDICI

Una volta rientrata nei confini della proprietà del conte a Grosvenor Square, Betsy andò direttamente nella nursery, anche se era assetata e aveva bisogno di lavare e bendare il polso ferito. Tutto quello che le importava, era assicurarsi che il bambino stesse bene.

Trovò Sam che piangeva. Una delle sue colleghe nella nursery, Sukie, stava facendo del suo meglio per farlo addormentare, dondolando la sua culla, ma senza successo. Il faccino era tutto rosso e le braccia erano irrigidite, quindi doveva essere un po' che piangeva. Betsy dimenticò il suo polso ferito, gettò il pacchetto su una sedia, spostò Sukie con la spalla e prese in braccio Sam. Lo tenne contro di sé, con una mano che gli teneva la testa per tenere a posto la cuffietta. Gli sussurrò paroline tenere, che la sua Betsy era tornata e che lui era al sicuro e che sarebbe sempre stato al sicuro. I singulti agitati si calmarono, Sam si rannicchiò contro il collo di Betsy e si tranquillizzò tra le sue braccia. Betsy lo cullò e gli cantò una ninnananna mentre camminava avanti e indietro al calore del camino, con il cuore che le rallentava in petto a ogni passo.

"Questo cos'è?" chiese Sukie, tenendo in mano il pacchetto abbandonato. "Devo aprirlo?"

"Lascialo stare," rispose Betsy con un'occhiataccia, poi, vedendo l'espressione di Sukie aggiunse, in tono più conciliante: "Non è niente di speciale, solo un altro camicino per Sam."

"Come se non ne avesse già una dozzina o più!" rispose Sukie, perdendo l'interesse per il contenuto del pacchetto. Lo lasciò ricadere sulla sedia. "Quelle da dove vengono?" Chiese, indicando le macchie di sangue fresco sul morbido scialle nel quale era avvolto Sam, che si videro quando Betsy spostò il bambino tra le braccia. "Non c'erano prima, lo giuro!"

Betsy alzò il braccio e vide che le ferite inflitte dalle unghie di Diana St. John avevano smesso di sanguinare ma il sangue era ancora fresco. Mostrò il polso a Sukie. "È mio, guarda, è il mio sangue. Mi sono graffiata il polso sul-sul muro del giardino, un momento fa."

Sukie fece un sorrisetto. I segni sul polso di Betsy non assomigliavano a nessun graffio che avesse mai visto. Secondo lei sembravano segni lasciati da unghie che avevano scavato in profondità. Li conosceva bene, sua sorella maggiore glieli aveva lasciati parecchie volte, quando voleva che lei le ubbidisse. Comunque non la corresse.

"Non vorrai che quei graffi vadano a male," le disse con un sorriso gentile. "Vado a prendere una benda e della pomata e se vuoi ti benderò io il polso."

Betsy sorrise e annuì.

"Dai, passami lo scialle che lo porto subito in lavanderia," le consigliò Sukie, che si era avvicinata all'armadio, "prima che la tata veda le macchie di sangue e cominci a fare un mucchio di domande. Non vorrai che pensi che sono del bambino, vero? Vorrebbe dire dare l'addio al tuo lavoro, per quanto giurassi il contrario. Non preoccuparti, io non le dirò niente."

Betsy sciolse cautamente lo scialle e lo consegnò a Sukie, che le passò uno scialle pulito nel quale avvolse strettamente Sam.

"Sarà meglio che vada a prendere quella benda prima che sanguini di nuovo."

"Grazie, Sukie. Io cullerò Sam finché si addormenterà…"

Sukie guardò pensierosa la piccola bambinaia, più giovane di lei. "Betsy, un consiglio. Non dire bugie a tata Browne. Odia i bugiardi quanto odia i ladri e sarebbe veramente un peccato se si venisse a sapere che sei l'una o l'altra, o entrambe le cose…"

Con quel consiglio sibillino, Sukie lasciò da sola Betsy, che tornò a dedicare tutta la sua attenzione al piccolo Lord. Sam la guardò sbattendo gli occhioni azzurri con le palpebre pesanti e Betsy sorrise ai suoi sforzi di restare sveglio, ma con ogni dolce dondolio delle sue braccia, le palpebre diventavano più pesanti. In quel momento, fissando il bambino tra le sue braccia, Betsy non era preoccupata di perdere la buona opinione di tata Browne. Tornata nell'ambiente confortevole della nursery, si sentì molto più coraggiosa che in carrozza, e le importò di meno delle minacce di zia Smith e di sua signoria, tutto quello che importava era la piccola vita che stava cullando.

Guardò il pacchetto, legato con il semplice spago, che aveva gettato sul ricco cuscino di tappezzeria della poltrona. Chi avrebbe dato a un piccolo

Lord, il figlio di un conte, un regalo avvolto così miseramente? Sembrava arrivasse da una casa povera. Sospettava che sua signoria stesse ridendo alle sue spalle, o almeno, che volesse vestire il bambino di stracci, come gesto di ripicca nei confronti di sua madre.

Finalmente gli occhi di Sam si chiusero e Betsy si sedette con lui sulla poltrona vicino al fuoco, fissando il pacchetto legato con lo spago, chiedendosi che cosa farne…

QUANDO IL CONTE E SIR ANTONY restarono momentaneamente muti davanti alla menzione del nome di Diana St. John, Jane si avvicinò a suo marito, gli prese le dita e gli baciò il dorso della mano, prima di guardarlo negli occhi castani preoccupati.

"Questo almeno risolve l'enigma del perché non dormivate," gli disse a bassa voce, di modo che sentisse solo lui. "Da quando dividiamo il letto, avete sempre dormito come un sasso."

"Non è colpa mia, Jane."

Jane arrossì e abbassò le ciglia borbottando, "Questo non è il momento giusto per scherzare…"

"No, è vero," le rispose dolcemente il conte, mettendole una mano sulla guancia, e accarezzandola teneramente con il pollice. "Ma resta comunque colpa vostra."

"Allora sono oltremodo offesa che sia un'altra donna che vi tiene sveglio!" ribatté Jane, ma senza calore.

Il conte rise suo malgrado; ma non stava più ridendo quando disse:

"Quello che mi svegliava nel bel mezzo della notte era il pensiero di perdere voi e i bambini, di essere nuovamente solo al mondo; che forse questi ultimi quattro anni—anni così meravigliosi—erano stati, in effetti, solo un sogno."

"Carissimo uomo, perché non vi siete confidato con me? Perché tenere un simile peso tutto per voi? I nostri voti matrimoniali non dicono forse 'in salute e in malattia, nella buona e nella cattiva sorte'? È la forza che troviamo l'uno nell'altro che ci permette di superare ogni problema."

Salt sorrise alla sua scelta della parola 'problema', come se sradicare Diana St. John dalle loro vite fosse facile come ripulire un pascolo invaso dai rovi. O forse era solo l'impressione che voleva dare, per tranquillizzarlo e per sollevargli la coscienza, perché era invaso dai sensi di colpa. Era stato troppo compiacente pensando che un castello nelle lande selvagge del Galles potesse tenere Diana rinchiusa per sempre. Avrebbe dovuto farla trasportare nelle colonie o in una remota isola delle Ebridi, o lontano quanto era possibile per una nave veleggiare senza cadere dal bordo del mondo conosciuto. Ma si rese anche conto che non l'avrebbe fermata, né lo avrebbe fatto smettere di preoccuparsi.

"Siete sempre l'ottimista pratica, mia cara Jane, e vi amo mille volte di più anche solo per questo. Sì, dobbiamo superare questo problema, e una volta per tutte," disse risolutamente. "Sono deciso."

Le baciò la fronte, con un'occhiata sopra i suoi capelli scuri a suo cugino, che si era allontanato un po' lungo gli scaffali per lasciare alla coppia la sua intimità.

"Senza dubbio Antony vorrà rimproverarmi per non essere stato franco riguardo alla fuga di sua sorella, anche se sospetto che abbia saputo della circostanza molto prima di me o di Willis."

Sir Antony stava sorseggiando il tè accanto a una finestra con le tende aperte, con la sua vista sui giardini, le aiuole piene di colore. Stava deliberatamente evitando di ascoltare, immaginando invece i bambini che correvano lungo i sentieri di ghiaia e attraverso il grande prato verde, ridendo senza una preoccupazione al mondo, con l'alto muro che chiudeva fuori il rumore, il trambusto e il male di una città che non dormiva mai.

Stava pensando che un muro alto e un esercito di servitori non sarebbero stati sufficienti per evitare che sua sorella interferisse nella vita del conte, quando nel suo campo visivo entrò una servetta dal corpo sottile, con la testa bassa, il volto e i capelli oscurati da una grande cuffia bianca. Stava camminando lungo un sentiero di ghiaia che portava al muro del giardino. C'era qualcosa di stranamente familiare in lei. Forse era la cuffia, specialmente la grande falda molle che sbatacchiava su e giù mentre camminava. Qualcuno gli aveva detto qualcosa riguardo a una ragazza con una cuffia proprio come quella. Ma poi, poco prima, nello studio, una bambinaia indefinita e poco appariscente con una cuffia simile si era occupata del bambino di Jane, il suo figlioccio. Quindi poteva essere quello il motivo dello strano senso di familiarità…

Gli piaceva l'idea di essere un padrino, e un sorriso gli divise a metà il volto proprio mentre sentiva Salt pronunciare il suo nome. Perse il sorriso e testa distolse lo sguardo dalla vista, con la tazza sul piattino, dimenticando completamente la cameriera.

Quando il conte ripeté quello che aveva detto, Sir Antony venne diritto al punto.

"No, come te, non avevo idea che fosse scappata. Così, quando è successo, sono rimasto sorpreso. Sono sicuro che stesse complottando e pianificando la sua fuga dal primo giorno passato sotto chiave." Guardò Jane prima di rivolgersi francamente al cugino. "Diana ha fatto credere a tutti di essere appena tornata dall'estero. Nessuno dubita della sua storia.

Perché dovrebbero? È la stessa storia che avevamo concordato noi quando è stata incarcerata. Tu, io, Tom Allenby, Rufus Willis e Arthur Ellis, abbiamo giurato di non divulgare la verità sulle malefatte di Diana. Non vedo motivo di infrangere quella promessa. Nessuno di noi vuole che la verità sia conosciuta, nemmeno dagli altri membri della famiglia. Certamente, io non voglio che zia Alice e Caroline sappiano che mia sorella è un'assassina. Immagina il loro orrore e la loro incredulità. Caroline sarebbe furiosa come un'ape intrappolata in un barattolo e zia Alice si è già schierata a favore della causa di Diana perché…"

"Chiedo scusa," lo interruppe Salt rannuvolandosi, "qual è questa causa?"

Jane e Sir Antony si scambiarono uno sguardo d'intesa e Sir Antony permise a Jane di spiegare.

"Zia Alice non si è mai completamente ripresa dal fatto che abbiano allontanato St. John da lei quando era un bambino. Nessuna madre potrebbe, e quindi simpatizza con Diana per la perdita di Ron e Merry. Beh, lei non conosce la vera ragione dell'allontanamento dei bambini dalla loro madre, quindi è naturale che la pensi così. A giudicare dalle apparenze, zia Alice ha tutte le ragioni per simpatizzare con la difficile situazione di Diana."

Quando il conte sbuffò, furioso e irritato, senza dire nulla, Sir Antony continuò:

"E dato che non vogliamo che zia Alice, Caroline e il resto del mondo sappiano la verità, dobbiamo stare al gioco e fingere di accettare la versione di Diana degli avvenimenti…per ora. Non possiamo agire, sarebbe folle da parte nostra farlo, finché non conosceremo il suo scopo…"

"Il suo *scopo* è distruggere la mia famiglia!"

"Nella sua mente ossessionata, il suo intento è di vederti primo ministro, con qualsiasi mezzo," disse gentilmente Sir Antony, rispondendo allo scoppio d'ira del conte. "Tutto quello che le importa, è raggiungere quel risultato. Se significa che qualcuno deve essere tolto di mezzo, beh, lei lo vede solo come un problema da risolvere, niente di più. La tua famiglia è un ostacolo per la tua salita al potere. L'ha detto lei stessa, quel giorno, nel salotto di Jane." Guardò la contessa e chinò la testa. "Perdonatemi per aver ricordato un episodio tanto doloroso, ma era necessario, milady." Riportò lo sguardo azzurro sul conte. "Per raggiungere il suo scopo di vederti salire a grandi altezze, prima di tutto deve farti tornare in te. Secondo me, lei pensa che la tua bella moglie ti abbia fatto un incantesimo, che la tua famiglia sia un ostacolo e, poiché non è sana di mente ed è totalmente priva di senso morale, Diana intende distruggere la tua famiglia, senza esitazioni e senza coscienza."

"Mio Dio," mormorò Jane, voltando la faccia contro il petto del marito.

"Se sai dove si nasconde…"

"Nascondersi?" Sir Antony sbuffò e rise amaramente. "Salt? Conosci bene Diana! Quando mai si è mossa di soppiatto? Lei è una Machiavelli al femminile!"

"Risiede a non più di mezza via da qui, nella casa di Antony," lo informò Jane, rabbrividendo. "È astuto… nascondersi in piena vista…"

Il conte la guardò sorpreso, prima di fissare incredulo il cugino.

"Sì, è astuta," concordò Sir Antony. "Che c'è di meglio per assicurarsi che la società creda che lei sia stata perdonata da suo cugino Lord Salt, e nuovamente accettata in seno alla famiglia, che risiedere con me? Aveva perfino previsto che sarei corso qua da San Pietroburgo, nel momento stesso in cui avessi scoperto che il suo guardiano era morto e lei era libera!"

"Come-come è morto il suo guardiano?" Chiese Jane.

Sir Antony lasciò che rispondesse il cugino, ma il conte era immerso nei suoi pensieri e, a giudicare dalla linea dura della sua bocca e dalle mani strette a pugno, non dovevano essere piacevoli.

"Avrei dovuto tirarle il maledetto collo quando ne ho avuto la possibilità," mormorò, allontanandosi da sua moglie per camminare sul tappeto turco davanti al parafuoco tappezzato. Colpì la mensola del camino con il lato del pugno, frustrato, gettando all'aria i cartoncini di invito appoggiati a un vaso di Sèvres e disturbando il ritmo dell'orologio francese di bronzo dorato. "Avrei dovuto andare nel Galles e lanciarla dal parapetto; non l'avrebbe saputo nessuno, o almeno, pagare qualcuno per avvelenarla!" Guardò cupo Sir Antony. "Se pensi che me ne starò seduto senza fare nulla ora che so dov'è… sapendo che vuole tagliare la gola ai miei bambini…"

"*Magnus.*"

La contessa barcollò, e fu Sir Antony che la afferrò e la rimise in equilibrio, aiutandola ad arrivare alla poltrona più vicina al calore del fuoco. Quando Jane fu seduta, andò al carrello del tè e gliene versò una tazza. Il conte continuava a camminare su e giù, come un leone tolto dal suo ambiente selvaggio e appena messo in una gabbia.

"Sarà morta per mia mano, e stasera stessa. Cesserà di esistere. Poi potremo respirare tutti…"

"Non posso permettertelo," lo interruppe pacatamente Sir Antony, mescolando lo zucchero in un'altra tazza di tè, che poi porse a Jane. Dato però che Jane stava ancora aggrappata ai braccioli, come per obbligare il proprio corpo a restare fermo, Sir Antony appoggiò la tazza sul piattino sul mobiletto accanto, e, accucciandosi, le prese entrambe le mani. "Non si arriverà a questo, i vostri figli sono al sicuro e anche vostro marito. Non sarà loro fatto alcun male, e nemmeno a voi. Ve lo prometto solennemente, con tutto il mio cuore. Ora bevete," aggiunse gentilmente, mettendole la tazza nelle mani e tenendola, finché lei annuì. "Vi aiuterà a calmare i nervi." Le sorrise e poi ammiccò. "Ho già pensato al regalo perfetto per il ventunesimo compleanno di Sam, ma non ho la minima idea di che cosa regalargli per il battesimo! Dovrete pensare a qualcosa per me…"

Il conte si rivoltò contro il cugino, offeso; finalmente le parole di Sir Antony erano penetrate nella sua mente.

"Che cosa significa che *tu* non puoi permettermelo? Chi credi di essere, a darmi ordini…? Tu, che le hai permesso di entrare a casa tua; che siedi alla sua tavola, che conversi con lei come se andasse tutto bene…"

"Oh, per l'amor del cielo, Salt!" Lo interruppe Antony, esasperato. "Non sei mai riuscito a pensare razionalmente quando si tratta di Diana! Non ti piaceva prima che sposasse St. John, l'hai odiata quando era sua moglie e l'hai detestata come sua vedova! E da quando è stata rinchiusa in quel castello i tuoi sogni—i tuoi incubi—sono pieni dei modi di spazzarla via dalla faccia della terra! Lei ha già vinto metà della sua battaglia se le permetti di consumarti in questo modo! Se vogliamo sperare di batterla al suo stesso gioco, dobbiamo scoprire…"

"Gioco? *Gioco*? Questo non è un gioco. Non è un rompicapo diplomatico su cui ponderare davanti a un bicchiere di porto al club. Qui si tratta della *mia vita*, è la vita di mia moglie e dei miei figli che è a rischio. Tu sai, *tu sai* di che cosa è capace quel mostro, che cosa ha fatto a-a Jane, al nostro bambino mai nato! Sai che è arrivata a un passo dall'uccidere il suo stesso figlio per attirare la mia attenzione. È un'assassina di innocenti, una mezzana abortista. È-è un *demonio* che, se avesse un coltello in mano e l'occasione giusta, non esiterebbe a uccidere tre bambini! Non hai sentimenti, non capisci…"

"Adesso basta!" ringhiò, furioso Sir Antony. "Non dire un'altra parola finché ti sarai reso conto di quello che hai appena blaterato. Mi rendo conto della tua sincera paura per tua moglie e i tuoi figli ma non mettere mai in dubbio—mai—i miei sentimenti o la mia lealtà!"

Il nobiluomo aveva bisogno di una grossa dose di buonsenso e Sir Antony aveva tutte le intenzioni di somministrargliela, volente o nolente. Con quello scopo, fece l'impensabile, qualcosa talmente estraneo al carattere di un uomo che si vantava di essere un gentiluomo dalle maniere impeccabili, che il conte fu troppo sorpreso per opporre resistenza.

Mentre Salt lo guardava a bocca aperta, sbalordito per un simile insolito scoppio d'ira, immobile e testardo, Sir Antony afferrò tra le mani la banyan di seta del cugino e lo tirò verso di sé. E una volta che i piedi del conte si misero in moto, gli prese il braccio e lo tirò verso l'angolo più lontano dello studio, accanto alla scaletta della libreria. Erano ancora nella visuale della contessa, se si fosse voltata nella poltrona e guardata alle spalle, cosa che fece, ma se avessero tenuto basse le voci, non avrebbe potuto sentire tutto quello che dicevano.

Salt era talmente poco abituato a veder bistrattare la sua immacolata persona, nessuno ci aveva mai provato, o a vedere la sua conversazione interrotta bruscamente, e tanto meno dall'educatissimo Sir Antony, che quando suo cugino lo lasciò andare, restò semplicemente lì, in silenzio, ad ascoltare incredulo.

"Ascoltati, Salt! Pensa, prima di fare proclami di fronte alla madre dei tuoi figli. Sappiamo tutti quello che ha fatto Diana, e quello che è ancora capace di fare. Sappiamo che è il diavolo incarnato che cammina tra di noi e che non si fermerà davanti a niente, *niente*, per stare con te. Non ha sentimenti, né un'anima degna di essere salvata. Jane cerca di essere coraggiosa per te, babbeo. Dentro di sé deve essere terrorizzata e pronta a crollare. Ha tre piccolini da proteggere—tutti sani e fiorenti, e tuoi. E tu come reagisci alla sua lealtà e al suo coraggio? Vuoi diventare tu stesso un assassino?"

Sir Antony alzò una mano e poi la lasciò ricadere, raccogliendo i suoi pensieri, lieto che il cugino restasse in silenzio, con le mani sprofondate nelle tasche della banyan, il volto teso ma attento.

"Il mio bisogno di giustizia, di vedere Diana fuori dalle vostre vite, e dalla mia, per sempre, è grande come il tuo," continuò. "Se non avessi una coscienza, se avessi anche solo un briciolo della perfidia di mia sorella, sarei rimasto a San Pietroburgo, dove oramai mi ero abituato a stare. Che ti permetta di mettere in dubbio i miei sentimenti, e quindi la mia lealtà, mi ferisce profondamente ma capisco che cosa l'ha causato, e quindi lo ignorerò. Non sei da solo in questa situazione. Hai degli amici e una famiglia che ti sosterranno volentieri, tutti quelli che hanno fatto quella promessa. Ma prima di tutto, devi smetterla di essere così furioso ed emotivo quando si tratta di Diana. E devi chiedere il sostegno di quelli che ti possono aiutare a batterla al suo stesso gioco."

Il conte arcuò un sopracciglio, scettico.

"Quindi semplicemente strozzarla non metterebbe fine ai miei problemi?"

"Non dubito che potresti e vorresti farlo. C'eri quasi riuscito quattro anni fa." Gli rispose Sir Antony. "Fornirebbe una soluzione e una certa soddisfazione… Per almeno cinque minuti…" Quando il conte aggrottò la fronte, senza capire, Sir Antony sorrise tra sé ma spiegò, pacatamente: "Forse potresti anche cavartela. Diana sarebbe morta, Jane e i tuoi figli in salvo. Ma non potresti mai posare la testa sul cuscino senza che i tuoi sogni siano divorati dal pensiero di quello che hai fatto e dalle sue implicazioni. Sei un uomo troppo per bene. Ti renderesti conto in fretta che tu, anche tu, sei un assassino, e quindi non meglio dell'assassina che hai ucciso. E le tue ore da sveglio sarebbero consumate dall'ansia che un giorno i tuoi figli, o anche Ron e Merry, scoprano quello che ha fatto il loro papà, che cosa è diventato. Ti preoccuperesti a morte, chiedendoti se Jane ti ama ancora come prima che diventassi un assassino…"

"Sì, va bene! Ho l'immagine mentale ben piantata in testa, grazie tante!" Borbottò Salt, lasciando cadere le spalle, con la testa voltata verso la libreria. Quando restò in silenzio, Sir Antony continuò:

"E se non riuscissi a cavartela, se fossi preso e processato per l'assassinio di Diana…"

Lo sguardo del conte si spostò bruscamente verso Sir Antony, e se le sue guance si erano arrossate per l'imbarazzo della verità di come il cugino gli aveva prospettato sarebbe stata la sua vita se avesse ucciso Diana St. John, ora erano viola per la rabbia, davanti a questo ulteriore e, per lui, oltraggioso, suggerimento.

"Nessuno oserebbe!"

Sir Antony chinò la testa di lato, guardando suo cugino con un sorrisetto, senza sorprendersi che un nobile del suo rango e ricchezza fosse risentito davanti a uno scenario simile, eppure sorpreso che la sua suprema arroganza lo rendesse così ingenuo davanti ai fatti del mondo reale.

"Pensi di no…? Forse nessuno nella nostra cerchia oserebbe accusarti di omicidio," rispose con calma Sir Antony. "Mi rendo conto che puoi essere giudicato solo dai tuoi pari. Ma ci sono solo pochissime persone che sanno che Diana è un'assassina, quindi dimmi che non ci sarà un generale grido di protesta, che chiederà che sia fatta giustizia per una donna, una tua parente, uccisa di tua mano. Il tuo cognome, il tuo rango e la tua posizione: giocherebbe tutto a tuo sfavore. Che tu ti sia sposato per amore, e a una delle donne più belle del regno, che ha un neonato al petto e due altri bambini piccoli, che Diana ha odiato in modo maniacale, fornirà combustibile ai giornali. Non riusciresti a tenere la folla lontana da un simile processo. Non importerebbe che i giudici e la giuria fossero formati solo dai tuoi pari. Le masse sarebbero contente del verdetto che Magnus Vernon Templestowe Sinclair, quinto conte di Salt Hendon, è giudicato colpevole dell'omicidio volontario di… Puoi immaginare il resto."

"Sì, certo. Grazie!"

"Allora ti renderai certamente conto che in ballo c'è più dell'onore della tua famiglia. Durante un processo del genere, i tuoi avvocati farebbero tutto il necessario per farti assolvere, usando qualunque mezzo. Non dubito che giocherebbero la carta dell'infermità mentale. Non esiterebbero a dare in pasto al pubblico le malefatte di Diana. Tu e io sappiamo che ci sono donne, nella nostra società, che si sono servite di Diana per ottenere i suoi rimedi, quando si sono ritrovate con gravidanze non desiderate. Quali che fossero le loro ragioni per volersene liberare, erano figli non voluti e

Diana le ha aiutate a liberarsene. Una prova così sensazionale ti farà guadagnare la simpatia della corte, ma ti alienerà i membri della nostra società, sarebbe quasi come tradire la loro fiducia.

"Saresti assolto, sulla base dell'infermità mentale, ma saresti un paria tra i tuoi stessi compagni. Resterebbe anche, nelle menti dei tuoi parenti e amici, se te ne rimanesse qualcuno, quel granellino di dubbio, che forse, solo forse, anche tu sei pazzo. Jane e i bambini sarebbero diffamati, il tuo sangue e il tuo ricordo sarebbero contaminati per generazioni. Non ci sarebbe alcuna possibilità di vedere il tuo ritratto nella galleria insieme ai tuoi avi. Nessuno pronuncerebbe più il tuo nome. È così che vedi il tuo lascito a tuo figlio, quando erediterà il tuo titolo?"

Il conte scosse la testa, con gli occhi fissi sulla sua contessa, che stava bevendo il tè con la testa voltata verso le fiammelle che danzavano nel camino. Sospirò, come sconfitto, davanti alle parole del cugino, e si prese un momento per digerire fino in fondo le conseguenze prospettate. Alla fine, distolse lo sguardo da Jane.

"Che cosa suggerisci?"

"Dobbiamo includere Jane nelle nostre discussioni," gli disse Sir Antony, evitando per un momento la domanda.

Prendendo a braccetto il cugino, lo riportò accanto al camino, dove sollevò la teiera dal supporto che la teneva in caldo. Restava solo tè sufficiente perché non fosse necessario chiamare il maggiordomo.

"Tè?" Chiese Antony alla nobile coppia e, quando entrambi rifiutarono, se ne versò una tazza.

Salt si riempì nuovamente il bicchiere con il chiaretto, alzando un sopracciglio in direzione del cugino. "Questa novella astinenza e la preferenza per il tè... un'affettazione russa?"

"Ah! Mi hai scoperto!" Sir Antony bevve un sorso di tè, adeguato ma non proprio quello che il suo sensibile palato ora richiedeva in una bevanda, e aggiunse con un sorriso triste: "Quando questa faccenda con Diana sarà finita, ti confesserò tutto... Caroline ha il diritto di saperlo per prima..."

Il conte e la contessa si scambiarono un'occhiata e, quando Jane sorrise con aria saputa a suo marito, lui ebbe la sensazione che, ancora una volta, comunque fossero le cose tra Caroline e Sir Antony, lui sarebbe stato l'ultimo a saperlo. Non avendo nessuna voglia di discutere la loro esplosiva situazione proprio in quel momento, riportò la conversazione sul problema di Diana, desideroso di sapere che cosa aveva da suggerire suo cugino, non avendo nient'altro che l'omicidio in mente.

"Voglio che mandi a chiamare Tom Allenby e Rufus Willis. Tom per restare vicino a Jane e ai bambini. Willis per tenere d'occhio l'andirivieni domestico. Il loro arrivo non sembrerà fuori dall'ordinario, specialmente con il ballo in maschera programmato per la fine della settimana," spiegò Sir Antony. "Entrambi dovete continuare con le vostre vite quotidiane, come se Diana non esistesse. Lo dovete ai vostri figli e alla vostra famiglia e, cosa ancora più importante, qualunque cambiamento della vostra routine metterebbe in allerta Diana e lei potrebbe cambiare i suoi piani per adeguarsi."

"Conosci i suoi piani?" Gli chiese Jane.

Sir Antony scosse la testa. "Non ancora. Spero che siano altri a rivelarmeli. Ho dato istruzioni a un acciuffa ladri di pedinarla. Non potrà fare un passo senza che io ne sia informato. Ma Diana è intelligente. Molto più intelligente di me, ed è in questo che sta la mia forza." Sorrise sarcastico. "È sempre stata la più intelligente tra i due. Sin dall'infanzia non mi ha mai permesso di dimenticarlo. E proprio questo, la sua sicurezza di sé, sarà la sua rovina. Se in sua presenza io resto il solito stupido fratello minore, lei non sospetterà di me, né mi penserà capace di comprendere le sue macchinazioni..."

"Non è vero che non siete intelligente!" esclamò Jane, irritata dal pessimo giudizio che Sir Antony aveva di sé. "Siete sempre stato pronto a capire la gente. Siete estremamente sensibile a cosa *sente* la gente e, a mio modo di vedere, è un attributo molto superiore a quello di possedere un intelletto che fa ipotesi e strategie e che pontifica, ma non tiene conto dei desideri e del benessere degli altri."

"È inutile discutere con sua signoria," disse il conte, quando le guance di Sir Antony diventarono rosa per il piacere della convinta difesa della contessa. "I ragionamenti di Jane sono sempre giusti. Come i tuoi. Farò venire immediatamente in città Rufus Willis. Tom ha accettato l'invito al ballo in maschera." Salt fece un sorriso tirato. "Non rinuncerebbe per niente al mondo a vederti contorcere sotto il peso del tuo nuovo titolo e della fascia. Parole sue, non mie! Inoltre ha detto che non vede l'ora di batterti a tennis. Anche se..." Guardò Antony dalla testa ai piedi. "Credo proprio che Tom perderà, e io dovrò fare a meno di cinquanta sterline."

"Magnus?! Non avrete scommesso contro Antony?"

"Beh, è vostro fratello che ci guadagna," ribatté bonariamente il conte. Scrollò le spalle e per un momento sembrò imbarazzato. "Non l'avrei fatto se avessi avuto l'occasione di vedere Antony prima di scommettere il malloppo."

"Allora ti darò l'opportunità di riguadagnare le tue cinquanta sul campo da tennis, prima dell'arrivo di Tom. Mi serve l'allenamento," disse tranquillo Antony, aggiungendo, con un'occhiata a Jane: "Salt, quando Willis arriverà, digli di controllare i domestici. Diana si è fermata a Hendon il giorno della nascita di Sam, mentre era in viaggio per Londra.

Dato che Diana non respira nemmeno senza uno scopo, ci deve essere un motivo per cui era appostata così vicino alla tenuta.”

Sir Antony rimise la tazza e il piattino sul carrello del tè e poi si rivolse al conte.

“Non c’è un modo facile per chiedertelo, quindi lo farò e basta. Voglio che inviti Diana al ballo in maschera.”

DICIASSETTE

"*Cosa?*" Tuonò il conte.

"Antony, come puoi fare una richiesta del genere?" Chiese Jane, sconvolta. "Sai che non posso ammettere nella mia-mia *casa* una donna il cui solo scopo nella vita è di *far del male* ai miei figli!"

Salt tirò vicino Jane e la abbracciò, e quando lei voltò la testa per appoggiarla sulla sua spalla, rabbrividendo, la tenne stretta e alzò il mento verso il cugino. "Hai avuto la tua risposta."

Sir Antony sospirò mentalmente. Capiva fin troppo bene che quello che stava chiedendo loro era veramente sconvolgente, ma era anche convinto che la linea di azione che aveva deciso di intraprendere fosse quella giusta, l'unico modo in cui avrebbero potuto scoprire i piani malevoli di sua sorella.

"La debolezza di Diana è la sua arroganza," spiegò pazientemente Sir Antony. "Accetterà il tuo invito perché dà legittimità alle sue pretese di essere tornata dal continente, dopo essere stata perdonata da te, e perché questo invito è una prova chiara che tu la vuoi qui. Sarà così divorata da questa idea e dal fatto di aver vinto una piccola battaglia con Jane, che abbasserà la guardia quella sera, nel tentativo di dimostrarti quanto lei sia veramente necessaria per la tua vita e per il tuo successo politico."

"Non è una ragione sufficiente per permettere a quel mostro di avvicinarsi a mia moglie e alla mia famiglia. E se questa è la soluzione migliore che hai da offrire su come occuparti di lei..."

Sir Antony fissò suo cugino senza battere ciglio.

"Se non la inviterai, creerai proprio quello scandalo che aborrisci. La società l'ha riaccolta a braccia aperte. La società si aspetta che lei sia presente all'evento sociale dell'anno. È tua cugina. Ancora più importante, suo fratello, appena creato visconte, sarà onorato dai russi. La sua assenza solleverà più domande di quante tu sia preparato a rispondere, e inutili pettegolezzi."

"Dannazione," brontolò Salt a denti stretti. Guardò sua moglie. "Antony ha ragione…"

Jane annuì, poi si rivolse a Sir Antony. "Perché? Perché adesso?"

"Perché Diana ha scelto di fuggire dalla sua prigionia nel castello ora e non prima?"

"Sì," rispose Jane. "Perché venire a Londra? Perché non scappare, andare all'estero? Ovunque è meglio di qui, dove deve rendersi sicuramente conto che è solo questione di tempo prima di essere catturata e incarcerata di nuovo?"

"Scappare nel continente per vivere libera e con stile non ha scopo per Diana. Il suo unico scopo in terra è di vivere nella luce riflessa del successo politico di vostro marito…"

"Santo cielo! Mi fa venire voglia di vomitare!" Disse Salt con una smorfia.

"Senza dubbio i tuoi avversari politici condividerebbero la tua sensazione, pensando all'adorazione senza limiti di Diana per il conte di Salt Hendon," rispose Antony, poco rispettosamente, facendo mettere a Jane una mano sulla bocca, per frenare una risatina. Il sorriso svanì in fretta e Antony continuò. "Diana è pienamente convinta che tu non possa assurgere alle vette della politica senza il suo aiuto. Così, mentre tu passavi il tempo nel Wiltshire, anche lei passava il tempo nel suo castello in Galles, pianificando e aspettando. E poi, in qualche modo, forse dai giornali, ha scoperto la tua intenzione di ritornare nell'arena politica…"

"Sì, i giornali!" Esclamò Jane, interrompendolo e guardando suo marito, per poi spostare lo sguardo su Antony. "Ci sono state parecchie congetture sul 'ritorno in politica di Lord S-H', in diversi articoli sul *Gentleman's Magazine* prima di Natale. E poi, quando Salt è venuto in città alla riapertura del Parlamento, hanno parlato anche di quello."

"Proprio così," confermò Sir Antony e continuò. "Credo che Diana abbia deciso che era ora di liberarsi dalla sua prigionia appena letto nei giornali del ritorno in politica di Lord S-H. Che con il ritorno di Salt in politica, il suo intelletto e suoi talenti particolari come ospite politica sarebbero stati necessari e apprezzati."

"Tutto bello e giusto, e non discuto," disse il conte, "ma che risultato pensi di ottenere, oltre che a tranquillizzare l'opinione pubblica, permettendole l'accesso in casa mia la sera del ballo in maschera, e causando grave turbamento a sua signoria?"

"Meglio averla qui, sotto il tuo tetto e sotto l'occhio attento dei tuoi amici e servitori, che nascosta da qualche parte vicino, in attesa di colpire," gli rispose Sir Antony. "E colpirà la sera del ballo, non ho dubbi. È proprio il tipo di grande evento che si presta all'astuzia di Diana. Per tutti i presenti non sarà diverso dai balli e dalle soirée che presiedeva prima che tu ti sposassi; in effetti, ha continuato a farlo nei primi mesi del tuo matrimonio."

"Allora, lei parteciperà alla festa in maschera e ronzerà intorno alla mia ombra come usava fare... Lo sa il cielo che non potevo girare la testa a destra o a sinistra senza vederla con la coda dell'occhio! E poi? Che cosa potrà fare con trecento persone e una dozzina di diplomatici russi che ci circondano?"

"Prevedo che non si avvicinerà a nessuno di voi due, fintanto che resterete nell'orbita del contingente russo. Farlo significherebbe rivelare che ha mentito, dicendo di avermi fatto visita a San Pietroburgo, e non lo vorrà di certo. E mentre gironzolerà, dicendo a tutti quanti come ti ha aiutato a orchestrare il tuo ritorno in politica, sarà concentrata a tenerti d'occhio, aspettando l'opportunità di fare una grande entrata, convinta che una volta che tu l'avrai vista, una volta che sarete circondati dai vostri amici politici e vista l'importanza dell'occasione, tu l'accoglierai a braccia aperte."

Fu la volta del conte di rabbrividire, e con disgusto. "Devo proprio? Non trovo difetti nella tua rappresentazione del comportamento di Diana in un'occasione simile, ma devo proprio accoglierla a braccia aperte?"

"Se lo facessi, sarebbe la prima volta in vita tua, e lei capirebbe immediatamente il trucco!" Ribatté Sir Antony. "Dovrai trattarla come hai sempre fatto in occasioni simili, restando distante e altero."

"Allora dovrete restare là in alto, sul vostro piedestallo per tutta la sera," disse Jane con un bacio veloce sulla guancia arrossata del marito. "Non sarà difficile, distanza e alterigia sono una seconda natura per sua signoria."

"Resterò lassù con grande piacere, ma solo se sarete anche voi lassù con me e in nessun altro posto," rispose Salt. Diede un'occhiata al cugino. "Sono più che lieto di lasciare che sia Antony a occuparsi di quella creatura, se può assicurarmi che voi e i bambini sarete al sicuro."

Jane stava per chiedere a Sir Antony come intendesse esattamente occuparsi di Diana St. John, quando il maggiordomo entrò in silenzio nella stanza dal corridoio di servizio. Dietro di lui c'era tata Browne e questo significava che qualcosa o qualcuno dei piccoli nella nursery richiedeva l'attenzione della contessa, che si scusò.

Con la schiena della contessa rivolta verso di loro e fuori della portata d'orecchio, Sir Antony mise la mano sul braccio del conte per attirarne l'attenzione e disse, a voce bassissima:

"Salt, ti do la mia parola che prima che finisca la notte del ballo in maschera, tu e la tua famiglia non sarete più disturbati da mia sorella. Mai più."

Salt fece un respiro profondo.

"Ho fatto la stessa solenne promessa a Jane quattro anni fa, eppure eccoci di nuovo…"

"E io ho fatto una solenne promessa prima di lasciare San Pietroburgo, che avrei fatto tutto quello che serviva per tenere al sicuro te e la tua famiglia. E intendo farlo. Qualunque cosa serva…"

Il conte deglutì il groppo che aveva in gola e sorrise.

"Che cosa intendi fare?"

"Ho già predisposto tutto e ho i miei uomini pronti, in attesa sul continente. Questo è tutto quello che hai bisogno di sapere per ora. Proteggere Jane e i bambini dovrà essere la tua sola preoccupazione."

"E qui, in Inghilterra, che piani hai?" Quando Sir Antony esitò, il conte sorrise. Non era divertito, né convinto.

"Non ne hai assolutamente idea vero?"

"Per districarla dalla società con il minimo di rumore e senza scandalo? Non ancora," confessò Sir Antony. "Ma ci sono ancora tre giorni prima del ballo in maschera."

"E per il resto della sua lunga vita, visto che nemmeno un castello nel remoto Galles è riuscito a trattenerla?"

"Quello l'ho deciso prima di partire da San Pietroburgo," rispose deciso Sir Antony.

"Semper, diventerete rosso dal piacere sapendo che mi hanno spedito al piano di sopra," disse Sir Antony al suo maestro di casa mentre era immerso nell'acqua calda aromatica della sua vasca 'pensatoio'.

Era stato Ralph Semper a battezzare la vasca di rame foderata di lino: 'il pensatoio'. Era mentre era sdraiato, e immerso fino alle spalle nell'acqua calda profumata della sua vasca, che il suo padrone sprofondava nei suoi pensieri. Non serviva ad altro; le abluzioni quotidiane avvenivano nel semicupio accanto al caminetto, prima di entrare nel 'pensatoio'.

Semper aveva accettato questo sistema, come accettava tutto il rituale che accompagnava la cerimonia del tè del suo padrone. Il samovar d'argento, come la vasca di rame, era stato introdotto su suggerimento del principe Mikhail, e se questi apparecchi e i loro riti impedivano al suo padrone di cadere nella tentazione del nettare fermentato, allora Semper era sicuramente a loro favore.

Fu comunque sorpreso quando Sir Antony si rivolse a lui dal suo pensatoio. Di solito, era un momento in cui Semper e i servitori maschi camminavano in punta di piedi nello spogliatoio, in modo da non disturbare il loro padrone che, senza parrucca, si lasciava andare su un cuscino con gli occhi chiusi, diafane tendine in seta tirate intorno alla vasca, per trattenere il calore e chiudere fuori il mondo. Ma le tendine erano rimaste ferme contro il muro dipinto della nicchia, e quindi il maestro di casa si fermò in mezzo al tappeto di Aubusson, con ancora in mano la parrucca che Sir Antony aveva scartato. Stava per andare nello spogliatoio e aveva sentito solo una parola su cinque dell'annuncio di Sir Antony.

"Una luce rossa al piano di sopra, milord?"

"Mi spediscono al piano di sopra."

Semper si avvicinò un po' di più al pensatoio.

"Chiedo scusa, milord?"

Sir Antony non aprì gli occhi, alzò un braccio, appoggiando il gomito sul bordo della vasca, e indicò il cielo.

"Su, Semper, ai Lord. Visconte Temple e barone Stowe, Lord Temple."

"Congratulazioni, milord. Questa è veramente un'*ottima* notizia. E appropriata, se mi permettete."

Sir Antony aprì un occhio.

"Ve lo permetto, *adesso*, Semper. Vuol dire che potrete chiamarmi milord in buona coscienza, cosa che avete comunque sempre testardamente fatto fin da quando veleggiavamo sulla Neva. No! Non ditemi che era perché i russi pensavano che un baronetto inglese con un debole per la seta ricamata e la passamaneria dorata doveva essere un Lord."

"Chiedo scusa, milord, ma non è quello che volevo dire," dichiarò serio Semper. "Vi chiamavo *milord* perché le loro altezze, il principe Mikhail e la principessa Ekaterina, insistevano che lo facessi, quindi ubbidivo."

Le spalle di Sir Antony si alzarono leggermente per la sorpresa. "Davvero?" Si sdraiò di nuovo e chiuse gli occhi, con un sospiro di rassegnazione: "Mi manca la loro compagnia…"

Semper rimase in silenzio, aspettando di vedere se il suo padrone intendeva dargli qualche altro ragguaglio, ma quando il braccio di Sir Antony cadde languidamente oltre il bordo della vasca, corse via per riporre la parrucca del suo padrone. Fece in fretta, perché dall'altra parte della porta chiusa arrivava parecchio rumore e quindi dimenticò di chiudere le tendine intorno alla vasca.

Se non si sbagliava di grosso, c'era un tafferuglio nel salotto e, dall'animata discussione in corso, erano coinvolti i servitori russi e c'era una donna. Il che avrebbe spiegato perché la discussione fosse animata. La donna era un'intrusa e, dato che i russi sapevano che le donne non erano ammesse nell'ala nord, stavano facendo del loro meglio per obbligarla ad andarsene. Semper pregò che la donna non fosse Lady St. John.

Il maestro di casa entrò nel salotto passando dallo spogliatoio, con tutta la circospezione di un serpente che strisciasse nascosto nell'erba alta. Ma dato che il suo sguardo era a livello degli occhi, e non sul pavimento di legno lucido, non vide, e quindi non fece caso all'intruso a quattro zampe che, nell'attimo in cui aprì la porta, si precipitò nello spogliatoio attraverso quello spazio, mentre Semper si chiudeva lentamente la porta alle spalle.

L'intruso a quattro zampe zampettò attraverso lo spazioso spogliatoio, con tutta la sicurezza e l'incontenibile energia dell'estrema gioventù. Le sue robuste gambette saltellarono sul lucido pavimento e poi sul tappeto spesso, fino al camino, dove c'era ancora il semicupio pieno di acqua saponosa. Dopo un'annusatina interessata e una leccatina agli schizzi sul pavimento, una rovistata alla pila di asciugamani bagnati, toccò con il naso e poi attaccò i calzoni di seta usati, come fossero il nemico. Con un enorme sforzo, l'intruso a quattro zampe trascinò le braghe a una certa distanza dal camino, poi perse interesse, trovando un avversario più alla sua misura in una calza di seta. Dopo aver scosso questo articolo d'abbigliamento avanti e indietro, per assicurarsi che fosse veramente morto, e con le spoglie ben salde trai denti, l'intruso a quattro zampe trotterellò verso una nicchia decorata con i suoi due classici sgabelli ai lati di un'enorme vasca. Qui lasciò cadere la calza, scodinzolando allegramente, come per offrirla alla mano all'estremità di un braccio umano che pendeva inerte sopra il bordo della vasca da bagno.

Quando la mano non fece lo sforzo di accarezzare l'intruso a quattro zampe per il suo buon comportamento, e il coraggio dimostrato nel trattare con un nemico così terribile, restò solo un modo di attirare la sua attenzione, e questo produsse un risultato immediato.

Sir Antony si stava appisolando, allungato nell'acqua calda con la sua coperta di schiuma, ed era ben avviato a liberarsi la mente da tutti i suoi problemi, specialmente come fare per mettere sotto custodia sua sorella, con il minor rumore possibile e una spiegazione plausibile, quando qualcosa di umido e freddo diede una piccola spinta alla sua mano. Quando si sentì leccare e poi mordicchiare le dita, si sedette di colpo, tanto che un'enorme ondata d'acqua sbatté contro il fondo della vasca verso i suoi piedi e ricascò oltre il bordo, riversandosi sul pavimento.

Non aveva idea di che cosa avesse aggredito la sua mano, né voleva azzardarsi a indovinare, quindi diede una sbirciatina oltre il bordo della vasca, con entrambe le braccia ora immerse nell'acqua profumata. Ma quello che vide lo tranquillizzò e fece sollevare gli angoli della sua bocca in un sorriso. Tese di nuovo il braccio sopra il bordo e offrì il dorso della sua mano gocciolante per salutare.

"Bene, bel piccoletto, dov'è il tuo padrone?"

Il bel piccoletto era un carlino nero e fulvo, appena un cucciolo, in effetti, i cui occhi castani sporgenti lo fissavano adoranti dal grinzoso muso nero. Il carlino riconobbe un amico nel tono morbido e profondo della voce di Sir Antony, e nel fatto di avergli offerto la mano da leccare, quindi si alzò sulle robuste zampette posteriori, con quelle anteriori appoggiate contro il lato di gesso della vasca. La coda strettamente arricciata scodinzolava frenetica, e quando Sir Antony lo grattò affettuosamente dietro le orecchie, il carlino diede al suo polso una grande leccata di ringraziamento.

"Oh, e mi hai portato un regalo!" disse Sir Antony al carlino, come se si rivolgesse a un bambino piccolo, e raccolse la calza usata. Ridacchiò quando la coda del carlino scodinzolò in risposta, ma poi fece una faccia triste, dicendo con un sospiro: "Ti ringrazio veramente tanto, ma sfortunatamente non ho un osso da offrirti in cambio dei tuoi sforzi."

Appallottolò la calza e la gettò nella direzione del camino, dove ora erano sparpagliati i suoi vestiti usati. Mancò miseramente il bersaglio. Non aveva avuto l'intenzione di giocare, ma il carlino aveva altre idee. Si precipitò dietro alla calza. A metà strada sul tappeto, però, il carlino perse interesse per la calza e tornò ad annusare gli asciugamani bagnati. Alla fine, tornò verso la vasca da bagno, dove si sedette obbediente a guardare Sir Antony con l'adorazione che solo un cane può offrire al suo padrone umano.

"Sei un bel piccoletto, ma io continuo a non avere un osso da darti. Quando tornerà Semper gli chiederò di mandare qualcuno in cucina..."

Sir Antony non ebbe l'opportunità di finire la frase e il carlino smise di ascoltare nell'attimo in cui una voce femminile, adorata sia dall'uomo sia dalla bestia, si fece sentire sopra il frastuono che accompagnò la sua entrata nello spogliatoio. Uomo e bestia reagirono in modo completamente opposto. Il carlino si precipitò verso di lei; Sir Antony fece un respiro profondo e si tuffò sotto l'acqua, per nascondere il suo turbamento sotto una coperta di schiuma.

DICIOTTO

"Potete chiedermelo, idiota impertinente, ma non vi dirò il mio nome! Non sono affari vostri! Ora ordinate a questo bruto barbuto di rimettermi a terra prima che lo faccia arrestare per aggressione!"

Semper non solo era perplesso, era a corto di parole. Mai, in tutti i suoi anni da 'gentiluomo di un gentiluomo', c'era mai stata una donna che prendesse d'assalto il bastione maschile dell'appartamento di uno scapolo. La principessa, in qualche occasione, si era introdotta nel sancta sanctorum, ma sempre quando il suo padrone indossava un qualche indumento, e perché era una principessa e russa, per cui vedeva i servitori come fossero pezzi di arredamento e quindi la cosa era un po' meno sconcertante.

Questa femmina, che era stata scoperta aggirarsi nelle stanze di Sir Antony da uno dei russi, con un mantello rosso con il cappuccio e ben poco sotto, non aveva mostrato una briciola di rimorso per la sua intrusione, una volta scoperta. Certo, le guance erano diventate rosse come il mantello foderato di pelliccia, ma quando le avevano cortesemente chiesto di dichiarare il suo nome e lo scopo della sua visita, aveva reagito con indignazione e preteso di essere portata immediatamente alla presenza di Sir Antony.

Sentendo il suo tono imperioso, anche se non aveva capito le sue parole e dato che aveva cercato di passare oltre il maestro di casa, il cameriere russo l'aveva presa tra le braccia e la teneva stretta. Fu allora che il cappuccio del mantello ricadde, rivelando una massa di capelli biondo fragola, e il russo ebbe un ricordo improvviso. L'aveva già vista, alla soirée, come ospite, risplendente nel suo vestito di seta. I suoi capelli splendidamente luminosi non si dimenticavano facilmente, né il fatto che il suo padrone si era inginocchiato davanti a lei. Senza una parola a Semper, il russo attraversò l'appartamento ed entrò nello spogliatoio per consegnare la femmina al suo padrone, con il maestro di casa alle calcagna.

Appena pronunciata la minaccia, Lady Caroline fu rimessa a terra dal russo, che si inchinò con grande cortesia e lasciò la stanza, abbandonando un Semper ammutolito. Non aveva idea di che cosa fare in una situazione totalmente nuova. L'istinto gli diceva di fare come il russo e andarsene immediatamente, ma c'era una piccola parte di lui che sentiva il dovere di restare per prestare assistenza a Sir Antony, nel caso perdesse conoscenza; il suo padrone era ancora immerso sotto la schiuma del suo bagno.

"Eccoti qua, ragazzaccio cattivo!" Lady Caroline rimproverò scherzosamente il carlino, lo raccolse e gli strofinò il muso. "Bell'eroe che sei, lasciarmi da sola a difendermi da quegli uomini cattivi!" Fissò cupa Semper mentre lo diceva, aggiungendo, con gli occhi fissi sul maestro di casa: "Apprezzerei una ciotola di acqua fresca e qualcosa da rosicchiare."

Semper si attardò, in un'agonia di indecisione. Un rumore di acqua in movimento, e qualcuno che ansimava per respirare, seguito dall'abbaiare eccitato del carlino, lo fecero decidere. Per la prima volta da quando era al servizio di Sir Antony, Semper ignorò i vestiti usati e gli asciugamani, lasciandoli dove erano caduti. Si inchinò a Lady Caroline e, senza voltarsi per vedere se Sir Antony stava ancora respirando, lasciò la stanza in cerca di acqua fresca e qualcosa da rosicchiare.

Lady Caroline mise il carlino sul pavimento e, prestando attenzione agli abiti maschili sparsi sul tappeto, scavalcò attentamente un paio di braghe di seta e una calza solitaria mentre andava verso il camino. Con la coda dell'occhio vide un semicupio e una pila di asciugamani bagnati…, mentre alla sua destra c'era un'enorme vasca da bagno, dentro una nicchia dipinta con figure che ricordavano quelle nel salone etrusco, e nella vasca c'era l'uomo con cui era venuta a passare la notte.

Accanto al camino, si tolse i guanti rossi di capretto, appoggiandoli sulla mensola, per poi allargare le dita al calore dei carboni ardenti. Indossava un mantello di lana, certo, ma non aveva molto sotto, solo le calze di seta bianche e una leggera camicia da notte, e questo perché la decisione di visitare Sir Antony col favore del buio era stata improvvisa. Aveva passato la giornata agonizzando nell'incertezza, chiedendosi quale sarebbe stata la reazione di Antony una volta che gli avesse confessato tutto; poi, più tardi quella notte, si era girata e rigirata nel letto, incapace di dormire a causa del suo bacio. Prima gli avesse confessato tutto e avessero diviso un letto, prima entrambi avrebbero potuto continuare con le loro vite e lei sarebbe stata di nuovo in grado di dormire pacificamente.

Presa la decisione, mise in esecuzione il suo piano, nonostante gli squittii di orrore della sua cameriera personale, per l'ora tarda, per la mancanza di un abbigliamento adatto da parte di sua signoria e per il fatto che stava per visitare la residenza di un gentiluomo scapolo, tutto col favore delle tenebre. Secondo lei, avrebbe portato a un disastro. Lady Caroline le fece notare che non le serviva il suo parere, le fece giurare il silenzio e scese dal letto. Si era gettata addosso il mantello rosso e aveva portato con sé il carlino. In qualche modo, avere il più recente membro della sua famiglia animale come compagnia, la rendeva più risoluta a confessare.

L'ora e l'aggiunta del cucciolo avevano certamente spinto i robusti portantini a grattarsi mentalmente le parrucche per la meraviglia mentre la sorella del conte saliva sulla portantina dei Salt Hendon parcheggiata nell'atrio, con il suo compagno a quattro zampe felicemente seduto in grembo. Non toccava loro fare commenti. Se la sorella di sua signoria desiderava fare una visita nel bel mezzo della notte, allora andava bene. Chiuso lo sportello con lo stemma dei Salt Hendon, infilati e assicurati i lunghi pali a entrambi i lati della portantina, un uomo davanti e l'altro dietro, , entrambi con le tracolle di pelle sulle spalle, la portantina fu sollevata e uscirono nella notte. Sua signoria fu portata per la breve distanza, attraverso la deserta Grosvenor Square, lungo la South Audley Street e sui due bassi gradini per entrare nello spazioso foyer della casa di città di Sir Antony Templestowe, con un giovane cameriere che aveva portato una torcia accesa, per il viaggio in quella notte senza luna.

Ora era in piedi davanti al fuoco, fissava le fiamme, ma era concentrata sul fatto che Antony era oltre la sua spalla destra, nella vasca da bagno. Non riusciva a cancellare il sorriso dal volto. L'ansia che le aveva fatto battere forte il cuore durante il breve percorso in portantina, quando aveva messo in dubbio parecchie volte le sue azioni sfrontate e aveva fatto fermare i suoi pazienti portantini, cambiare direzione, per fermarsi di nuovo e poi riprendere i pali e continuare, era svanita, ma il suo cuore batteva forte come prima. Eppure non era solo l'ansia che causava il rimbombo che sentiva nelle orecchie. Era il brivido malizioso per essere non solo arrivata fino allo spogliatoio di Sir Antony ma di sapere che a un metro di distanza, lui era nudo nella vasca.

In tutti gli anni da che lo conosceva, non l'aveva mai visto nemmeno senza la cravatta e certamente non in maniche di camicia. Era sempre vestito in maniera impeccabile, sia che stesse giocando a Royal Tennis o fosse in campagna. In campagna, perfino il suo illustre fratello si faceva crescere la barba. Non Sir Antony, che manteneva lo stesso standard sartoriale qualunque fosse l'ambiente in cui si trovava. Si chiese se portasse la parrucca anche mentre faceva il bagno ed era un pensiero così stupido che le diede il coraggio di girarsi e guardarlo in faccia; quello e il fatto che il suo compagno a quattro zampe le stava tirando l'orlo del mantello con i suoi dentini.

Prese in braccio il cucciolo, rimandando ancora l'inevitabile, ma alla fine alzò lo sguardo sulla vasca. Quello che scoprì le fece sbattere le palpebre, con il volto senza espressione tanto a lungo che l'occupante della vasca desiderò di avere le branchie per restare indefinitamente sott'acqua. Poi, quando finalmente Lady Caroline curvò le spalle e sorrise, con il pugno davanti alla bocca, come per nascondere una risatina, avere le branchie non fu più importante, l'unica opzione rimasta era l'annegamento.

Coraggiosamente, Sir Antony rimase seduto diritto, con i gomiti appoggiati ai lati della vasca, l'ampio torace nudo, spalle larghe, volto non rasato e testa senza copertura, tutto in mostra per l'allegra ispezione di Lady Caroline. Fu solo quando lo sguardo di Lady Caroline restò fisso sulla sua testa di folti capelli castano ramato, tagliati corti, che Sir Antony sentì aumentare il calore, non in volto, ma sullo scalpo. La testa formicolò, come se ogni singolo capello stesse avvampando per l'imbarazzo. E quando lei si avvicinò cautamente alla vasca, con la testa chinata da un lato in silenziosa contemplazione, con gli occhi che non lasciavano il suo scalpo, Sir Antony deglutì forte e disse, dopo essersi schiarito la gola:

"Spero che vi rendiate conto di quanto sia dannatamente ingiusto, Caroline! Mi chiedo quale sarebbe la vostra reazione, a parti invertite."

"I vostri capelli hanno lo stesso colore di quelli di Merry," notò con sorpresa Lady Caroline, ignorando il commento sul suo disagio. "Probabilmente sarebbero altrettanto ondulati, se li lasciaste crescere…"

"Probabilmente. Potete smettere di fissare la mia testa come se fosse malformata?!"

Caroline sorrise davanti al suo imbarazzo.

"Stupidone, certo che devo fissare la vostra testa perché non vi ho mai —*mai*—visto senza la parrucca." Fece una smorfia. "Adesso che ci penso, non ho mai visto nessun gentiluomo di mia conoscenza che porti la parrucca senza la sua parrucca…"

"Spero proprio di no!"

"In *nessuna* situazione," aggiunse Caroline inarcando le sopracciglia, e quando lui distolse gli occhi, seppe che aveva capito. Si ritirò verso lo sgabello alla fine della vasca, con il carlino in grembo. "Non che ci sia mai stata una situazione per cui Aldershot dovesse togliersi la parrucca…"

"Caroline…"

"Per favore, ascoltate, Antony. Non ero certa di come fare a parlarvi di Aldershot e me, quando mi sarei sentita sufficientemente a mio agio. Sono stata un disastro per tutto il giorno da che mi avete baciato. Non che il bacio sia stato un disastro," aggiunse in fretta. "Il bacio è stato assolutamente meraviglioso ed è per quello che non riuscivo a dormire stanotte, pensando a quel bacio, e se, dopo avervi detto tutto, avreste voluto baciarmi ancora. Quindi ho pensato, perché non venire a trovarvi subito, farla finita con l'orrenda confessione. Prima è meglio è, no?" Sorrise, improvvisamente timida. "Che siate nella vasca rende tutto molto più facile."

"Davvero? Beh, non voglio che siate miserabile e insonne," le confessò, ancora a disagio come prima, ma in qualche molto placato, dopo l'intrusione nella sua intimità, dalla sua ammissione che il bacio in anticamera le era piaciuto quanto a lui.

"Grazie. Sapevo che avreste capito."

"Non dovete dirmi niente. Ve l'ho spiegato oggi. Ma se vi toglierà un peso…"

"Sì, lo so e sì, mi toglierà un peso," Caroline arrossì. "Non era l'unica ragione per cui sono venuta qua stanotte."

Antony sorrise, poi sospirò, come fosse deluso e scosse la testa.

"Oh povero me, e ora che mi avete visto *sans perruque*, ci state ripensando. *Accidenti.*"

Ci fu un attimo di silenzio, poi scoppiarono a ridere entrambi nello stesso momento. Quello servì a farli sentire più a loro agio, eppure improvvisamente imbarazzati in compagnia l'uno dell'altro.

"Proprio il contrario," confessò Caroline a bassa voce, "la parrucca vi dona una certa presenza ma, senza, siete un uomo straordinariamente bello…"

"Caroline! È…"

"…un complimento, quindi accettatelo," gli disse, finendo la frase per lui e aggiungendo in fretta, prima che potesse interromperla di nuovo: "Ora lasciate che vi dica come sono finita a sposare Stephen Aldershot."

"Molto bene. Ascolterò senza fare commenti," le rispose e reclinò le spalle contro la vasca, al caldo, sotto la coperta di bollicine.

Caroline prese mentalmente fiato e disse, senza esitare:

"Ho fatto qualcosa di veramente sconvolgente a un ballo in maschera… ero più che alticcia. Ero *ubriaca*" si fermò e fece un altro respiro profondo, poi proseguì, continuando ad accarezzare il cucciolo di carlino, era un'azione che la calmava. Guardò coraggiosamente negli occhi azzurri Sir Antony e disse francamente: "Ero così arrabbiata con voi, per quello che avevate detto e fatto al recital. Non mi importava più. Volevo solo farla finita con la mia verginità. Mi sono lasciata sedurre. Ho dato via la mia-mia verginità a buon mercato. In quel momento non ho provato rimorso. Non è stata un'esperienza spiacevole, per quanto ne possa ricordare. Non sarebbe importato nemmeno se fosse stata spaventosa. Volevo solo *ferirvi* stupida che ero, non mi rendevo conto che l'unica persona cui facevo del male ero io!"

"Caroline… Tesoro…"

"Per favore, permettetemi di finire. Aldershot è stato testimone dell'intero episodio. Viscida serpe! L'ha usato per *persuadermi* a sposarlo. Ha accettato di non dire a nessuno quello che avevo fatto, purché diventassi sua moglie e fornissi una casa a lui e sua sorella. Se avessi rifiutato…" Fece spallucce. "Ha minacciato di dire tutto a Salt. Non mi importava per me stessa, avevo superato quel punto. Mi ero deliberatamente rovinata e voi eravate stato spedito a San Pietroburgo, per sempre, per quanto ne sapevo io. Ma mi interessava quello che la mia rovina avrebbe fatto a Salt, e a Jane. Sapevo anche che se Salt avesse scoperto chi mi aveva rovinato, avrebbe insistito che sposassi quell'uomo, non Aldershot. Il matrimonio con il mio seduttore non sarebbe stata un'unione tanto brutta. Erediterà un titolo ed è un membro del parlamento che mio fratello rispetta, ma come marito?" Caroline rabbrividì. "Mai! La sua moralità è a dir poco discutibile, quale che sia il suo talento come amante. Quindi, la scelta che mi restava era tra sposare una canaglia senza coscienza, o un cacciatore di dote, e un ricattatore per giunta, cui non interessava minimamente essere un uomo: esattamente gli opposti. Dio! Che pasticcio."

Smise di parlare e sospirò profondamente, senza rendersene conto. Lo sguardo di Antony non lasciò un attimo il suo volto.

"Non riuscivo a sopportare il pensiero che Salt scoprisse la verità. Se avesse saputo che ero ubriaca tanto da perdere la ragione e che avevo permesso che mi seducessero… Se avesse saputo l'identità dell'uomo che si era profittato di me… Nonostante i loro rapporti e la reciproca buona opinione, il mio povero fratello sarebbe stato costretto a difendere il mio onore e a sfidare a duello il mio seduttore. Avrebbe potuto obbligarlo a sposarmi! E non potevo permetterlo…"

"Quindi avete scelto il minore dei mali?"

"Sì. Sì, suppongo di sì. Noi, Aldershot e io, abbiamo lasciato credere a Salt che ci eravamo lasciati prendere dal momento, tanto da non curarci delle conseguenze. Stranamente, Salt ci ha creduto, anche se più tardi si è dovuto chiedere se Aldershot fosse in grado di essere un marito, in ogni senso, e soprattutto a letto! Era effettivamente niente di più di un ragazzino sciocco…"

"Quindi avete sposato Aldershot."

"Sì, l'ho sposato." Caroline deglutì. "Ma non per la ragione che pensate. Non perché ho ceduto alle sue minacce. Ovviamente, anche quello è contato ma… l'ho sposato perché stava morendo."

"Un altro stratagemma?"

"No. Aveva la tisi. Era molto malato. Me l'ha detto, non per sollecitare la mia simpatia ma per convincermi a sposarlo. Ha detto che il matrimonio non sarebbe durato molti anni. Poi sarei stata libera di sposarmi di nuovo. Voleva che sua sorella—Kitty—avesse una casa. Voleva che venissero saldati i suoi debiti. Voleva che gli anni che gli restavano potessero passare tranquillamente senza la preoccupazione per sua sorella o di finire i suoi anni in prigione per i debiti. Io potevo provvedere a tutto e lui mi avrebbe fornito la rispettabilità, e se fosse successo, se fossi rimasta incinta del mio seduttore, il bambino sarebbe potuto nascere sotto il vincolo del matrimonio. Ovviamente, mi sono doppiamente odiata, perché, se non fosse stato un uomo morente, avrei potuto scoprire il suo bluff con la mia soluzione scervellata…"

Quando Antony non fece la domanda ovvia, il silenzio tra di loro si protrasse. Gli unici suoni erano il tic-tac dell'orologio sulla mensola del camino e il crepitio del fuoco dietro la grata. Alla fine, Caroline trovò il coraggio di continuare la sua confessione.

"Avevo questa strampalata idea che se vi avessi scritto, se vi avessi raccontato il mio dilemma, voi mi avreste salvato. Tutti i miei guai sarebbero magicamente spariti. Sareste venuto a casa, avreste sconfitto il mio seduttore, versato un po' di soldi ad Aldershot per farlo sparire, mi avreste sposato, anche se fossi stata incinta di un altro. La bambina viziata voleva tanto credere che la favola si sarebbe avverata, e l'ha creduto, per un giorno intero. Poi, una volta che tutte le mie lacrime si furono asciugate e smisi di compiangermi, vi addossai convenientemente la colpa della mia situazione. Se foste rimasto in Inghilterra. Se solo non foste stato ubriaco la sera del recital, se solo! Se solo! Se solo! Vi *odiavo* talmente!"

"Avevate tutte le ragioni per odiarmi…"

Caroline scosse la testa.

"Non per quello che era successo al ballo in maschera. Non per le conseguenze delle mie azioni quella sera, o per Aldershot, o perché la mia vita era un gran pasticcio, e tutto sei mesi dopo il mio diciottesimo compleanno! Tutto quello non aveva *niente* a che fare con voi, non era vostra la responsabilità; era mia…"

"Vorrei che mi aveste scritto. Sarei tornato a casa."

Caroline lo guardò sbattendo gli occhi, con le spalle curve. Non fissava lui ma il carlino rannicchiato tra le pieghe del suo mantello rosso, addormentato, e poi arrivarono le lacrime, goccioloni che cadevano sul mantello fulvo del cucciolo. Caroline annuì e disse, dopo un singhiozzo devastante e asciugandosi in fretta gli occhi:

"Sì, sì, lo so, *adesso*… ma non lo sapevo *allora*. Non avevo idea di che cosa pensaste di me dopo il litigio al recital. Avevate detto che ero una bambina viziata, che avrei dovuto crescere ancora parecchio prima che poteste anche solo pensare di sposarmi…"

"Caroline, vi ho scagliato addosso un mucchio di dichiarazioni idiote che ora rimpiango…"

"Ma avevate ragione! Sapete che è così. Ero viziata e infantile. Vi punzecchiavo terribilmente, flirtando con altri uomini, uomini di poco valore, e tutto per attirare la vostra attenzione. Peggio! Ho cercato di ingelosirvi. Quella è stata un'azione totalmente infantile, perché tutto quello che ha fatto è stato spingervi lontano.

"So che cosa significhi avere intorno esseri infantili, incoscienti, egocentrici. Stephen Aldershot era un essere del genere e il suo comportamento mi logorava. Sapeva che a me non importava un fico secco di lui, e certamente a lui non interessava essere un *vero* marito. Eppure, pretendeva costantemente la mia attenzione, come un bambino viziato pretende l'attenzione dei suoi genitori troppo indulgenti. Detestava il mio serraglio. Non sopportava di avere accanto i miei animaletti. Era geloso del tempo che passavo con loro e minacciava addirittura di farli abbattere ma, visto che vivevamo sotto il tetto di mio fratello, era una minaccia a vuoto. Eppure, questo non fermava la sua cattiveria e la sua meschina gelosia."

Gli occhi verdi di Caroline si spalancarono, increduli. La cosa la rendeva ancora perplessa.

"Potete immaginare essere gelosi della povera vecchia Carlina Penny o di Peter il Macao o di Daniel Spaniel?"

Antony sorrise senza nemmeno rendersene conto.

"No, non potrei. Sono parte della famiglia quanto vostro fratello, Jane e i bambini."

"Precisamente! È quello che tentavo di spiegargli, ma lui non ascoltava mai. Era solo geloso del tempo che passavo con gli altri quanto della mia famiglia animale. Anche Kitty, la sua sorellina minore, non era al riparo dai suoi scatti d'ira. Kitty è un'anima tanto gentile e ama gli animali quasi quanto me, ed è totalmente l'opposto di suo fratello, tanto che non avreste mai capito che erano fratello e sorella. Quasi quanto voi e Diana siete diversi come il dolce e l'amaro. Oh! Chiedo scusa, è stato poco educato, ma voi sapete che non sono mai riuscita ad affezionarmi a vostra sorella."

"Stavate parlando degli accessi d'ira di Aldershot…?"

"Aveva un accesso di rabbia se solo osavo fare conversazione con un gentiluomo durante un evento sociale, ma raramente mostrava la sua vera natura a Salt. Davanti a mio fratello si comportava bene e stava zitto. Ho avuto pensieri veramente poco cristiani quand'ero sposata con quel demonio. Solo il fatto che stava veramente morendo di consunzione, e talvolta era troppo debole per scendere dal letto, mi impediva di spingerlo giù da una finestra! È vero!" Ribadì con un sorriso tra le lacrime, quando Antony fece una risatina. "E poi, per peggiorare le cose, la mattina del giorno in cui è morto, avevamo avuto un litigio feroce. Aveva scoperto che gli ero che gli ero stata…*infedele*. Ma come si può essere infedeli in un matrimonio che non lo è mai stato nel vero senso della parola? E gliel'ho detto.

Ma ciò che ha scatenato la sua ira, e gli ha quasi fatto venire un colpo, è stata l'identità del mio-mio amante..."

Caroline distolse gli occhi, incapace di sostenere lo sguardo fisso di Antony, uno sguardo che non rivelava nulla dei suoi pensieri. Era così immobile nell'acqua calda del suo bagno, sotto lo strato di schiuma, che sembrava inchiodato sul posto. Eppure i suoi occhi azzurri non lasciarono un istante il volto di Caroline, che se li sentì addosso e arrossì, chiedendosi che cosa stesse pensando veramente Antony, dopo una simile rivelazione. Caroline fece un altro respiro profondo, sollevata di averglielo finalmente detto ma sapendo che il peggio doveva ancora arrivare, anche se non riusciva a trovare la forza di menzionare Dacre Wraxton per nome. Solo per liberarsi del resto della confessione, disse bruscamente:

"Non riesco quasi a credere di aver scelto, per una brevissima relazione, proprio quell'uomo che avrei dovuto detestare più di ogni altro. Ma lui mi cercava, mi corteggiava ed è...successo. Non ci sono scuse per quello che ho fatto, ma mi sentivo sola e miserabile, e lui era lì. Due volte, sono state solo due volte, beh, tre se si conta il ballo in maschera, e parte di me non rimpiange che sia accaduto perché mi ha dato la soddisfazione di sapere che ero *desiderabile*. E poi Aldershot, quell'idiota, esce a cavallo, quando non era nemmeno in grado di fare un piano di scale senza avere un accesso di tosse, e si fa uccidere quando la bestia rifiuta di saltare un muretto e lui cade e picchia la testa! La mia reazione a quella tragica notizia è stata di enorme sollievo e il mio primo pensiero è stato che finalmente ero libera di sposarvi quando foste tornato da San Pietroburgo! Non sono la donna meno cristiana, più egoista che abbiate mai incontrato? Non siete enorme-mente sollevato di essere andato a San Pietroburgo quando l'avete fatto? Ora capite perché ho dovuto scappare dopo la vostra proposta di matrimonio?"

Antony si spostò verso il lato della vasca e le tese la mano. Caroline mise il cucciolo di carlino che sonnecchiava sul pavimento e si inginocchiò di buon grado accanto alla vasca. Antony le mise una mano tra i riccioli color rame e le studiò il volto rigato di lacrime con un sorriso tenero.

"È ora, mia cara ragazza, che la smettiate di prendervi tutte le colpe, per la condotta infantile di Aldershot, e, certamente, per la condotta deplorevole del mascalzone che vi ha sedotto. Che una ragazza abbia bevuto un po' troppo dovrebbe portare un gentiluomo a proteggerla dalla libidine e dal vizio, non dovrebbe essere vista come un'opportunità di approfittarsi di lei. Non mi importa un fico secco che vi siate lasciata baciare o anche se, in effetti, avete apprezzato il bacio. Non aveva il diritto di prendervi quello che non gli avreste dato volontariamente, se aveste avuto la testa lucida."

"Non ero ubriaca, nelle altre due occasioni," ribatté ingenuamente

Caroline, con una timida voce colpevole. "Allora sapevo che cosa stavo facendo."

"E se lui fosse stato un gentiluomo, avrebbe mostrato ritegno e non avrebbe permesso che succedesse. È stato disgustosamente immorale da parte sua cercarvi. Sapeva che eravate vulnerabile e ha sfruttato quella vulnerabilità a suo vantaggio. Forse vi ha persuaso che eravate più che d'accordo la prima volta, quindi che pericolo c'era a premettergli di portarvi a letto una seconda volta, e poi una terza…"

Quando Caroline spalancò gli occhi verdi, Antony ebbe la sua risposta. Le mise le mani sulle guance che scottavano e le baciò la fronte, con il sorriso comprensivo che mascherava la rabbia impotente che ribolliva dentro di lui, la voglia di fare fisicamente del male al seduttore innominato. Il libertino poteva anche essere sfuggito alla punta della spada di Salt, ma, se avesse saputo il suo nome, avrebbe trovato il modo di obbligarlo a un duello, e avrebbe avuto il suo sangue per quello che aveva fatto alla sua dolce ragazza. Senza dubbio, Caroline non era stata l'unica preda innocente di quella canaglia, e doveva essere fermato, l'onore di Caroline vendicato. Quello che lei confessò subito dopo lo sorprese del tutto.

"Mi ha chiesto di sposarlo. Due volte. Non potevo e non l'avrei mai fatto. Ma forse lo rende meno un libertino…?"

Antony non sapeva perché, ma quest'informazione riusciva solo a intensificare il suo disprezzo per il suo seduttore e riuscì a fatica a trattenere la sua rabbia. Appoggiò la testa contro quella di Caroline, dicendo con un sorriso:

"Lui e Aldershot sono stati entrambi spregevoli opportunisti; nessuno dei due vi meritava."

"E io non merito voi," disse Caroline con un sorriso e le lacrime agli occhi, accarezzandogli la guancia ruvida. "Non ho ancora incontrato un uomo più perfetto…"

Antony arrossì alla sua feroce sincerità, dicendo con una risata per nascondere il suo profondo imbarazzo:

"Salt avrebbe parecchio da ridire su questa affermazione…"

"Salt? Puah! Lui è mio fratello! Gli voglio un bene dell'anima ma è pomposo e tutt'altro che perfetto, anche se Jane pensa il contrario."

Antony sorrise e scostò un ricciolo color fragola dalla guancia arrossata.

"Dovreste aspettare a giudicare finché non avrò messo allo scoperto la mia anima. Predico che potreste chiedervi se, sposandomi, non stiate facendo un pessimo affare. Credetemi, le mie condizioni richiedono molta più tolleranza da parte vostra, se deciderete di diventare mia moglie, rispetto alla mia pronta accettazione di quello che mi avete appena confidato. Ora, per favore, restituitemi la mia dignità permettendomi di uscire da questa vasca e mettermi una vestaglia."

Caroline non si mosse e lui non si spostò.

Poi Caroline sorrise, mettendo in mostra le fossette. "Ma io trovo che mi piacete veramente molto, spogliato della vostra dignità," ammise, baciandogli la guancia, con una mano che scivolava su una spalla e lungo il contorno del braccio, togliendo la schiuma dalla pelle bagnata. "Dovete proprio uscire dalla vasca adesso?"

Antony si prese un momento, prima di rispondere, godendo la sensazione delle dita calde sulla pelle bagnata, delle morbide labbra rosa sulla pelle un po' ruvida per l'accenno di barba sotto la mascella. Non vedeva l'ora di dividere il letto con lei, non riusciva a credere che lei fosse veramente nel suo spogliatoio e che non fosse tutto un sogno meraviglioso. Riuscì a rispondere con voce ferma. "Sì, devo uscire, se non voglio prendere un raffreddore."

Caroline fece il broncio, con il braccio che gli risaliva intorno al collo.

"Per un bacio. Vi permetterò di uscire da questa bellissima vasca, per un bacio. Ma deve essere un bacio vero!"

Antony sorrise, con gli occhi azzurri pieni di allegria.

"Molto bene. Per un bacio, un bacio *vero*."

Abbassò la bocca su quella di Caroline, solo, questa volta, non c'era niente di diffidente nella sua azione, né si limitò a un singolo bacio. Caroline gli mise anche l'altro braccio intorno al collo e si tenne mentre lui si alzava sulle ginocchia nell'acqua profumata, la prendeva tra le braccia e apriva la bocca sulla sua. L'abbraccio appassionato dissolse parole e dubbi, i discorsi non erano più necessari per trasmettere i sentimenti. Caroline si sciolse contro la vasca, premendosi contro di lui, gioendo del suo lungo e snello corpo nudo contro il proprio, desiderando di togliersi l'ingombrante mantello di lana e la fine camicia da notte, perché lui potesse accarezzare le sue curve ed esplorarne la rotondità.

Le dita di Antony si infilarono nella pesante massa dei capelli ramati, imprigionati nel cappuccio del mantello, e la tenne stretta a lui, desiderando di più, e quando lei aprì la bocca, quando assaggiò la sua dolcezza, ogni pensiero cosciente svanì. Erano entrambi decisi a godere e assaporare quel bacio senza interruzioni, diversamente dal loro primo vero bacio, che era stato interrotto da un'ara macao starnazzante e da un maggiordomo superefficiente. Ma la determinazione, da sola, non bastò a impedire all'ordinario di intromettersi tra la coppia e il loro desiderio per un'appassionata intimità che era, per loro, in quel momento, più necessaria dell'aria.

DICIANNOVE

Il cucciolo di carlino zampettò sul tappeto, con la coda a
ricciolo che scodinzolava furiosamente e la linguetta rosa penzoloni,
quando Semper entrò nello spogliatoio di Sir Antony passando dalla porta
di servizio e portando in mano due piccole ciotole di porcellana cinese
dipinta. Dietro al maestro di casa, tre dei servitori russi andarono nella
stanza da letto con il carrello del tè e il samovar d'argento. Semper
appoggiò entrambe le ciotole sul pavimento accanto al camino. Una conteneva acqua fresca, l'altra un osso proporzionato alla misura dell'ospite a
quattro zampe, e anche della carne di agnello cotta e tagliata a pezzettini
masticabili.

La coppia era completamente ignara dei passi, dello sferragliare delle
ruote del carrello e del tintinnio delle tazze di porcellana. Se ne accorsero
solo quando uno dei russi osò dare un'occhiata alla vasca, tornando verso il
corridoio di servizio e, distratto dalla coppia in altre faccende affaccendata,
calpestò il tallone del servitore davanti a lui. Il collega russo perse la scarpa
e imprecò nella barba, voltandosi per recuperare l'articolo perduto. La
piccola baruffa e le dure parole sussurrate penetrarono nel subconscio di
Sir Antony, che lasciò andare riluttante Caroline, per poi prendersi
entrambi un momento per riguadagnare il senso del tempo e dello spazio.

Sir Antony prese un secchio di acqua fresca di fianco alla vasca e se lo
versò in testa, con i rivoli gelidi che toglievano sensibilità al suo corpo,
permettendogli di riprendere la padronanza dei suoi pensieri. Caroline,
con il davanti e l'orlo del mantello bagnati che la facevano rabbrividire dal
freddo, si affrettò ad avvicinarsi al tepore del camino, dove allargò le mani
al calore del fuoco. Vedere il cucciolo che si godeva quanto offerto dal

maestro di casa fu sufficiente per ridarle l'equilibrio, e si sedette accanto al carlino guardandolo attaccare l'osso.

"Grazie per conto del carlino," disse con un sorriso a Semper, il cui sguardo restava educatamente fisso sul cucciolo. Quando Semper fece un cenno d'assenso ai suoi ringraziamenti, ma non la guardò direttamente, Caroline riportò l'attenzione sul cucciolo, testa nella ciotola del cibo e coda per aria. "Che banchetto per te Boots!" gli disse, come parlando a un bambino. "Ti basterà fino a domattina."

Caroline, come Semper, dava la schiena ad Antony per permettergli di uscire dal bagno con un minimo di decoro e intimità, ma questi riguardi furono ignorati quando l'occupante della vasca esclamò beffardo, davanti al nome scelto per il carlino:

"*Boots*? Stivali? Certamente non avete chiamato quello splendido piccolo essere con il nomignolo di quel buffone di Big Boots Beresford? È una presa in giro, unito a Peter il Macao."

"Beresford? Come potete pensare… Beh, sì! Perché no?" Lo canzonò Caroline, sentendo un accenno di disapprovazione e gelosia nella sua voce. "Appena ho visto la piccola faccia rugosa del carlino e quei grandi occhi castani che mi guardavano con tanta adorazione, il mio primo pensiero è stato di chiamarlo come Beresford, un gentiluomo noto in tutto il Wiltshire non solo per la misura fuori dell'ordinario dei suoi stivali, ma che, se si deve credere ai pettegolezzi che arrivano da parecchi fienili della contea," aggiunse, voltandosi a guardarlo, "è più grande della media dove conta di più—Oh, mio Dio! Siete…"

"Non…"

"*Splendido*."

"…siate ovvia, Caroline!" Borbottò Antony, acutamente imbarazzato per la sua spontanea esclamazione di ammirazione.

Ma siccome lei non si vergognava di fissare lo sguardo tra le lunghe gambe, né sembrava ritenere la presenza di Semper un impedimento alla sua sfacciataggine, Antony sospirò sconfitto e rinunciò a ogni tentativo di mantenere il decoro. Riuscì comunque ad asciugarsi, gettare gli asciugamani bagnati, afferrare la banyan dallo sgabello e coprire le nudità in un tempo da record e tutto sotto lo sguardo imperturbabile e ammirato di Caroline.

"Non sono certamente la prima a farvi i complimenti," disse Caroline col broncio, quando Antony la raggiunse davanti al camino, "quindi la mia sincera reazione non dovrebbe essere una grande sorpresa. Inoltre," aggiunse guardandolo da sotto le ciglia, "ho sbirciato anche prima."

Questa candida ammissione lo lasciò a bocca aperta. Era in ugual misura imbarazzato e felice della sua irriverenza e della sua reazione a quella parte molto intima della sua anatomia. E se Semper non fosse entrato in azione nell'attimo in cui Caroline si era voltata verso la vasca, precipitandosi a raccogliere gli indumenti scartati sparsi sul pavimento, senza dubbio per nascondere l'imbarazzo, aveva sulla punta della lingua una battuta sul fatto che finalmente i suoi occhi erano fissi su qualcosa di diverso dalla sua testa di corti capelli castano chiaro. Strano, che anche con il corpo coperto, in compagnia di Caroline si sentisse ancora completamente nudo, con la testa scoperta. Gli prudevano le mani, avrebbe voluto afferrare il berretto da notte di seta ricamata che Semper aveva messo accanto alla banyan, ma lo lasciò lì, dicendosi che una volta che avessero diviso un letto—lui certamente non faceva l'amore con la parrucca addosso—che cosa importava la testa senza parrucca nel grande schema della vita insieme?

"Mia cara Lady Caroline," disse in un tono che sperava fosse autoritario, anche se non riuscì a controllare il suo sorriso quando lei lo guardò con gli occhi spalancati, "invadete il mio spogliatoio con un carlino chiamato come quel buffone..."

"Non l'ho detto io. Siete stato voi a dirlo. In verità è stata Beth, la mia nipotina, che ha dato il nome al carlino, perché scappava sempre con uno dei suoi stivaletti di seta. Lei lo pronuncia *Boofs*. Ogni volta che Beth vede il carlino ride e lo chiama Boofs, Boofs. E quindi è Boo*ts*."

"Sono lieto di sentirlo. Ma per quanto la storia sia deliziosa, non mi distoglie dal chiedermi se, quando saremo sposati, intendete prendere l'abitudine di sbirciare nella vasca da bagno di vostro marito?"

"Quando saremo sposati, avrò il mio spogliatoio, come ben sapete, milord, ma questo non mi impedirà di dividere la vostra bellissima vasca, se invitata, naturalmente. E voi mi inviterete."

Antony alzò un sopracciglio, come per rimproverarla per la sua belligeranza.

"Davvero?"

"Sì, e anche se sono d'accordo che marito e moglie abbiano i loro appartamenti privati, non credo ai letti separati. Jane e Salt dividono una sola camera e lo faremo anche noi."

"Condivisa con un assortimento di animali, senza dubbio." Disse sottovoce, ma Caroline lo sentì.

"Ovvio. Visconte Quattrozampe dorme ai piedi del letto di Jane e Salt, o lo faceva, finché Merry non ha deciso che voleva la sua compagnia." Aggrottò la mente al pensiero, "o forse è stato Quattrozampe che ha deciso di dormire con Merry, dopo che Jane e Salt hanno cominciato ad avere bambini? Glielo devo chiedere..."

"Per favore non fatelo," dichiarò Antony, infilandosi un paio di pantofole ricamate prima di avvicinarsi al camino. "Le sistemazioni notturne degli altri non mi interessano." Si appoggiò alla mensola, con le mani nelle tasche della banyan, e la guardò offrire pezzettini di agnello al carlino, con la massa dei lunghi capelli di lucido rame che ricadeva sulla spalla sinistra fino a toccare il pavimento. Avrebbe voluto afferrarla e portarla in camera, per riprendere da dove avevano lasciato nella vasca. Invece, frenò quel desiderio molto naturale e spostò i pensieri al samovar in attesa, pieno di acqua calda, e al suo rituale del tè. Tè e confessione prima, poi a letto…

"Piangono un sacco quando sono appena nati," disse Caroline. "I bambini, i bambini umani piangono *un sacco*. Dovendo scegliere, ma per favore non andate a dirlo a mio fratello o a Jane, io preferisco i miei animali."

"È sempre stato così."

"Sì, ma pensavo che una volta che Jane e Salt avessero avuto i loro bambini, io avrei potuto cambiare idea. Voglio bene a tutti loro e vorrò bene a quelli che verranno, e mi diverto particolarmente con Ned e Beth, ora che camminano e parlano e possiamo giocare insieme. Sono sicura che vorrò bene anche a Sam esattamente allo stesso modo, quando sarà un po' più grande. Ma… essere zia non mi ha cambiato tanto da non amare i miei animali come, se non più, di prima che Salt avesse i bambini. È sbagliato?"

"Non è sbagliato essere sinceri. Ma non sarebbe un bene riferire questi sentimenti ai genitori che stravedono per i loro figli. Devo ancora conoscere Ned e Beth. Mi hanno presentato Sam, oggi, e nonostante la mia limitata conoscenza di neonati, mi è sembrato un bel bambino."

"Sì, è vero. Mi ricorda uno di quei paffuti cherubini dipinti sul soffitto del salone da ballo. Gli mancano solo le ali e un piccolo arco con la freccia."

"Proprio così! Ho sentito dire che le donne che non stravedono per i bambini diventano esseri completamente diversi una volta che hanno i loro da tenere in braccio."

Caroline arricciò il nasino lentigginoso. "Vi aspettate che abbia un mucchio di bambini?"

Antony aveva fatto un commento in generale, non aveva voluto sottolineare i dubbi di Caroline riguardo ai suoi sentimenti per i neonati e i bambini in genere, quindi la serietà della sua domanda, unita all'arricciarsi del suo nasino all'idea, fece scoppiare Sir Antony in un'involontaria risata, e il sorriso gli restò sul volto quando Semper, appena entrato dalla camera, sentì la domanda di Lady Caroline e inciampò nei suoi stessi piedi. Pensando di orientare la conversazione in un'altra direzione, ma rendendosi conto troppo tardi di aver reso la situazione ancora più imbarazzante, non solo per Semper ma per tutti, Antony disse a Caroline:

"Non è una cosa su cui abbia riflettuto a fondo. Non è per dire che non avremo—ehm—un mucchio di bambini. Quello che mi aspetto, e lo so da tanto tempo, è che la vita matrimoniale con voi significherà condividere la nostra casa con un assortimento di amici: pelosi, a quattro zampe e pennuti. E mi sono sempre trovato a mio agio con loro. Dopo tutto, voi non sareste la stessa senza il vostro serraglio. Entrambi amiamo gli animali. Per quanto riguarda i bambini e i figli… Confesso che non ho permesso a me stesso di pensare a quell'aspetto della nostra vita matrimoniale che dà i figli come risultato…"

Caroline aggrottò la fronte, non del tutto contenta di quell'ammissione. Passò al carlino l'osso che il cucciolo aveva fatto cadere nella ciotola ma che sembrava non riuscire ad afferrare di nuovo con i suoi dentini.

"Voi non… Non avete mai pensato a noi *in quel modo*?"

"Non potevo permettermi di pensare a noi in quel modo."

"Non potevate? *Mai*? Nemmeno il giorno del mio quindicesimo compleanno quando vi ho baciato sulla guancia dicendovi che ci saremmo sposati?"

"Certamente no! Avevate solo quindici anni."

Caroline alzò una spalla, sprezzante.

"Non è un buon motivo."

"Lo è, quando si hanno otto anni in più!"

"Forse il giorno del mio diciassettesimo compleanno?" Lo punzecchiò. "Era un mese particolarmente caldo. Ricordate? Faceva così caldo che andavo a nuotare nel lago quasi tutti i giorni e voi siete venuto a stare con noi, e voi e Salt siete andati a cavalcare, un giorno, e mi avete trovata allungata sui gradini del padiglione d'estate con solo la camicia bagnata. Certamente *quello* lo ricorderete?"

Antony si passò una mano sul volto con gli occhi chiusi. Certo che lo ricordava. Ricordava come la camicia bagnata aderisse a ogni seducente curva, come i capelli, bagnati, color rosso rubino scuro, scendessero in spirali lucenti e gocciolanti fino alle sue cosce; come fosse solo la fortuita posizione di due di quelle spirali a velare i suoi capezzoli. Aveva fissato senza battere ciglio le sue forme adorabili finché gli occhi si erano seccati.

Evitò di fare commenti.

"Certo che dovete ricordarlo! Stavo per tornare nel lago quando Salt mi ha gettato l'asciugamano, predicando, nel suo solito modo da fratello maggiore, sulla necessità di non andare mai a nuotare nel lago senza la mia governante. Mi ha fatto promettere di indossare il mio orribile abito da bagno sopra la chemise e di fare in modo che fosse presente almeno un cameriere perché, altrimenti, se mi fossi trovata in difficoltà, non ci sarebbe stato nessuno cui chiedere aiuto e sarei annegata. Certamente non ascoltavo, anche se fingevo di essere contrita. Per tutto il tempo in cui Salt stava facendo la parte del fratello maggiore, io sorridevo dentro di me perché sapevo che mi stavate fissando. Non avete sbattuto le palpebre una sola volta! Ammettetelo!"

"Avete maneggiato maldestramente quell'asciugamano, senza nemmeno tentare di coprirvi," borbottò Sir Antony. "Siete rimasta lì apposta in tutta la vostra gloria sapendo che vi stavo fissando! Avrei dovuto nascere senza parti maschili e senza inclinazioni naturali per non fissarvi! E voi lo sapevate! Prendersi gioco di un uomo in quel modo, non c'è niente da ridere, Caroline! Dio mio, che fatica stare seduto in sella, dopo!"

Caroline sorrise soddisfatta. "Quindi mi *avete* guardato. Mi avete guardato *in quel modo*, quindi dovete aver pensato a noi due insieme, nu…"

"Sì! Sì! Va bene! Lo ammetto, per quella volta," confessò per interromperla.

"Solo quella volta? Non è molto romantico."

"Il romanticismo non ha niente a che fare con tutto questo!"

Caroline fece il broncio e poi disse, sfacciata: "Io ho pensato spesso a noi due insieme, a letto, nudi. Non ne sono proprio certa, ma credo di sapere, che è quasi la stessa cosa che esserne certi, che la prima volta che ho immaginato noi due insieme nudi sia stato appena prima del mio quattordicesimo compleanno…"

"Buon… Dio!"

Caroline ridacchiò davanti alla sua espressione sbalordita, e ancora di più quando slacciò il grosso bottone del mantello umido e lo lasciò cadere dalle spalle. Sir Antony fece un passo avanti, come per afferrare il mantello, ma Semper arrivò per primo e riuscì ad agguantare il pesante indumento, prima che cadesse schiacciando l'ignaro cucciolo che stava felicemente mordicchiando il suo osso.

Antony aveva dimenticato che il suo maestro di casa era ancora nella stanza. Tentò di continuare a ignorarlo.

"Siete in camicia da notte!"

"Stupidone! Certo," rispose tranquillamente Caroline all'esclamazione di Sir Antony. "Ero a letto quando ho deciso di farvi visita. Non vi aspettavate certo che fossi completamente vestita a quest'ora della notte, no? Ci sarebbero volute *ore*. No, per favore, non mettetemi di nuovo addosso quella roba bagnata," gli ordinò, quando Antony strappò il mantello dalle mani del maestro di casa. "Preparatemi una tazza di tè caldo e mi scalderò di nuovo. Inoltre," aggiunse, saltellando verso la porta a due battenti che presumeva portasse in camera, "ci sono sempre le coperte dove rannicchiarsi… è da questa parte…?"

Sir Antony alzò gli occhi al soffitto decorato, ficcò il mantello tra le mani del maestro di casa, che le aveva tese per riceverlo, con il volto che non tradiva minimamente i suoi pensieri, e stava per seguire l'amore della sua vita in camera quando lei uscì di corsa per prendere il cucciolo di carlino. Lo raccolse, profondendosi in mille scuse per averlo dimenticato, e stava per raccogliere l'osso masticato quando Antony prese l'osso dalla bocca del carlino e tese la mano verso il cucciolo.

Caroline esitò.

"Boots non è mai stato lasciato solo. A dire il vero, questa è la prima volta che si allontana da suo fratello e da sua sorella…"

"Fratello e sorella?"

Caroline annuì.

"Ho già trovato una buona casa per due dei cuccioli di Carlina Penny e terrò Boots, checché ne dica Salt, perché è il piccoletto della cucciolata, quindi me ne restano due…"

Antony sorrise davanti alla sua preoccupazione.

"Sono sicuro che troverete dei padroni anche per loro. Altrimenti…" Fece spallucce. "Non ho obiezioni ad aggiungere altri due membri al vostro serraglio, se può farvi sentire meglio…"

Caroline corse da lui, gli gettò le braccia al collo e lo baciò. "Grazie! Ora mi sento molto meglio."

"Ciò detto", aggiunse con aria seria, anche se la bocca cercava di sorridere, "Sono perfettamente d'accordo di dividere la mia casa, ma non la mia stanza da letto, con il vostro serraglio. Mi piace dormire, e quindi anche voi…"

"Jane e Salt dividono la loro camera con…"

"Quello che vostro fratello e sua moglie, o ogni altra coppia al mondo, fanno nell'intimità dei loro appartamenti non è importante. A me interessa solo la nostra sistemazione."

Caroline chinò la testa di lato, riflettendo. "Ma quando avremo dei bambini…"

"…riparleremo del mio editto." Antony accarezzò una lunga ciocca di capelli color rame che le era ricaduta sulla spalla, dicendo dolcemente: "Forse preferireste tornare nel vostro letto…"

Questo la fece decidere. Dopo aver dato un'affettuosa strofinata con il naso a Boots, consegnò riluttante il cucciolo a Semper, che era appena tornato dopo aver consegnato il mantello bagnato a un cameriere, nel corridoio di servizio. Se non fosse stato occupato a far valere la sua posizione come padrone in casa propria, con un'espressione severa fissa in volto, Antony avrebbe riso vedendo il suo maestro di casa arretrare di colpo nel veder violata la sua immacolata persona, quando il cucciolo gli leccò immediatamente il mento.

"Semper, forse la signora Semper potrebbe fare l'estrema gentilezza a Lady Caroline di occuparsi di Boots finché sua signoria tornerà a Salt House…"

"…in mattinata," lo interruppe Caroline.

"Fra due minuti, se non filate immediatamente in camera!"

"Come siete poco romantico!" Dichiarò Lady Caroline, ma fece quello che le chiedeva quando Antony fece una smorfia e sembrò essere colpito da subitaneo imbarazzo. Era sparita da meno di un minuto quando mise fuori la testa dalla porta, con i fieri capelli rossi che ricadevano fino al pavimento.

"Chiedo scusa in anticipo per tutte le sue pozze!" Disse a voce alta, interrompendo la conversazione mormorata di Antony con il suo maestro di casa. "Boots non conosce ancora le buone maniere…"

"Grazie, milady, sono sicuro che la signora Semper se la caverà magnificamente," dichiarò Antony senza voltarsi. Quando non arrivò nessun commento sfrontato in risposta, non riuscì a frenarsi e girò la testa. Ovviamente lei era ancora lì che gli sorrideva. Mimò silenziosamente con le labbra la parola "andate."

Caroline alzò il mento e lo guardò con aria di sfida. Quando Antony alzò un sopracciglio, obbedì riluttante ma non prima di mostrargli la lingua.

L'arrivo di Lady Caroline a South Audley Street col favore delle tenebre non fu notato, e non avrebbe suscitato commenti dagli abitanti di Westminster; erano tutti in casa che dormivano a un'ora così tarda. Senza la luna piena, e con la nebbia bassa sui tetti, perfino i più avventurosi non se la sentivano di vagabondare per le strade senza un buon motivo. Se il gentiluomo ubriaco a cavallo, oppure il venditore stanco con il suo carretto vuoto, notarono la portantina, nessuno dei due si interessò abbastanza da accorgersi che lo stemma impresso sul pannello laccato di nero, sotto il finestrino con la tenda tirata, apparteneva al conte di Salt Hendon.

C'era chi, però, era all'erta per ogni possibilità e aveva uno scopo. I soci dal volto affilato dell'acciuffa ladri assunto da Sir Antony, e che riferiva a Ralph Semper, erano appostati nell'ombra dall'altra parte della strada, con i cappotti tirati sopra le orecchie e i cappelli giù sulla fronte per ripararsi dal freddo della notte. Erano il turno di notte, sul posto per sorvegliare per tutta la notte la residenza dei Templestowe.

Il turno di giorno aveva passato la giornata a viaggiare avanti e indietro nei dintorni a ovest di Londra, seguendo una carrozza occupata da Lady St. John, dalla sua dama di compagnia, la signora Smith e, per qualche tempo, da Lady Dalrymple. Il signor T. aveva informato il turno di notte che era fiducioso che, dopo una giornata così piena di attività, Lady St. John e la sua compagna non avrebbero messo piede fuori dall'edificio quella notte. Quindi i suoi colleghi si permisero di chiudere un occhio e dormire per qualche ora nella rientranza di un portone. All'arrivo della portantina con un ragazzo in livrea con la torcia per illuminare il cammino si diedero reciprocamente di gomito per svegliarsi.

Guardarono i portantini salire i due bassi gradini e attraversare la soglia, ammessi nell'atrio dal portiere. La porta fu richiusa contro la fredda aria notturna e il ragazzo con la torcia scomparve giù per le scale, verso l'entrata di servizio sotto il livello della strada. Passò un'ora, e poi un'altra, e proprio quando le due guardie cominciavano a chiedersi se il suo occupante avrebbe passato la notte lì, la portantina emerse dalla palazzina, portata dai due uomini robusti, con il ragazzo con la torcia che si affrettava a salire le scale, riaccendendo la torcia per illuminare di nuovo la strada.

I due uomini osservarono con scarso interesse i portantini che ripartivano con la portantina, rifacendo la strada da dove erano venuti, sparendo nel buio, con la fiamma della torcia che svaniva nella nebbia.

Quello che non potevano sapere, e i due portantini ignari e il ragazzo con la torcia erano altrettanto all'oscuro, era che l'occupante della portantina che era partita dalla palazzina non era lo stesso che era arrivato due ore prima. Con indosso un mantello rosso foderato di pelliccia simile a quello che aveva indossato Lady Caroline, e sicura che i portantini non avrebbero distinto un mantello rosso da un altro, una donna scese maestosamente lo scalone, con il cappuccio alzato sopra i capelli e con la testa china per nascondere il viso. Era seduta e aveva chiuso lo sportello, prima che il portiere potesse convocare i portantini che sonnecchiavano nella ritirata sotto la scala.

Senza che venisse detta una sola parola, i portantini alzarono i pali e trasportarono nuovamente la sedia a Grosvenor Square. Entrare nella casa del conte di Salt Hendon, con un portiere semiaddormentato ad aprire la porta sotto l'occhio vigile di due robusti servitori, fu una mera formalità. Il portone d'ingresso fu richiuso al mondo e i servitori, che conoscevano bene il significato della frase 'non dare nell'occhio', aprirono lo sportello prima di tornare al loro posto per la notte, dando alla donna il tempo e l'intimità per uscire quando avesse voluto.

Erano passati quattro anni da quando Diana St. John era stata dentro le mura di quell'illustre palazzo, quindi si prese un momento per respirarne l'aria rarefatta. Con un sorriso soddisfatto, ricordò la pianta della casa. Ogni stanza opulenta con il suo arredamento e gli accessori di buon gusto, ogni ampio corridoio e vestibolo illuminato dalle candele, erano incisi così profondamente nella sua mente che, se fosse stato necessario, avrebbe potuto trovare la strada bendata.

Quello che la turbava, e che l'aveva consumata durante la sua prigionia, era che non conosceva bene le stanze che invece aveva bisogno di conoscere più intimamente, se voleva portare a termine con successo il suo piano di spazzare via dalla faccia della terra la progenie della contessa. Per quanti sogni vividi avesse di Salt House, di lei che si comportava come se ne fosse la padrona, nessuno di quei sogni aveva mai riguardato la nursery. Era stata in quell'odiosissimo posto solo una volta, e malvolentieri. L'esistenza di una nursery a Salt House l'aveva divorata e tormentata durante tutta la sua prigionia, perché rappresentava il futuro del conte, un futuro senza di lei.

Ancora con il mantello rosso indosso e il cappuccio sui capelli, Diana St. John si si avviò verso il posto che odiava di più.

V E N T I

"QUANDO DITE CHE SIETE UN UBRIACONE *ABITUALE*, SIGNIFICA CHE siete *sempre* ubriaco?"

Caroline era appoggiata alla lucida testata del letto di Antony, dopo essersi messa comoda tra i cuscini di piume, con le lenzuola di lino e il copriletto ricamato rialzati a coprirle le gambe incrociate. In grembo aveva un piccolo vassoio cinese, con un piattino, un piccolo piatto con la fettina di limone spremuta e un cucchiaio d'argento. Teneva la tazza di porcellana tra le due mani e ogni tanto sorseggiava il tè caldo dolce, mentre parlavano.

"Lo ero. Ero costantemente ubriaco," rispose Sir Antony alla domanda solenne. "Forse non si vedeva, ma non ricordo un giorno in cui non bevessi oltre il necessario."

"Ma tutti bevono."

"Non nel modo in cui lo facevo io. Non tutto il giorno, tutti i giorni. Non al punto da non ricordare più che cosa si è fatto il mattino, tanto meno il giorno prima!"

"E ora non bevete più del tutto?"

"Non bevo niente che sia stato distillato, fermentato o che possa inebriare."

"Niente del genere…*mai*?"

"Non una goccia."

"Allora che cosa bevete?"

Antony le sorrise, alzando la sua tazza di porcellana.

Caroline lo guardò stupita. "Solo tè? Nient'altro?"

"Oh, sareste sorpresa di quanto ci sia da bere e che non contiene alcol:

tè, caffè, cioccolata, succhi di frutta, acqua aromatizzata… E poi c'è il vino speciale del principe Mikhail."

"Vino speciale? Che cos'ha di speciale?"

"Dovrei dire che sono le bottiglie che contengono il vino speciale che lo rendono speciale. Non c'è vino in realtà nelle bottiglie," le spiegò, "solo acqua aromatizzata. Ne ho una dozzina di bottiglie nella mia cantina. Quando è necessario, io bevo solo da quelle bottiglie. È un trucchetto che mi permette di bere in compagnia senza effettivamente bere vino."

"E quando guarirete?"

Antony esitò a rispondere e prese tempo, aggiungendo mezzo cucchiaino di zucchero nel suo tè e mescolandolo, per poi allontanarsi dal carrello del tè per sedersi sulla sponda del letto accanto a lei. Si sentiva pesto e ammaccato e il tè, la sua seconda tazza, contribuiva a calmare il suo cuore, che stava battendo troppo in fretta. Aveva messo a nudo la sua anima, aveva confessato il suo passato da ubriaco, tutto, a Caroline, che aveva ascoltato senza fare commenti, come le aveva chiesto. Naturalmente, ora lei aveva delle domande che pretendevano risposte e quella domanda, quella che gli aveva appena fatto, era proprio quella cui era più difficile rispondere. Richiedeva che le dicesse che cosa c'era in serbo nel loro futuro. Antony pregava che lei accettasse ancora di sposarlo. Avrebbe considerato passare la vita con un alcolizzato un fato migliore di essere sposata con un narcisista malato di consunzione e portato agli scatti d'ira?

Le prese la mano e la guardò negli occhi verdi. Meglio essere franchi, in che altro modo poteva dirglielo?

"Non c'è cura. Sarò un alcolizzato per il resto della mia vita."

"Ma… Voi non vi ubriacate più. Avete smesso di bere…"

"Questo non significa che non ne abbia voglia o che non mi ubriacherò più in futuro," le spiegò. "Il desiderio di bere è sempre in me. Non va mai via."

Caroline era perplessa. "Come fate a sapere che non se ne andrà? Come fate a sapere che non potete solo bere un sorso e fermarvi?"

"Un alcolizzato non riesce a smettere dopo solo un bicchiere. È tutto o niente."

"Ma… Come fate a saperlo? Forse smetterà?" Chiese speranzosa. "Forse un giorno vi sveglierete e non avrete più quel desiderio spasmodico di bere?"

Antony scosse la testa.

"Caroline, ascoltatemi. È importante che vi rendiate conto di che cosa sono e come sarà ogni giorno… Come sarà per noi, se mi sposerete. Ricordate che vi ho raccontato come il principe Mikhail mi abbia aiutato, quando avevo toccato il fondo? È stato in grado di aiutarmi perché anche lui è un alcolizzato. Ha riconosciuto i segni. Mi ha permesso di vedere fino che punto può sprofondare un ubriacone per trovare un altro bicchiere. Ha pagato un alto prezzo, prima di tornare in sé e rendersi conto che se non avesse smesso di bere sarebbe morto, e prima che i suoi figli imparassero camminare da soli!

"Una notte, è stato trovato congelato per strada. Il suo cuore batteva appena. Il congelamento era così grave che i chirurghi hanno dovuto operarlo. Due dita della mano sinistra e tre dita del piede destro sono diventate nere e sono andate in cancrena, e quindi hanno dovuto essere amputate. Ma ringraziava il cielo di essere vivo. Non voleva che io finissi allo stesso modo prima di rientrare in me. Mi ha convinto ad accettare il suo aiuto e i suoi consigli, e quindi è a Misha—Sua Altezza—che devo la mia vita, questa nuova vita. Lui riesce a controllare la sua bramosia per l'alcool da dieci anni, e di per sé è un'impresa, ma non senza il sostegno di sua moglie, di sua sorella e la vigilanza dei suoi sorveglianti."

"Sorveglianti?"

"Servitori addestrati a rilevare i segni della debolezza. Se il loro padrone ci ricasca, hanno il suo permesso scritto e il perdono preventivo per rinchiuderlo finché non torna padrone di sé. È una misura drastica, ma efficace."

"E anche voi avete questi servitori, questi sorveglianti?"

"Sì, cinque dei miei russi, che sono venuti con me in Inghilterra, sono ben addestrati, addestrati a controllarmi, a rilevare eventuali segni di debolezza e, se dovessi lasciarmi andare, ad agire, e ad agire in fretta. Hanno lo stesso permesso scritto e il perdono preventivo, per rinchiudermi anche contro la mia volontà. Mi cureranno e si occuperanno di me, fino a quando sarò di nuovo una compagnia adatta agli altri. Nessuno può interferire con il trattamento."

"Volete dire che vostra moglie e la vostra famiglia non devono interferire."

"Sì. Non temete, non possono rinchiudermi per un capriccio. Devono essere d'accordo tutti e cinque, e quattro non possono agire senza il consenso del quinto. Caroline, dovete capire che, sicuramente come la notte segue il giorno, arriverà un giorno in cui io cadrò. La pulsione a volte è insopportabile, ma finora sono riuscito a controllare la mia bramosia."

Caroline gli strinse le dita. "Credo di capire… Non mi piace l'idea che siate rinchiuso, che dobbiate essere *curato*. E mi preoccuperò terribilmente finché non starete di nuovo bene, ma non interferirò mai in qualcosa che è un bene per voi…"

Antony le baciò la mano. "Grazie."

"I servitori barbuti che hanno portato il carrello del tè nel salone…

Quello che mi ha sollevato e portato nel vostro spogliatoio… Sono i vostri sorveglianti?"

"Sì." Sir Antony rispose con un sorriso a labbra tirate. "Speravo che nonostante fossero russi si sarebbero integrati tra la mia servitù, con una livrea." Fece una risata: "Avrei dovuto rendermi conto che cinque minuti dopo aver lasciato San Pietroburgo avrebbero gettato via i rasoi. Portare la barba è proibito per decreto imperiale a San Pietroburgo ma il resto della Russia ignora l'editto. Non posso costringerli a rasarsi, né lo vorrei. La barba, sembra, fa parte del loro stile naturale di vita. Quindi sarò l'unico inglese con i servitori irsuti."

"Oh, io penso che siano splendidi con le loro barbe. Dà un tocco di esotico alla vostra casa." Gli sorrise, con le fossette, "Dovreste vestirli con una livrea diversa da quella degli altri camerieri. Con una passamaneria dorata e calze colorate. Renderli speciali. Farli apparire come delle guardie del corpo. Che, se ci pensate bene, è quello che sono. Certamente ne hanno l'aspetto, così grandi e grossi. E quando viaggeremo da un'ambasciata continentale all'altra, tutti parleranno di noi, e tutto per via delle nostre guardie barbute. Potremmo perfino dare il via alla moda dei servitori pelosi!"

"Allora i miei baci hanno avuto la vostra approvazione? O è stato qualcos'altro in particolare della mia persona che vi ha fatto decidere ad accompagnarmi nella mia prossima missione…?"

Caroline tenne le ciglia abbassate, anche se non poté impedire al calore di arrossarle le guance. "I vostri baci mi fanno formicolare…"

"Davvero?"

"…dappertutto. E quel qualcosa…"

"Qualcosa?"

"…quel qualcosa in particolare non è quello che pensate! Anche se quello che dirò di quell'altro particolare qualcosa è che non avete bisogno dei miei complimenti perché sono sicura che altre donne, con molta più esperienza, vi hanno lodato senza esagerare."

"Lodato? Per i miei capelli corti?" le rispose con una finta smorfia di curiosità.

"I capelli?" Fu la volta di Caroline di aggrottare la fronte. "Permettete alle altre donne di vedervi senza la parrucca? No! Non rispondete! Non sono affari miei, sono affari vostri e io…"

"…voi sarete l'unica donna da ora in poi che avrà quel privilegio. Sembrate stranamente contenta della mia testa al naturale, quindi, nonostante senta il bisogno urgente di coprirmi la testa con un berretto, in compagnia, per voi non l'ho fatto.

"Oh! Oh! Sì! Stavo…"

"Quel qualcosa in particolare cui vi riferivate è il mio scalpo *sans perruque?*"

"Sì! Certo!" disse in fretta Caroline, più imbarazzata che mai.

Quando Antony sorrise e ammiccò, il volto di Caroline si colorì ancora di più, rendendosi conto della sua manovra scherzosa. Sorrise, per nulla a disagio; in effetti era stupita di sentirsi sopraffatta da un senso di completa felicità. Per la prima volta da anni, l'incertezza e la tristezza erano sparite. Era felice, e con la felicità venne la consapevolezza di come si sentisse a suo agio appoggiata ai morbidi cuscini di piuma nel letto di Antony. Immaginò che sarebbe stato così da sposati. Avrebbe voluto raggomitolarsi sotto le coperte con le sue braccia e il corpo avvolti attorno a lei, per poi addormentarsi soddisfatta. Dormire. Si rese improvvisamente conto di quanto fosse stanca, dovevano essere già le prime ore del mattino.

Eppure c'erano ancora alcune domande da fare e voleva che Antony rispondesse subito, mentre si stavano scambiando confidenze, a loro agio. Era stato così franco sulla sua condizione, una cosa di cui lei era totalmente ignara, e che le aveva fornito la spiegazione del suo comportamento passato, così poco in sintonia con l'Antony che conosceva e amava. Ammirava il suo coraggio per aver messo a nudo la sua anima con lei e poiché l'aveva fatto, e lui era il suo miglior amico e lei lo amava, era solo giusto che lei condividesse il suo peso.

"Parlatemi del tè," gli chiese a bassa voce. "È quello che vi aiuta a smettere di voler bere quelle sostanze che vi fanno male?"

"È il rituale che accompagna la preparazione di una tazza di tè perfetta che mi aiuta a superare il desiderio di bere," le spiegò. "Ogni volta che preparo una tazza di tè, seguo una serie precisa di passi. Ogni passo che mi avvicina alla tazza di tè perfetta è un passo che mi allontana dal desiderare un bicchiere di vino, o quel goccio di brandy."

"Sì, riesco a capire come possiate essere assorbito dal rituale. Come preparate voi il tè è rasserenante," gli rispose Caroline, con un sorriso e uno sbadiglio represso.

Antony sorrise. "Rasserenante è un altro modo di dire noioso? Sto facendo addormentare la mia dama?"

"No, non prendetemi in giro!" disse Caroline facendo il broncio. "È tardi e ho sonno…" Appoggiò la tazza e si stese tra i cuscini. "Mi piace come preparate il tè. Mi piace osservare il vostro rituale. Vi guardavo oggi nel salone e voi avete seguito esattamente gli stessi passi ora come allora. Ogni piccolo particolare è lo stesso. Per esempio, i manici delle tazze sono tutti a un certo angolo verso sinistra, mentre i cucchiaini sono sul piattino, a destra."

"Siete un'osservatrice. Il rituale mi aiuta a restare sobrio. Ci sono altri aspetti della mia vita cui applico un rituale. Tutto aiuta a distrarmi, permettendomi di concentrarmi sulle cose più importanti della mia vita."

Caroline si raggomitolò sotto le coperte e lo guardò con un sorriso da civetta. "Io sono importante nella vostra vita, milord?"

Antony inarcò un sopracciglio. "Avete bisogno di chiederlo?"

"Ovviamente. Non mi stancherò mai di sentirvelo dire."

"Volete sapere che cosa mi ha finalmente fatto smettere di bere?"

Caroline scosse la testa, anche se si irrigidì aspettando la sua risposta.

"Misha può avermi aperto gli occhi e dato un nome alla mia pulsione. Mi ha fatto venire a patti con quello che sono veramente, per farmi guardare allo specchio e dire: sono un alcolizzato. Ma dovevo comunque avere il desiderio di dare una svolta alla mia vita, avere una ragione per cambiare, cambiare in meglio."

"Ditemelo," mormorò Caroline. "Qual è stata la vostra ragione?"

Antony rispose senza esitare.

"Voi, Caroline. Volevo chiedervi di sposarmi con il cuore e la mente puliti." Sbuffò. "Sono riuscito a farlo, anche se ho pasticciato un po'."

Caroline scosse la testa, con le lacrime agli occhi.

"No. No. L'avete detto splendidamente. Mi avete chiesto di sposarvi come ho sempre sognato che avreste fatto. È stato perfetto. Sono io quella che l'ha rovinato per voi—per noi—*io* ho fatto un pasticcio!"

Antony fissò la mano di Caroline nella sua e disse, con una nota di tristezza: "Ho preso la decisione di smettere di bere prima di sapere che avevate sposato Aldershot. Quando ho scoperto che eravate la moglie di un altro, che non potevate essere mia... Ho quasi rinunciato. Ho seriamente pensato che restare ubriaco per il resto della mia vita fosse preferibile a vivere da sobrio con voi sposata a un altro."

"Oh, Antony, *no*."

"Ma poi mi sono reso conto che se non potevo restare sobrio per me stesso, che razza di uomo ero? Temevo che se fossi tornato alla mia vita da ubriacone e fossi tornato in Inghilterra per trovarvi felicemente sposata, magari con dei figli, non sarei mai riuscito a controllare la mia dipendenza."

"Ma siete tornato, e io non sono più sposata, non ho figli e voi vi sapete controllare, quindi non c'è ragione di avere paura, no?"

Antony sorrise al tono di ottimismo nella voce di Caroline e saltò giù dal letto. Raccolse il piccolo vassoio laccato con le loro tazze vuote e restò in piedi a guardarla per un momento.

"Mi sono reso conto di un'altra cosa mentre mi guardavo allo specchio... Una vita vissuta senza dividerla con chi si ama è una vita solo a metà..." Le fece un piccolo, bizzarro inchino con la testa. "Per favore scusatemi un momento mentre ritiro le tazze..."

Fece con calma, impilando i piatti puliti, sciacquando le tazze e i cucchiaini d'argento con l'acqua calda del samovar, e poi asciugando attentamente ogni singolo articolo prima di rimetterlo al suo posto sul carrello da tè. Versò le foglioline fradice in un alto vaso di porcellana col coperchio e sciacquò le due teiere, rimettendole nei relativi supporti. Poi pulì il filtro di porcellana bianca e blu, e lo mise da parte, prima di asciugarsi le mani con un tovagliolo, che poi piegò e rimise sul gancio fissato al lato del carrello. Sicuro che il servizio da tè fosse pronto per la sua prossima tazza, lasciò il carrello e tornò verso il letto.

Caroline dormiva profondamente. Sapeva che sarebbe successo. Aveva preso tempo, abbastanza da assicurarsi che per quanto tentasse di restare sveglia, lei non sarebbe riuscita a combattere il bisogno di chiudere le palpebre pesanti e cadere in un sonno profondo. Con le mani nelle tasche della banyan di seta restò a guardarla. Faceva ancora fatica a credere che Caroline fosse nel suo letto, che fossero suoi i lucenti capelli rossi sparsi sui suoi cuscini bianchi.

Prima, quando aveva attraversato la sua stanza, dopo aver consegnato Boots il Carlino al suo maestro di casa, il suo desiderio più travolgente era stato di togliersi la vestaglia, aiutare Caroline a liberarsi della fine camicia con il bel bordo di pizzo all'orlo e allo scollo, gettarla nuda sul letto e baciarla dappertutto. Avrebbe fatto l'amore con lei tutte le volte che lei avesse voluto; le avrebbe provato che poteva renderla più felice di quanto potesse fare qualunque altro uomo al mondo. Invece aveva frenato il suo travolgente desiderio e aveva tranquillamente preparato una tazza di tè per entrambi.

Non che la confessione o l'ora tarda che avessero spento il suo desiderio. Desiderava ancora come prima fare l'amore con lei, e il suo corpo ne era una prova evidente. Era qualcosa di meno tangibile ma non meno reale per lui. Era orgoglio? Onore? Arroganza? Qualunque nome avesse, pretendeva che lui restasse ligio al suo codice di condotta cavalleresca. Per lui, mantenere il proprio onore era importante quanto respirare. Senza onore, non sarebbe stato un gentiluomo. Né avrebbe deprezzato la più esaltante e intima esperienza tra una coppia innamorata, che avrebbe dovuto cominciare la prima notte di nozze e non prima. Così, teneramente, scostò una lunga ciocca dei setosi capelli rossi dalla guancia di Caroline, le baciò dolcemente la fronte, le rimboccò la coperta e si ritirò nello spogliatoio. Una notte scomoda passata sulla dormeuse era un piccolo prezzo da pagare per una coscienza pulita e un sonno sereno.

Si svegliò due ore dopo, bagnato di sudore freddo, sognando, non la sua adorata Caroline, addormentata nel suo letto nella stanza accanto, ma sua sorella, e seppe con deprimente certezza che non avrebbe mai avuto la vita che sognava con Caroline finché non si fossero occupati di Diana, una volta per tutte.

Quel pomeriggio, sua sorella gli aveva strappato di mano l'invito a partecipare al ballo in maschera di Salt, con gli occhi che brillavano trionfanti. Aveva orgogliosamente mostrato il cartoncino dai bordi dorati a Lady Dalrymple e alla signora Smith. Com'era prevedibile, la conversazione durante la cena e dopo, col caffè e i macaroon nel salone etrusco, fu tutta incentrata sul ballo in maschera, da che cosa indossare a chi avrebbe partecipato e alla necessità di passare i pochi giorni che mancavano al ballo, occupate nelle prove dei loro costumi e a far visita ai loro amici, anch'essi sulla lista degli invitati.

Sir Antony era rimasto seduto in una poltrona dorata nel salone, con la sua tazza di tè, unico silenzioso spettatore maschile di questa animata discussione femminile. Avrebbe potuto essere un fantasma intento a una visita eterea tanto la sua presenza era passata inosservata. Non importava. In realtà, era stato contento di essere ignorato. Gli aveva dato la possibilità di studiare sua sorella e, egoisticamente, imprimersela così nella memoria: bella, animata, traboccante di eccitazione, presa dall'innocua ricerca del costume e della maschera.

Più tardi si era ritirato nelle sue stanze, sopraffatto dalla stanchezza. L'invito aveva cominciato a servire al suo scopo. Diana si cullava in un falso senso di sicurezza per quanto riguardava il suo posto negli affetti del conte di Salt Hendon, perché certamente l'invito significava che era stata perdonata.

Era stato mentre si spogliava e gli preparavano il bagno che aveva formulato un piano per l'incarcerazione di Diana. Con l'aiuto dei russi, del signor T. e dei suoi soci, aveva inteso far 'morire' Diana la sera del ballo in maschera. Un potente narcotico e trovarla incosciente in fondo alle scale avrebbero portato la società e i membri della famiglia a credere che fosse caduta e si fosse rotta il collo. Ci sarebbe stato un funerale ma nessun corpo. Solo con la sua morte i suoi figli avrebbero potuto piangerla, sarebbe stata risparmiata l'ignominia al nome della famiglia e la vita avrebbe potuto proseguire. In realtà, sua sorella avrebbe passato il resto dei suoi giorni nelle remote lande selvagge della Russia, da cui l'unica fuga possibile era la morte.

Ora però aveva un piano migliore, grazie al suo *tête-à-tête* con Caroline; lui immerso dell'acqua del bagno e lei seduta sullo sgabello in fondo alla vasca. Aveva ascoltato e aveva reagito alla sua sincera confessione sulla sua vita dalla sua partenza per San Pietroburgo, con quelli che pensava fossero equanimità e ritegno. Ma appena sotto la superficie, stava fremendo. La rabbia sobbollì e poi divenne furia, mentre Caroline apriva il suo cuore e rivelava la sua profonda vergogna e il sentimento di inadeguatezza a diventare sua moglie. Antony sapeva che i quattro anni di crepacuore di Caroline erano da addebitare a lui, e quindi la maggior parte della rabbia era diretta verso se stesso, ma non era sua la colpa della perdita dell'innocenza a un pubblico ballo in maschera. Sapeva a chi addossare la colpa perché, anche se Caroline non ne aveva pronunciato il nome, non c'erano voluti molti ragionamenti e deduzioni per concludere che il suo seduttore e il suo amante erano lo stesso uomo, e che quello'uomo non era altri che Dacre Wraxton, membro del parlamento.

Avrebbe voluto togliere la vita al dissoluto Wraxton, o almeno bucarlo con la punta della sua spada e cavarne il sangue. Invece il diplomatico che c'era in lui studiò un piano migliore, che non solo si sarebbe occupato di Dacre Wraxton ma anche di sua sorella. La società adorava gli scandali e non c'era niente di meglio di uno scandalo grondante lussuria. Wraxton e sua sorella sarebbero scappati insieme sul continente, sua sorella sarebbe poi morta, forse annegando durante l'attraversamento della Manica, e Wraxton avrebbe informato Lord Salt della tragica notizia. Così avrebbe pensato la società, specialmente quando Dacre Wraxton sarebbe sparito contemporaneamente a sua sorella. A Sir Antony non poteva importare meno dove Dacre Wraxton avrebbe trascorso il suo esilio, purché fosse a centinaia di miglia da Caroline. Era più che sicuro che il dissoluto membro del parlamento avrebbe accettato il suo piano. In caso contrario, un duello gli avrebbe fatto cambiare idea in fretta.

Fiducioso che i suoi piani avrebbero funzionato, era deciso a togliersi dalla testa sua sorella per quelle poche ore di sonno che gli restavano. Sprimacciò i cuscini, si sistemò come meglio poteva sulla dormeuse, che non era abbastanza lunga per la sua statura, pensando all'amore della sua vita rannicchiata nel suo letto, e fissò la brace ardente nel camino finché si addormentò.

VENTUNO

Diana St. John sorrise soddisfatta della propria astuzia, mentre andava verso la nursery. Attraversò lo scalone principale e i corridoi, senza destare sospetti nei camerieri che sonnecchiavano ai loro posti nelle alcove illuminate, mentre passava davanti a loro salendo al terzo piano. Era talmente sicura di non essere riconosciuta che abbassò il cappuccio del mantello scarlatto, per trovare più facilmente la strada nelle stanze collegate una all'altra. Camini accesi, con il fuoco basso, e due candele accese nelle applique, una di fronte all'altra, in ogni stanza, fornivano calore e una luce calda.

I bambini dormivano profondamente nei loro lettini. Le bambinaie che li sorvegliavano durante la notte, nel caso uno dei piccoli si svegliasse e dovesse essere accudito, dormivano nelle loro brande o sulle poltrone in ogni stanza. Che non ci fossero porte tra le stanze aiutò Diana St. John a spostarsi facilmente da una stanza all'altra. Si fermò solo in una stanza. Era la stanza di due bambini piccoli, un maschietto e una femminuccia. Entrambi dormivano tranquilli, sulla schiena, e Diana St. John poté dare una bella occhiata ai loro volti, le guance accese per il calore e le fronti lisce e senza preoccupazioni. Il bambino aveva una testa di riccioli biondi e i colori dei Sinclair, la ragazzina, poco più che un'infante, aveva una massa di riccioletti neri, guance tonde rosse come ciliegie e un visino angelico che somigliava tanto alla sua maledetta madre.

Fu il maschietto che Diana fissò più a lungo. La scintilla di affetto materno che provò fu solo per lui, perché somigliava moltissimo al suo nobile padre. Ma il momento passò in fretta perché questo bambino dai capelli d'oro aveva usurpato il posto di suo figlio come erede del titolo di conte di Salt Hendon, e questo lasciava un cattivo sapore e un astioso risentimento. Questo primogenito non avrebbe mantenuto a lungo il suo diritto ereditario, e quel pensiero la fece sorridere.

Si guardò intorno nella grande stanza con i suoi mobili dorati, e rivestiti in azzurro e rosa con le tende in tinta, il camino con il parafuoco di sicurezza e i tappeti morbidi. Una bambinaia era rannicchiata sotto una coperta su una poltrona. Come sarebbe stato semplice dar fuoco alle tende. Quanto ci sarebbe voluto prima che qualcuno sentisse l'odore della stoffa che bruciava, prima che la stanza fosse avvolta dalle fiamme, prima che i bambini soffocassero nella nebbia del fumo? Eppure, resistette al desiderio perché non poteva permettersi di essere implicata.

Agli occhi del conte doveva apparire come la salvezza, doveva essere il suo unico conforto quando fosse arrivato il momento per la sua famiglia di perire in un inferno. E l'opportunità perfetta le era stata consegnata sotto forma di un invito al ballo in maschera. Aveva quasi squittito di gioia a voce alta per aver ricevuto l'invito da Salt, proprio quel pomeriggio. Certamente significava che la presa di sua moglie su di lui stava declinando, perché lei non avrebbe mai accettato la presenza della sua rivale, e non era una sorpresa. Tre bambini in rapida successione avevano sicuramente fatto sbiadire il bell'aspetto di quella puttana scheletrica. Un uomo con gli appetiti di Salt richiedeva femmine fresche e vogliose per provvedere ai suoi bisogni, e lei gliele avrebbe fornite, tutte quelle che servivano, appena avesse ripreso il suo meritato posto al suo fianco.

Con un motivo legittimo per essere nella casa la notte del ballo, che cosa ci sarebbe stato di più semplice che sparire per permettere alla signora Smith di entrare in casa? Lei avrebbe acceso il fuoco; la contessa sarebbe stata avvisata che i suoi figli erano in pericolo, e l'intera famiglia sarebbe stata rinchiusa senza via di fuga dal fumo e dal fuoco. Diana avrebbe salvato l'erede del conte di Salt Hendon, solo per vedere il bambino morire tra le proprie braccia, nonostante tutti i suoi sforzi per rianimarlo. Salvare il bambino sarebbe stata una prova tangibile della sua devozione al conte; che il bambino morisse poi tra le sue braccia dopo tutti gli sforzi fatti per salvarlo, non sarebbe stato visto come una sua colpa. Non vedeva l'ora che arrivasse quel momento.

Non quella notte.

Quella notte era venuta a prendere ciò che l'inutile nipote della signora Smith era stata troppo codarda da strappare dalle dita grassocce di questo bambino dai capelli d'oro. Trovò la scimmia di pezza infilata di fianco al materasso, accanto al cuscino. Secondo la nipote della signora Smith, il bambino non abbandonava mai questo assurdo giocattolo, una bambola di pezza che avrebbe dovuto somigliare a una scimmia con un volto sorridente, una camicia gialla e pantaloni corti. Una simile eccessiva indulgenza non sarebbe mai stata tollerata a casa sua. Ai suoi figli erano stati permessi solo oggetti che avessero uno scopo pratico o educativo, perché come potevano diventare esseri bene educati e obbedienti se si permetteva loro di indulgere nei loro capricci infantili? Questa scimmia era un'altra prova di quanto quella creatura fosse inadeguata come contessa di Salt Hendon, e anche lei sarebbe finita in cenere con il resto della famiglia del conte. Ma, per il momento, le serviva. La scimmia era necessaria per attirare il bambino tra le sue braccia, e allontanarlo dalle sue bambinaie e dai suoi genitori, e dalle fiamme che avrebbero invaso la nursery.

Con la scimmia di pezza in suo possesso, era pronta a tornare alla casa del fratello nello stesso modo in cui era arrivata, nella portantina, e senza sollevare i sospetti dei portantini. Perché altrimenti come avrebbe potuto Lady Caroline tornare a Salt House senza avere idea dell'uso improprio del suo mezzo di trasporto e dei suoi servitori? Infilando la scimmia di pezza sotto il mantello, Diana si voltò per andarsene ma si trovò di fronte, in corridoio, una ragazza adolescente in camicia da notte e calze, che le bloccava l'uscita.

Era sua figlia, Magna.

"Mamma, quella è la scimmia di Ned," disse Magna, con la voce sonnolenta, che indicava che non era completamente sveglia. "Vi è piaciuto il mio quadro di Peter il Macao? È un uccello speciale..."

Dopo una separazione forzata di quattro anni, l'istinto naturale di una madre avrebbe dovuto essere di correre da sua figlia, abbracciarla, baciarla, con il bisogno di contatto fisico che annullava ogni considerazione, per rassicurare la figlia che era amata e le era mancata. Non Diana. Era contenta di vedere la figlia in così buona salute ma la ragazza non avrebbe potuto scegliere un momento peggiore per una riunione di famiglia. Quello sarebbe dovuto succedere più tardi, con il conte e Ron presenti, non prima. Semplicemente non aveva il tempo per accontentare la ragazza, nel suo stato di dormiveglia. Così, con un braccio intorno alle sue spalle sottili, la persuase a tornare a letto. Semiaddormentata, Merry acconsentì in fretta e si infilò sotto le coperte.

"Buonanotte, mamma," disse insonnolita Merry, sistemando la testa sul cuscino. "La nonna e io... Verremo a trovarvi..."

Diana le diede un colpetto sulla spalla, aspettò qualche minuto e sparì.

QUANDO MERRY CHIESE DI SUA MADRE AL TAVOLO DELLA COLAZIONE la mattina seguente, il conte e la contessa si guardarono in faccia sorpresi. Era la prima volta in sei mesi che Merry menzionava Diana. L'unica spiegazione logica, che Merry accettò prontamente, quando riferì a suo zio Salt e alla zia Jane quello che era successo la notte precedente, era che si fosse trattato di un sogno.

"È stato un sogno, zia Jane," disse Merry, quasi per auto convincersi, appoggiando il coltello d'argento del burro sul piatto. Offrì a Beth la sua ultima fettina di pane e marmellata, che la piccola accettò volentieri, e passando lo sguardo dalla contessa al conte, che la stavano entrambi ascoltando, aggiunse: "Ron mi ha detto una volta che se vuoi sognare di qualcosa o qualcuno, quello dovrebbe essere l'ultimo pensiero che hai prima di addormentarti. A me non è mai capitato prima. E non ho mai voluto sognare la mamma, perché mi avrebbe rattristato..."

"È comprensibile," confermò il conte.

Merry annuì e abbassò gli occhi sul piatto bianco e blu, dicendo, con una vocina sottile. "Io non voglio vederla..." Guardò la contessa. "Non sono obbligata a vederla, vero?"

"Mi dispiace, Merry. Vorrei poter comandare i tuoi sogni."

Merry scosse la testa, poi si rivolse al conte.

"Non avrei dovuto dirvelo, ma voi mi avete detto che non si dovrebbero avere segreti, se ci mettono a disagio..." Quando il conte annuì, con una veloce occhiata a sua moglie, Merry continuò, un po' meno sicura. "Doveva essere una sorpresa per la mamma. La nonna mi porterà a trovarla oggi. Io ho detto di sì, ma non voglio vederla senza Ron e senza di voi, zio Salt... La nonna dice che dobbiamo andare da sole," aggiunse in fretta. "Dice che devo tenere segreta la visita, ma io non voglio andare. E non mi piace mantenere i segreti!"

"Niente *scegreti!*" dichiarò Ned dal suo sedile rialzato accanto al padre, con la bocca piena di pane e uova.

"E non si parla con la bocca piena di cibo, Ned." Jane rimproverò blandamente il suo primogenito, anche se era lieta per la sua esclamazione perché aveva alleggerito notevolmente l'atmosfera e aveva ottenuto da Merry un risolino tra le lacrime.

"La mamma ha ragione, Ned. Ma grazie per il tuo contributo," rispose con serietà il conte e, anche se i suoi occhi sorridevano, dentro di sé stava ribollendo perché Lady Reanay era stata tanto folle da tentare di agire alle sue spalle. "Grazie per esserti confidata con noi, Merry," le disse gentilmente. "Ho dato a te e a Ron la mia parola che se fosse arrivato il momento di riunirvi con vostra madre, sarebbe stato con me accanto, e solo se l'aveste desiderato. Io mantengo le mie promesse."

Merry annuì, visibilmente sollevata. Poi si rannuvolò. "La nonna non sarà contenta di me."

"Penserò io ai sentimenti di Lady Reanay," disse il conte, con le narici che fremevano.

"Sono sicura che quando tuo zio spiegherà *gentilmente* a tua nonna quanto una simile visita ti metta a disagio, lei capirà," la rassicurò Jane con un sorriso e guardando suo marito. "Vero, milord?"

Salt rilassò la mascella e inclinò la testa. "State certa, milady, che sarò molto gentile."

"È tutto quello che hai sognato, Merry?" Chiese in tono leggero Jane, che sembrava concentrata nel tagliare in due un pezzo di pane e burro.

"Ho sognato i miei acquerelli di Peter il Macao," rispose Merry, convenientemente distratta. "Quale voglio regalare allo zio Tony. Kitty dice che lo zio Tony è stato affascinato da Peter quando lo ha incontrato ieri." Si rivolse al conte. "Lo zio Tony verrà presto a trovarci? Ho tanta voglia di vederlo! Forse preferirebbe un ritratto della Carlina Penny...?"

"Penso che lo zio Tony farà tesoro di qualunque dipinto tu decida di regalargli," disse Jane. "E non solo perché hai molto talento nel disegno ma perché ti vuole bene e gli sei mancata tantissimo mentre era lontano, a San Pietroburgo."

Merry annuì con un sorriso. "Sì, me l'ha sempre detto nelle sue lettere, il fatto che gli mancavo, e che tiene tutti i miei acquerelli in una cartella speciale." Aggrottò la fronte. "Forse gli regalerò un acquerello di Peter... Ma ho dipinto ritratti *molto* migliori della Carlina Penny. Peter è più colorato..."

"...e molto più rumoroso," si lamentò il conte, con un sospiro esagerato che sapeva avrebbe fatto ridere la nipote. "Sono sorpreso che tu non abbia detto che era un brutto sogno quando hai sognato di quel demonio dalle penne azzurre! Io sogno Peter *costantemente*."

Gli occhi castani di Merry si spalancarono.

"Davvero, zio Salt? *Veramente?*"

"Sì, sogno di farlo *togliere* dalla mia anticamera!"

"Zio Salt! Come potete?!"

"E mandarlo a-a... Timbuktu!"

"Tim-*bacco!*" interloquì Ned, e procedette a mostrare la bocca vuota a tutti quelli intorno al tavolo, a dimostrazione che non stava mangiando e parlando contemporaneamente. Quando la sorellina squittì deliziata di vedere la bocca spalancata con i piccoli denti perlacei e batté le mani appiccicose, Ned la spalancò ancora di più, se possibile, e, per aumentare l'effetto, tirò fuori la lingua.

"Grazie, Ned. Ora chiudi la bocca per piacere," disse pacatamente sua madre.

Il conte e la contessa si scambiarono di nascosto un sorriso per le buffonate del primogenito, entrambi sul punto di scoppiare a ridere. Merry ridacchiò nascondendo la bocca dietro la mano. Ned fece quello che gli chiedevano, rumorosamente e spinse in fuori il labbro inferiore con un sorrisetto furbo a sua sorella, fiero di essere riuscito a far strillare Beth al tavolo della colazione. Tornò a mangiare il suo uovo.

"Zio Salt, la cugina Caroline non permetterà mai che Peter sia rimosso dalla vostra anticamera. Lo amano *tutti*, eccetto *voi*!"

"Ecco! L'hai detto, Merry. La *mia* anticamera. Non quella di Caroline. La *mia*," ribatté il conte, fingendo di essere offeso. Guardò sua moglie. "Avete sentito, milady? Sono obbligato a tenere un demonio dalle penne azzurre i cui strilli si sentono fino a-a... *Bristol*."

"Peter strilla solo con voi, amor mio," rispose tranquilla Jane, scambiando un sorriso con Merry. Pulì le guance paffute e le mani appiccicose della sua bambina. "Ecco fatto! Tutto pulito, Beth!" disse, sorridendole a occhi sgranati e baciò il palmo della manina grassoccia della figlia. Le mise in mano una tazza di latte tiepido col beccuccio e si voltò a guardare il maggiordomo. "Che c'è, Miller?"

Un cameriere in livrea aveva attraversato tutta la stanza, attento a evitare di inciampare in un tamburo, un assortimento di giocattoli di legno da trascinare e due fischietti d'argento appesi a dei nastri, e parlò all'orecchio del maggiordomo.

"L'articolo che è stato oggetto di un'approfondita ricerca in tutte le stanze appropriate non è ancora stato trovato, milady," intonò il maggiordomo parlando senza inflessione alla contessa ma con uno sguardo di traverso all'erede di Lord Salt.

"Grazie, per favore dite a tata Browne che le bambinaie non devono preoccuparsi. Riapparirà da qualche parte, ne sono certa, e nel posto più inaspettato."

"Molto bene, milady," rispose il maggiordomo e, con un cenno, mandò il cameriere nella nursery con le istruzioni, prima di voltarsi verso un altro cameriere, in silenziosa attesa, per fargli riempire l'urna d'argento con l'acqua bollente.

Salt appoggiò la tazzina di caffè sul piattino e guardò sua moglie dall'altra parte del tavolo, dopo un'occhiata al figlio maggiore, la cui concentrazione era tornata all'impresa di intingere una gamba del soldatino di pane nel mezzo guscio dell'uovo alla coque, come gli aveva insegnato suo padre. Salt aveva inciso fino a metà altezza delle strisce rettangolari di pane, per dare due gambe ai soldati, rendendo più difficile, e quindi richiedere più tempo a un bambino di quattro anni, immergere una gamba alla volta nel soffice tuorlo. A differenza di molti bambini della sua età coinvolti in un'attività, Ned mostrava una grande capacità di impegnarsi in un compito, una cosa di cui suo padre andava segretamente fiero. Quest'attività aveva un ulteriore scopo: tenere la mente di suo figlio lontana dall'inesplicabile assenza del suo compagno di gioco preferito, la scimmia, il signor Monkey Mischievous, conosciuto da tutta la casa semplicemente come Monkey.

"Niente da fare?"

"Niente."

"Forse sarebbe meglio se restasse s-m-a-r-r-i-t-o," disse allegramente il conte, "Mettere i calzoni e svezzare il primogenito dalla sua s-c-i-m-m-i-a-g-i-o-c-a-t-t-o-l-o-cinque mesi prima del suo quarto compleanno non è poi una brutta cosa, no?"

Jane non si lasciò né tranquillizzare né ingannare.

"Insegnare a vostro figlio a dipingere di giallo i pantaloni dei soldatini va benissimo, ma *questo* stato di cose non è materia di cui vantarsi al White, se è quello che significa quel sorriso. Questa è una scommessa che perderete. Non è un male se succede naturalmente. I calzoni erano una necessità. È troppo vivace per restare con le gonnelline. Per quando riguarda l'altra…" si fermò, scrollò le spalle e sorrise all'espressione speranzosa di suo marito. "Quando mi guardate in quel modo, so che sono troppo seria per il mio stesso bene! Ammettetelo, a voi i soldatini piacciono tanto quanto a Ned!"

"Ah! Hanno scoperto il mio segreto, Ned," aggiunse il conte sussurrando all'orecchio del figlio, "la mamma conosce il mio segreto." E alla contessa: "Questi soldatini di pane sono eccellenti, dovete ammetterlo."

Jane sorrise. "Sì, soldatini di pane veramente eccellenti, milord."

"Visto, Ned, la mamma è d'accordo," disse Salt al figlio, ammiccando a sua moglie e fingendo di rubarne uno dal piatto del figlio.

"No, papà! Questi sono i *miei* soldatini. Dovete fare altri soldatini, *perfavore*."

"Io so dov'è Monkey," uscì a dire Merry.

La testa di Ned scattò verso l'alto e si tolse il ricciolini biondi che gli cadevano negli occhi castani, occhi che ora erano rotondi per l'interesse. "Monkey? Merry sa dove si nasconde Monkey?"

"Monffey! Monffey!" gridò Beth dal suo seggiolone, guardando suo fratello che saltava su e giù sulla sua sedia.

"Monkey! Monkey!" cantilenò Ned in risposta, perdendo tutto l'interesse per i soldatini di pane tuffati nel tuorlo morbido.

Il conte e la contessa condivisero un momento di sconforto prima di fissare Merry, con lo stesso identico pensiero in mente. Avevano dimenticato che una dodicenne era più che in grado di capire le parole compitate davanti ai bambini piccoli.

"Ned sarà molto contento di sapere che hai messo Monkey in un posto sicuro."

"Mi dispiace, zia Jane, non sono io che ho preso Monkey," si scusò Merry. "So solo dov'è finito."

"Faresti un enorme favore a tutti i domestici, Merry, rivelandoci dove è scappato Monkey," disse il conte, afferrando la camicia di lino del figlio per impedirgli di cadere dal cuscino. "E prima che Ned riesca a rompere una gamba della sedia."

"L'ha preso la mamma," disse tranquillamente Merry, prendendo la tazza di porcellana per finire le ultime gocce della sua cioccolata calda. Quando il conte e la contessa si scambiarono uno sguardo sbalordito e poi la fissarono muti, aggiunse, semplicemente: "L'ho vista prenderlo dal lettino di Ned la notte scorsa e metterselo sotto il mantello." Aggrottò la fronte, con la tesa china di lato. "Quindi se ho visto la mamma prendere Monkey... E ricordo in particolare che indossava un mantello rosso... E Monkey è sparito... Questo significa che non stavo sognando...? Ooh, zia Jane! Avete versato il tè!"

La sola idea che Diana St. John fosse riuscita in qualche modo a entrare nella sua casa, peggio, che era stata nella nursery e nella stanza dei suoi bambini, fece tremare Jane di terrore e perse la presa sulla tazza. Non poteva essere vero. Certamente Merry aveva solo sognato l'intrusione di sua madre? Ma se Monkey era sparito e Merry aveva visto l'amatissimo giocattolo in mano a Diana...

La tazza rimbalzò e si infranse sul pavimento ai piedi della contessa, mandando schegge di porcellana sotto il tavolo di mogano e schizzando di tè l'orlo dell'abito da giorno di seta rosa e le scarpine in tinta.

Il brutto sogno di Merry era diventato l'incubo di Jane.

NEMMENO CINQUE MINUTI DOPO, APPENA MERRY ERA STATA PORTATA via da Kitty per aiutarla a frugare in un baule pieno di vecchie maschere e trovarne due adatte per lei e Lady Reanay, da indossare al ballo in maschera, Sir Antony mise la testa nella stanza della colazione.

"Buongiorno, famiglia Salt Hendon!" disse Sir Antony con falsa allegria. "Per favore, scusate l'intrusione. Ho bisogno di scambiare due parole con una delle vostre cameriere della nursery; indossa una cuffia arricciata con la falda morbida. Subito, per favore."

VENTIDUE

Circa due ore prima, Sir Antony si stava radendo alla luce che entrava dalla finestra del suo spogliatoio. Un cameriere teneva lo specchietto dorato con l'angolazione e all'altezza giuste per permettere al massimo della luce di illuminare la corta barba che ombreggiava le guance e il mento del suo padrone. Un secondo cameriere teneva un catino di porcellana bianca e blu pieno di acqua calda saponata nella quale Sir Antony intingeva la lama affilata per liberarla dalla schiuma. Era senza scarpe, indossava calzoni beige, la schiena nuda rivolta verso la stanza. Il resto dei suoi vestiti era sulla dormeuse imbottita dove aveva passato una notte irrequieta. La redingote di seta scelta per quella mattina era appesa a un gancio; la parrucca da giorno era acconciata e lo aspettava sul suo sostegno di porcellana, da un lato del tavolo da toilette. Semper stava risistemando i vari articoli della cassetta da rasatura di tartaruga e argento, per poter poi preparare le fibbie necessarie per calzoni, calze e scarpe, insieme ai vari accessori per le tasche del suo padrone: orologio d'oro, ammennicoli vari, l'astuccio di tartaruga e la tabacchiera smaltata.

Sciacquando il rasoio, Sir Antony aveva detto, voltando solo il capo, con un cenno della testa nuda verso la camera da letto: "Lady Caroline è andata via questa mattina?"

"Sì, milord. Sua signoria ha detto di non svegliarvi. Lei e il cucciolo di carlino sono andati via alle prime luci dell'alba, prima che le cameriere venissero a riaccendere i camini. Vostra signoria può stare sicuro che nessuno l'ha vista andare via," aveva aggiunto confidenzialmente, perché il rasoio del suo padrone restava alzato sopra l'acqua saponosa. "E anche se l'avessero vista, nessuno in questa casa lo direbbe, nemmeno se glielo chiedessero."

"Semper... Semper, io..."

"Non c'è bisogno di spiegazioni, milord," l'aveva interrotto in fretta il maestro di casa, gingillandosi con i pettini di tartaruga nella cassetta da rasatura. "Sua signoria ha passato tutta la notte nella vostra stanza, da sola, mentre voi dormivate qui sul sofà."

"È quello che vi ha detto sua signoria o è quello che pensate sia successo, oppure è la risposta ai pettegolezzi del piano inferiore?"

Il maestro di casa era sembrato offeso.

"Chiedo scusa, milord. Pensavo che essendo un gentiluomo..."

"Sì, sì, Semper. Avete pensato giusto! È stato scortese da parte mia. Chiedo scusa. Addebitatelo alla mancanza di sonno. Comunque, la mancanza di sonno mi ha dato tempo di ponderare il futuro. Sarete lieto di sapere che, quando questa orribile faccenda riguardante Lady St. John sarà finita, Lady Caroline e io ci sposeremo immediatamente e passeremo la nostra luna di miele in Irlanda. Non disturberemo la vostra visita alla sorella della signora Semper, ma sarebbe logico fare la traversata insieme. Ho un secondo cugino nella contea di Wicklow. Vive in un'enorme mucchio di pietre con acri di arte topiaria punteggiata da statue. È il padrone dell'attrazione locale, una cascata. Attualmente è governatore della Virginia, o è il Maryland? Il punto è che lui non c'è e la tenuta sì. Porteremo con noi i russi e un assortimento di personale domestico e i vari animali addomesticati che non possiamo lasciare indietro, altrimenti sua signoria passerà tutto il tempo a preoccuparsi per il loro benessere. Quando avrete finito la vostra visita a Dublino, voi e la signora Semper dovrete raggiungerci là."

Semper aveva fatto un piccolo inchino con la testa. "Grazie, milord. Per conto della signora Semper e mio posso augurarvi tutta la felicità del mondo? La signora Semper sarà doppiamente lieta."

La volta successiva che aveva sciacquato il rasoio nel catino di porcellana, Sir Antony aveva detto: "Grazie Semper. Perché la signora Semper sarà doppiamente felice?"

"La signora Semper ha avuto il privilegio di essere presentata quando sua signoria è andata a prendere il cucciolo di carlino. Se posso dirlo, si sono trovate benissimo. Se non fosse stato necessario che sua signoria tornasse a Grosvenor Square, avrebbero chiacchierato fino alla colazione."

"Ah, dovete ringraziare la signora Semper per essersi occupata di Boots questa notte."

"Non è stato un problema, milord. In effetti," aggiunse il maestro di casa con un involontario sospiro, "alla signora Semper il cucciolo è piaciuto tanto... Proprio *tanto*... La faccenda è che, milord... Ovviamente ho sottolineato alla signora Semper che avrei chiesto il permesso di vostra signoria…"

Sir Antony aveva voltato la guancia destra verso la luce del sole e si era rasato abilmente la mascella squadrata. "Permesso per che cosa, Semper?"

"Anche se, temo, il vostro permesso potrebbe essere solo una formalità a dire il vero," si era scusato Semper. "Lady Caroline e la signora Semper hanno preso degli accordi e io non oso interferire," aveva sorriso imbarazzato. "Il matrimonio dà a un uomo una prospettiva diversa."

"Sono sicuro di sì," aveva risposto Sir Antony, rasando attentamente una basetta e poi l'altra. Aveva tamponato il volto ben rasato con un asciugamano e si era voltato verso il suo maestro di casa, congedando i due camerieri. "Questi accordi…?"

Semper aveva riposto attentamente il rasoio. Sarebbe stato necessario affilarlo prima di ritirarlo nella cassetta. Aveva preso la fine camicia di lino di Sir Antony, dicendo in tono leggero: "La signora Semper e io siamo diventati gli orgogliosi genitori di un cucciolo di carlino, fratello di Boots. Nome da decidere alla consegna, milord. Cioè, se vostra signoria permetterà l'adozione e se accetterà l'interferenza di un carlino al piano inferiore…"

Una profonda risata era giunta dall'interno della camicia che Sir Antony stava indossando. Infilando le pieghe voluminose nei calzoni, e continuando a ridacchiare e scuotere la testa mentre si allacciava la patta. "Nemmeno cinque minuti in casa mia e la civetta sta già installando un serraglio!"

"Ho avvertito la signora Semper che la sistemazione era assolutamente dipendente dall'approvazione di vostra signoria, e di non sperare troppo."

"Non oserei mai chiamare la signora Semper una civetta," l'aveva interrotto a bassa voce Sir Antony, allacciandosi la camicia, senza più ridere.

Semper aveva spalancato gli occhi e balbettato. "Certamente-certamente no, milord!"

Aveva passato la cravatta a Sir Antony perché se la sistemasse come piaceva a lui.

"Avete deciso che costume indossare per il ballo in maschera, milord? C'è il costume che avete indossato alla festa dei Baccanali del principe Ivan? La redingote color pulce ricamata con tralci di vite, con…"

"Ho deciso. Parteciperò al ballo travestito da qualcosa di molto più esotico," lo aveva informato Sir Antony. "Ho una redingote con il panciotto e i calzoni in tinta, di seta azzurra con i bottoni d'oro e pesante passamaneria dorata agli occhielli, paramani e risvolti bianchi, come i militari quando vogliono pavoneggiarsi. Li rammentate, Semper? Non riesco a ricordare perché abbia mai deciso che mi sarebbero stati bene…" aveva scosso la testa, aggiungendo con un sorriso: "Ma credo che questo *ensemble* impressionante sia proprio quello che ci vuole per completare la magnifica fascia rossa con la stella Imperiale che riceverò quella mattina alla presenza di Sua Maestà."

"C'è un personaggio militare in particolare dalle pagine di storia che volete impersonare a quel ballo, milord?"

Sir Antony aveva fatto una smorfia. "Un personaggio militare? Non credo proprio. Inoltre, a Lady Caroline non interessano le persone, Semper. Sarò me stesso. Beh, me stesso come un uccello, un demonio pennuto a dire il vero. Grande, azzurro e dorato..." Sir Antony era rimasto a riflettere per un momento. "Occhi tristi..." poi si era ripreso e aveva detto con un sorriso: "Si chiama Peter, Peter il Macao, e con il mio completo sarò splendido come le sue piume."

Semper aveva intuito che Sir Antony riteneva il suo costume un'idea veramente brillante, e quindi aveva tenuto sotto controllo la sua espressione e detto, con tutta serietà: "Allora posso suggerire una maschera piumata adatta, milord?"

"Piumata? Perfetto! Bianca e nera dovrebbe andar bene. E per il cucciolo... Dalla vostra conversazione con la signora Semper avrete probabilmente dedotto che la preoccupazione primaria di sua signoria è il benessere degli animali domestici, i suoi e quelli degli altri. L'adozione di uno dei cuccioli di carlino di Lady Caroline, se è veramente quello che voi e vostra moglie desiderate, e non siete stati indotti a quest'adozione da Lady Caroline..."

"No, milord! Mai. La signora Semper desidera molto allevare un cucciolo e la sua felicità è d'importanza primaria... Mi sono sentito però a disagio, pensando a come l'introduzione di questo animale nella casa di vostra signoria..."

"Buon Dio, Semper!" aveva risposto bonariamente Sir Antony. "Un cuccioletto non farà la minima differenza in casa mia una volta che sarò sposato e avrò ereditato il serraglio di Lady Caroline. E questo mi porta a qualcos'altro che ho ponderato mentre ero sveglio alle tre di notte. Una volta sposato, ci saranno molti cambiamenti nella mia vita domestica, tanti, in effetti, che non sarete più in grado di gestire il ruolo di valletto e maestro di casa. Quello che propongo, quindi, è che vi limitiate al compito di gestire la mia casa in espansione come maestro di casa, con una remunerazione adatta, naturalmente."

"Grazie, milord, è molto generoso da parte vostra. La signora Semper ne sarà lieta."

"Sarà estatica quando la informerete anche che la posizione vi dà diritto ad un appartamento privato nell'ala sud. Sfortunatamente non potrete prenderne possesso finché Lady St. John e la sua infida dama di compagnia non avranno lasciato l'edificio." Sir Antony aveva sospirato mentre sistemava le pieghe della cravatta. "Mancano solo pochi giorni, se Dio vorrà… Potete addestrare uno dei russi come valletto. Voglio che decidiate un sostituto adatto appena possibile e cominciate ad insegnargli, di modo che ci possa accompagnare a Wicklow."

"Nikolas, milord," aveva detto Semper senza esitazioni. "Nikolas sarebbe il più adatto dei russi. E, milord, grazie ancora per la vostra considerazione."

"Figuratevi, Semper." Sir Antony si era seduto al tavolo da toilette per farsi sistemare la parrucca e aveva guardato il riflesso del suo maestro di casa. "Ora passiamo agli affari più fastidiosi ma necessari. Ditemi che cosa vi ha detto il signor T. questa mattina…"

Semper aveva messo al corrente Sir Antony della sua conversazione di quella mattina con l'acciuffa ladri e gli andirivieni del giorno prima di Lady St. John e delle sue accolite. Era sembrato tutto banale e normale finché Semper non aveva menzionato un avvenimento particolare, durante la notte, che coinvolgeva la portantina di Lady Caroline, aggiungendo, perplesso:

"Non sono state le guardie notturne del signor T. che mi hanno informato di questo strano evento, ma Randal, il portiere. Sembra che la portantina di sua signoria abbia fatto un viaggio in più da e per questa casa, senza sua signoria."

"I portantini hanno portato la *sedan* vuota da qualche parte e poi sono ritornati? Come mai? Hanno un introito extra, fanno i portantini a nolo in segreto?"

"Quanto a quello non saprei, milord. È stato piuttosto strano, a dir poco, eccetto che la portantina non era vuota. Credo che i portantini pensassero di trasportare Lady Caroline avanti e indietro…"

Sir Antony aveva scosso una mano e Semper aveva fatto un passo indietro, mentre stava sistemando il nastro nero sulla parrucca del suo padrone. Sir Antony aveva voltato lo sgabello girevole davanti al tavolo da toilette per guardare in faccia il suo maestro di casa.

"*Credevano*? Chi c'era nella portantina?"

"Lady St. John, signore. È stata in grado di ingannare i portantini perché indossava un mantello simile a quello di Lady Caroline."

"Dov'è andata? No! Non rispondete, posso indovinare."

"Non so a quale scopo, ma so che sua signoria è tornata qui meno di un'ora dopo, così mi dice Randal."

"Il mio portiere sembra sapere parecchio dell'andirivieni di sua signoria," aveva riflettuto Sir Antony, socchiudendo gli occhi. "È anche lui su libro paga del signor T.?"

"No, milord. L'avevo pensato anch'io, e mi sono anche chiesto come facesse Lady St. John a sapere che Lady Caroline era venuta a trovarvi a quell'ora *e* che cosa indossasse."

"Liberatevi di quell'uomo! Ovviamente sta facendo il doppio gioco, facendo la spia sia per Lady St. John sia per voi."

Sir Antony aveva sospirato e si era alzato, chiudendo brevemente gli occhi prima di voltare le spalle a Semper, di modo che potesse infilargli il panciotto di seta a righe verde e rosa con i bottoni ricoperti in tinta, ricamato con tralci di caprifoglio e api sulle tasche e sui risvolti.

"Dio solo sa che cosa stava facendo a Salt House... L'unica parte buona di quella notizia è che è tornata in meno di un'ora... Mi auguro che le notizie del signor T. siano meno sconcertanti."

"Vorrei che lo fossero, milord," aveva risposto il maestro di casa con vero dispiacere. "Ieri, la carrozza che portava Lady St. John si è fermata a una particolare residenza in Windmill Street, dalle parti di Tottenham Court Road."

"Tottenham Court Road? Ma è quasi in campagna!"

"Sì, milord. Il signor T. era sorpreso che Windmill Street avesse un nome, perfino, vista la configurazione del terreno da quelle parti, tutti campi aperti e sentieri di campagna. Ma ci sono una taverna e una residenza isolata recintata ed è lì che si è fermata la carrozza di Lady St. John."

"Forse l'unica casa in Windmill Street."

"Sì, milord. E per un ottimo motivo," aveva risposto Semper con un smorfia, continuando a riferire gli avvenimenti come glieli aveva raccontati l'acciuffa ladri. "La signora Smith è andata all'entrata di servizio di questa particolare residenza in Windmill Street, dove ha parlato con uno degli abitanti che, a giudicare dagli abiti dimessi, doveva essere una domestica. La signora Smith è sparita all'interno ma è stata via solo per cinque minuti, poi è tornata ed è risalita in carrozza."

"Presumo che il signor T. abbia pensato che questo...scambio, incontro, chiamatelo come volete, fosse oltremodo subdolo?"

"Sì, milord. Perdonatemi per non aver parlato prima delle osservazioni del signor T. ma avevate un rasoio alla gola... L'edificio visitato dalla signora Smith è un ospedale per i malati di vaiolo."

Sir Antony era tornato al suo sgabello.

"Perché visitare un ospedale per i malati di vaiolo...?"

"Quanto a quello, milord, il signor T. e i suoi soci stanno andando a trovare la domestica con la quale ha parlato la signora Smith." Semper si era permesso un sorrisetto. "Sono fiducioso che sapremo presto la risposta alla vostra domanda."

"Eccellente. Altre notizie?"

"Dopo aver visitato l'ospedale per i vaiolosi, la carrozza di Lady St.

John è stata seguita in una stradina sul retro della casa di Lord Salt in Grosvenor Square, dove è rimasta ferma per un po' di tempo."

"Che strano giro di visite sociali!" aveva mormorato sarcasticamente Sir Antony, e aveva teso un piede e poi l'altro perché il maestro di casa potesse fissare le fibbie di diamanti ai ganci delle scarpe nere.

"Mentre era fermo nella stradina, il signor T. ha visto una giovane domestica, facente parte del personale di Lord Salt, uscire dal portone del giardino sul retro della casa e andare nella stradina, dove, su invito della signora Smith che stava camminando sui ciottoli, è salita in carrozza. Circa venti minuti dopo, questa domestica è scesa dalla carrozza."

"Chi era?"

"Una ragazza, milord, una ragazza e, dal suo abbigliamento e dall'enorme cuffia con quelle falde che le nascondevano il volto, il signor T. presume che abbia un incarico non molto elevato..."

"Aveva una grande massa di capelli?"

"Non saprei, signore," aveva risposto Semper, stupito da quella domanda.

"*Nascosta sotto una cuffia di bianca mussolina,*" aveva recitato Sir Antony, "*Flap, flap, flap, il bordo arricciato non obbediva. Gli scomposti abbondanti capelli, una servetta magrolina...* Buon Dio! Perché non ho fatto prima il collegamento? L'ho vista in giardino... Hilary l'aveva vista a Hendon, in compagnia della signora Smith e Lady St. John... Deve essere agli ordini di mia sorella; o della signora Smith, che poi è la stessa cosa! Mi chiedevo come avrebbe trovato il modo di entrare in casa..."

"La domestica è rientrata nella proprietà del conte dal portone del giardino," aveva cominciato a spiegare Semper ma era stato interrotto. "Aveva in mano..."

"Non lei! Mia sor... Lady St. John," aveva detto bruscamente Sir Antony, con il cuore che cominciava a battere pericolosamente forte. Aveva un brutto presentimento riguardo alla ragazza e al suo coinvolgimento nelle malefatte di sua sorella. Aveva fissato Semper senza vederlo veramente. "Il signor T. è ben preparato per la notte del ballo in maschera?"

"Sì, milord. Tutto sotto controllo. Il signor T. ha ricevuto le istruzioni e la vostra lettera per le autorità, nel caso in cui lui o i suoi soci dovessero essere interrogati riguardo alle loro attività, quella notte. Ha anche impiegato una dozzina di robusti uomini armati e affidabili che rapirebbero perfino Sua Maestà, visto quello che avete offerto per i loro servigi."

"Bene, dicevate che questa cameriera aveva in mano qualcosa?"

"Quando è scesa dalla carrozza aveva in mano un pacchettino."

Sir Antony aveva afferrato i suoi accessori personali e li aveva ficcati in una tasca profonda della redingote. "Vado a Salt House, per scambiare due parole con questa supposta *cameriera*. Quando il signor T. avrà qualcosa da riferire riguardo alla sua intervista all'ospedale dei vaiolosi, sapete dove trovarmi…"

"Milord, Sir Antony!" Aveva gridato Semper mentre il suo padrone usciva con passo deciso dallo spogliatoio. "Avete dimenticato l'orologio…!"

Sir Antony colse l'attività nella stanza della colazione mentre oltrepassava tentennante la soglia, dopo aver cacciato via un pomposo sottomaggiordomo, trascurando il suo suggerimento di farsi annunciare. Un cameriere era carponi e stava raccogliendo i resti di quella che sembrava una tazza da tè. Un altro stava sparecchiando. Il maggiordomo stava dando istruzioni a un terzo cameriere, senza dubbio perché chiamasse una domestica per asciugare il tè versato sul pavimento. Ma quello che bloccò Sir Antony fu l'espressione sconvolta della contessa. Era alzata a metà, con una mano sul tavolo, come per sostenersi, e sembrava ignara di tutto e di tutti quelli intorno a lei.

Il conte gettò da parte il tovagliolo, in tre passi fu all'altro capo del tavolo e prese tra le braccia la contessa, proprio mentre lei crollava. Una bambinetta sul seggiolone stava cercando di guardare sotto il tavolo e strillava di gioia verso un ragazzino con i riccioli d'oro che si era infilato tra le gambe delle sedie per vedere meglio il disastro lasciato dalla tazza di tè rotta dalla mamma.

"Antony! Grazie al cielo siete venuto!" Esclamò Jane, afferrando il braccio di Sir Antony quando lui si avvicinò costeggiando il tavolo.

Sir Antony vide Jane che tremava e diede un'occhiata preoccupata a suo marito, sopra i capelli neri, chiedendosi che cosa avesse causato una tale angoscia alla contessa, normalmente molto controllata, tanto da lasciar cadere la tazza del tè. Salt era immobile come una statua di marmo, anche se il fatto che stesse abbracciando sua moglie e ignorando tutto il resto la diceva lunga.

"Che cos'è successo, Jane?" Le chiese gentilmente Sir Antony. "Posso aiutarvi?"

"È stata qui. Qui nella nostra casa! Lei-lei era nella camera dei miei figli. Ha preso… Merry l'ha vista… Grazie al cielo Merry l'ha incontrata… Non riesco a pensare che cosa volesse fare… Magnus! Magnus, avevate detto che non sarebbe potuta entrare in questa casa. Avevate detto che i nostri figli sarebbero stati al sicuro. Ma non sono al sicuro, vero? Non sono al sicuro da nessuna parte finché quella-quella strega è libera. Antony! Antony dovete fare qualcosa! Dovete fermarla!"

"È riuscita a entrare usando una portantina, nascosta da un mantello rosso."

Questa semplice dichiarazione fu tutto quello che servì per scatenare la furia del conte, la rabbia che aveva attentamente represso per rispetto a sua moglie e vista la presenza dei bambini. Data la situazione, la fuga di Diana dalla prigionia nel castello l'aveva costretto a mettere in dubbio il proprio giudizio e ora, con la sua minacciosa intrusione nella sua casa, si sentiva una parodia di capofamiglia. La sua inadeguatezza fu ulteriormente esacerbata sentendo sua moglie che chiedeva aiuto a suo cugino, come se avesse abbandonato ogni speranza nelle capacità di suo marito di proteggere lei e i loro figli. L'affermazione apparentemente frivola di Sir Antony fu l'ultima goccia.

"Che diavolo importa come sia entrata o che cosa indossasse? Non hai *sentito* niente di quello che ha detto Jane? Quella dannata donna era nella nursery, per l'amor del cielo! Non so perché ho lasciato che mi convincessi che eri in grado di occuparti di lei! Ah! La tua incompetenza, averle permesso di ottenere accesso in casa mia—nientemeno che in una portantina—tanto valeva aprirle tu stesso il portone di ingresso e darle il benvenuto!" Salt sbuffò, sprezzante. "Non so perché ho riposto in te la mia fiducia. Che maledetto pasticcio hai fatto…"

"Chiedo scusa?! Il *mio* maledetto pasticcio?" ribatté Sir Antony, dimenticando temporaneamente le sue buone maniere e la missione che lo aveva fatto venire a Salt House senza preavviso e senza farsi annunciare. "Sei tu che l'hai rinchiusa, hai gettato via la chiave e poi hai ficcato la testa sotto la sabbia per quattro anni! Forse non la volevi nel tuo letto ma certamente non hai mai fatto niente per impedirle di gestire la tua vita! Lei lusingava il tuo ego e tu la lasciavi fare! Dicendoti sempre com'eri maledettamente intelligente! Come un giorno saresti stato il Primo Ministro di *maledettamente tutto*!"

"Non ho intenzione di restare qui ad ascoltare le tue fesserie…"

"Basta! Adesso basta, tutti e due. Magnus! Antony! Controllatevi. La malvagità di quella donna sta riuscendo a metterci l'uno contro l'altro! Non potete azzannarvi alla gola se vogliamo avere qualche speranza contro di lei. Se veramente è una strega, in questo momento sta guardando nel suo calderone e sta ridendo sonoramente, vedendo che la sua cattiveria è all'opera. E per l'amor del cielo, ricordatevi le buone maniere!"

Era Jane. La forte, quietamente irremovibile ed eternamente ottimista Jane era tornata, dissolta ogni traccia di paura o angoscia. Ma non era stato lo scoppio di rabbia di suo marito e l'altrettanto furiosa risposta di Antony a vincere la sua paura e a farla tornare in sé. Era stato il pianto della sua bambina e l'istinto materno di calmare le paure della piccolina, il bisogno di confortare quel visino rosso e bagnato di lacrime. Beth era così spaventata dallo scoppio di rabbia di suo padre, così poco in carattere, che nella sua giovane mente il suo papà si era trasformato in un gigante cattivo e irriconoscibile.

Sentendo il pianto disperato di sua figlia, Jane la prese immediatamente in braccio e la tenne stretta, spingendo da parte ogni altra considerazione. Mormorò parole di conforto e di rassicurazione, che tutto andava bene e che il suo papà non era un orco e che lui le voleva tanto bene.

Quanto a Ned, solo raramente aveva visto suo padre arrabbiato. Era successo solo in qualche occasione, quando aveva fatto qualcosa di così eccitante che il suo cuoricino si metteva a battere forte, e che suo padre aveva definito *pericoloso*. Come quella volta che si era arrampicato fino in cima alla scala della libreria, perché voleva catturare un pettirosso che era volato dalla finestra aperta e si era appollaiato sull'architrave di legno intagliato della libreria. O come quando aveva allungato troppo la retina dalla riva del lago per catturare un ultimo girino, era scivolato ed era caduto nell'acqua fredda. La sua rabbia ora era più feroce, ma anche se era spaventato non si sarebbe comportato come un bambino, come Beth. Quindi, invece di restare nascosto sotto il tavolo, mise fuori la testa e appoggiò il mento sul sedile della sedia lasciata libera da sua madre, fissando suo padre con sbalordito timore. Non aveva mai visto il volto di suo padre così rosso. Gli fece spalancare gli occhi castani e nascondere nuovamente le piccole spalle.

Sir Antony fu il primo a tornare in sé e chiese umilmente scusa. Si inchinò alla contessa, che aveva ancora la bambina in braccio, con la piccola esausta per tutte le lacrime, la testa appoggiata sulla spalla della madre, il pollice in bocca. Poi tese la mano al conte, che la prese immediatamente e la strinse.

"Potrebbe non essere riuscita nel suo intento, grazie all'interferenza di Merry," disse pacatamente Sir Antony, "ma è proprio da Diana mettere sottosopra la tua casa, sconvolgere tua moglie e i tuoi figli e farti uscire il fumo dalle orecchie. Per non parlare di farmi sentire piccolo e inutile come un moscerino!"

"Le mie scuse," borbottò Salt, sentendosi completamente idiota, in particolare per aver perso il controllo davanti ai bambini. Fece un inchino a sua moglie. "Imploro il vostro perdono, milady." Sorrise a sua figlia e a Ned, che si era arrampicato sulla sedia della madre appena suo padre gli aveva sorriso, e gli disse scuotendo tristemente la testa: "Papà è stato molto cattivo ad arrabbiarsi tanto con lo zio Antony. Sì, è proprio lui," disse, in risposta alla cauta occhiata di traverso di Ned all'uomo con il mento quadrato che era alto come il suo papà, "lo zio Tony da San Pietroburgo, di cui hai sentito parlare tanto da Merry. Lo zio Tony e papà sono stati degli stupidotti che si meriterebbero una bella pacca sul *didietro* per aver dimenticato le buone maniere. Spero che ci perdonerai…"

"Papà! Avete detto *di-die-tro*," esclamò Ned, con le spalle strette per l'eccitazione di sentire un adulto, addirittura suo padre, dire una parola che gli era stato ripetutamente detto non essere una bella parola da usare in compagnia di gente educata, e che non doveva urlare a sua sorella, anche se la faceva ridere.

"Davvero, Ned?" rispose il conte, come sorpreso, ammiccando ad Antony e alla contessa prima di guardare nuovamente suo figlio, come se non riuscisse a ricordare di aver pronunciato una parola così volgare. "Papà ha pronunciato la parola *didietro*? Che negligenza! Devo dire allo zio Antony che in casa nostra *didietro* è considerata una parola volgare, quanto *sedere* o *chiappe*, che non pronunciamo mai in compagnia. Vero mamma? La cosa educata da fare è non menzionare mai il nostro *didietro* o il *sedere* o le *chiappe*. Non è un piacevole argomento di conversazione. Quindi mi scuso con tutti i presenti, con Miller e James e Jeffrey e-e…"

"Meg," disse la contessa, visto che il conte non aveva la più pallida idea del nome della domestica che stava asciugando il pavimento.

"Grazie milady. Sì, e Meg," disse il conte con un cenno a sua moglie. "Ma specialmente alla mamma e allo zio Tony."

Ned si guardò attorno, osservò tutti gli adulti, servitori e parenti, e restò a bocca aperta davanti all'uso, da parte di suo padre, di tre parole che lui aveva l'espresso divieto di pronunciare, in qualunque occasione. Una rapida occhiata a sua madre e colse il suo sorriso, che lei cercava invano di nascondere, e con un sorriso sfacciato si permise di dirle a voce alta, mentre il conte si copriva le orecchie come per bloccare una simile volgarità.

Salt prese in braccio il figlio e corse per la stanza soleggiata, attento a evitare i camerieri che stavano ancora sparecchiando il tavolo, e Miller, che teneva d'occhio la domestica che stava lavando il pavimento. Tornato al tavolo, Salt mise Ned a testa in giù, come se stesse per appoggiarlo di testa sulla sedia di Jane, con i riccioletti del figlio urlante che sfioravano appena il damasco del sedile. Alla fine Salt lo raddrizzò e lo tenne contro di sé per un momento, per fargli passare le vertigini, mentre i figlioletto rideva e rideva, svanita tutta la paura per lo scoppio di rabbia del padre.

Beth era seduta in braccio a sua madre, guardava le buffonate del padre ridendo insieme a suo fratello. Allargò le braccia perché suo padre la alzasse in alto e corresse intorno al tavolo, come aveva fatto con Ned, e Salt lo fece, con somma gioia della bambina. La fine del volo di Beth coincise con l'apparire di due cameriere della nursery, che presero per mano i bambini e li portarono in giardino per la ricreazione mattutina. Beth e Ned furono contenti di andare, con un bacio e un saluto con la mano da parte dei loro genitori, entrambi di nuovo rappacificati con loro padre.

Un silenzio pesante seguì l'uscita dei bambini e il contingente di servitori fu fatto uscire in fretta dal maggiordomo, che si scusò, perché sembrava ci fosse un piccolo problema domestico che richiedeva il suo intervento.

"Non stavi esagerando," disse Sir Antony al conte, "sono bambini bellissimi. E sei fortunato…"

"…ad avere una moglie bella e con la testa sulle spalle," rispose Salt, con un sorriso, baciando la fronte di Jane. "Non so che cosa mi abbia preso," mormorò, "per gridare di fronte ai bambini in quel modo imperdonabile…"

"Abbiamo tutti i nervi scoperti al pensiero che Diana sia riuscita tanto facilmente ad arrivare alla nursery… Non so ancora come abbia fatto e non riuscirò a dormire stanotte, sapendo che può farlo! Forse dovremmo portare i letti dei bambini nella nostra stanza fin dopo il ballo in maschera?"

"Spero che vi tranquillizzi, almeno un po', sapere che l'intrusione di Diana non è dovuta alla mancanza di attenzione da parte dei vostri servitori. Avete frainteso la mia reazione, prima," spiegò Sir Antony. "Diana è riuscita a entrare in casa vostra cogliendo un'opportunità unica; in circostanze normali non ci sarebbe mai riuscita."

Il conte e la contessa aspettarono che si spiegasse, con gli occhi sgranati per l'interesse, e Sir Antony diede loro una versione misurata, riveduta e corretta, degli eventi della visita di Caroline alla sua casa la notte prima, aggiungendo imbarazzato, perché era una vera e propria bugia, e perché Jane lo stava guardando con molta attenzione e uno strano mezzo sorriso che le curvava la bocca:

"Conoscete Caroline, si preoccupa sempre per i suoi animali. Non ha il senso del tempo o dell'opportunità quando si tratta di un animale da salvare, nutrire e accasare. Non riusciva a dormire, quindi doveva assolutamente discutere con i Semper di come trovare una casa al fratello di Boots il Carlino."

"È proprio da lei uscire nel mezzo della notte senza un pensiero per la sua reputazione o la sua sicurezza, o per gli altri, e tutto per un accidenti di cane!" Reagì Salt, abboccando alla storia di Sir Antony. "Un soldato potrebbe star morendo per le sue ferite e Caroline preferirebbe curare fino alla guarigione il suo cavallo ferito! Dio sa da chi ha ereditato il suo sentimentale affetto per il regno animale. Certo non è nel sangue dei Sinclair!"

"No, ma forse è in quello dei St. John o degli Allenby?" Suggerì Sir Antony in tono indifferente.

Non era stata sua intenzione divulgare quello che sapeva dei veri genitori di Caroline, e che gli era stato confermato in confidenza da Tom, ma gli era sfuggito. E, ora che ne aveva parlato, non aveva intenzione di permettere a Salt di trascurare quel fatto. Inoltre, senza servitori nella stanza, nemmeno il sempre presente maggiordomo o un cameriere o due alle porte, era l'occasione perfetta e forse unica per farlo. Il sorriso dolce di Jane lo informò che lei sapeva bene a che cosa si stesse riferendo, e il fatto che Jane si tenesse al braccio di suo marito fu tutto l'incoraggiamento che gli serviva per dire la sua.

"Lo dirò questa volta, e poi la questione sarà sepolta per sempre. Non mi importa un fico secco della genealogia di Caroline. Sarà sempre una Sinclair e tua sorella ai miei occhi e agli occhi del mondo. Lo so praticamente dal giorno del vostro matrimonio, quando ho posto gli occhi per la prima volta sulla madre di Tom, alla cerimonia. Caroline ha una forte somiglianza con gli Allenby. Nessuna delle Sinclair è così procace e quella magnifica criniera di capelli rossi è un tratto dei St. John. Caroline è la figlia naturale di St. John e sua madre è la zia di Tom, morta di parto." Fece un sorrisetto. "Non biasimate Tom per avermi detto la verità. L'ha fatto perché sa che amo Caroline. Non permetterò che la cosa mi turbi, se non turba entrambi voi. Noi tre e Tom siamo gli unici che lo sanno e non c'è bisogno di dire niente a nessun altro…"

"Bene. Allora lasciamo le cose come stanno," rispose il conte con la voce un po' asciutta, a conferma della verità nelle parole di Sir Antony, mentre si tirava inutilmente le punte del panciotto di seta stropicciato, con le guance un po' colorite. Eppure, un'occhiata a Jane e il velo di lacrime che vide nei suoi occhi lo fecero scendere dal suo piedestallo e aggiungere, deglutendo a vuoto: "Lei—Caroline—ha gli occhi verdi di St. John… La sua preferenza per il mondo animale deve essere un tratto degli Allenby…"

"Beh, questo spiega perché Tom sia complice di Caroline nel salvataggio degli animali abbandonati e maltrattati," disse Sir Antony, portando abilmente la conversazione verso un soggetto più agevole e meno controverso. "Dalle lettere di Tom so che è felice del nuovo zoo nella sua tenuta. Beh, è quello che è adesso. Tutti i grandi animali salvati dalle arene di combattimento e serragli mal accuditi e che non possono vivere in casa, sono impacchettati e spediti a Tom…"

"Già, è vero," rispose allegramente Jane; facendo da contrappeso al continuo disagio di suo marito. "Abbiamo portato Ned e Beth a visitare lo zoo di Tom, vero Salt? È diventato un'attrattiva per i locali e anche per i viaggiatori. Secondo l'ultimo inventario aveva due zebre, uno struzzo, parecchi grandi felini africani e i preferiti di Ned, una quantità di scimmie in una speciale struttura. Oh, e c'è un elefante che Caroline ha scherzosamente chiamato Magnus."

"Ah! Ah! Quella civetta!" Rise Sir Antony, chiudendo in fretta la bocca quando Salt lo fissò minaccioso.

"Quando darò la mia benedizione al tuo matrimonio con Caroline, dovrai promettermi di non incoraggiare le sue stramberie," borbottò Salt. "Un elefante chiamato Magnus, davvero!"

Jane gli baciò la guancia. "Penso che sia un nome maestoso e perfetto per un bel bruto grande e grosso—e per un elefante." Sorrise a Sir Antony. "E non farete promettere ad Antony niente del genere. Sono sicura che Caroline coopterà Antony nella sua crociata per salvare ogni creatura abbandonata di questo regno, a quattro zampe o piumata."

"Non ne dubito! Ora, milady, Antony, dovete scusare questo bruto. Ho una montagna di documenti che richiedono la mia firma, cosa che farà un immenso piacere a Ellis. Potrebbe perfino permettermi di scappare dal mio studio per una partita a tennis prima del pranzo… Se ci stai?"

"Oh, sì, dovete restare a pranzo," insistette Jane, aggiungendo la sua voce a quella del marito, con l'umore molto migliorato e sollevata dal ritorno dell'amicizia tra quei due grandi uomini forti, che una volta erano stati i migliori amici.

"Resterei volentieri, se il mio tempo mi appartenesse," rispose Sir Antony, con un sospiro di rimpianto. "Non desidero altro che batterti a tennis, Salt e poi unirmi a voi, milady, e alla vostra famiglia per il pranzo, ma devo rifiutare. Diana e io abbiamo promesso di andare da Lady Porter con quelli della sua compagnia che sono stati invitati al vostro ballo in maschera. Senza dubbio la conversazione verterà tutta sui costumi e le maschere."

"Come fai a mantenere le apparenze?" Chiese Salt con disgusto.

"Con tanta fermezza e perché devo. Per te, per Jane e per i vostri figli. Per Caroline. Per il futuro di tutti noi. Mi sono assunto il compito di guardiano di mia sorella e manterrò la facciata di fratello minore idiota finché Diana sarà sotto custodia, senza che la società sappia niente della sua malvagità." Sir Antony fece un sorrisino. "Dimentichi, dopo tutto, sono un diplomatico e la dissimulazione è l'arma che preferisco."

Salt lo guardò con tanto d'occhi. "Credo proprio che un giorno diventerai ambasciatore."

Sir Antony sorrise, facendogli un inchino. Ma quando si raddrizzò, il sorriso era sparito e disse, seriamente: "Non tocca a me dirti come gestire la tua casa e la tua nursery, quindi dovrai scusarmi, se ci avevi già pensato. Ma visto che Diana ha visitato la nursery, ritengo che debba in qualche modo rientrare nei suoi piani."

"Pensi che Diana sia entrata nella nursery per fare una ricognizione."

"Sì, e ti suggerisco che la notte del ballo in maschera i bambini siano trasferiti nella galleria del campo da tennis. Falla diventare un'occasione speciale. Nella cassa più piccola delle quattro che Miller sta tenendo da parte per me, finché potrò consegnarvi i vostri regali, c'è una lanterna magica e diverse scatole di lastre, che li terranno occupati e divertiti per la maggior parte della sera. Manderò Semper più tardi, per insegnare a un cameriere come farla funzionare."

"Perché il campo da tennis?"

"È uno spazio aperto, senza un posto dove nascondersi e ci sono solo due punti di accesso. Con i camerieri sul posto, non è possibile penetrarvi. Con trecento persone al ballo quella sera, e gente in movimento verso le sale dei rinfreschi e i tavoli da gioco, sarebbe facile per Diana scivolare di nascosto di sopra, senza che nessuno se ne accorga, nemmeno i servitori, che saranno distratti dal compito di servire gli ospiti."

Jane strinse il braccio di Sir Antony.

"È un'idea eccellente e i bambini saranno felici di vedere la lanterna magica. Grazie. Ora dovete scusarmi perché Sam vorrà la sua mamma e poi dovrò raggiungere Lady Reanay nel suo appartamento, per discutere i nostri costumi per la mascherata. No! Non potete chiedere che cosa indosseremo tutte," disse, con un sorriso al conte che aveva alzato le sopracciglia, curioso. "Lo vedrete quella sera, e non prima! Oh, Antony, la vostra visita aveva uno scopo, non che vi serva. Siete il benvenuto in qualunque momento. Devo far chiamare Caroline? Quando non l'ho vista a colazione, ho immaginato che avesse dormito fino a tardi…"

L'accenno al suo figlioccio riportò in fretta Sir Antony allo scopo della sua visita a Salt House. Pur non desiderando disturbare l'equilibrio domestico, doveva scoprire e smascherare l'agente che lavorava per sua sorella all'interno della casa del conte, per quanto potesse turbare il conte e la contessa. Chiese a Jane se poteva accompagnarla nella nursery, per vedere con i suoi occhi dove dormiva il suo figlioccio. Gli avrebbe dato l'opportunità di chiederle in privato della ragazza con la cuffia troppo grande e il suo incarico tra i domestici.

Quello che lui e Jane scoprirono quando arrivarono nella nursery sorprese entrambi.

VENTITRE

Betsy stava singhiozzando. Singhiozzava talmente forte che gli occhi e il naso colavano, e le faceva male ogni muscolo nel suo corpo minuto, contorto per l'angoscia e la paura. Il sottile fazzoletto stretto in pugno era zuppo e anche il davanti della sua sottana. Aveva perso l'uso della parola e poteva solo continuare a scuotere la testa alla stessa domanda postale dalla governante, con la grande balza della cuffia che le sbatteva sul volto bagnato, come ali di un cigno. Era seduta sulla sua brandina, nell'angolo della stanza fuori dalla camera di Sam, piena degli accessori che servivano a pulire, vestire e mettere comodo il neonato di nobili genitori. La governante e tata Browne erano in piedi sopra di lei e tra di loro c'era Miller, con il volto arcigno; una delle altre cameriere della nursery, Sukie, si stava facendo piccola piccola, con Sam che piagnucolava tra le sue braccia.

Sir Antony non riusciva a credere ai suoi occhi. Trasalì e fece un passo indietro, restando fermo sulla soglia, mentre Jane si precipitava nella stanza. La ragazza che singhiozzava sul letto doveva essere la ragazza flap-flap della poesia di Hilary Wraxton. Certamente nessun altro tra i domestici di Salt Hendon portava una cuffia simile. Si chiese che cosa avesse causato il trambusto e restò pazientemente a guardare, mentre Jane prendeva in mano la situazione. L'avrebbe scoperto presto.

Nemmeno Jane riusciva a credere ai suoi occhi. Prese in braccio il neonato e gli sorrise, con un grosso bacio e stuzzicandogli il naso con il suo, per poi restituirlo alla cameriera. Le ordinò di portare Sam nella stanza dei giochi, dove non sarebbe stato a portata d'orecchi di tutto quel gridare; lei li avrebbe raggiunti molto presto. Una parola a bassa voce alla schiena del maggiordomo e non solo Miller si voltò, ma anche le due donne di rango più elevato tra il personale domestico si divisero per fare immediatamente una riverenza, a labbra serrate.

"Buon Dio, Betsy? Qual è il problema?"

"Milady, chiedo scusa per questa inaccettabile e inutile confusione, ma..."

"Grazie, Miller. Desidero parlare con Betsy," disse fermamente Jane. "Quello che vi chiedo è che facciate portare il tè nella stanza dei giochi e diciate a Dicken di prepararmi degli abiti puliti e un paio di scarpe." Quando il maggiordomo restò fermo e scambiò un'occhiata con la governante, aggiunse, con una nota di imperiosità nella voce: "Chiedo scusa, c'era qualcosa di poco chiaro nella mia richiesta?"

"No, milady. Molto bene milady," rispose atono il maggiordomo, con un cenno della testa, e se ne andò, deciso a scambiare due chiacchiere con sua signoria se la piccola ladra non fosse stata buttata per strada prima del tramonto.

Sir Antony non riuscì a nascondere un sorriso alla sicurezza con cui Jane aveva congedato il capo dei servitori della casata, contessa in ogni centimetro della sua sottile personcina, e restò a guardare in silenzio, conscio che probabilmente ci sarebbe voluto un po' prima che la cameriera riuscisse a rispondere alle sue domande, visto il suo stato di turbamento.

"Milady, se solo sapeste che cosa questa... *perfida* e *ingrata* creatura ha fatto!" sbottò la governante. "È una *ladra* e una-una *bugiarda* e merita di..."

La parola *ladra* bastò a far uscire Betsy dal suo stato confusionale. Si alzò dal letto e si gettò ai piedi della contessa, prima che potessero fermarla, arrivando ad afferrare il delicato orlo di seta ricamata delle sottane di Jane tra i pugni.

"Io non sono una ladra! Non sono una bugiarda! Io-Io... Non è vero!" Piagnucolò Betsy, alzando il volto verso Jane. "Dovete credermi, milady. Per favore milady! *Per favore*, non sono niente di quelle orribili cose! Non voglio essere impiccata! Non lasciate che sua signoria mi faccia impiccare!"

Momentaneamente stordita dall'azione della ragazza e dalla sua implorazione terrorizzata, Jane fu lenta a reagire. La governante fraintese la sua reazione per repulsione nel sentir toccare la sua persona da un servo, e oltre a tutto un'umile bambinaia, e afferrò Betsy per il braccio e cercò di sollevarla e allontanarla dalla contessa.

"Alzati! Alzati, stupida!" Ordinò la governante, tirando il braccio di Betsy. "Tata Browne, prendetele l'altro braccio!"

"No! No! Io voglio bene al piccolo Sam," gemeva Betsy, tenendosi forte alle sottane della contessa. "Che Dio mi sia testimone, milady, non

farei mai nulla che potesse fargli del male! Mai! Sapete che voglio bene al
piccolo Sam. Vi ho fatto quella promessa! Ricordate? Dovete ricordarlo!"

"Sam? Che cos'ha a che fare tutto questo con Sam?" Chiese Jane,
improvvisamente spaventata.

"Come osi parlare alla contessa prima che ti rivolga lei la parola! Come
osi aggredirla!" Sibilò la governante nell'orecchio di Betsy, continuando a
tirare il sottile braccio della ragazza. "Non c'è più posto per te qui, non c'è
più posto dopo quello che hai fatto!"

"Betsy," sussurrò tata Browne nell'altro orecchio della ragazza, tenendole stretto l'altro braccio. "Smettila immediatamente. Stai solo peggio-
rando le cose. Confessa e forse potresti salvarti la vita."

Jane guardò la signora McIntyre e tata Browne, entrambe che stringevano le sottili braccia di Betsy, ogni senso del decoro e del luogo dove si
trovavano gettati al vento. Sembrava che una temporanea pazzia avesse
invaso casa sua ma lei era decisa a non lasciarsi sopraffare. Era anche decisa
a permettere a Betsy di spiegarsi. Ricordava un tempo in cui anche lei era
stata trattata come meno di niente da quelli che avrebbero dovuto saperne
di più, demonizzata e denigrata, senza poter dire la sua e nessuno che
difendesse la sua causa. Era stata così impotente e sola al mondo. Una
costante fiducia in se stessa e un ottimismo innato, la convinzione che la
sua vita un giorno sarebbe stata esattamente come l'aveva immaginata,
sposata all'uomo che amava, con una famiglia sua, avevano impedito al
suo spirito di cadere nella perpetua malinconia.

Questa povera creatura, che si afferrava alle sue sottane come se la sua
vita dipendesse dalla sua parola, non aveva nessuno al mondo, nessuna
prospettiva, e aveva quindi tutto il diritto di essere terrorizzata. Jane non
intendeva vederla licenziata senza darle il beneficio del dubbio e questo
significava parlare con lei senza la presenza di altri.

Ma quattro anni come contessa di Salt Hendon le avevano aperto gli
occhi sulla miriade di livelli esistenti nella casa di un nobile e su ciò che
assicurava che tutto filasse liscio. Tra le cose più importanti c'erano l'orgoglio e la soddisfazione che i servitori di un nobile, in particolare i servitori di rango più alto con cui lei aveva contatti quotidiani, derivavano
dall'essere membri stimati del personale del conte di Salt Hendon.
Quindi non trascurò immediatamente le opinioni della governante e
della tata, anche loro meritavano di essere ascoltate, anche se aveva dato il
benservito a Miller. Ma la nursery non era dominio del maggiordomo ed
era certa che la signora McIntyre e tata Browne glielo avrebbero detto,
quale che fosse la sua sovranità sui servitori di questo piano e di quelli
inferiori. Quello di cui era certa era che le due donne sarebbero state
mortificate dal loro stesso comportamento, quando fossero tornate in
loro, non solo per il modo in cui si erano comportate in sua presenza, ma

anche perché era successo alla presenza di Sir Antony, un ospite e quindi un estraneo.

"Signora McIntyre. Tata. Per favore, lasciate andare Betsy e mostrate un po' di buone maniere al nostro ospite," ordinò Jane a bassa voce. "Il padrino di Sam, Sir Antony Templestowe, è venuto di persona a vedere dove passa le sue giornate il suo figlioccio, con suo fratello e sua sorella, quando non è con me." Quando entrambe le donne si rialzarono lentamente, scossero le loro sottane e fecero una riverenza a testa bassa, Jane sorrise tra sé e sé ma aggiunse, con un sospiro addolorato: "Mi dispiace solo che sua signoria abbia dovuto assistere a una banale zuffa. Vi assicuro, Sir Antony, che non ho mai visto niente del genere da che sono qui! E nella nursery, oltre a tutto, che, grazie alla tata, normalmente è un posto felice e tranquillo per i figli di sua signoria. Posso solo pensare che ci sia stato qualcosa di strano nel tè, oggi."

"Milady, non so come scusarmi per aver causato a vostra signoria e a… Sir Antony, un tale fastidio," mormorò la governante, colpita da acuto imbarazzo. "Vorrei assicurare a Sir Antony che non è il modo in cui di solito funzionano le cose in casa di sua signoria. Come giustamente dice la signora contessa, è un avvenimento piuttosto insolito…"

"Molto insolito," aggiunse tata Browne, che riteneva di dover aggiungere qualcosa. Guardò la contessa poi abbassò gli occhi su Betsy, che aveva lasciato andare le sottane di Jane ma che era ancora rannicchiata ai suoi piedi. "Grazie, milady, per le vostre cortesi parole sulla nursery. Faccio del mio meglio per le loro piccole signorie."

"Lo so, tata Browne, e Lord Salt e io non possiamo lodarvi a sufficienza," rispose la contessa. "Signora McIntyre? Sono sicura che sarete d'accordo che sarebbe meglio lasciare questo piccolo problema domestico a tata Browne. Dovete avere un migliaio di altre cose più importanti da sovraintendere, con il ballo in maschera dopodomani…?"

Jane lasciò la frase in sospeso, sperando che la governante avrebbe capito. La donna annuì, fece la riverenza e si congedò in silenzio, con una veloce occhiata preoccupata a tata Browne, che Jane ignorò.

"Tata Browne, quando Betsy si sarà lavata la faccia, si sarà sistemata e avrà avuto qualche minuto per ricomporsi, per favore accompagnatela nella stanza dei giochi. Sir Antony ha alcune domande che vorrebbe fare alla bambinaia di Sam che," aggiunse con un sorriso dolce, "sono certa avranno la precedenza su questo piccolo incidente…?"

Jane lasciò nuovamente in sospeso la frase e, com'era successo con la governante, tata Browne fece una riverenza, con un'occhiata furtiva al bel gentiluomo vestito di seta a righe, come un bastoncino di zucchero.

"Certamente, milady. Vi manderò subito Betsy."

Sir Antony ricordava bene la stanza dei giochi della nursery, che prendeva quasi tutta la larghezza della casa, e lo fece sorridere, nonostante la sua trepidazione per quello che il colloquio con Betsy poteva rivelare. Le pareti dipinte del familiare azzurro e il teatro delle marionette contro una parete, erano come li ricordava, ma i giocattoli sparpagliati sul tappeto e la piccola pila di dipinti fatti da un bambino, sulla superficie di un tavolo a misura di bambino, con quattro piccole sedie accostate, erano nuovi. Come erano cambiati in meglio i tempi, per quella casa, e lui intendeva fare di tutto perché continuassero così.

"Merry non è la sola artista in erba in famiglia, vedo," disse Sir Antony, alzando un angolo di uno dei fogli. "Un cane. Un uccello. Un gatto?" alzò il foglio che aveva il centro dipinto di scuro. Al centro della macchia scura c'era una chiazza bianca, dipinta approssimativamente, con quattro spesse pennellate che si irradiavano da ogni lato e molte pennellate più sottili, relativamente diritte, che partivano da un'altra parte del cerchio. "O forse è il ritratto di Visconte Quattrozampe cresciuto?"

"Effettivamente è la sua morbida signoria. Che immaginazione, Antony! Oppure sono stati i baffi a farvelo capire?"

Jane rise, vedendo per quello che erano gli sforzi di suo figlio di emulare l'eccezionale talento della cugina Merry nel disegno: speciali per lei ma niente di fuori dell'ordinario per il resto del mondo. Si ritirò verso il sedile sotto la finestra, dove Sukie stava cullando un irrequieto Sam. Con il piccolo nuovamente tra le sue braccia, congedò la cameriera, chiedendole di far venire Betsy, e sperando che la ragazza fosse pronta e disponibile per il colloquio.

"Devo avvertirvi, Antony, è molto facile che Sam richieda la poppata di metà mattina prima che il vostro colloquio sia finito, una circostanza per cui posso fare ben poco."

"Non dovete scusarvi per la cosa più naturale al mondo." Disse Sir Antony, con un sorriso gentile. "E questa è una nursery… Ah, ecco il tè." Andò a preparare le tazze come meglio poteva, come richiedeva il suo rituale. "Devo avvertirvi anch'io, milady…"

"Jane. È sempre stato Jane tra di noi…"

"Sì. Sì, è vero." Sorrise e mise la tazza di Jane sul sedile sotto la finestra tra di loro. "Jane, devo avvertirvi che le domande che farò a Betsy potrebbero turbarvi. Prego solo che le sue risposte siano quello che entrambi abbiamo bisogno di sapere. Non voglio pensare al peggio. Voglio credere che, per qualche miracolo di buonsenso o di serendipità, tutto sia come dovrebbe essere in questo vostro piccolo meraviglioso angolo di mondo."

"Ho il presentimento che in qualche modo inesplicabile sia coinvolta Diana."

"Sì, ma non credo che sia inesplicabile. Credo che scopriremo che è stato tutto attentamente programmato. Ciò in cui dobbiamo avere fiducia è qualcosa che Diana è incapace di comprendere, ma che voi e io riteniamo indubitabile."

"Ed è?"

Sir Antony accennò un sorriso, con le guance magre che si colorivano.

"È una cosa che Diana considera la peggior pecca nel mio carattere. Certamente una debolezza in un uomo… E lei vi disprezza per questo perché è ciò che fa sì che Salt vi ami ancora di più." Appoggiò la tazza sul piattino e fissò Jane negli occhi azzurri. "È la capacità dell'amore di conquistare tutto, di vincere il male. Betsy ha gridato che Dio le era testimone che vuole bene al piccolo Sam. È questo che rovinerà i piani diabolici di Diana. Non le sarebbe mai passato per la testa che Betsy non avrebbe fatto quello che le chiedeva, che una ragazza senza famiglia, e con poche prospettive, avrebbe potuto opporsi; che Betsy abbia un cuore buono."

Jane si tirò indietro.

"Diana ha mandato Betsy in questa casa per eseguire i suoi ordini; una povera ragazza di quindici anni…Per spiarci? Buon Dio! Vi credo. Che potere deve avere su quella povera bambina per obbligarla a fare una cosa così orribile? Betsy non ha un grammo di cattiveria in corpo."

"Sì. È quello che credo anch'io, ora che ho visto la ragazza."

"Pensate che ci siano altri servitori sul libro paga di vostra sorella?"

"Non saprei. , ma non credo. Cioè, a meno che non abbiate assunto altri domestici da quando mia sorella è fuggita da Harlech."

Jane scosse la testa.

"Bene. Spero solo che la giovane Betsy sia rimasta ferma e non abbia ceduto al costante assedio di mia sorella. Credetemi, so quanto sia facile cedere. Diana è una forza implacabile della natura, quando vuole qualcosa. Ha reso un'assoluta miseria la mia infanzia. Ah! Ecco la bambinaia del mio figlioccio."

"Vieni avanti, Betsy," disse Jane con un sorriso.

Betsy ubbidì, lentamente, con lo sguardo fisso al pavimento, la sempiterna cuffia con la falda larga che le schermava il volto.

"Fammi il favore di toglierti la cuffia, Betsy, di modo che Lady Salt e io possiamo vederti in volto."

Betsy fece quello che Sir Antony le chiedeva e una grande massa di riccioli elastici sbucò fuori tutto intorno al viso, con i riccioli che non scendevano oltre i lobi delle orecchie, tanto che sembrava le avessero messo una scodella sulla testa e avessero tagliato tutto intorno. Un simile taglio avrebbe imbruttito chiunque avesse avuto i capelli lisci ma i capelli di Betsy erano così ricci che le donava. Sir Antony e Jane non avevano mai visto niente del genere prima, tanto che Jane chiese:

"Chi ti ha tagliato i capelli, Betsy?"

Non era una domanda che la ragazza si aspettasse, e trasalì.

"Non perderò il posto a causa dei miei capelli, vero milady?"

"Non sono i tuoi capelli che ci preoccupano, Betsy," rispose gentilmente Jane. "Anche se non dovrai esserne così imbarazzata in futuro. Riccioli così corti sono piuttosto carini."

Gli occhi di Betsy si illuminarono e sorrise nervosamente, arrotolando inconsciamente la cuffia tra le mani. Il complimento le sciolse anche la lingua, facendola sentire più a suo agio.

"Lo pensate davvero, milady? Me li ha tagliati il mio pà. Diceva che, lunghi, davano fastidio. Che non mi servivano perché nessun ragazzo avrebbe guardato una ragazzetta magra come me, comunque, e dato che non avevo la prospettiva di sposarmi, a che cosa servivano?" scrollò le spalle. "Tata Browne dice che cresceranno, col tempo."

"E così sarà... Betsy, Sir Antony desidera farti qualche domanda. So che gli risponderai sinceramente."

"Sì, milady. Sì. Io non dico bugie! L'ho detto a tata Browne e alla signora McIntyre, ma loro... Scusate milady..." diede un'occhiata a Sir Antony, aggiungendo in fretta: "E non racconto nemmeno storie!"

"Beh, Betsy, probabilmente dovrai infrangere quella regola questa volta, perché c'è una storia che voglio che tu mi racconti, una storia vera," disse pacatamente Sir Antony. "Ma prima c'è una domanda molto urgente che richiede una risposta immediata."

"Sì, signore?"

"Tata Browne? C'è qualcosa di urgente che ha causato questa intrusione?" chiese Jane, interrompendo l'interrogatorio di Sir Antony, quando tata Browne entrò nella stanza, con un gentiluomo sconosciuto alle spalle. Stava per chiedere la sua identità al gentiluomo, quando Sir Antony scattò in piedi e andò dallo sconosciuto.

"Semper?"

"Per favore, scusate questa rozza intrusione, milord," si scusò il maestro di casa, senza nemmeno battere ciglio verso la contessa di Salt Hendon, e ancora leggermente senza fiato. Aveva corso per tutta la strada da South Audley Street, il fango sulle scarpe e i capelli in disordine erano prova dell'urgenza di svolgere la sua missione. "Ho bisogno di una parola in privato: subito."

Sir Antony fece un cenno a tata Browne, che uscì riluttante, e portò Semper qualche passo più in là nella stanza, fuori dalla portata di orecchi della contessa.

"Avete parlato con il signor T.?"

"Sì, milord."

"È stato in grado di persuadere la domestica di quell'istituzione a divulgare i particolari di quello che è trapelato della signora S.?"

"Sì, milord, è stato molto *persuasivo* e la domestica molto cooperativa."

"E?"

"L'informazione è a dir poco angosciante..."

Sir Antony sentì il sudore che gli faceva pizzicare lo scalpo.

"Avanti! Avanti!"

"La domestica ha informato il signor T. che la signora S. è stata molto precisa su quello che voleva, e che ci erano voluti alcuni giorni prima che fosse possibile ottenere l'oggetto, che poi era stato nascosto e consegnato alla signora S...."

"Allora? Allora, Semper! Per l'amor del cielo, parlate e basta!"

"Sì, milord. La domestica ha consegnato alla signora S. un oggetto avvolto in un pacchetto, la cui forma e dimensione corrispondono a quello che la cameriera è stata vista portare sotto il braccio, quando è scesa dalla carrozza."

"E in quel pacchetto, Semper? Che cosa c'era?"

"Un articolo di abbigliamento tolto dal corpo ancora caldo di un neonato recentemente deceduto, insieme a sua madre, di, come potete chiaramente immaginare, vaiolo. La domestica ha informato il signor T. che la signora S. non aveva voluto gli abiti esterni dell'infante, le scarpine e la cuffia. Solo il camicino, quello che viene indossato sulla pelle di un infante..."

"Buon... Dio, che cosa diabolica," mormorò Sir Antony. "Quella canaglia di Amherst ha parecchio di cui rispondere!"

"Chiedo scusa, milord? Amherst...?"

"Lasciate perdere quel lunatico! Ho la mia faccenda di cui occuparmi!" Sir Antony si riprese e afferrò la spalla del maestro di casa. "Grazie per essere venuto così in fretta, Semper."

"Ho pensato che il tempo fosse essenziale, milord."

Semper osò dare un'occhiata verso il sedile sotto la finestra, dove lasciò che il suo sguardo si soffermasse per un momento sulla bella e giovane donna che cullava un infante, e sulla bambinaia, muta, in piedi davanti a lei. Riprese il controllo quando sentì pronunciare per la seconda volta il suo nome, si inchinò e uscì dalla nursery con tutta la dignità che riuscì a raccogliere, con Sir Antony che tornava a grandi passi verso il sedile della finestra per dire a Betsy, senza preamboli:

"Ieri ti hanno consegnato qualcosa. Un pacchetto. La signora Smith ti ha consegnato un pacchetto. Dov'è?"

"Per favore, Betsy, non piangere. Devi essere brava e dire a Sir Antony quello che vuole sapere, e devi dire la verità."

Betsy annuì vigorosamente e si passò la mano sugli occhi umidi.

"Sì, milady. Dirò la verità! Sono stata sincera con tata Browne. Le ho detto che ho fatto quello che ho fatto perché dovevo. Non volevo rubare il sonaglino di Sam ma la zia Smith mi ha detto che se non l'avessi fatto, il mio pà non sarebbe mai uscito dalla prigione per debiti."

"Hai preso tu il sonaglino di Sam?" Chiese Jane, prima che potesse farlo Sir Antony, tale fu la sua sorpresa. Almeno non avrebbe dovuto chiedere alle cameriere di continuare a cercarlo. "Che cosa ne ha fatto la signora Smith?"

"Non lo so, milady. Non so perché dovevo fare tutte le cose che loro mi hanno fatto fare! Per me non avevano senso. Per favore. Dovete credermi!" Le lacrime erano tornate e guardò Sir Antony, prima di dire alla contessa: "Mi impiccheranno per quello? La signora McIntyre dice che i bambini vengono impiccati per aver rubato il fazzoletto di una dama!"

"No, Betsy, non ti impiccheranno, te lo prometto."

"Il pacchetto, Betsy?" La imbeccò nuovamente Sir Antony. "Che cosa hai fatto del pacchetto?"

La menzione del pacchetto fece cominciare a Betsy una spiegazione complicata che non aveva senso.

"Non era giusto quello che volevano che facessi! L'ho detto a tata Browne, non mi importa se passerò dei guai per averlo fatto, dovevo farlo! Avevo la sensazione nelle ossa, vedete. Una sensazione che mi diceva che dovevo farlo. E non era quello che loro volevano che facessi."

"Proprio così, Betsy," disse Sir Antony con estrema pazienza. "È quello che hai o non hai fatto con il pacchetto che mi preoccupa. Che cosa ne hai fatto?"

Betsy passò lo sguardo dalla contessa a Sir Antony, come se fosse evidente. E dato che nessuno di loro sembrava avere la minima intenzione di arrabbiarsi con lei, fece un respiro profondo e glielo disse.

"L'ho portato in casa come mi hanno chiesto di fare, ma non mi sembrava giusto e quindi l'ho lasciato stare, e quando mi sono alzata questa mattina, prima di scendere nella stanza di vostra signoria a prendere Sam per mettergli un camicino pulito dopo la prima poppata della giornata, ho buttato il pacchetto nel fuoco." Indicò il grande camino con la cappa bianca e il parafuoco tappezzato sull'altro lato della stanza. "L'ho messo sulla grata laggiù. Ho aspettato e ho guardato finché si è acceso bene, di modo che nessuno potesse toglierlo di nuovo. Volevo bruciarlo finché non ci fosse più niente ma poi sono dovuta andare a prendere Sam, e ha fatto un po' di fumo e uno dei camerieri ha dovuto aprire la finestra, ed è stato allora che hanno informato tata Browne. Ci deve essere rimasto qualcosa sulla grata… Hanno incolpato tutte le bambinaie ma sono stata io, e non voglio che qualcun altro abbia dei guai."

Quando Sir Antony si mise il volto tra le mani ed emise un profondo sospiro, mentre si accucciava davanti a lei, Betsy si ritrasse, pensando che stesse per rimproverarla come avevano fatto la signora McIntyre e tata

Browne. Ma un attimo dopo, si era rimesso in piedi e si era passato una mano sul volto e le aveva sorriso, quindi Betsy si avvicinò di un passo.

"Ho fatto la cosa giusta vero? Buttarlo nel fuoco?"

"Sì! Sì! Proprio così, Betsy. Ringrazio Dio che l'abbia fatto. Grazie a te, Betsy! Ben fatto. Bruciare il pacchetto era la sola cosa da fare!" Ebbe un pensiero improvviso. "Non l'hai aperto prima, vero?"

Betsy scosse la testa. "No, signore, non ho visto nessun motivo per farlo."

"Brava ragazza! Sai che cosa c'era nel pacchetto?"

"Sì, signore. Un camicino da bambino. Era per il piccolo Sam. Me l'ha detto la zia Smith. Ha detto che era un regalo. Ma il pacchetto era legato con un pezzo di vecchio spago sporco e non sembrava il tipo di confezione per un regalo per la sua piccola signoria. Avrebbe dovuto essere avvolto nella stoffa con un nastro di seta o essere in un sacchetto di velluto, no? È così che era confezionato il sonaglino d'argento, vero milady?"

"Sì, Betsy, proprio così."

La ragazza annuì e continuò; più le permettevano di spiegarsi più prendeva fiducia, in particolare con un pubblico così ricettivo e attento.

"Hanno detto che dovevo vestire Sam con quel camicino e, quando ho avuto dei dubbi, mi hanno fatto questo per convincermi." Mostrò a Sir Antony e a Jane il polso bendato. "La vera contessa di Salt Hendon non è una signora molto gentile, nonostante tutti i suoi abiti eleganti. Non mi importa di quello che dice la zia Smith, o quanto dica che la vera contessa sia stata trattata male. Non sono mai stata tanto bene in tutta la mia vita come da quando sono in questa casa. Sono stata trattata così bene da vostra signoria. Le mie ossa mi dicevano che c'era qualcosa di malvagio in quel regalo. E quindi sapevo, lo sapevo nel mio cuore, che quello che ho fatto con il pacchetto era la cosa giusta da fare, nonostante quello che dicono che succederà alla mia famiglia là a Birmingham!"

Jane e Sir Antony si scambiarono un'occhiata.

"Chiedo scusa, Betsy," disse Jane incredula. "La *vera* contessa di Salt Hendon?"

Betsy annuì di nuovo. "Io non la conosco con nessun altro nome. La zia Smith dice che lei si chiama in un altro modo quando è in compagnia, finché arriverà il momento il cui potrà reclamare di nuovo suo marito..."

"Reclamare suo marito?"

"...da voi, milady. Quello che divide il vostro letto e vi ha dato i vostri bambini, perché lui ama voi e non lei, anche se non può darvi il suo titolo."

Jane si portò una mano alla bocca. Non sapeva se ridere all'ingenua spiegazione della ragazza o piangere perché era sicura che nella sua pazzia e nella sua fissazione, questo era esattamente quello che Diana credeva; senza alcun dubbio, la nozione si era ingigantita durante la cattività.

Il gesto di Jane e la smorfia di Sir Antony fecero sbottare Betsy, come se pensasse che la ritenevano una bugiarda.

"Che Dio mi sia testimone, tutto quello che ho detto è vero, milady. Ho cercato di dirlo a tata Browne fin dall'inizio, ma lei ha detto che ho inventato tutto per togliermi dai guai perché ho bruciato il pacchetto. Dice che è tutta una favola ma non è vero! Dovete credermi, milady!"

"No, Betsy, non è una favola, anche se spero che abbia un lieto fine, proprio come le favole," disse Jane con un sorriso, rimettendo il mignolo in bocca a suo figlio. "E io ti credo."

La veemente supplica della bambinaia coincise con il pianto affamato di Sam, Quando Jane si era portata la mano alla bocca per la sorpresa, aveva inconsciamente tolto il mignolo dalla bocca di suo figlio, che lo stava succhiando nella vana speranza di ricevere nutrimento. Ora non era contento di quello stratagemma e fece capire a sua madre senza mezzi termini che era ora che le sue richieste fossero esaudite, altrimenti i suoi strilli sarebbero aumentati di volume.

"Devo prendere uno scialle, milady?" Chiese Betsy, dando un'occhiata a Sir Antony, e al cenno di assenso di Jane, si infilò con forza la cuffia sui riccioli e uscì in fretta dalla stanza.

"Dovete veramente regalarle una cuffia nuova, più piccola, Jane. Magari con un bel fiocco azzurro."

"È il meno che possa fare per lei, credetemi. Buon Dio!" Esclamò Jane, quando Betsy fu fuori portata d'udito. "Non meraviglia che la povera creatura si stata accusata di essere una bugiarda e una ladra. Quella povera, cara ragazza. Che ascendente possono avere Diana e quella signora Smith su di lei per tentare di farle fare cose così brutte?"

"Non ne ho idea, ma sembra coinvolgere suo padre e i suoi fratelli. Sono sicuro che Betsy ce lo dirà e, quando lo farà, le assicurerò che faremo tutto quello che è in nostro potere per correggere le malefatte causate da Diana e da quell'orribile creatura che le ubbidisce."

"Ho un'enorme sensazione di pericolo ma anche di sollievo. Non riesco a spiegarlo. Ma sono sicura che Salt e io siamo in debito con Betsy per aver bruciato quel pacchetto."

"Non avete idea di quanto siate in debito. Sam è abbastanza sconvolto, quindi non voglio che lo siate entrambi. L'informazione può aspettare un altro giorno. Basti dire che il pericolo è stato allontanato grazie alla sensazione nelle ossa di Betsy."

Rimise le tazze vuote e i piattini sul carrello del tè accanto alla porta, e andò a ispezionare il camino dove era stato buttato nelle fiamme il pacchetto, accanto al sedile sotto la finestra. Non si aspettava di trovare resti del pacchetto o del suo contenuto ma frugò tra la cenere con l'attizzatoio di ottone, come cercando qualcosa, per dare il tempo a Betsy di tornare con lo scialle, e a Jane di slacciare e sistemare il corpetto per soddisfare i bisogni di suo figlio. Prima di tornare al sedile, attraversò tutta la stanza e restò in piedi davanti alla finestra più lontana, che guardava sui giardini. Non c'era segno dei bambini, quindi probabilmente stavano tornando nella nursery.

L'assenza del pianto disperato di Sam e Betsy che si affaccendava intorno a Jane, furono il segnale che poteva tranquillamente tornare al sedile sotto la finestra, ma prima andò al carrello e preparò una tazza di tè zuccherato al latte, usando l'ultima tazza pulita. Poi prese una delle sedioline dei bambini e la piazzò davanti a Jane, facendovi sedere Betsy, e sorprese la ragazza porgendole la tazza di tè. Tornò nel suo angolo del sedile, dove sprimacciò il cuscino e si sedette, con le lunghe gambe muscolose incrociate alle caviglie e le braccia conserte.

"Betsy, voglio che tu racconti a Lady Salt e a me tutto quello che c'è da dire su te, la signora Smith e la signora che tu conosci solo come la vera contessa di Salt Hendon. Non tralasciare nessun dettaglio e non preoccuparti. Tutto quello che ci dirai non uscirà da queste quattro mura. Ora chiuderò gli occhi, ma sono ben sveglio e non vedo l'ora di sentire ogni parola della tua storia. Devo cominciare io? Una volta c'era una ragazza di nome Betsy..."

"È Elizabeth, signore. Ma mi hanno sempre chiamato Betsy. La mia mamma mi ha chiamato così per la sua mamma e anche lei era stata chiamata come la sua mamma che viveva..."

Sir Antony sorrise tra sé e sé. Sarebbe stata veramente una storia molto lunga... Ma che importava? Il camicino infettato con il vaiolo era stato bruciato, il suo figlioccio era al sicuro e, come lui aveva predetto, Diana non aveva messo in conto la capacità dell'amore di conquistare tutto. Pregò che continuasse nella sua ignoranza e nella sua suprema arroganza, ignara di quello che la aspettava la notte del ballo in maschera, fino al momento della cattura. Sperava di riuscire a mantenere la maschera di buona educazione in sua compagnia abbastanza a lungo da non strozzarla prima, causando proprio quel tipo di sensazione giornalistica che stava disperatamente cercando di evitare.

Due giorni dopo, mentre saliva in carrozza per unirsi a Diana e a Lady Porter per il breve tragitto verso Salt House, colse il commento velenoso di sua sorella e dovette mettercela tutta per non saltare dall'altra parte del sedile e fare proprio quello, e la serata non era ancora cominciata.

VENTIQUATTRO

Antony si sistemò sul sedile imbottito della carrozza accanto a Lady Porter, diagonalmente opposto a sua sorella. Evitò attentamente di camminare sugli orli delle voluminose sottane delle due signore, anche se non poté evitare i metri e metri raccolti delle sete ricamate del costume giacobita di Lady Porter, nonostante i voluminosi pannier fossero stati chiusi a fisarmonica per permettere di viaggiare in uno spazio così ristretto. Chiusi i gradini e lo sportello, bussò con le nocche guantate sul pannello di legno sopra il poggiatesta imbottito e la carrozza si mise in moto per il breve viaggio fino a Grosvenor Square, per il ballo in maschera più atteso della stagione.

Sentì la frase velenosa di Diana sulla contessa di Salt Hendon ma scelse di ignorarla. Scuotendo le delicate balze di pizzo ai polsi, studiò il costume scelto da sua sorella: un abito elisabettiano. I capelli castano ramato erano raccolti in stretti riccioli, il volto incipriato, le guance imbellettate, le labbra rosso ciliegia, il tutto incorniciato da un magnifico collare elisabettiano che le circondava il collo. Costruito per il ballo con la pergamena più sottile, rivestita di cera d'api mescolata ad altri ingredienti per darle l'aspetto lucente, completava magnificamente l'abito di taffetà rosso. Dalle orecchie pendevano un paio di orecchini di diamanti e granati, e alla scollatura c'era una collana in parure. Quell'abito gli era costato una piccola fortuna. Ma era un piccolo prezzo da pagare, visto che l'aveva tenuta occupata fino al momento in cui la carrozza si era fermata davanti a casa per portarli a Salt House.

Prima di uscire per andare al ballo, aveva scambiato le ultime parole con Semper riguardo alle disposizioni per quella sera. Il suo valletto in addestramento, Nikolas, gli aveva infilato la redingote di seta azzurra e, addobbato in uno stile militare che completava il suo costume da Peter il Macao, in piedi davanti allo specchio mentre valutava il suo *ensemble*, aveva chiesto se tutto fosse pronto per quando fosse arrivato il momento per lui di dare il segnale per la cattura di Diana. Sarebbe successo verso la fine della serata, mentre gli ospiti se ne andavano alle ore piccole, quando la gente si sarebbe attardata nel foyer di Salt House per salutare, mentre le carrozze andavano e venivano. Lui e Diana sarebbero saliti in carrozza, Lady Porter sarebbe stata accompagnata a casa in una portantina, e avrebbero lasciato Grosvenor Square diretti a nord, non a sud, verso North Audley Street. La carrozza poi avrebbe svoltato a sinistra in Tyburn Road e si sarebbe diretta verso i dintorni di Westminster. Una carrozza con il signor T. e i suoi soci li avrebbe seguiti, e una seconda carrozza li avrebbe aspettati all'inizio della strada a pedaggio.

C'era un cottage accanto al casello, dove forse viveva il casellante, a Sir Antony non importava. Tutto quello che gli importava era che il signor T. se n'era assicurato l'uso, e la cecità selettiva e la perdita dell'udito degli occupanti. In quel cottage, Diana sarebbe stata spogliata di tutti i suoi abiti eleganti e le avrebbero fatto indossare un abito di tela grezza, con i ferri ai polsi e alle caviglie. Sarebbe stata resa muta da una mordacchia. Uno strumento spaventoso, ma necessario e giustificato, come i ferri per un'assassina dal cuore di pietra, un mostro che aveva cercato di infettare un bambino appena nato con uno straccio intriso di vaiolo.

Una volta che la prigioniera fosse stata caricata nella seconda carrozza, Sir Antony avrebbe consegnato una lettera di istruzioni e metà di quanto aveva pattuito al signor T. e i suoi soci. Il resto del pagamento sarebbe seguito una volta che sua sorella—non l'avrebbe mai più chiamata in quel modo dopo quella notte—fosse stata trasferita ai suoi guardiani russi, quelle anime intrepide che l'avrebbero accompagnata oltre i Monti Urali. Poi, avrebbe sentito di lei solo per lettera, dal suo carceriere nell'insediamento di Beryozovo.

E che cosa avrebbe pensato la società di questa improvvisa seconda sparizione di Diana, Lady St. John? L'ispirazione era entrata nella testa nuda di Sir Antony mentre era immerso in meditazione nella sua vasca pensatoio. Un lusso tanto necessario, la sua vasca pensatoio. Aveva elaborato i dettagli mentre si preparava una perfetta tazza di tè. Aveva portato la tazza di tè allo scrittoio di noce nel salotto accanto alla sua camera. Qui si era seduto, con una banyan di seta scarlatta che copriva la sua nudità, e aveva composto una notizia giornalistica da pubblicare nel giornale del mattino. Sarebbe stata anonima. Scritta su pergamena fine, l'impronta sulla ceralacca era storta, incisa goffamente con il sigillo del suo anello, in modo da non far identificare il mittente. Eppure, con la nota consegnata da un cameriere in livrea, gli editori non avrebbero mancato di pubblicare l'interessante notizia come un fatto, non un pettegolezzo. A Sir Antony restava solo da persuadere la seconda parte interessata nominata nella missiva a cooperare, e non aveva dubbi che avrebbe ottenuto il sostegno di quel gentiluomo quando l'avesse affrontato, al ballo in maschera.

E per quanto riguardava la signora Smith…

Diana aveva sceso le scale verso l'ingresso del foyer nel suo elegante abito elisabettiano, con un segreto sorriso di soddisfazione che le incurvava la bocca dipinta, senza dubbio una reazione alle ultime dettagliate istruzioni date alla signora Smith per le sue ignobili azioni. Sir Antony aveva risposto con uno dei suoi amabili sorrisi mentre si complimentava per l'abito, sapendo che in quell'esatto momento quattro dei suoi russi stavano impacchettando la signora Smith al piano di sotto per portarla in una carrozza a nolo direttamente all'Ospedale di Bethlem. La signora Smith avrebbe passato il resto dei suoi giorni a Bedlam, pazza dichiarata, che era più di quello che si meritava. Ma Sir Antony aveva provato un minimo di pietà per la donna che era stata ingannata. Inoltre, chiunque potesse essere così servilmente devoto a una creatura perfida come sua sorella, doveva essere pazzo.

Riportando la mente al presente, Sir Antony represse ancora una volta il desiderio di porre fine alla vita di sua sorella ma decise che, poiché quello era il penultimo viaggio che avrebbero fatto insieme, poteva permetterle un'occhiata di sfuggita sotto la superficie della sua cortese esteriorità, perché vedesse il fratello che non conosceva minimamente. Se non altro, gli avrebbe concesso un temporaneo sollievo alla tensione e una leggera soddisfazione.

"Jenny Dalrymple invitata a uno dei balli di Salt?" sbottò Diana St. John, aprendo il ventaglio di seta rossa per mandare un po' d'aria sulla scollatura. "Mia cara Lady Porter, voi e io sappiamo che la povera Jenny non è adatta a una compagnia decente. Sarebbe solo un imbarazzo per Salt. Ha fatto bene sua signoria a non invitarla. Senza dubbio, se la lista degli invitati fosse stata affidata all'Insetto Stecco dagli Occhi Grandi, chissà in mezzo a che marmaglia ci saremmo trovati."

"Quella fascia rossa e la stella vi stanno veramente bene, Sir Antony." Lady Porter complimentò il fratello di Diana, pensando fosse prudente cambiare argomento, perché nei quattro anni in cui Diana St. John era stata assente da Londra, lei aveva spesso fatto visita ai Salt Hendon su invito di Lady Reanay, e aveva potuto conoscere la giovane Lady Salt, che le piaceva molto. "Che ordine avete detto che era?" Aggiunse, con una vaghezza che sperava nascondesse il fatto che sapeva molto bene la risposta alla sua stessa domanda.

"L'imperiale Ordine di Sant'Anna," rispose Diana prima che il fratello potesse aprire bocca per parlare. "Conferita a sua discrezione dall'imperatrice russa. Nessuno è stato più sorpreso di me quando ho saputo che il mio fratellino avrebbe ricevuto un simile onore, il primo straniero a riceverlo, oltre a tutto!"

"Questo perché non mi conosci," le disse perentoriamente Sir Antony.

Diana scrollò le spalle, sprezzante e tirò da parte la tendina di velluto per guardare fuori dal finestrino. "Che cosa c'è da sapere...?"

"Un'udienza nel salotto reale merita veramente di essere vista," continuò Lady Porter, come se fratello e sorella non avessero parlato. "Le Loro Maestà con gli abiti eleganti... Le pazienti dame di compagnia in quegli abiti datati, all'apice della moda quando mia madre era una ragazza... Quella fascia rossa è veramente splendida, Sir Antony... Oh! Oppure è Lord Temple adesso, o succederà dopo? Chiedo scusa. La mia testa non è più quella di una volta..."

Sir Antony ne dubitava molto. Lady Porter era conosciuta nei circoli della buona società come una dama molto acuta che non si perdeva un pettegolezzo, sia nei salotti sia che provenissero dal piano di sotto, dai suoi servitori o da quelli degli altri. Non aveva idea del perché fosse deliberatamene vaga ma decise di stare al gioco e unirsi alla sua piccola sciarada.

"Credo che non dovrebbero chiamarmi Lord Temple finché non sia stata preparata la Patente e il mio nuovo titolo sia apparso sulla Gazzetta. Ha poca importanza. Posso aspettare finché Lady Caroline e io torneremo dalla nostra luna di miele in Irlanda."

"Irlanda? Luna di miele? Oh, allora avete finalmente fissato una data, voi e Lady Caroline? Che notizia semplicemente meravigliosa, Sir Antony. Mi congratulo con entrambi. Non è così, Lady St. John?" Disse Lady Porter, con un sospiro di soddisfazione. "Oh, cara! State bene, milady?"

Diana St. John stava emettendo un suono soffocato, con la mano guantata sul petto che si alzava e abbassava rapidamente. Riprese il controllo e disse, sprezzante:

"Mio Dio! Antony! Non puoi—non *puoi*—essere serio? Ti concedono l'onore più alto che i russi possono conferire a un inglese, la tua sovrana ti nomina visconte e tu butti via immediatamente tutte le opportunità di sposare una ricca ereditiera per legarti mani e piedi a una vedova senza un soldo?"

"Sto per sposare una ricca ereditiera, ma la dote di Caroline non mi è mai passata per la mente."

Diana St. John alzò lentamente le sopracciglia come se lei sapesse molto più di lui sull'argomento e, per Antony, non era una novità.

"So da fonti sicure che Aldershot ha dilapidato ogni penny della dote di Lady Caroline."

Sir Antony si risistemò sul sedile, senza battere ciglio davanti al sorrisino di superiorità di sua sorella, con le lunghe dita che giocherellavano con la collezione di medaglioni che pendeva da una grossa catena d'oro dal taschino del panciotto. Si permise un sorriso compiaciuto.

"Non c'è nessuno che ne sappia più di Salt al proposito, e tu non parli con lui da quattro anni."

"Oh, spero proprio che Lady Caroline abbia ancora parte della sua dote. Il suo matrimonio con quel ragazzino petulante non è stato molto felice."

"No infatti, milady," rispose Sir Antony a Lady Porter. "Non temete. Lady Caroline ha ancora la sua dote, ogni penny. Salt si è assicurato che le trentamila sterline fossero sepolte sotto cavilli legali finché Caroline non avesse raggiunto il suo venticinquesimo compleanno, o avesse sposato me, qualunque delle due cose fosse avvenuta prima."

Era una novità per Diana. Strinse le labbra. Odiava le informazioni di seconda mano, quasi quanto odiava il sorriso soddisfatto di suo fratello. Finse un attimo di sordità e tornò a guardare fuori dal finestrino, con le dita strette sulle stecche del ventaglio che aveva chiuso con uno scatto irritato del polso. Bene! Non avrebbe sicuramente più sorriso quando lei fosse apparsa dal fumo della nursery in fiamme, con il bambino dai capelli d'oro tra le braccia. Ah! Nessuno avrebbe sorriso, *allora*. Salt le avrebbe parlato *allora*. Oh, avrebbe parlato con lei per ore, *allora*.

Sir Antony alzò la maschera piumata sul volto e disse, per punzecchiare sua sorella: "Quindi vedete, Lady Porter, sto finalmente per sposare la donna che amo, che oltre a tutto ha una dote degna della sposa di Creso. L'annuncio sarà sui giornali domani, ma vi imploro di tenere per voi questa notizia, anche se effettivamente avete la soddisfazione di essere la prima a congratularvi con me."

Lady Porter sorrise. Diana no, e continuò a tenere la testa voltata finché la carrozza rallentò, unendosi a una lunga fila di carrozze che aspettavano il loro turno per avvicinarsi all'entrata di Salt House e depositare i loro entusiasti occupanti. Fu mentre i camerieri in livrea aiutavano Lady Porter a scendere i gradini della carrozza, con Diana pronta a scendere dietro di lei, che Sir Antony notò l'insolito ornamento sul fiocchetto che pendeva dalle bacchette chiuse del ventaglio di sua sorella. Non aveva mai visto un sonaglino da bambino prima, e non avrebbe saputo che cos'era se glielo avessero sbattuto in faccia, e questo ornamento non sarebbe sembrato niente di strano a un occhio inesperto: un piccolo ornamento d'argento composto da un unicorno e tre campanellini che pendevano da una sottile catena.

Ma Sir Antony avrebbe riconosciuto ovunque quel piccolo ornamento d'argento, visto che, mentre beveva la sua tazza di tè, Betsy aveva descritto proprio così il sonaglino rubato al suo figlioccio. Un ornamento del genere sul ventaglio di Diana sarebbe passato inosservato a chiunque, eccetto la persona che Diana odiava con ogni fibra del suo essere: Jane, contessa di Salt Hendon.

Sir Antony non dubitava che Diana avesse ottenuto una soddisfazione malata, entrando in possesso del sonaglino d'argento che apparteneva al figlio minore di Jane. Era un talismano che provava la sua superiorità e la sua intelligenza, una specie di trofeo, quasi come la pelle di un orso o di un leone proclama la maestria del cacciatore sulla preda. E lui era certo che sua sorella l'avesse portato con sé al ballo in maschera per tormentare la contessa. Dubitava che Salt sarebbe stato in grado di identificare l'ornamento come qualcosa appartenente a suo figlio, ma per la madre inquieta, per Jane, il sonaglino avrebbe brillato come la luce di un faro, evidente e drammatico come il saluto di venti trombe.

Diana l'avrebbe sfoggiato, ma con scaltrezza, accertandosi che Jane vedesse il sonaglino a ogni opportunità, sapendo che la contessa non avrebbe potuto dire una parola, per non causare una scenata su qualcosa che molti avrebbero considerato indegno di nota; o che si sarebbero rifiutati di credere che Diana St. John potesse avere in suo possesso un oggetto insignificante che apparteneva ad altri, addirittura a un infante.

Sir Antony non aveva intenzione di accettarlo, quindi mise fine alla crudeltà che sua sorella aveva in programma, prima che avesse la possibilità di infliggere il suo tormento mentale.

Furioso, afferrò il braccio di Diana prima che lei potesse prendere la mano che le tendeva il cameriere in livrea, e la spinse indietro sul sedile della carrozza. Prima che lei capisse che cosa stava succedendo e potesse reagire, agguantò il ventaglio e con uno strappo deciso ruppe la catena d'argento del sonaglino.

"No, non lo farai," ringhiò, infilandosi il sonaglino d'argento nella tasca del panciotto. "Questo non ti appartiene. Appartiene al mio figlioccio, un bambino, un bambino innocente che hai cercato di infettare con il vaiolo!"

"Mio Dio, Antony, che cosa ti è preso?" disse Diana con finto stupore. Sistemò lentamente le pieghe delle sottane, per riprendere il sopravvento. Evitò accuratamente di menzionare il sonaglino. "I genitori inoculano sempre i loro bambini con il vaiolo, nella speranza di renderli immuni. Mettere a quel marmocchio un camicino infetto è sicuramente meno crudele che grattare del pus sotto una pelle così adorabilmente morbida, vero?"

"Buon Dio! Se credi che mi beva questa fesseria…!"

Diana sbatté gli occhi guardandolo, come se fosse lui che stava dicendo un'assurdità. Sir Antony dovette ammettere che era un'ottima attrice. O così o nella sua follia si era convinta che quella spiegazione alternativa era valida e credibile.

"Era un regalo," enunciò, come parlando a un bambino ritardato. "È colpa mia se tu e l'Insetto Stecco preferite considerarlo diversamente? Suppongo che quella bambinaia senza cervello abbia perso il bigliettino che accompagnava il pacchetto...?"

Il bigliettino era una novità per Sir Antony. Betsy non aveva certamente menzionato un biglietto. Non credeva a Diana e decise che non valeva la pena di discutere con una pazza criminale.

Diana batté sul ginocchio del fratello con il ventaglio e disse, con espressione preoccupata: "Quello di cui hai bisogno è un bicchiere o forse due di champagne e un bel brandy. Ti calmerebbero e ti rimetterebbero in pace col mondo. Da che hai stupidamente deciso di limitarti al tè e ai succhi di frutta, sei diventato l'individuo più irascibile che si possa immaginare. Ho una splendida idea! Una volta entrati, dovresti andare immediatamente nella sala dei rinfreschi, dove potrai unirti agli altri ubriaconi, e affogare il tuo dispiacere di avere una sorella che è molto più intelligente di quanto tu sarai mai. Cerchiamo di non far aspettare le altre carrozze, vero, fratellino?"

Scosse le gonne e si preparò a scendere dalla carrozza, ma Sir Antony mise un braccio di traverso allo sportello, coprendolo con il corpo, per impedirle di scendere e contemporaneamente impedire a quelli fuori sui ciottoli di vedere che cosa succedesse nella carrozza. La guardò negli occhi castani e sostenne il suo sguardo e, quando parlò, la sua voce era atona e quindi molto più efficace che se le avesse mostrato la sua ira.

"Lascia che ti assicuri che quando questa serata sarà finita non avrò più contatti con te, sotto nessuna forma. Puoi anche stare sicura che la mia vita, sposato a Caroline, e parte dell'estesa famiglia dei Salt Hendon, sarà felice. Mi distinguerò nella carriera che ho scelto e se sarò tanto fortunato di essere ricordato per i miei sforzi, tanto meglio. Anche se preferirei essere ricordato per essere stato un gentiluomo, un marito e un padre affettuoso. Tu non sarai ricordata, in effetti, ti dimenticheranno tutti, sarai una nota in fondo all'albero genealogico della famiglia. Se i tuoi figli ti ricorderanno, in qualche rara occasione, non sarà con amore o affetto, e nessuno parlerà più di te. Il resto della tua vita sarà miserabile, ma sarà quella che ti sei creata, e lo squallore è più di quanto meriti, creatura perfida e *ripugnante.*"

Senza aspettare una reazione, si voltò e scese dalla carrozza, tese una mano per aiutarla a mettere piede a terra, le prese la mano e se la mise nell'incavo del gomito, e offrì l'altro braccio a Lady Porter, che stava pazientemente aspettando che la raggiungessero. Poi si mescolarono alla folla sul marciapiede, in fila per entrare a Salt House. Il bel volto di Sir

Antony era di nuovo rilassato e riuscì a sorridere, mentre ammirava gli ospiti nei loro costumi esotici e piuttosto eccentrici, dai senatori romani alle sultane turche, dall'Allegro Monarca, Charles II, alle damigelle medievali, tutti impegnati in conversazioni animate, e pieni di eccitazione e risate perché stavano per partecipare al ballo della stagione.

Diana si permise un'occhiata veloce a suo fratello e si chiese se non avesse avuto un leggero svenimento, causato dal corsetto più stretto del solito. Forse il discorso di suo fratello le era entrato in testa per conto suo, certamente non proveniva da lui. Eppure, non spiegava il suo comportamento. Non l'aveva mai visto così sicuro di sé e del suo posto nel mondo. Doveva essere il costume, la redingote quasi una divisa militare, o era la fascia rossa che attraversava il panciotto e la stella imperiale a destra sul petto, che gli dava una tale aria si sicurezza? Oppure era il fatto che stava per diventare un visconte? Non riusciva a capirlo, non riusciva a capire *lui*.

Era dai primi giorni di reclusione nel castello di Harlech, quando per un momento aveva messo in dubbio le proprie azioni, che la sua arrogante auto-convinzione la lasciava, seppure per un momento. Ma non fu sufficiente a farle credere che il sentiero che stava percorrendo non fosse quello giusto. Il piano che intendeva mettere in opera quella stessa sera, con l'aiuto della fedele signora Smith, era l'unica soluzione che le restava per far tornare in sé Salt. Che cosa importava un piccolo sonaglio d'argento quando, sotto la gonna, era nascosta la scimmia giocattolo del bambino dai capelli d'oro? Forse potevano aver sventato i suoi piani per il secondo figlio maschio, e anche quelli per punzecchiare quella scheletrica puttana di sua madre, ma non aveva dubbi che quando fosse arrivato il momento, il figlio maggiore di Salt e suo erede, il ragazzo che era il futuro dei Salt Hendon, sarebbe venuto di corsa tra le sue braccia, e quello sarebbe stato l'inizio della fine per i suoi genitori.

SIR ANTONY ALZÒ LA MASCHERA PIUMATA E GUARDÒ ATTRAVERSO LE fessure, per scrutare lentamente il conte di Salt Hendon partendo dai piedi: le punte ricurve delle sue pantofole di seta, poi la fascia blu scuro e oro, avvolta intorno alla vita di un paio di ampi pantaloni di seta color avorio e che teneva ferma al fianco del conte una scimitarra dall'elsa ingioiellata. Lo sguardo salì alla camicia di seta bianca, sopra la quale c'era un lungo gilè decorato di passamaneria dorata, degno di qualunque uniforme militare. Alla fine, fissò il turbante di seta blu scuro e oro sulla nobile testa di sua signoria, che era stato fissato al centro con una grossa spilla composta da un singolo zaffiro circondato da diamanti, che Sir Antony non aveva dubbi fossero gemme autentiche, degne del riscatto di un sultano.

"Buon Dio, Salt! Fammi indovinare. Sei il pascià di Persia; il terrore dei turchi; forse l'imperatore di Etiopia? No! Non dirmelo! Lo so. Sei il re di Costantinopoli!"

Salt squadrò suo cugino con malcelato risentimento, con le narici che fremevano.

"Molto bene, ma no. Sono il sultano dell'impero ottomano e tu, come tutti gli altri sotto il mio tetto, sei un semplice vassallo!"

"Come la moltitudine di dame nel suo harem," annunciò Jane, apparendo al fianco del marito, con gli occhi azzurri pieni di malizia. Gli tenne il braccio e alzò gli occhi adoranti verso di lui. "È un magnifico sultano, non lo pensate, Antony?"

Salt fece l'occhiolino alla moglie con un sorriso, di nuovo in pace col mondo, anche se privatamente era d'accordo con la velata allusione di Sir Antony che il suo costume era a dir poco stravagante. A dire il vero, era stata la prospettiva di Jane in un diafano costume turco che gli aveva fatto accettare di partecipare al suo stesso ballo in maschera vestito da sultano, quando il suo primo pensiero era stato di vestirsi come un re plantageneto.

"Harem? Avrei pensato che quella particolarità della vita di un sultano non sarebbe stata assolutamente permessa, milady," disse Sir Antony, chinandosi sulla mano tesa di Jane, con la maschera lasciata cadere di fianco.

Il suo sguardo ammirato percorse la contessa, vestita come la controparte femminile di suo marito, con pantaloni di seta azzurri e corpetto in tinta, senza corsetto, pesantemente ricamato con filo d'argento, con una fila di bottoncini davanti, al centro. Sopra questo completo a due pezzi c'era una sopravveste trasparente dell'argento più lucente. I capelli neri come le ali di un corvo le scendevano fino in vita, intrecciati con perle e coperti con un velo dello stesso materiale luccicante della sopravveste aperta. Ma fu la tiara di zaffiri e diamanti che Sir Antony stava fissando. O forse era un *sarpech* perché questo ornamento luccicante fissava il velo, circondava la testa della contessa intorno alla fronte, con una perfetta perla a goccia che pendeva al centro.

Jane arrossì sotto lo sguardo fisso di Sir Antony all'ornamento che aveva in testa. "È meraviglioso, vero? Un regalo per il quarto anniversario di matrimonio, una collana, ma ho pensato che fosse adatta al mio costume ottomano." Alzò gli occhi sul marito. "Devo ancora trovare un regalo adatto in cambio…"

"Mi avete già fatto tre preziosi regali, Jane," disse Salt, sorridendole. "Spero che ce ne saranno ancora…"

Sir Antony guardò il conte, tornato a ispezionare la folla ingioiellata e vestita di seta, che si raccoglieva sotto il fulgore dei magnifici candelieri che illuminavano il salone da ballo come il sole di mezzogiorno, e disse, per pungolarlo:

"È veramente un regalo magnifico e di valore, milady, quindi forse voi siete la moglie numero uno del sultano, dopo tutto. D'altra parte… Potreste essere una schiava catturata che ha attirato la sua attenzione e lui vi sta allettando con questi gingilli. Se vi necessita essere salvata…"

"Non lo è e non le serve," dichiarò Salt in tono magniloquente, con lo sguardo fisso sulla folla. "Sua signoria è, in effetti, la moglie numero uno e unica di Sua Maestà turca. Anche se," aggiunse, incapace di nascondere un sorrisetto, "se qualcuno deve essere salvato… Quello sono io, dal mio stesso harem!" Guardò Sir Antony dalla testa ai piedi. "Se l'abbondanza di treccia e bottoni d'oro su quella redingote significa che sei vestito come qualche eroe militare, forse potresti offrire assistenza alla Sua Maestà turca per sfuggire alle grinfie del suo harem?"

Sir Antony rise e scosse la testa: "Spiacente, amico. Sono lontano dall'essere un militare quanto è possibile, nonostante l'ingannevole apparenza di questo costume. Ma ti lascerò fare congetture su chi o che cosa sono, finché non avrò visto Caroline." Si guardò attorno nella stanza e poi si rivolse alla nobile coppia. "Puntatemi nella sua direzione e mi congederò da voi. Tra parentesi," disse sottovoce, anche se con il chiacchiericcio costante intorno a loro era difficile che qualcuno potesse sentirli, "la vostra ospite indesiderata è in compagnia di Lady Porter, vestita da, non sono sicuro quale delle due, regina Bess o la sua prigioniera Maria di Scozia. La sua socia in tutte le faccende esecrabili, vista l'ora, ha già fatto la conoscenza con la sua nuova residenza a Bedlam." Sorrise agli occhi turbati di Jane. "Finirà presto. Cercate di fare del vostro meglio per godervi questa serata…"

Jane annuì, con il labbro inferiore tra i denti.

Avvertendo l'apprensione di sua moglie, Salt le prese la mano nella sua e la tenne furtivamente tra le pieghe dei suoi pantaloni, per timore che la società potesse considerarlo sentimentale, e disse, per alleggerire l'atmosfera:

"Non so proprio dove si stia nascondendo la mia carissima sorella, ma si deve nascondere, perché l'idea di darmi un harem è stata sua, vero, milady?"

"Sono debitrice dell'idea a Caroline, "ammise Jane, sorridendo con le fossette, di nuovo a suo agio, in particolare con la mano stretta in quella di suo marito, "e non tradirò nessuna confidenza, Antony, dicendovi che è stata Caroline a suggerire che tutte le donne di casa Salt Hendon si vestissero con abiti ottomani e si presentassero come l'harem di Salt, come abbiamo fatto, senza che Salt lo sapesse. Potete immaginare la faccia di Salt quando siamo calate su di lui nel salone giallo prima di fare la nostra entrata nel salone da ballo."

Sir Antony scoppiò a ridere. "Ho un'idea molto precisa della sua espressione!"

"Dovresti avere compassione per la mia posizione," si lamentò Salt. "Sono in netta minoranza e avrei bisogno di tutto il sostegno maschile possibile!"

"Eppure è stato Ron a dare l'idea a Caroline…"

"Che cosa?" Questa era una novità per il conte. "Non posso tollerare il tradimento da parte del mio secondo in comando. Quando tornerà a casa da Eton…"

"Gliel'avete sentito dire una mattina a colazione," lo interruppe Jane. "Che casa Salt Hendon era invasa dalle donne e che lui era lieto di non essere il sultano dell'impero ottomano con il suo harem, perché niente avrebbe potuto essere peggiore che essere circondato da un centinaio di femmine chiacchierone! Vi siete quasi strozzato con l'uovo, quando Ron ha pronunciato la parola harem; come se un dodicenne non dovesse conoscere il significato di quella parola!"

"Non dovrebbe." Dichiarò Salt, con il suo tono più rigido.

"Io sono sicurissima che *voi* la conoscevate," disse Jane decisa. "E che sull'argomento i vostri sentimenti fossero ben diversi da quelli di Ron!"

Il sorriso di Salt arrivò fino agli occhi castani. "Siete una civetta incorreggibile, milady," sussurrò all'orecchio di sua moglie, "e più tardi ne approfitterò. Per ora, il terrore turco deve comportarsi bene."

Sir Antony, che aveva lasciato cadere l'occhialino appeso al suo nastro, dopo una veloce ispezione del salone da ballo per vedere se riusciva a trovare Caroline, stava per chiedere nuovamente dove poteva trovarla, quando alle spalle della contessa non apparve altri se non il suo fratellastro, il signor Tom Allenby, e, accanto a lui, il sovraintendente della tenuta di Salt Hendon, il signor Rufus Willis.

"Tony! Tony! Santo cielo! Siete una gioia per gli occhi, mio caro amico!" Esclamò Tom Allenby, e non solo afferrò la mano che gli tendeva Sir Antony ma lo abbracciò come un fratello da lungo tempo perduto. Si fece indietro e ispezionò Sir Antony, dai polpacci muscolosi al petto ampio e sorrise. "Lady Caroline aveva detto che non vi avrei riconosciuto, ed è vero! Scommetto che fareste correre Salt e me, sul campo da tennis!"

"E vi batterei sonoramente entrambi!" Sir Antony sorrise. Strinse la spalla di Tom. "È un tale piacere vedervi di nuovo. Non posso dirvi… Le vostre lettere a San Pietroburgo… Un tale conforto…" Si voltò in fretta per salutare educatamente il signor Willis con un cenno, temendo che l'emozione lo tradisse. Suggerì al conte: "Se il signor Willis ci sta, che ne dici se lui e io battiamo te e Tom, al meglio di tre set, domani?"

"Tre?" rispose sprezzante Tom. "Salt e io vi sfidiamo al meglio dei cinque set!"

"Calma, fratello!" Ribatté il conte. "Sotto tutta quella fascia rossa e treccia d'oro scommetto che Tony ha più muscoli e forza di noi due messi insieme."

"Sarei onorato di essere il vostro partner, Sir Antony," disse con un inchino Rufus Willis. "Racchette a quaranta passi, milord."

Fu allora che il conte notò i costumi indossati da suo cognato e dal suo sovraintendente. Entrambi i giovani uomini indossavano pantaloni turchi, ampie camicie di seta e piccoli turbanti; ai piedi pantofole dalla punta ricurva.

"Non chiederò scusa a nessuno perché cambio argomento dal tennis e vi chiedo, perché anche voi due siete vestiti alla turca?" Quando Tom Allenby e Rufus Willis condivisero un'occhiata piena di allegria, con le labbra serrate per evitare di scoppiare a ridere, Salt alzò gli occhi al cielo. "Non ditemelo, un'altra delle idee di Caroline. Che cosa siete? I capi eunuchi del mio harem?"

I membri del gruppetto si misero tutti a ridere, e tanto forte che quelli intorno smisero di parlare e si voltarono ad ascoltare che cosa avesse divertito i famigliari che circondavano il capo di casa di Salt Hendon, l'unico membro della famiglia che non sembrava aver colto lo scherzo.

"Che cosa ti avevo detto, Jane? Sapevo che Salt avrebbe scoperto i nostri costumi senza che dovessimo dire una parola!"

Sir Antony stava per aggiungere pepe al soggetto dell'harem quando, con la coda dell'occhio, intravide il gentiluomo che era stato l'oggetto della missiva anonima che aveva mandato ai giornali. Si scusò e, senza guardare né a destra né a sinistra, si fece strada verso l'alcova, dove il gentiluomo aveva messo con le spalle al muro una cosina graziosa. Poteva solo dedurre, dalla maschera bianca piumata e dalle ali attaccate alla schiena del suo corpetto di seta bianca, che fosse vestita da cigno.

Il cigno fu lieto dell'interruzione e, quando Sir Antony le chiese educatamente un momento del tempo del gentiluomo, da solo, la ragazza se ne andò alla svelta. Un cameriere in attesa chiese se i gentiluomini desiderassero un bicchiere di champagne. Sir Antony lo congedò con un gesto della mano; Dacre Wraxton afferrò un secondo bicchiere. Qualcosa negli occhi azzurri di Sir Antony gli diceva che i suoi nervi avrebbero avuto bisogno di coraggio liquido.

VENTICINQUE

"Non è stata un'idea mia, caro amico," disse languidamente
Dacre Wraxton, prima che Sir Antony potesse pronunciare una sillaba.

Sir Antony si chiese che cosa stesse blaterando l'uomo. Il suo costume
da cavaliere, con la cotta di maglia, sopra la quale indossava un pettorale
araldico di latta luccicante e l'elmo senza visiera, una corta spada e guanti
in maglia, avrebbe dovuto far apparire Dacre Wraxton un possente guer-
riero medievale. In realtà, lo faceva assomigliare più a un buffone di corte
che a un protettore. Sir Antony non si sarebbe sorpreso che l'uomo avesse
le ginocchia valghe, ma non era tanto maleducato né aveva il desiderio di
accertarsene. Invece, alzò l'occhialino e seguì la mano di Dacre Wraxton,
che teneva il flûte di champagne mentre lo portava alla bocca. Fu allora
che vide che cosa c'era appuntato sulla manica della tunica. Una spilla.
Non una spilla qualunque. La sua spilla. Era la spilla d'oro che conteneva
la miniatura di Caroline che Diana gli aveva preso mentre erano seduti al
clavicordio.

Sir Antony lasciò cadere l'occhialino sul nastro e tese la mano.

Dacre Wraxton si tolse immediatamente la spilla e gliela consegnò.

Sir Antony gli mise in mano la sua maschera, perché gliela tenesse. Poi
appuntò con attenzione la spilla sul davanti del panciotto, sopra il cuore, si
risistemò la redingote, distese il collo e gli strappò di mano la maschera.
Con la schiena verso il salone da ballo affollato, e ignorando l'incessante
chiacchiericcio e le risate, aspettò che Dacre Wraxton gli fornisse una spiegazione di come fosse entrato in possesso di una spilla che non gli
apparteneva.

"Potete immaginare di chi sia stata l'idea che portassi quella cosa sulla manica! Ah! Uno scherzo! Ho detto che non l'avrei fatto. Ma lei riesce a essere molto persuasiva… Assolutamente odiosa… Chiedo scusa! È vostra sorella…"

"No, non più."

"Non sono riuscito a contrastare il suo ragionamento," continuò Dacre Wraxton, come se Sir Antony non avesse parlato. "Vorrei esserci riuscito ma… Comunque, non significava niente, caro amico. Quindi nessun danno. E ora possiamo continuare con…"

"Danno?" Ringhiò Sir Antony, facendo un passo avanti. "Non me ne frega niente del sudiciume che Diana è riuscita a scavare dalla fogna su di voi e che vi ha costretto a piagnucolare affinché lo tenesse per sé. E capisco perfettamente che possa girare e rigirare il suo coltello in una vecchia piaga, e talmente forte che si farebbe qualunque cosa per farla smettere. Ma quello che non capirò e non perdonerò mai è che voi proviate piacere a fare di persone innocenti e vulnerabili le vostre prede. Che tipo di uomo può provare piacere nel sedurre ragazze ubriache, poco più che bambine? Non è che abbiate delle mancanze da nascondere a qualcuno più esperto; siete capace di soddisfare una donna tra le lenzuola…"

"Beh, adesso state esagerando! Posso essere colpevole di un mucchio di cose, ma non sono certo inadeguato tra le lenzuola!"

"È quello che ho appena detto."

"Ah! Già, è vero! Le mie scuse. Impossibile sentire con questo fracasso. Ci devono essere più di duecento anime che cercano di indovinare che cosa rappresentano i costumi degli altri. E voi da cosa siete vestito? Quale famoso generale? Quella fascia e la stella russa aggiungono un certo splendore imperiale…"

"Non avete risposto alla mia domanda…"

Dacre Wraxton sembrò imbarazzato. Scrollò le spalle. "Noia?"

Quando l'espressione di Sir Antony si scurì, Dacre Wraxton si rese conto che non era dell'umore scherzoso adatto a una festa ma perfettamente serio, e divenne petulante.

"Beh, Templestowe," ribatté. "Non è che io le obblighi. Non sono uno stupratore. Possono sempre dire di no; ma la maggior parte non lo fa. Inoltre," aggiunse, incapace di nascondere un sorrisetto, "perché accontentarsi della zuppa del giorno dopo, quando si può essere i primi a intingere il pane nel brodo appena fatto?"

"Siete un verme disgustoso, Wraxton," lo schernì Sir Antony, afferrando la tunica di Dacre Wraxton e spingendolo forte contro la pannellatura dipinta. Non gli interessava più che qualcuno li vedesse o sentisse il loro alterco. "Sapevate che era ubriaca. Sapevate che era vulnerabile. Avreste dovuto agire da gentiluomo, metterla su una portantina e mandarla a casa! Non siete nemmeno riuscito a farvi avanti e offrirle il vostro nome dopo averla rovinata; avete permesso a uno stupido ragazzetto di farlo per voi! Dio, siete un patetico straccio di uomo!"

"Patetico? Io? Non ero io quello che barcollava da un evento sociale all'altro, un miserabile ubriacone! È così che vi definiva. Lo sapevate? Ed è quello che siete—eravate—quattro anni fa, prima di questa miracolosa trasformazione," sbottò Dacre Wraxton, spingendo coraggiosamente via Sir Antony. Con l'orgoglio maschile in gioco, e un minimo di verità dalla sua, guardò negli occhi Sir Antony con la testa alta. "Lo voleva anche lei, proprio come tutte le altre. Non le ho alzato io le gonne. L'ha fatto lei per me, e con una risatina e uno sguardo invitante nei suoi occhi verdi. Quale uomo con il sangue nelle vene avrebbe rifiutato un simile invito da una piccola bella testarossa? Solo un idiota ubriaco come voi!" Si avvicinò e si permise spingere un dito nell'ampio e duro torace. "Vi dirò un'altra cosa… Era matura per essere colta. Se non fossi stato io, sarebbe stato qualcun altro: moriva dalla voglia di dar via la sua innocenza; che qualcuno, eccetto voi, la prendesse. Meglio che sia stato io, qualcuno che poteva farle passare dei bei momenti *e* tenere la bocca chiusa…"

"Ma non i calzoni abbottonati! Conoscendo il suo stato mentale, quello che avete fatto è doppiamente spregevole."

"Vi scoccia soltanto perché non siete stato il primo. Posso capirlo," concesse magnanimo Dacre Wraxton. "Ma non l'ho delusa. Tutto il contrario. È tornata per averne ancora. Ve l'ha detto? Mentre era sposata con quella femminuccia di Aldershot ha commesso adulterio con il sotto-scritto. Non una sola volta ma in due diverse occasioni. Non l'ho obbligata a venire nel mio letto. Non l'ho obbligata io a godere nel fare l'amore. L'ha fatto di sua iniziativa, e abbiamo passato dei gran bei momenti tra le lenzuola!"

"E questo è l'unico motivo per cui non vi ucciderò!"

Dacre Wraxton fraintese la dichiarazione sincera di Sir Antony per una battuta sardonica e con un sorriso alzò il bicchiere di champagne in un brindisi. "Lieto di essere stato utile. Dovrebbe rendere la vostra prima notte di nozze più piacevole, il fatto che lei sappia una cosa o due del piacere coniugale. E non tradirò certo una confidenza se vi dirò che avrete una bella sorpresa. È dannatamente reattiva. Ha un corpicino voluttuoso e quando si contorce…"

Sir Antony strinse forte la bocca di Dacre Wraxton tra le dita, mentre gli occhi dell'uomo sporgevano.

"Ascoltatemi molto attentamente, se volete restare in vita. Avete una scelta. Ho un immenso desiderio di passarvi a fil di spada, ma mi restano ancora abbastanza buone maniere nel mignolo per offrirvi un'alternativa. Toglierò la mano prima di rompervi la mascella e voi ascolterete senza fare commenti. Capito?"

Dacre Wraxton annuì, con gli occhi sgranati per la paura, non solo per il dolore feroce nella mascella, ma anche perché non aveva mai sentito il gentiluomo grande e grosso parlare con tanta rabbia repressa.

"Ecco quello che farete per assicurarvi che non buchi la vostra inutile carcassa: quando lascerete questa alcova, andrete da Lord Salt e rassegnerete immediatamente le vostre dimissioni da membro del parlamento per Hendon. Non direte il motivo né offrirete misere scuse. Lo farete e basta. Prenderete congedo e tornerete direttamente nella vostra residenza. Una volta lì, scriverete una lettera formale di dimissioni e suggerirete il nome di un candidato adatto per la vostra sostituzione: il signor Thomas Allenby, di Allenby Park, Wiltshire..."

"Non è..."

"...il fratello di Lady Salt? Sì. Quindi farete preparare dal vostro uomo un portmanteau per la Francia..."

"Francia? *Francia*? Non ho intenzione di andare in Francia!"

Sir Antony fece un passo avanti e Dacre Wraxton indietreggiò ulteriormente nell'alcova, se possibile, con le scapole che grattavano la vernice attraverso la cotta di maglia.

"Ascoltatemi senza fare commenti, Wraxton, o ci incontreremo domani mattina nella foschia del Green Park, con una spada in mano. Vi garantisco che tremerete, e non per il freddo..."

Dacre Wraxton aprì la bocca per protestare ancora ma quando Sir Antony gli dimostrò che era mortalmente serio, con la mano sinistra che scendeva verso l'elsa ingioiellata della sua spada cerimoniale, appena visibile sotto le falde della redingote, gli occhi di Wraxton si spalancarono e tenne la bocca chiusa.

Proprio come sospettava Sir Antony, l'uomo era un codardo. Quello che l'istinto gli aveva detto, del fatto che il fratello minore, Hilary, possedesse un vaso da notte con lo stemma di famiglia dipinto all'interno, si era dimostrato corretto. Hilary poteva essere un poeta frivolo, con un debole per le parrucche fatte con i materiali più bizzarri, ma certamente non era un codardo. Nessuna meraviglia che non provasse il minimo rispetto per il fratello maggiore.

"Andrete in Francia, e per un lungo periodo," continuò Sir Antony. "Non ho preferenze per il luogo dove sceglierete di andare dopo. Potreste continuare a vagare tra Parigi e Atene, per quello che mi importa, ma quello che non farete sarà mettere piede sul suolo inglese finché il mio primo nato avrà compiuto due anni." La bocca di Sir Antony si curvò in un sorriso. "Sarà meglio che vi teniate informato delle nascite e delle morti sulle colonne dei giornali inglesi. Secondo i miei calcoli il vostro soggiorno all'estero potrà durare circa tre anni. Sfortunatamente, non sono in grado di darvi un numero certo. Non importa. Una volta che ve ne sarete andato da qui, non mi importa quello che vi succederà, solo che vi succeda all'estero." Sorrise a labbra strette. "E non tentate di attraversare nuovamente la Manica di nascosto quando avrò voltato la schiena. Ho della gente che vi terrà d'occhio e che farà rapporto al mio maestro di casa. Ah, un ultimo dettaglio…"

Dacre Wraxton guardò Sir Antony da sotto le palpebre abbassate, con le spalle basse. Sapeva che non c'era modo di uscire da quella situazione con le lusinghe. Portava una spada ma non era certamente abile con una lama e, dato che l'unica ginnastica che faceva era tra le lenzuola con vogliose donne nubili, sapeva che sarebbe stato fatto a fette in pochi minuti, in un incontro con l'arma di elezione di Sir Antony.

"Non c'è alcun bisogno di minacciarmi," lo interruppe. "Distoglierò gli occhi dalla vostra sposa promessa e non avrò più contatti con lei, verbali o per iscritto."

Sir Antony sorrise. "Questa è un'idea eccellente e avrà esecuzione immediata. Ma non è quello che devo dirvi. La ragione della vostra immediata partenza, e la ragione che direte a tutti quelli che incontrerete, e ovviamente nella più stretta confidenza, è che state per fare una fuga d'amore sul continente con mia sorella…"

Dacre Wraxton perse la presa sul suo bicchiere di champagne. "Buon Dio, *no*."

Sir Antony afferrò al volo il bicchiere vuoto e lo appoggiò abilmente sul vassoio d'argento di un cameriere attento e dall'occhio d'aquila, in attesa alle sue spalle. Quasi provava pietà per quell'uomo e gli mise una mano sulla spalla curva.

"Dovrei lasciarvi soffrire ma non posso, in coscienza, dirvi una bugia. Diana non fuggirà in Francia con voi. È uno stratagemma, cui voi vi atterrete. Che siate fuggito per amore, dovrebbe essere sufficiente come motivo per la vostra assenza da Londra. Una volta sul suolo francese, per quanto vi riguarderà, mia sorella sarà morta in mare, gettata fuori bordo da un'onda anomala."

Dacre Wraxton guardò Sir Antony con espressione scaltra.

"Mi chiedevo quando sareste tornato in voi e vi sareste reso conto che le mancano parecchie rotelle. Si dice che Salt l'abbia spedita sul continente, più o meno come state facendo voi con me, perché il suo cervello ha smesso di funzionare quando lui ha sposato un'altra. Ma io sospetto che la sua instabilità mentale risalga a molto prima. Anche St. John aveva cominciato a sospettarlo non molto dopo averla sposata. Lui e io eravamo amici a Eton, e in modo molto più intimo, se capite che cosa intendo, della sua amicizia con Salt. Lo confesso a voi e nessun altro, solo perché Diana ha scoperto questo interessante particolare su suo marito e me, e l'ha usato per i suoi scopi sinistri."

"Non ne dubito."

Dacre Wraxton sentì una nota di simpatia nella voce di Sir Antony.

"Caro St. John. Se non fosse morto di vaiolo quando l'ha fatto, sono certo che lei avrebbe trovato il modo per spedirlo prematuramente nella tomba…"

Fece un inchino di congedo a Sir Antony, dicendo, con una risata. "State certo che saluterò con molto piacere la nascita del vostro primogenito. *Adieu*, milord."

Sir Antony inclinò la testa in segno di saluto e si fece da parte per lasciar passare l'uomo. Lo guardò farsi inghiottire dalla moltitudine profumata che passeggiava lungo il salone, preparandosi al primo ballo, poi alzò l'occhialino e ispezionò la folla per trovare l'amore della sua vita. Lady Caroline apparve istantaneamente dalla massa rivestita di seta, come se lo stesse osservando da un po'.

Lei, come Jane, indossava un costume adatto a un potentato ottomano, con pantofoline ricamate, pantaloni ampi di satin a righe color cioccolato e verde menta, un corpetto di velluto color cioccolato, scollato e reso decente dallo strategico drappeggio di un trasparente *fichu* d'argento iridescente. Sulla testa aveva appuntato un piccolo turbante di seta, che riprendeva i colori della stoffa dei pantaloni. Sembrava in tutto e per tutto una delle bellezze di un harem, e Sir Antony era certo che se il vero sultano dell'impero ottomano avesse posto gli occhi sulla sua Caroline, lei sarebbe diventata all'istante il suo gioiello preferito. Ma Antony fissava i suoi lucenti capelli color fiamma. Erano tirati su una spalla e ricadevano liberi fino alle cosce, legati lenti a metà strada con un nastro verde menta intessuto di perle.

Avrebbe voluto stringerla tra le braccia e baciarla. Invece, le sorrise e si inchinò con un gesto teatrale per salutarla. Quando si raddrizzò, lei gli afferrò il paramano risvoltato della redingote e, con un sorriso sbarazzino, scomparve con lui dietro a un paravento affrescato a otto pannelli.

Il paravento nascondeva una stanzetta confortevole, dove c'erano una dormeuse, parecchie poltroncine intorno a un basso tavolino, un portacatino e, su una console laccata, una fila di caraffe d'argento lavorato piene di acqua ghiacciata e un vassoio di bicchieri. In un angolo più in fondo c'era un altro paravento e, di lato a questo, due sedie tirate accanto a un tavolino, sopra il quale c'era un *nécessaire* da cucito, con tutto quello che poteva servire a riparare piccoli strappi o riattaccare un bottone. Sul tavolino c'era anche una scatola di legno lucido, che conteneva i prodotti necessari a rimuovere l'eventuale cera che gocciolasse dai candelieri sui costumi di seta e velluto degli ospiti. All'entrata di questo tranquillo rifugio dalla massa, due camerieri erano in attesa, pronti ad aiutare gli ospiti che avessero bisogno di un momento di pausa dal rumore e dal caldo del salone da ballo, o dei loro esperti servizi.

Vedendo Lady Caroline in compagnia del gentiluomo con cui lei aveva scambiato un bacio appassionato nell'anticamera dello studio del conte, uno dei camerieri diede di gomito al collega ed entrambi si spostarono a fare la guardia dall'altra parte del paravento.

Rimasti soli, Caroline gettò le braccia al collo di Sir Antony e gli ordinò di baciarla, ordine che lui accettò volentieri.

QUANDO A SIR ANTONY RITORNÒ LA VOGLIA DI PARLARE, DISSE, CON le braccia intorno alla vita di Caroline e guardandole il volto arrossato alzato verso di lui: "Non indossate il corsetto."

"Stupidone. Le ragazze degli harem non indossano corsetti rigidi. Beh, almeno è quello che dice la zia Alice. Lei è la nostra esperta essendo stata a Costantinopoli." Caroline sospirò. "È talmente liberatorio!" Poi fece una risatina. "E anche un po' osé." Quando Antony non rispose, Caroline chinò la testa di lato. "Pensavo che vi sarei piaciuta in questo modo..."

Piacere! Gli formicolava la testa per il desiderio represso. Solo uno strato finissimo di seta separava il suo corpo da quello di lei, e il corpo di Caroline aveva delle curve così deliziose che non riusciva a pensare chiaramente. Deglutì e ritrovò la voce.

"Vestite in questo modo non è una sorpresa che gli ottomani tengano le loro donne rinchiuse negli harem, lontane dagli altri uomini. Sarà meglio che questa sia la prima e ultima volta che indossate un costume simile a un ballo in maschera." Quando Caroline fece una smorfia irritata, le pizzicò il mento. "Ma sarei molto lieto se indossaste il vostro splendido costume da harem nell'intimità della nostra casa, solo per me... Vedete, normalmente sono una persona molto accomodante, ma non quando riguarda voi. A dire il vero, mi ritrovo a essere avido. Non mi piace l'idea di altri uomini che vi guardano con desiderio, vi voglio tutta per me... Sempre."

Caroline gli sfiorò la guancia. "E mi avrete: *sempre*. Non voglio che altri si mettano tra di noi, che interferiscano nelle nostre vite. Vi amo con tutto il cuore e mi odierei se fossi una *delusione* per voi..."

Quindi aveva osservato di nascosto la sua conversazione nell'alcova con Dacre Wraxton e ora era preoccupata per quello che quel verme poteva avergli rivelato. Non glielo avrebbe mai detto. Non gli piaceva vederla triste e in apprensione, e le disse, sorridendo mentre la guardava negli occhi verdi, con le dita intrecciate nelle lunghe ciocche della sua fiammeggiante criniera:

"Questo, mia cara, non succederà mai. Anch'io vi amo con tutto il mio cuore e non riesco a ripeterlo abbastanza spesso. Presto sarò in grado di dimostrarvi quanto…" Aprì la redingote per mostrare la sua spilla appuntata sul petto, appena sopra la fascia rossa. "Questo segno della mia devozione per ora deve bastare. Non me ne sono mai separato da quando me l'avete regalata, e, presto, non mi separerò mai da voi."

Caroline spalancò gli occhi ed emise un piccolo sospiro di sollievo.

"Oh, l'avete voi! Pensavo-pensavo di averla vista… Oh, non importa!" Sorrise con le fossette e cambiò argomento, con una mano sui bottoni d'oro e sul broccato dei risvolti della redingote di Sir Antony. "E quanto al vostro splendido costume, milord, l'unica creatura che non dovrebbe vederlo è Peter. Lo rendereste sicuramente geloso. Lui pensa di essere l'unico macao della mia vita!"

"Ah! Meglio che Peter il Macao mi veda per quello che sono veramente: un rivale in amore." Prese la maschera piumata e se la tenne sul volto. "Semper sarà molto lieto che i suoi sforzi non sono stati vani. Ora, amor mio, anche se mi piacerebbe restare qui comodo con voi, sarà meglio che raggiungiamo gli ospiti prima che il pascià di Persia mandi i suoi eunuchi a cercarci."

"Eunuchi? Che cos'è un eu-eunuco?"

Sir Antony deglutì; era una bella domanda, cui non era facile rispondere su due piedi. Aveva dimenticato che, anche se era una vedova, Caroline aveva solo ventidue anni e che aveva condotto una vita molto ritirata sotto il tetto di suo fratello.

"Non è un argomento che il pascià approverebbe. Ve lo dirò quando saremo sposati."

"Me lo direte, vero?" Gli chiese, socchiudendo gli occhi.

"Certamente, potrete chiedermi tutto quello che vorrete, una volta sposati, e io vi risponderò con sincerità. Parola d'onore."

Caroline fu contenta e disse con un sorriso malizioso:

"Il pascià di Persia? Io lo chiamerei il sultano della tetraggine! Voi ridete ma è quello che è da quando ha visto le donne di casa sua vestite con abiti ottomani. Era tutto contento di vedere Jane in pantaloni ma vorrei che aveste visto il suo sguardo di disapprovazione quando ha visto che Kitty, zia Alice e io facevamo parte del suo harem. In fondo in fondo è sempre stato un tale bacchettone!"

"E meno male!"

Caroline sorrise maliziosa, contenta di sé. "Aspettate che veda Tom e il signor Willis!"

Sir Antony le diede un buffetto sotto il mento.

"Già fatto. Ha riservato loro la stessa accoglienza tetra."

Il sorriso di Caroline svanì immediatamente. Fece una smorfia preoccupata.

"C'è qualcosa o qualcuno che lo turba ultimamente? Non è più lui da parecchie settimane… Pensavo che fosse preoccupato per Jane e il suo terzo parto. È sempre teso e preoccupato appena prima della nascita di un bambino. E mi sorprende perché, appena viene a sapere che c'è un bambino in arrivo, se ne va in giro per giorni con un sorriso grande come una casa sul volto."

"Posso solo immaginare che sia perché il parto è un'esperienza che fa paura… A entrambi i genitori."

Caroline ci pensò su e poi disse, meravigliando Sir Antony: "Sì, per noi è così. Gli animali se la cavano molto meglio di noi." Poi aggiunse, seria: "È il ritorno di Diana dal continente che lo preoccupa?"

"Credo abbiate ragione. Diana ha sempre avuto il potere di rendere irascibile vostro fratello. E ora che è ritornata, teme che intenda interferire nella sua vita."

"Come ci riesce solo lei!"

"Sì, come ci riesce solo lei, e lo farà. Ragione in più perché noi ci uniamo alle masse, per offrire il nostro sostegno al sultano della tetraggine." Le baciò la fronte. "Mi fareste un grande favore? Tenete d'occhio i bambini."

"Me l'ha già chiesto Jane. Le ho promesso di andare a vederli ogni ora. Anche se, perché Jane e Salt abbiano ritenuto di spostare l'intera nursery sul campo da tennis…"

"Oh, sono sicuro che i bambini si stanno divertendo immensamente," disse Sir Antony in tono leggero. "Con tutta l'eccitazione in casa negli ultimi giorni prima di questo ballo in maschera, e ora, stasera, con il ballo, darà loro un senso di partecipazione. In particolare per Merry, che avendo dodici anni deve desiderare di indossare i pantaloni e unirsi al divertimento, e non di essere incastrata con tre bambini sotto i quattro anni per tutta compagnia. Se Ron fosse qui con lei, forse si sentirebbe diversamente."

Caroline cercò di nascondere un sorrisetto saputo ma Sir Antony colse la sua espressione e capì che c'era qualcosa sotto. Qualche volta si chiedeva se non la conoscesse meglio di quanto lei conosceva se stessa.

"Parlate! Che cosa avete macchinato voi e Merry? Non ditemi che le avete messo un costume e una maschera, e che è qui in giro da qualche parte?"

La bocca di Caroline si aprì ma non disse niente. Non sarebbe stata lei a tradire sua cugina. Anche la zia Alice era complice nel piano.

"Parlate, Caroline! Che cosa avete fatto con Merry?"

"Perché pensate che…"

"Perché avete fatto la stessa cosa al ballo della caccia, quando avevate quattordici anni. Non crederete che Salt e io non sapessimo che vi eravate travestita da paggio e vi eravate nascosta nella Gallery con i musicisti, per guardare il ballo!"

Caroline sospirò al ricordo.

"A Salt non sarebbe importato nemmeno se la casa gli fosse crollata addosso! Tutto quello che gli interessava era ballare con Jane. E chi poteva biasimarlo? Lei era così bella nel suo vestito di satin color oro... Potrò anche avere avuto solo quattordici anni, ma ho visto il modo in cui lui la guardava e ho capito, perfino allora, che era innamorato di lei. Era più di un mese che la guardava in quel modo! Lo fa ancora, quando crede che nessuno lo guardi. E ricordo di aver pensato che avrei voluto che voi mi guardaste allo stesso modo."

"Caroline, avevate solo quattordici anni. Se vi avessi guardato, in *qualunque* modo, Salt mi avrebbe castrato sul posto e sarei io quello che indossa il costume da eunuco!"

Caroline si mise a ridere. "Ecco che cos'è un eunuco!" gli baciò la guancia arrossata. "I desideri si avverano. Voi mi guardate in quel modo, adesso."

"Caroline, per favore, ditemi se Merry è tra quella gente. È veramente importante."

Caroline fece il broncio. "Sarà molto più divertente per lei se pensa che nessuno la sorvegli."

"Direi proprio di sì, se non avesse Diana come madre. Ma purtroppo è così e, se Diana sapesse che Merry è in costume, che si aggira nel salone da ballo, potrebbe creare quel tipo di scenate che vostro fratello aborre. Sapete che incolperà Jane. Quindi, per favore..."

"Oh! Sì! È vero! Noi—zia Alice e io—non ci avevamo pensato. Certo che Diana incolperà Jane e causerà una scenata. È proprio quel tipo di idiozie di cui si nutre Diana. Ma temo che sia troppo tardi per farci qualcosa. Ho lasciato zia Alice a parlare con Diana per venire a cercare voi..."

VENTISEI

"Oh? È veramente qui, qui al ballo?" Chiese Diana, sorpresa, facendo un giro completo per guardare la calca degli ospiti, perché il grande collare elisabettiano che le circondava il collo le impediva di guardarsi alle spalle.

Aveva le spalle girate verso la folla e stava parlando con Lady Reanay, che aveva intravisto in conversazione con Lady Caroline, Lady Porter e un gruppo di matrone accanto alla finestra aperta, mentre sorseggiavano champagne e si scambiavano gli ultimi pettegolezzi. Aveva visto Caroline attraversare la stanza verso un'alcova dove suo fratello Antony stava conversando con qualcuno che non riusciva a vedere. Con Caroline assente, fece la sua mossa e si unì al gruppetto. Lady Porter e le tre donne capirono in fretta che voleva parlare in privato con la sua inturbantata suocera. Due minuti di conversazione e si era fatta dire dall'anziana donna tutto quello che voleva sapere, senza nemmeno doverci provare; vecchia pazza.

"Non dovete dire una parola a Salt! È già furioso con me perché ho tentato di portare Merry a farvi visita. È stato educato ma fermo nel suo rifiuto, ma ho capito che avrebbe voluto farmi una bella predica." Lady Reanay rabbrividì, ricordando quel colloquio spiacevole, e guardò Diana con un sorrisino. "Siete sempre stata splendida vestita di rosso, mia cara. E quel collare, così maestoso! Una volta ho indossato…"

Diana non aveva intenzione di lasciarle cambiare argomento.

"Non credo proprio che possa obiettare che io veda la mia cara figliola con un centinaio di spettatori presenti," la interruppe. "Prometto di non dire una parola e di non tradirla. Se solo potessi *vederla*… Per favore, milady. Sapete che pena sia per una madre non poter vedere i suoi figli!"

Lady Reanay era tanto indecisa da sentirsi male. Aveva fatto una promessa al conte e non poteva tirarsi indietro, eppure capiva fin troppo bene il dolore di cui parlava Diana. Aveva anche promesso a Merry di non rivelare la sua marachella, se fosse rimasta nella piccola alcova tra le sale dei rinfreschi e il salone da ballo, da cui poteva guardare gli ospiti, risplendenti nei loro costumi, mentre passavano da una sala all'altra. Dato che tutti i camerieri e i paggi indossavano maschere nere, in accordo con il tema del ballo in maschera, nessuno avrebbe mai scoperto l'identità di Merry.

Quello che né Caroline né Lady Reanay avevano considerato, era l'attenzione con cui tata Browne e le sue bambinaie e tutto il personale vigilavano sui figli del conte. Quando Merry non era tornata, dopo avere avuto il permesso di vedere Lady Caroline vestirsi per il ballo, tata Browne aveva mandato una delle bambinaie a frugare la casa per trovarla, con l'ordine di non tornare finché non avesse avuto Miss Merry saldamente per mano. Quando la bambinaia era tornata in lacrime un'ora dopo, tata Browne aveva deciso di coinvolgere la governante e così via, finché la marachella era arrivata alle orecchie proprio del servitore al quale era stata affidata Merry. ·

Quando il maggiordomo le sussurrò all'orecchio lo stato delle cose, Lady Reanay per poco non perse il turbante, tale fu il suo scatto per la sorpresa. Quello che Miller le confidò andò a tutto vantaggio di Diana. L'anziana signora si portò una mano ingioiellata al corpetto rivestito di perline e, facendo un respiro profondo, disse a Miller:

"Terremo la cosa per noi, per il momento. Fate avere a tata Browne il messaggio che è stata trovata e… Oh! E che anche il signorino è stato localizzato ed è al sicuro con Miss Merry. Cercherò Lady Caroline e lei potrà…"

"Forse posso aiutarvi io, milady?" La interruppe Diana. "Dopo tutto, io sono qui e Caroline potrebbe essere dovunque. Prima che la troviamo, Magna e…?" Guardò con aria allarmata il maggiordomo e poi disse a sua suocera: "Scusatemi, milady, ma chi è il signorino che tiene compagnia a mia figlia?"

Lady Reanay strinse il braccio di Diana.

"No! No! Non dovete pensare a niente del genere!"

Tirò Diana per il braccio verso la finestra, temendo che la sentissero, ma con il quartetto che suonava e gli ospiti mascherati sempre più rumorosi, fu, al contrario, difficile per Lady Reanay alzare abbastanza da voce da farsi sentire.

"Edward—Lord Lacey—*Ned*—il figlio maggiore del conte, è scappato dalla sua bambinaia. È un bambino piuttosto vivace, mi ricorda molto il suo papà quando aveva la stessa età: troppo intelligente e altrettanto birichino. Ovviamente, con quel bel faccino e quei riccioletti d'oro sembra un angelo, quindi potrebbe farla franca anche se strozzasse un gatto e nessuno penserebbe mai che avesse fatto una cosa del genere. Non che sarebbe mai tanto crudele. È molto gentile con Visconte Quattrozampe e con tutti gli animali di Caroline, particolarmente i suoi carlini. Non è un ragazzo cattivo, solo curioso, come tutti i bambini quando si annoiano. Volevo solo dire…"

"Capisco quello che volevate dire," disse Diana a denti stretti, perdendo la pazienza con le chiacchiere della vecchia signora. Si riprese in fretta e, per nascondere la sua profonda irritazione, fece mostra di usare il ventaglio per mandare un po' d'aria verso la suocera e disse al maggiordomo, che stava ancora aspettando: "Fate portare un bicchiere di vino a sua signoria e una sedia. Ma prima di andare, ditemi che cosa posso fare per aiutare a trovare mia figlia e Lord Lacey, e riportarli al sicuro nella… Nursery…?"

"Non nella nursery, milady. I bambini passano la sera acquartierati nella galleria del campo da tennis di sua signoria. Ma sembra che il signorino sia veramente andato nella nursery. Penso che stia ancora cercando di trovare il suo compagno di letto."

"Compagno di letto?" Chiese Diana St. John, fingendo ignoranza.

"Il signor Monkey Mischievous," le disse Lady Reanay, come se fosse risaputo che quello era il nome della scimmia di pezza di Ned.

Quando un cameriere le presentò una sedia, e un altro le porse un bicchiere di vino, Lady Reanay si sedette in fretta e sorseggiò grata il vino. Gli eventi minacciavano di finire fuori controllo se Ned e Merry non fossero stati recuperati in fretta dalla nursery vuota, e prima che Salt lo venisse a sapere. Era certa che il suo cuore stesse battendo troppo in fretta.

"È stato uno dei camerieri che mi ha informato che il signorino è stato visto andare da solo nella nursery," continuò il maggiordomo, quando Diana gli fece un languido cenno della mano per invitarlo a proseguire. "Ho colto l'opportunità di chiedere a Miss Merry di abbandonare la sua posizione nell'alcova, e andare a prendere il signorino e riportarlo da tata Browne. Ho pensato che il signorino avrebbe obbedito a Miss Merry e, dato che anche lei deve tornare nel campo da tennis, sarebbero stati entrambi al loro posto."

"Un saggio piano," si complimentò Diana St. John.

"Grazie, milady. Comunque non sono tornati subito al campo da tennis, quindi penso che forse il signorino abbia trasformato la sua marachella in una gara e stia giocando a nascondino con Miss Merry."

"Credo proprio che abbiate ragione, Miller," confermò Lady Reanay. "A Ned piace giocare e potrebbe veramente nascondersi da Merry. Oh mio Dio, è tutto così angosciante…"

"Ci sono servitori in quella parte di casa, stasera?" Chiese Diana St. John al maggiordomo.

"No, milady. Tutto il personale della nursery è nel campo da tennis, e i camerieri che normalmente servono quelle stanze private sono di servizio qui, nelle stanze pubbliche, per via del ballo in maschera."

"Quindi la nursery è completamente vuota, senza servitori né famiglia?"

"Sì, milady."

"Le bambinaie e i bambini dove sono tenuti, avete detto...?"

"Passeranno la notte nel campo da tennis, milady. Una sorpresa per i bambini..."

Diana annuì solennemente. Mentalmente, stava velocemente rivedendo i suoi piani. Sperava di poter mettere in scena la tragedia nella nursery. Voleva tanto veder finire in cenere quegli appartamenti insieme ai loro occupanti! La signora Smith e i due ruffiani che aveva assunto a quest'ora dovevano essere in attesa fuori dal portone del giardino, nelle scuderie. Tra tutti, avevano abbastanza stracci e combustibile da bruciare Westminster Hall, e lei aveva abbastanza monete nel corpetto da corrompere i portinai.

Che fare, ora che la preziosa progenie era stata spostata nel campo da tennis? Forse il cambio di sede poteva giocare a suo favore? Dopo tutto, il campo di Royal Tennis aveva una porta che si apriva direttamente sulle scuderie, quindi l'accesso per la signora Smith e i ruffiani sarebbe stato più facile. Se si potevano chiudere a chiave entrambe le porte, e si generava abbastanza fumo da riempire i palchi nella galleria, e con il pandemonio generale che sarebbe seguito al fuoco, c'erano buone possibilità che gli occupanti fossero schiacciati a morte o asfissiati... Forse valeva la pena di tentare... Non aveva fatto progetti e sognato per tutti quegli anni per poi abbandonare i suoi piani per un piccolo dettaglio.

Le restava solo di convincere il bambino dai capelli d'oro a tornare nel campo da tennis, poi mandare a prendere la contessa con qualche scusa... Forse per dire buonanotte ai suoi figli? Se le si diceva che erano agitati, sicuramente sarebbe venuta a occuparsi di loro...

"Ovviamente informerò sua signoria..."

"No! No, Miller. Non fatelo," sbottò Diana St. John. Riprese velocemente il controllo dei suoi lineamenti e disse, come se fosse molto preoccupata: "Non c'è bisogno di disturbare Lord Salt. Andrò io nella nursery e riporterò mia figlia e il ragazzo alla sicurezza del campo da tennis."

"Diana, penso che Miller abbia ragione. Dovremmo informare Salt," ribatté Lady Reanay, aumentando l'indecisione del maggiordomo e facendo stringere i pugni a Diana, per reprimere la rabbia di essere contraddetta davanti a un inferiore. "Caroline e io saremo già abbastanza

nei guai per aver permesso a Merry di partecipare al ballo in maschera…
Ma quello non sarà niente quando Salt saprà che il suo erede è riuscito a
sfuggire alle bambinaie e sta nascondendosi in una nursery vuota! Oh
povera me! Quell'uomo farà a pezzi questo posto e anche i servitori! Mi
terrorizza pensare che cosa farà alla povera Jane la sparizione di suo
figlio…"

"Ragione di più per non dirgli niente e permettermi di andare a prenderlo," dichiarò Diana con un sorriso a labbra tirate. "Potete vedere che
Lord Salt sta conversando con Sua Altezza russa." Fissò il maggiordomo
con le sopracciglia imperiosamente inarcate. "Volete essere voi a interrompere sua signoria nel mezzo di quella che potrebbe tranquillamente essere
una delicata discussione diplomatica, e dargli la notizia inquietante che
suo figlio ed erede è sparito?"

Il maggiordomo scosse la testa senza accorgersene. Lady Reanay
guardò attraverso il mare di ospiti in costume, dove il conte e la contessa,
nel loro abbigliamento ottomano, stavano chiacchierando con il principe
Ivan e alcuni del contingente russo, che erano venuti al ballo vestiti da
ingioiellati cortigiani francesi del diciassettesimo secolo, con scarpe dagli
alti tacchi rossi e voluminose parrucche incipriate. Stavano tutti sorridendo ed erano a loro agio, e quando il conte gettò indietro la testa col
turbante ridendo per qualcosa che aveva detto Jane rispondendo al principe, le mancò il coraggio. Avrebbe preferito tagliarsi via una mano, piuttosto di dire a Miller di informare la nobile coppia che il loro figlioletto era
sfuggito alle bambinaie. "Lady St. John ha ragione, Miller. Teniamolo per
noi, per ora, e speriamo che Ned sia con Miss Merry." Guardò sua nuora.
"Grazie per la tua cortese offerta, mia cara, se fossi tanto gentile da andare
nella nursery, di modo che possiamo respirare tutti più liberamente; so che
Salt e Jane te ne saranno grati."

"Manderò con voi un cameriere, milady."

"No! No, non sarà necessario," dichiarò fermamente Diana St. John.
"Presumo che le applique siano accese, quindi non mi servirà luce. Inoltre,
se Merry non ha il ragazzo con sé e lui vede un servitore maschio con me,
potrebbe pensare di essere nei guai e non uscire dal suo nascondiglio."
Sorrise dolcemente a Lady Reanay. "Non temete, milady. Una volta che
avrò riportato il ragazzo alle sue bambinaie, ve lo farò sapere e forse la
contessa potrebbe andare a visitare i suoi figli per vederli sistemati al sicuro
per la notte? Certamente questo permetterà a tutti quanti di respirare
meglio, inclusa sua signoria."

"Oh, sì. Questa è un'idea eccellente, mia cara," concordò Lady Reanay.
"Se Jane e Salt andassero a visitare il campo da tennis…"

"Non c'è bisogno di disturbare Lord Salt," suggerì Diana con un
sorriso. "Mi dispiacerebbe che il ragazzo raccontasse magari a suo padre

che stava giocando nella nursery, tutto da solo e senza supervisione. Avete detto che è un po' dispettoso…"

Lady Reanay quasi si strozzò con un sorso di vino. "Buon Dio! Santo cielo! Sarebbe proprio da Ned pensare che sia un bello scherzo raccontare la sua avventura al suo papà. Che disastro! Avete nuovamente ragione. Scambierò due parole con Jane, una volta che mi farete avere il messaggio, e so che in qualche modo lei riuscirà a scivolare via senza che Salt se ne accorga."

"Ovviamente se qualcuno chiede di me—se Salt dovesse chiedere dove sono andata—dovete solo dire che sto prendendo una boccata d'aria in giardino…"

Lady Reanay sorrise e annuì. "Certamente, mia cara, certamente."

Guardò Diana St. John che seguiva il maggiordomo, con parecchie teste incipriate che si voltavano ad ammirare il suo grandioso costume elisabettiano di seta rossa con la sorprendente gorgiera, che dava l'impressione che Diana stesse offrendo su un vassoio la sua bella testa dalla pettinatura elaborata.

Lady Reanay stava cominciando a sentire il cuore che tornava al suo ritmo normale quando, non più di cinque minuti dopo, si avvicinò Lady Caroline e le chiese se Merry fosse tornata al campo da tennis. Le ci vollero cinque minuti per dipanare tutta la storia e appena ebbe finito Caroline corse via all'inseguimento di Diana. Poi si avvicinò Sir Antony, con una tazza di tè in una mano e una sedia nell'altra, e si sedette accanto a lei. Sembrava molto contento di sé e Lady Reanay non ebbe il coraggio di raccontargli i recenti eventi, cioè finché lui non chiese con noncuranza dove poteva trovare sua sorella. Non la vedeva tra i ballerini e non era nemmeno tra la folla nelle sale di rinfresco, beh, non in quelle dove era entrato a prendere una tazza di tè.

Per ritardare l'inevitabile, nella speranza che Diana le facesse sapere qualcosa prima di dovere, ancora una volta, spiegare l'andirivieni non solo di Diana ma di Caroline, Merry e Ned, Lady Reanay chiese in tono casuale:

"Quell'abito è veramente impressionante. Sei un personaggio militare, Antony?"

"No, zia. Sono un uccello, un'ara macao, in effetti."

Lady Reanay inarcò le sopracciglia, sorpresa. Sir Antony ridacchiò davanti alla sua incapacità di nascondere l'incredulità.

"Sapete, Caroline ha promesso un cucciolo di carlino al principe russo," continuò Lady Reanay, con stupore non meno acuto per questa informazione. "Quel tipo ci ha decisamente sopraffatto con il suo entusiasmo per il regalo di Caroline! Si sarebbe potuto pensare che gli avesse offerto un rubino grande come un uovo!" Fece spallucce. "Ci si chiede se voleva essere gentile, come lo è stato quando ho menzionato la visita di Diana a San Pietroburgo. Ha annuito educatamente ma mi ha guardato con un'espressione strana, assente, ed era ovvio che non sapeva di chi stessi parlando. Ricordo che Diana mi ha detto specificatamente che aveva incontrato il principe Ivan a San Pietroburgo. Io non l'ho incontrato a San Pietroburgo, quindi sono rimasta sorpresa, come il principe del resto."

"Il principe Ivan passa quasi tutto il suo tempo a Mosca. Diana non può averlo incontrato. Ed è il motivo per cui nemmeno voi l'avete incontrato. Ma credo che il suo entusiasmo per il cucciolo di carlino sia sincero. La nobiltà russa è entusiasta di tutto quello che è inglese, e i cuccioli di carlino nati e allevati in Inghilterra sono nella lista dei regali più ambiti che le mogli, figlie e amanti consegnano ai russi che visitano l'Inghilterra." Appoggiò la tazza sul piattino. "È stata astuta Caroline a pensare a un regalo simile. Anche se sospetto che lei pensasse più a trovare una buona casa al cucciolo, che non all'impatto che un simile gesto avrebbe avuto su Sua Altezza."

Lady Reanay guardò pensierosa suo nipote.

"Penso che tutto sia sistemato ora tra te e Caroline?"

"Sì. Tutto sistemato," Sir Antony non poté nascondere un sorriso. "Sono—*siamo*—molto felici."

Lady Reanay emise un piccolo sospiro di soddisfazione, con le lacrime agli occhi, e gli batté il ginocchio.

"Oh, è una notizia talmente bella, *talmente* bella. Salt ne sarà contento. Tutti ne saranno contentissimi. Ora, se riuscissi a maritare tua sorella e a sistemarla…"

"Dov'è Diana?" Quando Lady Reanay alzò le mani, come sconfitta, Sir Antony si preoccupò. "Non avete tradito il segreto di Merry, proprio con Diana, vero, zia?"

"Tradito? Ma… Antony, Diana è sua madre e ha il diritto di…"

"No. No." Dichiarò Sir Antony. "Diana non ha nessun diritto."

Lady Reanay guardò suo nipote per cinque secondi buoni, vide che era mortalmente serio e sospirò. "Oh povera me… Oh povera me…" si portò una mano alla guancia, desolata. "Tu e Salt sarete tanto arrabbiati con me."

Sir Antony controllò la sua ansia, anche se gli si gelarono le dita, e disse pazientemente: "Per favore, zia, raccontatemi tutto dall'inizio…"

Lady Reanay riuscì a spiegare tutto riguardo alla partecipazione di Merry al ballo, riuscì a dirgli tutto della marachella di Ned. Entrambe le cose fecero sorridere suo nipote. Riuscì anche a dirgli che Caroline era andata nella nursery. Ma appena cominciò a spiegare come Diana si fosse offerta di localizzare Ned e Merry, Sir Antony perse il sorriso e smise di ascoltare. Si alzò di colpo, spinse in mano a un cameriere tazza e piattino, e se ne andò maleducatamente mentre sua zia stava ancora parlando, per perdersi tra la folla animata che stava andando verso le sale dei rinfreschi.

Lady Reanay era rimasta talmente sorpresa dal comportamento insolitamente scortese del nipote che si strozzò col fiato, e poi tossì così forte che era certa le stesse venendo un attacco di cuore.

Kitty Aldershot e il signor Tom Allenby avevano finito il loro primo ballo insieme, e lui la stava scortando fuori dalla pista quando notarono Lady Reanay in difficoltà. Un cameriere era accanto a lei e Lady Reanay si teneva una mano sul petto. La giovane coppia andò in suo aiuto, proprio mentre un gruppetto di ospiti stava formando un semicerchio intorno alla sua sedia.

Kitty Aldershot si sedette sulla sedia lasciata libera da Sir Antony e prese la mano di Lady Reanay, mentre Tom Allenby mandava un cameriere a prendere un bicchiere d'acqua. Nessuno dei due parlò e attesero che Lady Reanay riprendesse il controllo. La piccola folla di spettatori, vedendo che sua signoria si era ripresa a sufficienza da sorseggiare il bicchiere d'acqua, fece un passo indietro, restando abbastanza vicino da poter tornare, nel caso la vecchia signora avesse un attacco.

"C'è qualcosa che possiamo fare per voi, milady? Forse due passi in giardino. L'aria fresca…"

"Grazie, miei cari, ma no, mi riprenderò subito." Sorrise a Kitty e poi guardò Tom Allenby, che si era accucciato vicino alla sua sedia. "Sono così lieta che siate potuto venire a Londra per il ballo, signor Allenby." Poi diede un'occhiata a Kitty. "Spero che intendiate passare qualche settimana con noi…"

Tom sorrise impacciato, il significato dell'invito era chiaro; guardò cautamente Kitty Aldershot e, quando lei incrociò il suo sguardo per un attimo e gli sorrise, si sentì le guance in fiamme.

"Vorreste un altro bicchiere d'acqua, milady?" Le chiese, senza osare guardare di nuovo Kitty. Quando Lady Reanay scosse la testa, le chiese, non per essere curioso ma perché lo sguardo scambiato con Kitty lo aveva reso nervoso e felice in egual misura. "Non ho visto Sir Antony qui con voi solo un momento fa… E Lady Caroline…?"

"Oh povera me! Oh povera me!" Gemette Lady Reanay, e uscì di nuovo la storia di Merry mascherata da paggio, della marachella di Ned e dell'offerta di Diana di andare a cercarli entrambi nella nursery, e come non solo Lady Caroline era andata nella nursery ma anche Sir Antony. Non aveva idea del perché e ora era preoccupata che ci sarebbe stato un trambusto, e il conte e la contessa avrebbero saputo tutto e per qualche motivo lei credeva che avrebbero incolpato lei. E poi successe di nuovo! Stava ancora rammaricandosi per tutta la faccenda con Kitty, che cercava di rassicurarla del fatto che difficilmente avrebbero potuto incolparla delle

azioni compiute da altri, quando Tom Allenby fece a lei e a Kitty Aldershot un breve inchino, e senza un'altra parola partì nella stessa direzione di
Diana St. John, Lady Caroline e Sir Antony.

Lady Reanay e Kitty Aldershot si scambiarono un'occhiata sorpresa.

"Grazie al cielo ci siete voi qui con me ad assistere allo strano comportamento della famiglia, carissima Kitty," disse sollevata Lady Reanay.
"Altrimenti nessuno mi crederebbe!"

MERRY E NED ERANO SEDUTI IN SILENZIO AL TAVOLINO DI FRONTE
al camino, nella stanza dei giochi della nursery e disegnavano alla luce del
fuoco. Una cameriera, occupata a pulire tutte le grate proprio in quella
parte di casa, aveva avuto pietà di loro, che disegnavano alla luce fioca di
una candela, e aveva riacceso il fuoco. Con il carbone ben acceso, aveva
messo il parafuoco davanti al camino per proteggere i bambini da eventuali scintille. Appena rimasti soli, Merry aveva spostato il parafuoco e
trascinato il tavolino e le sedie più vicino per sentirne il calore e per illuminare i loro rispettivi disegni.

Ned aveva promesso che dopo aver completato un disegno, Merry
avrebbe potuto riportarlo al campo da tennis. Merry aveva accettato la sua
parola e quindi si erano seduti, con la maschera da paggio di Merry gettata
sul tappeto, accanto al berretto da notte di Ned, entrambi contenti e
impegnati con carboncino e pastelli; entrambi d'accordo di non mostrare
all'altro quello che avevano disegnato finché non fossero soddisfatti dei
loro rispettivi lavori artistici. Erano talmente assorbiti da quello che
stavano facendo, che non si accorsero della presenza di una figura ferma
nell'ombra vicino a loro.

Merry fu la prima a completare il disegno e lo alzò sotto il mento,
perché Ned potesse vederlo. Aveva disegnato quello che Ned era venuto a
cercare nella nursery ma che non era riuscito a trovare. Non riusciva a
dormire senza Monkey, così disse a Merry, e quindi Merry aveva disegnato
il suo compagno di letto, dicendogli che forse sarebbe riuscito a dormire se
avesse avuto un ritratto di Monkey da mettere sotto il cuscino. Aveva disegnato la scimmia di stoffa con un sorriso più grande di quello che aveva in
realtà, ma il ritratto assomigliava molto al giocattolo perduto.

"Ti piace, Ned?" Gli chiese.

"Monkey Mischievous! È per il cuscino di Ned?"

"Sì, per il tuo cuscino. Vedi, sta sorridendo. Gli manchi, ma visto che
sta sorridendo si deve divertire nel posto dov'è scappato. Che scimmia
birichina!"

Ned tese la mano e Merry gli consegnò il disegno.

"Non è vero che si diverte," disse Ned, facendo il broncio e guardando attentamente il disegno. "Lui si diverte moltissimissimo solo con Ned." Poi sorrise a Merry, prima di studiare nuovamente il disegno. "Mi piace la tua scimmia, Merry."

"Ne sono lieta. Ora vuoi mostrarmi il tuo disegno?"

Ned annuì e appoggiò il disegno di Merry del suo compagno sul pavimento, accanto al suo berretto da notte. Prese il suo disegno e se lo mise sotto il mento, tenendolo lì. Guardò in basso, come meglio poteva, per vedere se era dalla parte giusta e, soddisfatto perché lo era, spinse via dagli occhi i luminosi riccioli biondi e guardò Merry con un sorriso. Era molto orgoglioso del suo disegno. Erano Ned e Monkey che si tenevano per mano in giardino. Merry riuscì a capirlo perché c'era un fiore grande come le due figure stilizzate sorridenti, con le dita stilizzate che si toccavano, una delle due figure aveva le orecchie sopra la testa e una lunga coda, mentre l'altra indossava pantaloncini corti.

"Oh Ned, che magnifico disegno di te e Monkey in giardino!" Disse enfaticamente Merry. "Quando lo mostrerai a mamma e papà diranno che sei il miglior disegnatore al mondo!"

Il ragazzino sorrise a una simile lode, con le spalle che si incurvavano per il piacere. Ma appena guardò Merry negli occhi dall'altra parte del tavolo, fu distratto da qualcosa nascosto nell'ombra, sopra la sua spalla sinistra. Sbatté gli occhi e dapprima si chinò sopra il tavolo, cercando di capire che cosa ci fosse nell'oscurità, tanta era la sua curiosità.

Merry vide che si era distratto e si guardò dietro la spalla, girandosi sulla sedia. Mentre lo faceva, Ned emise l'urlo più penetrante che si possa immaginare. La fece ribaltare all'indietro e cadere sul tappeto.

Ned urlava e urlava senza riuscire a fermarsi. I suoi occhi castani si dilatarono per il terrore e il faccino divenne cereo. Spinse indietro la sedia così forte che successe anche a lui quello che era successo a Merry. La sedia si ribaltò e cadde sul tappeto. Era tale la sua paura che non si accorse neppure della botta in testa e dello scossone alle ossa. Strisciò fuori dalla sedia, con gli occhi terrorizzati fissi sul mostro, mentre si spingeva indietro sul sedere, con le gambette che si agitavano avanti e indietro sul tappeto, spingendolo più in fretta che poteva, lontano da quella cosa che lo terrorizzava. Non riusciva a smettere di guardarla, anche se avrebbe voluto guardare dappertutto tranne che lì.

Cercò di mettere più distanza possibile tra lui e il mostro, ma la sua testa colpì in fretta la parete e non ci fu nessun altro posto dove andare. Non riusciva a muoversi. Non riusciva a distogliere lo sguardo e continuò a urlare.

Verso di lui stava fluttuando una testa. Non aveva un corpo. La testa fluttuava su una grande nuvola bianca e stava venendo diritta verso di lui. La faccia della testa era dipinta di bianco, con macchie rosse su ogni guan-

cia. Aveva gli occhi folli che lo fissavano immobili e il sangue le gocciolava
dalle orecchie. C'erano gocce scintillanti di sangue e fiocchi di neve tra i
riccioli, e la bocca rossa era dipinta in un ghigno malvagio. E quando la
testa senza un corpo che fluttuava su una nuvola aprì la bocca rossa dipinta
e gli parlò, Ned si coprì le orecchie con le mani, chiuse forte gli occhi e
urlò ancora più forte.

VENTISETTE

Merry si rialzò dal tappeto, disorientata e confusa. Ma gli urli di Ned la riportarono di botto al presente. Vide la testa che fluttuava sulla sua nuvola bianca, ma vide anche l'abito elisabettiano rosso scuro sotto. Un'altra occhiata più attenta alla faccia dipinta, con gli orecchini di granati a goccia e la pettinatura di riccioli stretti cosparsa di fermargli di diamanti e granati, e riconobbe sua madre.

"Mamma? Mamma, che cosa ci fate qui?"

"Magna, fallo smettere di gridare in quel modo orribile!" sbottò Diana St. John. "Stupido ragazzo! Tutti penserebbero che abbia visto un fantasma!"

"Forse lui pensa che siate un fantasma, mamma," disse timidamente Merry, indecisa. Avrebbe voluto prendere in braccio Ned e dirgli che tutto andava bene, ma aveva una sensazione veramente brutta che non fosse così e quindi esitò, senza sapere che cosa fare.

Diana St. John andò da Ned e si chinò su di lui con il suo miglior sorriso; un sorriso che riteneva amabile e caloroso. "Salve, Lord Lacey…"

"È Ned. Nessuno lo chiama così. La zia Jane dice…"

"Oh, risparmiami il tuo *la zia Jane dice*," la scimmiottò Diana St. John. Sorrise di nuovo a Ned, che aveva gli occhi serrati e le mani saldamente sopra le orecchie. Stava ancora urlando. "Ned! Ned!" Urlò e alzò il primo strato delle sue sottane di seta, mostrando una grande tasca ricamata, assicurata alla vita con dei lacci, infilò la mano nella tasca e ne tolse la scimmia di pezza di Ned. "Guarda che cos'ho, Ned! Ned!"

"Quella è la scimmia di Ned!" Esclamò Merry, sorpresa.

"Sì, sì! Fallo smettere di urlare e digli di aprire gli occhi così potrà vedere il suo miserabile giocattolo."

Merry era sul punto di farlo quando Lady Caroline apparve sulla soglia.

"Diana? Merry? Che cosa sta succedendo qui? Che cos'è successo a Ned? Perché hai tu la sua scimmia?"

Merry fu talmente contenta di vedere sua cugina Caroline che non fece quello che le aveva chiesto sua madre. Invece, scoppiò in lacrime per il sollievo e corse tra le braccia aperte di Caroline.

"Stavamo disegnando," spiegò Merry, tra le lacrime. "Non volevamo metterci tanto. Solo un disegno e saremmo tornati nel campo da tennis. Lo giuro."

Caroline strinse calorosamente Merry tra le braccia. Non era da Merry che voleva delle risposte e con un braccio intorno a Merry entrò nella stanza dei giochi, con tutte le intenzioni di prendere in braccio Ned, che stava singhiozzando, grandi singulti che gli bloccavano il respiro.

Diana si mise davanti a lei, bloccandole l'accesso al bambino.

"Mi occuperò io di lui, se non ti dispiace, Caroline," disse Diana St. John nel suo tono più imperioso.

Caroline restò a bocca aperta, ma si riprese in fretta.

"Non farai niente del genere. Ned non sa nemmeno chi sei! A dire la verità è stato vedere te con quella ridicola gorgiera che l'ha spaventato a morte. Ora fatti da parte!"

Diana non si mosse; Caroline fece un passo avanti.

"Diana, Caroline. Posso aiutarvi?"

Era Sir Antony, che tentava di tenere il timbro della voce neutro e tranquillo.

"Zio Tony!"

Merry si sciolse da Caroline e corse da Sir Antony, gettandogli le braccia intorno alla vita, con la guancia premuta sul panciotto. "Sono così *contenta* che siate a casa. Così *tanto* contenta."

Sir Antony abbracciò la nipote. "Merry? Oppure è un paggio che osa chiamarmi zio?" Scherzò, ma le baciò la testa. "Sono veramente felice anch'io di essere a casa," le disse a bassa voce. Prima che Merry potesse rispondere, disse a Caroline: "Milady, è ora che Merry e Ned tornino al campo da tennis."

"Stavo proprio per..."

"Se poteste prendere Ned e portarmelo qui," disse Sir Antony con voce rassicurante.

Caroline aggrottò la fronte, un'occhiata veloce a Diana e poi a Sir Antony. Fu durante quella breve esitazione che Diana colse la sua occasione. Gettò via la scimmia giocattolo, si avvicinò al bambino piangente e lo prese in braccio.

"Caroline! Venite qui!" ordinò stridulo Sir Antony, e quando Caroline obbedì le affidò Merry. "Portate Merry via da qui... *Adesso*."

"Non capisco... *Tom?*"

"Per favore fate quello che vi ho chiesto," le chiese Sir Antony e, sentendo il nome di Tom, si voltò per dirgli: "Ci penserò io, portate via Caroline e Merry."

Tom Allenby non esitò. Con un cenno a Sir Antony, prese Merry per la mano, mise un braccio sulle spalle di Caroline e le accompagnò in fretta fuori dalla stanza, prima ancora che Caroline avesse la possibilità di voltarsi e discutere l'ordine di Sir Antony.

La smorfia esitante di Caroline, l'ordine di Sir Antony, Tom che arrivava nella stanza dei giochi e poi portava via Merry e Caroline, successe tutto pochi secondi dopo che Diana aveva afferrato Ned. Che cosa intendesse poi fare con lui, Sir Antony proprio non ne aveva idea. Tutto quello che sapeva, era che sua sorella non era sana di mente e quindi tutto era possibile. Con Caroline e Merry tolte di mezzo, ora poteva concentrarsi sul salvataggio del ragazzino.

"Devo raccogliere la scimmia?" Chiese Sir Antony, attraversando lentamente la stanza fino al tavolino coperto di disegni e carte, dove era atterrata la scimmia giocattolo, distesa sullo schienale di una delle seggioline rovesciate.

Con entrambe le braccia che tenevano stretto il bambino piangente, Diana si allontanò da suo fratello, con i pensieri che correvano, cercando di pensare che cosa poteva fare, con tutti i suoi piani sottosopra. Era tutta colpa di quella stupida di sua figlia, di quella ficcanaso di sua cugina, con tutti quei capelli rossi e quegli occhi verdi, che l'avevano sempre guardata con sospetto e le ricordavano qualcuno che conosceva una volta ma che ora non ricordava. Se avesse solo potuto portare il bambino all'esterno, nei giardini, al portone del giardino... La signora Smith la stava aspettando... Se solo il marmocchio avesse smesso di piagnucolare... Tutti quegli anni passati a progettare il suo ritorno in società... Tutte quelle ore passate a sognare com'era stato e come sarebbe stato, con Salt che ascoltava nuovamente i suoi consigli e accettava la sua guida... Sognare che la sua miserabile famiglia e quella scheletrica puttana fossero tutti morti... I suoi piani non potevano finire lì. Non ora. Non quando era così vicina a portarli a termine.

"Ned? Ned, ecco la tua scimmia," disse Sir Antony con voce rassicurante, tenendo il giocattolo di pezza e stendendo il braccio a sufficienza perché il bambino potesse vederlo, ma non abbastanza perché Diana potesse strapparglielo di mano. "Lady St. John ha trovato la tua scimmia. Vero milady?"

Diana annuì. "Giusto. L'ho trovata io. Può averla se smette di piangere come un bambino."

Sir Antony annuì come se fosse d'accordo con lei e non si avvicinò ulteriormente, perché se Diana avesse fatto un altro passo indietro avrebbe rischiato di mandare a fuoco le sottane, tanto era vicina al camino. Si accosciò, di modo che il bambino potesse vederlo chiaramente. Ned ora stava piagnucolando, si era tolto le mani dalle orecchie ma teneva ancora gli occhi chiusi.

"Che cosa stai dicendo, Monkey?" Disse Sir Antony, portandosi la scimmia all'orecchio. Vide Ned che apriva un occhio e finse di conversare con il giocattolo, come faceva con i giocattoli dei suoi nipoti quando avevano circa l'età di Ned. Loro lo avevano considerato un bellissimo gioco e ridevano e ridevano vedendo il loro zio Tony parlare con dei giocattoli che non dicevano mai una parola in risposta. "Vorresti che Ned smettesse di piangere in modo da potergli dire salve? Bene è quello che vorremmo tutti, Monkey." Si portò nuovamente la scimmia all'orecchio. "Come? Credi che Ned stia piangendo di gioia perché ti ha ritrovato? Davvero? Beh, non saprei..."

"Ti stai rendendo ridicolo!" Sbottò Diana. "Quello straccio non può parlare né sentire..."

"Sì, sì che può! Lui vuole Ned!" Gridò il bambino, rianimandosi di colpo. "Lasciatemi andare! Lasciatemi andare!"

"Smettila! Smettila e stai fermo, brutta bestiolina!"

Sir Antony si raddrizzò in tutta la sua statura.

"Diana, metti giù il bambino," le ordinò perentorio. "Non hai vie di uscita. Non c'è nessuno che ti aspetta fuori dal portone del giardino. La signora Smith mi ha raccontato tutto e ora è ai ferri a Bedlam. Non hai più amici. Non hai più potere. I tuoi piani sono finiti. Metti. Giù. Ned. Ora!"

"Non ti credo! No! Devi fare quello che dico oppure... oppure..." Diana si guardò attorno, sconvolta, con il bambino che continuava a dimenarsi scivolandole dalle braccia. "Lo getterò nel fuoco!"

"Diana. Userò la forza. Metti. Giù. Ned."

"Monkey! Voglio Monkey!" Urlò Ned, agitandosi tra le braccia della testa mostruosa, scuotendo la testa di qua e di là, con il corpicino che si contorceva cercando disperatamente di liberarsi.

Le piccole gambe robuste si liberarono dalla costrizione della camicia da notte lunga fino alle caviglie, che ora era arrotolata in vita, e il bambino

scalciò violentemente. Sentì la presa che si allentava e con un braccio finalmente libero, colpì forte verso l'alto. Il pugno entrò in contatto con la testa
mostruosa. Aveva gettato indietro il braccio tanto forte che, di colpo,
anche l'altro braccio fu libero. Era libero. Cadde all'improvviso e finì tra le
braccia in attesa dell'uomo simpatico che era amico di Monkey; ricordava
di averlo visto a colazione quando il suo papà aveva detto le parolacce e
l'aveva fatto ridere.

Si sentiva al sicuro con l'uomo simpatico dalla voce gentile, al sicuro
dalla testa mostruosa e dai suoi urli e ringhi. Rumori spaventosi riempi-
vano la nursery ed erano così forti e terribili che si arrampicò per gettare le
braccia intorno al collo dell'uomo simpatico e nascondere il volto nella sua
cravatta morbida. L'uomo simpatico gli diede Monkey da abbracciare e lui
si rannicchiò contro di lui, con gli occhi chiusi stretti, mentre lo portava
via, fuori dalla nursery e nel corridoio, lontano dalle urla penetranti della
testa mostruosa.

A metà del corridoio, fu messo tra le braccia di un altro. Ned osò
aprire gli occhi e scoprì lo zio Tom che gli sorrideva. Fu tale il suo sollievo
nel vedere un volto amatissimo, che gli gettò le braccia al collo, abbrac-
ciandolo stretto. Mentre lo zio Tom lo portava verso la sicurezza, il pugno
stretto sul braccio di Monkey, che ondeggiava contro la schiena dello zio
Tom, Ned vide l'uomo simpatico che l'aveva salvato correre indietro verso
la nursery, per combattere con la testa mostruosa urlante e ringhiante.

Quando Ned si era dimenato per liberarsi, agitando gambe e
braccia, il suo pugno aveva colpito il volto di Diana. L'aveva colpita
talmente forte tra gli occhi da farla vacillare. Per la sorpresa, aveva aperto le
braccia, lasciando cadere il ragazzino. Disorientata e accecata per un
attimo, aveva barcollato, aveva inciampato contro il parafuoco ed era
caduta. Con il peso della grande gorgiera intorno al collo, non era riuscita
a fermarsi ed era atterrata sul camino, a faccia in giù a pochi centimetri dai
carboni ardenti. Il collare aveva fermato la sua caduta ma si era incastrato
nella grata tanto che non riusciva a muoversi, con la gorgiera che la teneva
inchiodata. L'intenso calore del fuoco cominciava a bruciarle la pelle e
gridò per chiedere aiuto. Spaventata, si dimenò, cercando di trovare un
punto di appoggio dentro il camino, per aggrapparsi e liberarsi. Non
riuscendoci, una mano cercò di strappare il collare, con le dita che lotta-
vano con il gancio e l'occhiello della chiusura, ma non riusciva ad aprirli e
il collare restava fermo al suo posto. Più si agitava, più le dita annaspavano
e il collare non si spostava.

Il calore era diventato isopportabile

I suoi disperati movimenti per togliersi la gorgiera e sfuggire al calore, ridiedero ossigeno al carbone e la pergamena cerata prese improvvisamente fuoco. In un istante, un torrente di fuoco si scatenò sul collare, avviluppandole la testa. Le fiamme saltellavano e danzavano, e la sua elaborata pettinatura di riccioli cerati e impomatati fu presto in fiamme con la stessa ferocia. Il collare si consumò in pochi secondi, finendo in cenere, e il volto di Diana cadde sui carboni accesi.

Sir Antony tornò di corsa nella nursery, trovandosi di fronte la visione incredibilmente mostruosa di sua sorella che stava bruciando viva. Afferrandole le gonne la tirò via dal camino, sul tappeto, e la voltò sulla schiena, mentre il corpo di Diana continuava a contorcersi per il dolore e il trauma, con le braccia e le gambe che si agitavano scompostamente. Il suono dell'aria che veniva risucchiata nella gola bruciata, nel tentativo di respirare, era veramente orribile, e il volto e i capelli continuavano ad ardere. Sir Antony corse alla finestra e con uno strattone potente strappò una tenda. La gettò sulla parte superiore del corpo per spegnere le fiamme. In quel momento, il corpo ebbe un'ultima convulsione, divenne rigido e poi ricadde immobile e senza vita.

Sir Antony tolse la tenda e si trovò davanti una visione raccapricciante. Il volto, una volta così bello, era bruciato oltre ogni possibilità di riconoscimento. Il bel nasino era un indefinibile grumo carbonizzato. Dove una volta c'erano le labbra, la carne si era sciolta fino ad esporre l'osso e i denti, in un sogghigno eterno. Entrambe le mani erano rosse e piene di vesciche. Diana aveva fatto una morte orrenda e straziante, e lui non era riuscito a fare niente per evitarlo.

Antony le tenne la mano senza vita e pianse.

Quando finalmente trovò la forza di coprire il cadavere con la tenda, rammentò a se stesso che quella creatura non era sua sorella. Diana era morta tanto tempo prima. Forse la sua mente aveva lentamente iniziato a perdere la ragione da prima del suo matrimonio con St. John. Non lo sapeva e ora non aveva più importanza. Questa creatura non era più tormentata dai demoni e non poteva più infliggere i suoi tormenti ad altri. Era in pace. Lui era in pace, e certamente la famiglia Salt Hendon ora poteva vivere tranquilla. Non riusciva a provare tristezza o rimpianto per la sua morte, solo per il modo. Se provava qualcosa, era solo un enorme sollievo, e con il sollievo arrivò una rinnovata speranza e l'ottimismo riguardo al suo futuro. Domani era un giorno nuovo e un nuovo inizio. Il primo giorno del resto delle loro vite...

VENTOTTO

Sir Antony si era aspettato di svegliarsi la mattina del primo giorno del resto della propria vita pieno di allegro ottimismo, ma tutto quello che sentì fu l'accenno di barba sul mento. Non era nemmeno particolarmente allegro. Dopo essersi occupato delle conseguenze immediate della morte di sua sorella, con tutto quello che comportava, il ballo in maschera era finito, con solo uno o due ospiti che si erano congedati all'assurda ora delle quattro del mattino. Grazie al cielo, nessuno degli ospiti si era accorto di quello che era successo nella nursery e lui si era trasferito nel campo da tennis per passare la notte in uno dei palchi della galleria, su un letto improvvisato.

Si disse che tre ore di sonno irrequieto su una dura superficie potevano essere una delle cause del suo cattivo umore. Aveva dormito con il panciotto e in maniche di camicia, la fascia rossa dell'Ordine Imperiale di Sant'Anna dimenticata addosso e ora stropicciata, sperava non irreparabilmente. Si tolse la fascia, si raddrizzò i vestiti e si lavò il viso nel catino di porcellana usando l'acqua della caraffa che un attento servitore gli aveva messo a disposizione. Senza mettersi la redingote, e sentendo delle voci e risate sul campo da tennis, sporse cautamente la testa dalla rete, scoprendo la visione meravigliosa della famiglia Salt Hendon che faceva un picnic in mezzo al campo.

La rete che normalmente divideva il campo era stata tolta e al suo posto, sul pavimento piastrellato, erano stati messi dei tappeti e, sopra i tappeti, un mucchio di cuscini di seta e sopra i cuscini erano reclinati i vari membri della famiglia, che si servivano la colazione da soli, dai piatti sotto le campane d'argento. Ancora vestiti con gli abiti turchi della mascherata della sera prima, il conte e la contessa, Lady Caroline, Kitty Aldershot, Tom Allenby e Rufus Willis, sembravano la rappresentazione di un banchetto ottomano. C'era anche Merry, ancora con il suo costume da paggio, con i tre bambini del conte e della contessa. Il piccolino era annidato nell'incavo del gomito del padre, e Beth era seduta in grembo a Kitty e ridacchiava alle pagliacciate di Boots, il cucciolo di carlino, che lottava con la corda di un giocattolo di legno da tirare. Ned indossava ancora la camicia da notte e una vestaglia di seta, e correva a piedi nudi lungo il perimetro dei tappeti tenendo Monkey in alto sopra la testa, come se stesse facendo volare un aquilone, e sembrava si fosse completamente ripreso e non risentisse dell'orribile avventura della notte prima.

A completare il quadro, c'erano il segretario del conte, Arthur Ellis, e, tra tutti gli ospiti da trovare al picnic del conte, Hilary Wraxton, vestito come un cortigiano del tempo di Carlo I. Sir Antony non osava cercare di indovinare di che materiale fosse fatta la parrucca lunga di stretti riccioli del poeta. Sembrava avere in testa l'intero vello di un agnello nero, reso ancor più glorioso da una spruzzata di piccoli fiocchi in tutti i colori dell'arcobaleno.

"Ehi oh! Il macao si è svegliato! Vieni a unirti a noi mentre c'è ancora qualcosa da mangiare. Miller, versate a sua signoria una bella tazza di tè caldo."

Sir Antony saltò la barriera all'invito caloroso del conte, e Lady Caroline si affrettò ad alzarsi dal suo cuscino per andargli incontro. Gli afferrò la mano e gli baciò la guancia augurandogli buongiorno.

"Per favore, Caroline, non dovreste avvicinarvi a me quando sono in questo stato deplorevole." Accettò con piacere la tazza di tè che gli offriva un cameriere e cominciò a sorseggiarla. "Certamente non prima che abbia bevuto la prima tazza di tè della giornata."

Caroline sorrise, dicendogli sottovoce di modo che sentisse solo lui: "Volete dirmi che quando saremo sposati non passeremo tutta la notte insieme?"

Sir Antony rimise la tazza sul piattino, alzando un sopracciglio.

"Dovrete spingermi giù dal letto matrimoniale."

Caroline sorrise dolcemente e lo accompagnò al banchetto.

"Non dovete essere imbarazzato per la barba. Salt è completamente impresentabile," disse a voce alta, perché tutti sentissero. "Ha praticamente la barba lunga! E non ho mai visto Tom o il signor Willis così scarmigliati. Il signor Wraxton è l'unico impeccabile tra di noi. Oh, e Jane, mai lei non è *mai* scomposta. Nessuno di noi è andato a letto, come potete vedere."

Sir Antony aveva visto. Eppure non si era ancora reso conto che, essendo tutti ancora in maschera, dovevano essere stati stati alzati tutta la notte.

"Sembrava non valesse la pena di ritirarsi per la notte quando era questione di ore perché i bambini si svegliassero," spiegò Jane, mentre Sir Antony si sedeva su un cuscino tra Caroline e il conte.

"Quindi l'abbiamo fatto diventare un picnic," aggiunse Tom, passando a Sir Antony una ciotola piena di frutta. "Vi abbiamo svegliato?"

Sir Antony prese una mela, scuotendo la testa. A quel punto notò che sua zia non era presente.

"Lady Reanay sta bene…?"

"Sì, l'ho mandata a letto," spiegò Jane. "Il medico le ha dato qualcosa per farla dormire. Gli—avvenimenti—di questa notte l'hanno sconvolta…"

"Booffs! Booffs," gridò Beth, saltellando su e giù in grembo a Kitty, con un ditino paffuto che indicava la direzione del cucciolo di carlino.

Sollevò l'umore di tutti guardare Boots che lottava per togliere la sua testa rotonda da una delle campane d'argento. Quando il carlino arretrava per cercare di togliersi dal coperchio, questo lo seguiva, facendo ridere tutti. Mentre Lady Caroline andava al salvataggio del cucciolo, e i camerieri cercavano di togliere il piatto, il conte colse l'opportunità di scambiare due parole in privato con Sir Antony, che stava masticando in silenzio la sua mela.

"Il magistrato locale è arrivato un'ora fa. È d'accordo con il verdetto di Bennets—il medico—che si è trattato di una morte accidentale. Sarà sepolta senza troppo scalpore, oggi stesso. Sono già stati informati tutti, anche Merry. Tom si è offerto di andare a prendere Ron a Eton. Suggerisco una cerimonia funebre privata tra un giorno o due…"

Sir Antony annuì, sorpreso di sentirsi la gola stretta, e non per la mela, e di non riuscire a parlare. Il conte lo capì e anche lui fu sopraffatto dall'e-mozione. Si prese un momento per ritrovare la voce e, schiarendosi la gola di colpo secca, strinse la mano di suo cugino, dicendo:

"Antony… *Tony*, non riesco a immaginare che cosa hai passato… Di che cosa sei stato testimone… Bennets mi ha riferito l'entità delle ferite… Orribile. È dell'idea che sia morta per un attacco di cuore, causato dal trauma delle bruciature. Tom mi ha riferito il resto… Io—Jane e io—quello che ti dobbiamo… Ci hai dato—*a tutti noi*—una ragione per guardare al futuro…" Afferrò la spalla del cugino. "Sono così contento—*tanto* contento—che sia venuto a casa."

Sentendo che c'era una pausa nelle risate e nell'attività, il conte si riprese e alzò gli occhi, trovando Merry che aspettava pazientemente di parlare con lui. Le tese la mano. "Povero me, per un momento ti ho preso per un giovane cameriere, Merry!"

"Giovane cameriere?" Chiese Sir Antony, entrando nello spirito della bonaria presa in giro del conte. "Quanti giovani camerieri hai al tuo servizio con capelli lunghi fino in vita?"

Quando il conte finse di riflettere sulla domanda, Merry ridacchiò e disse: "Che stupidone, zio Salt!" Diede un'occhiata veloce a Sir Antony e disse sottovoce: "Posso fare allo zio Tony una domanda riguardo a quelle scatole, adesso?"

"Ah, sì. Il mistero delle scatole! O, meglio, delle casse che hanno invaso l'ufficio di Miller." Salt fece un cenno d'assenso a Merry, che pose la sua domanda.

"Il contenuto di quelle casse è per noi, zio Tony? Possiamo aprirle adesso?"

"Due domande cui sono più che felice di rispondere di sì," rispose Sir Antony, gettando il torsolo della mela tra i resti della colazione. "Con il permesso di zio Salt, adesso è il momento migliore per aprirle e consegnare i regali. Ma avrò bisogno di due fatine dei regali per distribuirli ai destinatari. Pensi che tu e Miss Aldershot potreste farci l'onore di essere le fatine?

"Anche Monkey e Ned vogliono essere le fatine," gridò Ned, affrettandosi al fianco di Merry.

"Un elfo, forse, Ned. Solo le ragazze sono fate," gli disse Salt.

Ned arricciò il naso, ponderando la questione e guardò sua madre, che gli sorrideva. Scosse i riccioli, rispondendo a suo padre. "No, papà, Monkey e Ned saranno fatine, con Merry."

"Perché no?" accettò Sir Antony. "Più fate ci sono più c'è allegria."

Ned sorrise felice, e prendendo la mano di Merry saltellò oltre Kitty, verso il fondo del campo da tennis dove tre camerieri si stavano occupando di aprire tre grandi casse e rimuovere la paglia di protezione.

Lady Caroline teneva la mano di Sir Antony e il resto dei partecipanti al picnic si sedette sui cuscini, in attesa di vedere che cosa avrebbero rivelato le casse. Miller ordinò a un cameriere di aiutare i bambini a trasportare diversi articoli voluminosi sui tappeti, mentre un altro cameriere metteva tra le braccia di Kitty Aldershot una pila di articoli più piccoli. Erano tutti confezionati in tessuto ed etichettati, e le fatine dei regali fecero un eccellente lavoro distribuendoli alle persone indicate sull'etichetta; con Merry che leggeva i nomi a Ned, cui veniva dato un pacchetto da consegnare al rispettivo destinatario. Funzionò bene, finché Ned sentì il proprio nome e a quel punto qualunque pensiero di aiutare Merry svanì nell'eccitazione di aprire il suo regalo, con l'aiuto di suo padre.

Erano tutti impegnati a spacchettare i loro regali, ma non così assorbiti da non sentire il ragazzino tirare un enorme respiro e, guardandolo, vedere la meraviglia negli occhi grandi come piattini, mentre teneva in mano un cavalluccio a bastone, e non un cavalluccio qualsiasi. Questo aveva una criniera lussureggiante e le briglie di cuoio e alla fine del bastone, due ruote dorate. Con il cavalluccio c'era una cappa di velluto blu, bordata d'argento, un elmo argento e oro con le piume, scudo e spada coordinati, e un paio di stivali di pelle rossa. Una volta vestito, sarebbe sembrato in tutto e per tutto un centurione romano, non che lui avesse idea di che cosa fosse.

Gli altri non furono meno entusiasti dei loro regali. Per Beth c'era una bambola vestita con un abito di damasco di seta e un servizio da tè in miniatura, completo di teiera d'argento e tazzine. Jane ricevette la versione adulta dello stesso servizio, in porcellana giallo limone, proveniente dalle Manifatture Imperiali russe, nella sua speciale cassa. Caroline, Jane, Kitty e Lady Reanay ricevettero tutte un ventaglio pieghevole con le bacchette d'avorio e intarsi di madreperla, ciascuno con una scena pastorale diversa, dipinta alla maniera di Boucher. Avvolta con ciascun ventaglio, c'era una bomboniera di Sèvres, le piccole scatolette per i dolci a forma di testa di animali esotici. C'era un nécessaire per Caroline, una cassetta da viaggio in tartaruga, completa di pettini d'avorio, spazzole, bottiglie per il profumo, contenitori da viaggio, utensili e un astuccio d'argento da manicure; proprio quello che le serviva per viaggiare sul continente con Sir Antony.

Tom era contento del suo servizio da scrivania Standish di porcellana con le penne, attrezzatura standard per qualunque gentiluomo con tante lettere da scrivere. Se questo commento criptico fece alzare il sopracciglio al conte, Sir Antony scelse di ignorarlo. Arthur Ellis non riusciva a credere alla sua fortuna, Sir Antony gli aveva regalato un paio di fibbie per le scarpe che non avrebbe mai sperato di potersi comprare da solo, e un panciotto parigino di seta avorio ricamata.

Il signor Rufus Willis si chiese se non avesse aperto il regalo di qualcun altro per errore, quando aprì la scatola foderata di velluto scoprendo un orologio d'argento da taschino con la sua catena. Ma quando lo girò e vide le sue iniziali incise in caratteri elaborati sul retro, restò senza parole. Un orologio simile con le sue iniziali incise aspettava Ron al suo ritorno da Eton. Il sovraintendente ricevette anche una piccola scatola di legno. Non doveva aprirla subito, era per la signora Willis: una cioccolatiera di porcellana di Sèvres, con tazze e piattini coordinati.

C'era perfino un regalo per Hilary Wraxton, che fu estasiato di ricevere un set di penne, accompagnate da un contenitore di porcellana dalla forma strana, decorato alla maniera cinese che, a prima vista, sembrava un vaso per contenere i fiori. Non ci volle molto al poeta per rendersi conto della sua funzione più pratica e lo riavvolse immediatamente, per evitare che le signore gli prestassero troppa attenzione, con un cenno della testa e un colpetto alla tempia, rivolto a Sir Antony.

"Bella pensata, Antony! Bella pensata!" fu tutto quello che disse, con un sorriso compiaciuto che gli divideva la faccia in due.

Per il conte, una tabacchiera d'oro intarsiata di diamanti e pietre preziose. All'interno c'era un ritratto in miniatura della sua amatissima

Jane. La miniatura era una delle due che aveva commissionato e, quando ne aveva ricevuta solo una, si era chiesto dove fosse finita al seconda. La contessa era rimasta stranamente vaga sull'argomento. Ora lo sapeva; l'aveva inviata a Sir Antony per farla inserire nella tabacchiera. Fissò l'oggetto prezioso per cinque secondi buoni, troppo sopraffatto per parlare e poi, alla gentile richiesta della contessa, le passò la tabacchiera perché l'ammirasse.

Un altro regalo per Caroline, che aprì la scatola foderata di velluto per scoprire non uno, ma tre collari di cuoio e velluto tempestati di diamanti, intervallati da campanellini d'argento, che gli altri presero per braccialetti; ma lei aveva capito. Gettò le braccia al collo di Sir Antony e lo baciò di cuore, poi sorprese tutti prendendo in braccio Boots e facendogli mettere al collo da Sir Antony il collare più piccolo.

Salt si mise a ridere, scuotendo la testa.

"Dovrei consigliarti di non viziarla troppo, ma so che lo farai comunque," disse a Antony, per punzecchiare sua sorella.

Caroline aprì la bocca per dare una rispostaccia ma la chiuse per rispetto a Merry che, dopo aver distribuito i regali, ora aveva finalmente potuto sedersi per aprire i propri. Entrambi erano quello che aveva sempre desiderato e che non aveva mai pensato di ricevere, nonostante avesse scritto una volta a suo zio che sperava un giorno di avere una scatola di colori e un cavalletto tutti per lei. Non solo ricevette una scatola piena di tutti i colori immaginabili, c'erano pennelli, piccoli contenitori di porcellana per miscelare i colori, tavolozze, un cavalletto pieghevole e pergamene.

Fu il secondo regalo che fece esclamare 'oh' e 'ah' alle signore e sorridere con indulgenza i gentiluomini.

Era una splendida bambola, alta sessanta centimetri, con gli arti mobili e adorabili fattezze di porcellana. Aveva una testa di veri capelli castani da pettinare e un guardaroba con abiti e sottogonne in damasco di seta, all'ultima moda, provenienti dal laboratorio di un sarto di Parigi. C'erano chemise di lino, corsetti con le stecche di balena, tasche ricamate da legare sotto gli abiti, calze e giarrettiere, e una serie di pannier di vimini e velluto. Aveva cinque paia di scarpe, due ventagli pieghevoli in miniatura, una borsa, ombrello, fichu, scialli e tre cappelli, un piccolo libro, il parasole e una sedia. La cosa più sorprendente, erano tre piccole parrucche di capelli veri da incipriare e acconciare. Tutti gli abiti e gli accessori della bambola erano inseriti in un armadio di legno non meno spettacolare, con cassetti e uno spazio per la bambola quando non la stavano vestendo o giocandoci. Era un regalo meraviglioso che ogni donna alla moda, per non parlare di una ragazza di quasi tredici anni, avrebbe adorato ricevere.

Quando Merry smise di abbracciare lo zio Tony e di ringraziarlo, andò saltellando dalle varie bambinaie a tata Browne, per mostrare loro la bella bambola e i suoi accessori. Tata Browne le chiese se avesse in mente un nome per la sua bambola e Merry rispose Antonia, in onore dello zio Tony. Più o meno in quel momento, il piccolo Sam cominciò ad agitarsi tra le braccia del padre e, dato che Jane era occupata a osservare Ned che cavalcava il suo cavalluccio, con Beth che era migrata in braccio a lei per mostrare alla mamma la sua bella bambola, il conte cercò la bambinaia di Sam.

Betsy fu da lui in un istante e, quando prese in braccio Sam, Sir Antony colse il suo sguardo e le sorrise. Betsy rispose con un sorriso e si ritirò, non prima però che Hilary Wraxton facesse una sorprendente scoperta.

"Antony! Antony!" Lo chiamò, agitando un dito in direzione di Betsy. "Per Dio, è lei! Eccola! La ragazza con la cuffia!"

La conversazione si fermò immediatamente. Sir Antony però rimaneva perfettamente calmo e, siccome era stato Hilary Wraxton a fare la dichiarazione, dopo una breve pausa, la conversazione riprese come se il poeta non avesse parlato.

"Sì, Hilary," rispose tranquillo Sir Antony. "Forse, in un altro momento, potrai recitare la tua poesia a Betsy. E quando pubblicherai il tuo volumetto di poesie, dedicherai quella particolare poesia a Betsy Smith, la tua musa."

Gli occhi di Hilary Wraxton si fecero vitrei per un momento, mentre l'idea faceva presa: "La mia musa... Sì. Sì! Betsy Smith... La mia musa..."

"Suo fratello è fuggito con Jenny Dalrymple," buttò lì Salt.

"Davvero? Con... Lady Darlymple?" chiese Antony, leggermente interessato.

"Sì," rispose il conte, con un'occhiata scaltra a Sir Antony, che mantenne il volto perfettamente composto.

"Non è quello che avevo in mente ma, dati gli eventi della scorsa notte, andrà bene," disse meditativo Sir Antony, e non aggiunse altro.

Rufus Willis fissò Sir Antony, stupito, poi guardò il suo nobile datore di lavoro sbattendo gli occhi.

"Dacre Wraxton? Il rappresentante di Hendon al parlamento? Fuggito? Fuggito con Lady Darlymple?"

"È venuto da me durante il ballo, si è scusato e ha rassegnato le dimissioni. Mi ha detto che avrei ricevuto la lettera oggi. Ha detto che sarebbe andato all'estero con Lady Dalrymple." Salt contrasse le labbra, aggiungendo, dopo un'altra occhiata a Sir Antony: "Ho avuto la fortissima impressione che fosse un discorso preparato... O che qualcuno lo avesse preparato per lui e che lui lo stesse solo ripetendo. La cosa più interessante è che mi ha dato il nome del sostituto che consigliava per il suo seggio alla camera dei comuni. Ha detto che l'avrebbe anche incluso nella sua lettera."

"Tom sarà un ottimo e diligente membro del parlamento," dichiarò Sir Antony.

"Non ho mai detto che si trattasse di Tom."

"Lo so," rispose astutamente Sir Antony.

Tom Allenby si guardò attorno e, rendendosi conto che il conte e suo cugino stavano parlando di lui, si sedette diritto. "Io? Io un-un *membro del parlamento?*"

"So anche che Tom porterà avanti le istanze di Hendon e del suo mentore, Lord Salt, alla camera, ma avrà anche istanze sue da proporre…"

"Davvero?" Chiese Tom, sbattendo gli occhi.

"Non siate timido, Tom. Caroline mi ha raccontato tutto del vostro interesse per il tema dell'emancipazione. E poi ci sono i diritti degli animali…"

"I diritti degli *animali?*" ripeté Rufus Willis, incredulo, con uno sguardo preoccupato al conte.

"Andiamo, signor Willis," disse Sir Antony. "Certamente avrete ascoltato la vostra parte di prediche da parte di Lady Caroline sulle sofferenze delle volpi durante la caccia. E io sono sicuro che, nel vostro piccolo, avrete aiutato sua signoria nel trasferimento di quei grossi animali che lei salva dai loro crudeli padroni e manda al signor Allenby, ad Allenby Park?"

"Beh… Ehm… Sì," ammise sinceramente Rufus Willis.

Gli occhi di Tom Allenby brillarono di colpo e guardò Sir Antony per avere una conferma.

"Come membro del parlamento potrei presentare un progetto di legge per il bando delle pratiche crudeli e insolite di quei posti che tengono gli animali per sport e…"

"Non fate il passo più lungo della gamba, Tom," gli consigliò il conte. "Mi meraviglio per la tua capacità di orchestrare e manipolare la gente a volontà," disse a Sir Antony. "Prima ti faranno ambasciatore, meglio sarà per i rapporti dell'Inghilterra con i suoi vicini oltre la Manica."

"Non ho altri interessi, oltre alla felicità di Caroline."

"A questo non posso obiettare," rispose allegramente il conte, con un'occhiata alla sorella che stava tirando la manica di Sir Antony per attirare la sua attenzione.

"Adoro quel nécessaire e il magnifico regalo per i miei cagnolini, per cui vi ringrazio di cuore, ma *il* regalo?" Chiese Lady Caroline sottovoce. "Non avete un regalo *speciale* solo per me?"

Sir Antony non raccolse l'allusione. Aveva, in effetti, un anello di fidanzamento, con rubini e diamanti incastonati, e una fede nuziale abbinata, ma finse ignoranza. Disse, con l'espressione serissima:

"Non riesco a pensare a un regalo più grande del mio eterno amore e della mia eterna devozione."

Lady Caroline lo guardò perplessa e arrossì. "Certo! Certamente quello è il regalo più grande di tutti ma-ma…"

Sir Antony non avrebbe potuto essere più felice nel vederla contrita. La interruppe, continuando a fingere ignoranza:

"Oh? Intendete dire la licenza speciale che vostro fratello tiene nel cassetto della scrivania con i nostri nomi?"

Gli occhi di Lady Caroline brillarono.

"Davvero, Salt? Hai veramente una licenza speciale per Antony e me?"

Il conte guardò Sir Antony sorpreso, chiedendosi come facesse suo cugino a saperlo. "Sì, è vero. Ma come hai…"

"Allora possiamo sposarci subito!" Esclamò Lady Caroline. Portata dall'entusiasmo guardò la sua famiglia, che ascoltava la conversazione, e disse felice: "Merry sarà la ragazza dei fiori e Kitty la mia damigella. Tom deve essere il testimone di Antony, poichè Salt mi accompagnerà all'altare e Jane…" Guardò Jane contrita. "A voi non importa che sia Kitty la mia damigella, vero carissima?"

"Sono più che felice che sia Kitty," rispose Jane. "E, ovviamente Salt deve accompagnarvi all'altare." Diede un'occhiata al conte e disse, in tono scherzoso: "Non posso garantire il suo umore, ma posso assicurarvi che il sultano della tetraggine sarà in uno stato d'animo di gran lunga migliore del giorno in cui ha sposato me!"

"Jane! È ingiusto e crudele," borbottò il conte, arrossendo.

Nessuno ebbe pietà per i suoi sentimenti; risero tutti di cuore.

"Che cosa indosserete, Caroline?" Chiese Kitty.

Era una domanda abbastanza semplice ma richiamò l'attenzione di tutte le signore e cominciò una discussione su quale dei molti abiti *à la française* di Caroline sarebbe stato il più adatto, o se doveva farsi confezionare un abito nuovo per l'occasione. La conversazione minacciava di restare ferma su quell'argomento, con Hilary Wraxton che offriva suggerimenti sugli accessori dell'abito da sposa, e Sir Antony mise un punto fermo, prima che facessero vela verso le acque inesplorate della scelta della stoffa, dei colori e delle guarnizioni adatte.

"Dire che sono contento del vostro gioioso entusiasmo per un tal evento, mia cara, è dir poco," disse languidamente Sir Antony. "Ma dimenticate che se quest'avvenimento dovesse esserci, non potrà aver luogo per almeno due mesi."

Lady Caroline fu sorpresa.

"Almeno *due mesi*?"

"Sei settimane sarebbe una stima prudente," dichiarò Salt. "E se la cerimonia è un piccolo affare di famiglia, nella tenuta, e la luna di miele è in un posto un po' fuori mano…"

"Irlanda."

"Scelta perfetta," confermò Salt. "Allora nessuno batterà ciglio per obiettare che il periodo di lutto di Sir Antony non è durato i sei mesi richiesti."

"*Sei mesi*?" Lady Caroline pronunciò le parole senza fiato, incredula. Si guardò intorno, fissò il gruppo silenzioso sdraiato sui cuscini e disse quello che nessuno aveva osato dire apertamente. La sua amara delusione la rese insensibile ai sentimenti degli altri. "Non meritava nemmeno sei giorni di commemorazione, visto come ha trattato i suoi figli e suo fratello…"

"Eppure, proprio per rispetto verso i suoi figli e suo fratello, faremo quello che è giusto e appropriato." Disse pacatamente il conte.

Ci fu un silenzio assordante e poi Lady Caroline annuì e tirò il fiato, tremante. "Sì, ovviamente. Perdonatemi. Sono stata egoista e poco caritatevole."

"Sei settimane vi daranno la possibilità di farvi preparare l'abito perfetto," suggerì sottovoce Jane. Poi guardò Sir Antony. "E daranno al vostro futuro marito la possibilità di sistemare la sua casa. Ci sono molti cambiamenti da fare quando ci si sposa, e ancor più quando un marito eredita la famiglia della sua futura sposa."

Tutti sapevano che la contessa si stava riferendo alla famiglia animale di Caroline. Il conte, per punzecchiare sua sorella e farle smettere il broncio, diede una manata sulla schiena a Sir Antony dicendo, con una risata:

"Urrah! Almeno potrò liberarmi di quel dannato uccello!"

"*Magnus*. I bambini," sibilò Jane.

"Annato uccello!" Ripeté Ned, arrampicandosi sulle gambe del padre, con un'occhiata veloce a suo padre e poi a sua madre, prima di sorridere alla compagnia che non riusciva a nascondere le risate.

"Sono contento che sia tutto definito," disse Salt con soddisfazione, arruffando i riccioli d'oro di suo figlio. "Tu potrai essere il paggio che porta l' anello di zia Caroline e indosserai un vestito di velluto e…"

"Scusami, Salt, ma non c'è ancora niente di definito," dichiarò Sir Antony, alzandosi in piedi e spazzolandosi le maniche del panciotto di seta. Con la coda dell'occhio, osservò Caroline che cercava di rimettersi in piedi con Tom che la aiutava. Doveva sicuramente porre il veto a che indossasse quei vestiti turchi in pubblico. I capelli sciolti sulla schiena poi, non importava che indossasse ancora il suo piccolo adorabile turbante; era una cosa riservata solo alle loro stanze. "È una bella cosa avere una licenza speciale nel cassetto, ma qual è lo scopo, visto che è piuttosto inutile per me, nelle circostanze attuali?"

"Che cosa vuol dire," chiese Caroline sussurrando, in piedi davanti a lui, "circostanze attuali?"

Sir Antony cercò con tutte le sue forze di nascondere un sogghigno e le diede un buffetto sotto il mento.

"Sarete d'accordo con me che prima di potersi sposare, ci deve essere un fidanzamento."

Caroline lo guardò, piegando la testa da un lato e disse con un sorriso. "Mi avete già chiesto di sposarvi."

"E voi non mi avete ancora dato la vostra risposta."

Caroline gli prese la mano. "Chiedetemelo di nuovo," sussurrò. "Ora."

Sir Antony si piegò su un ginocchio davanti a lei, prese dalla tasca una scatoletta rivestita di velluto, la aprì mostrando un anello di fidanzamento di rubini e diamanti e, per la seconda volta in meno di una settimana, chiese solennemente a Lady Caroline di sposarlo. Questa volta lei rispose senza un secondo di esitazione.

"Con tutto il mio cuore, sì!" Esclamò, ricacciando indietro le lacrime. "Cento volte *sì*."

Con l'anello di fidanzamento al sicuro sul dito di Lady Caroline, Sir Antony la strinse in un abbraccio feroce, tra gli applausi e le congratulazioni della loro famiglia.

Hilary Wraxton, che non perdeva mai l'occasione di avere un pubblico obbligato ad ascoltarlo, saltò in piedi pronto a declamare. Si alzarono le mani in direzione del poeta per bloccare il recital prima che cominciasse, e le obiezioni fioccarono nei termini più forti possibili, con i bambini presenti. Non servì a nulla. Una sistematina alla parrucca di lana di agnello e Hilary Wraxton si lanciò nella declamazione della sua *Ode a un Fidanzamento Tardivo*, con la coppia di neofidanzati che sigillava la mutua felicità con un bacio appassionato, indifferente alla pena uditiva e alla sofferenza del conte di Salt Hendon e del suo harem.